Knaur.

Knaur.

Im Knaur Taschenbuch Verlag sind bereits folgende Bücher der Autorin erschienen:
Die roten Wasser von Bath
Der helle Klang des Todes
Das süße Gift der Zwietracht

Über die Autorin:
Morag Joss wuchs in Schottland auf und studierte an der Londoner Guildhall School of Music. Mit ihrem Mann und ihrer Tochter lebt sie als freie Schriftstellerin in der Nähe von Bath im Süden Englands. Dieser mondäne Kurort ist auch Schauplatz ihrer drei Kriminalromane mit der Cellistin Sara Selkirk, *Die roten Wasser von Bath, Der helle Klang des Todes* und *Das süße Gift der Zwietracht.* Für ihren Roman *Des Hauses Hüterin* wurde Morag Joss 2003 mit dem Silver Dagger der britischen Crime Writers ausgezeichnet.

Morag Joss

DES HAUSES HÜTERIN

Kriminalroman

Aus dem Englischen von
Antoinette Gittinger

Knaur Taschenbuch Verlag

Die englische Originalausgabe erschien 2003 unter dem Titel
Half-Broken Things
bei Hodder & Stoughton, London.

Besuchen Sie uns im Internet:
www.knaur.de

Vollständige Taschenbuchausgabe Mai 2005
Knaur Taschenbuch
Ein Unternehmen der Droemerschen Verlagsanstalt
Th. Knaur Nachf. GmbH & Co. KG, München

Umschlaggestaltung: ZERO Werbeagentur, München
Umschlagabbildung: Mauritius Images, Mittenwald
Satz: Ventura Publisher im Verlag
Druck und Bindung: Clausen & Bosse, Leck
Printed in Germany
ISBN 3-426-62926-7

2 4 5 3 1

Für Iain Burnside

»Darin aber irren die jungen Menschen so oft und so schwer; daß sie (in deren Wesen es liegt, keine Geduld zu haben) sich einander hinwerfen, wenn die Liebe über sie kommt, sich ausstreuen, so wie sie sind in all ihrer Unaufgeräumtheit, Unordnung, Wirrnis ...: Was aber soll dann sein? Was soll das Leben an diesem Haufen von Halbzerschlagenem tun, den sie ihre Gemeinsamkeit heißen und den sie gerne ihr Glück nennen möchten, ginge es an, und ihre Zukunft? Da verliert jeder sich um des anderen willen und verliert den anderen und viele andere, die noch kommen wollten. Und verliert die Weiten und Möglichkeiten, tauscht das Nahen und Fliehen leiser, ahnungsvoller Dinge gegen eine unfruchtbare Ratlosigkeit, aus der nichts mehr kommen kann; nichts als ein wenig Ekel, Enttäuschung und Armut ...«

Rainer Maria Rilke,
Briefe an einen jungen Dichter

JANUAR

Walden Manor
August

Es ist nicht so, wie es vielleicht aussieht. Wir sind friedliche Leute. Im Allgemeinen erleben wir keine ungewöhnlichen Dinge, und wir sind auch gar nicht darauf aus. Aber seit Januar hat sich so viel ereignet, und ich war diejenige, die alles ausgelöst hat. Es ereigneten sich plötzlich Dinge, die ich irgendwie ins Rollen gebracht hatte, ohne genau zu übersehen, wo sie hinführen würden. Ich glaube, ich muss es erklären, auch wenn es dafür reichlich spät ist. Ich werde die Dinge so genau wie möglich schildern, in der Reihenfolge, in der sie sich ereigneten. Ich finde das allerdings schwierig, denn ich wurde dazu erzogen, wenig Aufhebens um mich selbst zu machen. Zudem gelte ich nicht gerade als mitteilsam, als jemand, der sich des Langen und Breiten in Erklärungen ergeht. Mutter beschrieb mich immer als wortkarg. Aber das lag daran, dass ich ihr gegenüber meine Gründe hatte. Ich hielt mich mit Worten zurück, damit nicht Dinge missverstanden, ignoriert oder falsch gedeutet wurden. Also hörte ich früh damit auf, Erklärungen abzugeben.

Auch Vater war gewöhnlich ein ruhiger Mann. Wenn ich an

die Geräusche in unserem Haus in der Oakfield Avenue, wo ich aufgewachsen bin, zurückdenke, habe ich keine Erinnerung an Stimmen. Ich glaube, dass wir häufiger seufzten oder uns räusperten, als zu sprechen. Ich erinnere mich vor allem an das Ticken von Vaters Standuhr im Esszimmer, das wir nie benutzten. Als die Uhr nicht mehr da war, herrschte im ganzen Haus bleierne Stille, die ich mir als grauen Schatten vorstellte, und viel später, als ich erwachsen war und mich aber immer noch um Mutter kümmerte, stammte das regelmäßigste Geräusch von der Mikrowelle, die im Lauf des Tages dutzende Male klingelte. Tatsächlich hatte ich bis vor kurzem, wenn ich in einem Geschäft oder sonst wo ein bestimmtes Klingeln hörte, sofort den Geruch kochender Milch in der Nase. Aber als Kind hörte ich lediglich das Ticken der Uhr. Dazwischen herrschte Stille.

Auch Mutter war nicht gerade gesprächig. Häufig ging sie durchs Haus, als schleppe sie unausgesprochene Dinge wie eine große Bürde mit sich herum. Um den Mund hatte sie einen verkniffenen Zug, was auf Vaters und meine Mitteilsamkeit nicht gerade ermutigend wirkte. Was geschieht eigentlich mit all den Dingen, die man vielleicht gerne sagen würde, aber dann doch nicht sagt? Nun, sie sind nicht für immer im Gehirn gespeichert und warten darauf, irgendwann ausgesprochen zu werden. Vielleicht verbleiben sie eine Zeit lang dort, doch dann verflüchtigen sie sich, bis man sie nicht mehr auffinden kann. Und man erkennt, dass sie für immer verloren sind. Aber dann macht es einem nichts mehr aus.

Ich habe mich immer als einen Menschen gesehen, der nicht unbedingt der Worte bedarf. Ich gewöhnte mir erst gar nicht an, Worte zu bilden, zumindest nicht viele auf einmal, nicht

einmal für mich selbst, in meinem Kopf. Lange Zeit herrschte in meinem Kopf große Ruhe. Doch das war, bevor sich all das ereignete.
Aber diese Seite meines Wesens habe ich falsch eingeschätzt, wie vieles andere auch. Ich finde, dass es auch dafür Worte gibt. Jetzt, da ich sie brauche, fallen sie mir wieder ein, vielleicht, weil mir nicht viel Zeit bleibt, sie niederzuschreiben (heute ist bereits der 20., also bleiben mir nur noch elf Tage). Ich bin froh, dass meine Finger wie von selbst über die Tastatur huschen, mich überhaupt nicht mit einzubeziehen scheinen. Die Buchstaben landen auf dem Papier in meiner alten Schreibmaschine, als wären sie aus meinen Fingerspitzen geschossen worden. Und das ist gut so, denn ich bin vollauf damit beschäftigt, all die lärmenden Worte, die in meinem Kopf herumwirbeln und sich darum streiten, welches zuerst aufs Papier gebannt wird, im Zaum zu halten. Ich habe es eilig, sie aufzuschreiben. Ich will alles erklären, denn es erscheint mir plötzlich ungeheuer dringend und wichtig, dass wir letztendlich nicht missverstanden werden.
Und ich werde versuchen, nicht nur darzulegen, was geschehen ist, sondern auch, warum und weshalb es sich nicht anders hatte abspielen können. Aber bis jetzt habe ich über das Warum noch nicht richtig nachgedacht. Das liegt an der Zeit. Ich hatte keine Zeit, nicht die richtige Art von Zeit, mir die Frage zu stellen, warum alles so gekommen ist. Ich bin zu sehr damit beschäftigt gewesen, glücklich zu sein; selbst jetzt bin ich glücklich, obwohl die Zeit, die mir bleibt, überschattet ist. Ich gebe mich damit zufrieden, sie zu nutzen, um alles zu entwirren und aufzuschreiben. Es ist ein angenehmer Zeitvertreib, im Arbeitszimmer am Fenster zu sitzen, über die

Schreibmaschine gebeugt, und ab und zu hinauszuschauen und ihnen, also Michael, Steph und Charlie, im Garten unten zuzuwinken. Sie tun nichts Besonderes. Steph wiegt Charlie auf ihrem Schoß und singt: »Schlaf, Kindlein, schlaf« – eines von Charlies Lieblingsliedern – und je mehr sie ihn hin- und herwiegt, desto munterer wird er. Jetzt winken sie zurück. Ich habe ihnen erklärt, dass ich für die Agentur einen Bericht schreiben müsse, was ja in gewisser Weise nicht gelogen ist. Durch Grimassen bekunden sie mir ihre Anteilnahme, weil ich den Nachmittag nicht mit ihnen verbringen kann. Steph hat Charlies Handgelenk umfasst und lässt ihn ebenfalls winken. Hinter ihnen erblicke ich dreierlei Arten von Herbstastern in hübschen Rottönen; aber die Rosen stehen jetzt schon in der zweiten Blüte und wirken ermattet, als ob sie zu lange Party gefeiert hätten.

Aber ich schweife ab. Ich sagte, dass ich alles erklären wolle. Und obwohl ich mir keine Erklärung vorstellen kann, die nicht auch ein Stück Rechtfertigung enthält, werde ich gar nicht erst versuchen, Entschuldigungen für das, was wir getan haben, vorzubringen. Ich leiste auch keine Abbitte, es sei denn für das Chaos und die Unannehmlichkeiten, die wir verursacht haben.

Wie also hat es angefangen? Mit dem Brief der Agentur? Oder mit der Annonce, die ich aufgegeben hatte? Vielleicht sogar viel, viel früher, Jahre vorher, mit Jenny, der Nichte, die ich erfunden hatte. Ja, vielleicht gibt das gewisse Hinweise. Anfangs diente diese Nichte als kleine, harmlose Notlüge, die natürlich weitere nach sich zog. Und unversehens war die Tatsache, dass sie gar nicht existierte, kein Thema mehr. Ich glaubte schließlich selbst, dass ich eine Nichte hatte; sie war so real für mich, wie jemand, der in Australien lebt, es für mich sein konnte. Im Übrigen bin ich noch nie im Ausland gewesen.

Obwohl, wenn ich jetzt darüber nachdenke, komme ich zu dem Schluss, dass es mit diesem Ort hier anfing, dem Haus selbst. Vom ersten Augenblick an vermittelte es mir ein nicht definierbares Gefühl, das mich hätte stutzig machen müssen, denn immerhin ist es mein 58. Haus. Nach 57 Häusern in achtzehn Jahren sind meine Erinnerungen etwas verschwommen, aber ich weiß mit Bestimmtheit, dass ich nie zuvor etwas Ähnliches empfunden habe. Das hier ist also das 58., obwohl ich in einigen Häusern mehrere Male war, da die Besitzer es so wünschten. Ich bin, oder besser, ich war auf längere Aufenthalte spezialisiert. »Wir haben die ideale Haussitterin für Sie, flexibel und ungebunden und normalerweise verfügbar«, so wurde ich von der Agentur empfohlen. Ich betone das deshalb, um Ihnen vor Augen zu führen, dass ich wohl angesehen war. Das alles hat nichts mit Unerfahrenheit, Boshaftigkeit oder Neid zu tun.

Als ich das Haus zum ersten Mal betrat, war es voll gestopft mit allen möglichen alten Möbelstücken und Gegenständen, voller als es jetzt ist, aus Gründen, auf die ich noch zu sprechen kommen werde. Vieles davon war nicht mehr gut erhalten, aber ich mochte alles so, wie es war. Es gefiel mir, wie die Dinge im ganzen Haus in kleinen Gruppen arrangiert waren, als ob sie sich gegenseitig ausgewählt hätten und jetzt zusammengluckten. Da waren die Kästen: Nähkästen, mit Samt ausgelegt, die silberne Spulen, Scheren sowie hübsche kleine Stiefelknöpfer enthielten; Kästen mit kleinen Glasflaschen ohne Korken; nach Zedernholz duftende Federmäppchen mit Tintenklecksen auf der Innenseite; vergilbte Elfenbeinkästchen mit alten Schnitzereien, bemalte oder emaillierte Dosen, die vermutlich ursprünglich Schnupftabak enthielten, aber das war mir eigentlich egal. Im Wohnzimmer fielen mir kleine Gegenstände aus Silber ins Auge: der schwere Brieföffner mit dem Schwanenkopf, das Vergrößerungsglas, eine runde Schatulle mit einer Delle, der Filigrankorb mit gewundenem Griff, eine Vase für eine einzelne Rose. Im Esszimmer das blau-weiße Geschirr, von dem einiges angeschlagen war, und die Fächer aus perlenbesetzter Spitze, verblasstem bemaltem Pergament und abgenutzten Federn in der Bibliothek. Im Übrigen war der Raum modern ausgestattet. Aber auf drei Regalen entdeckte ich sehr alte Bücher mit aufgeplatzten Buchrücken und verblassten Titeln. Sie sahen aus, als seien sie mit Zimt überstreut worden, und verbreiteten einen Geruch von welkem Laub, der mich an die Kirche erinnerte. Viele Buchseiten waren lose und so durchsichtig, dass der Druck auf der anderen Seite durchschien, als wären sie nicht schon unleserlich genug.

Aber all das wirkte in seiner Unvollkommenheit harmonisch, schien nicht danach zu verlangen, ausgebessert zu werden, wie dies bei modernen Objekten der Fall ist. Häufig zerbrechen neue Dinge, noch bevor der Zahn der Zeit sie angenagt hat. Hier hatte man den Eindruck, als ob alle Gegenstände einfach lange genug herumgestanden hatten, so dass es ganz natürlich schien, dass sie irgendwann fallen gelassen oder umgestoßen worden waren, und jedes einzelne dieser belanglosen, zufälligen Ereignisse wurde geduldig von ihnen ertragen, als ob die Dinge selbst wüssten, dass sie auch in diesem Zustand akzeptabel und schön waren. Wären leblose Dinge in der Lage, zufriedene Seufzer von sich zu geben, diese hier hätten es getan. Ich wollte genauso sein wie sie und überlegte, ob ich, wenn ich ebenfalls dahinschwand und zusammenbrach, was letztlich jedem bevorsteht, genauso sein könnte. Ja, ich erinnere mich, dass ich mir in jenen ersten Tagen des Januar genau diese Frage stellte.

Der dritte Tag verstrich genauso wie die ersten beiden und verlor sich irgendwo in den Falten des Nachmittags. Wie immer war Jean den größten Teil des Vormittags mit Staubwischen beschäftigt. Überflüssigerweise hatte sie auch Staub gesaugt und ihr Bad geputzt. Nach ihrem Mittagessen, bestehend aus Instantkaffee und Keksen, hatte sie die Küche aufgeräumt. Als sie sich nicht länger vorgaukeln konnte, dass es noch etwas zu tun gab, stieg sie die geschnitzte Holztreppe hinauf, zum obersten Stock. Erneut verspürte sie leichte Neugier, als ob das Haus und der Rest des Tages sich verschworen hätten, etwas vor ihr geheim zu halten. Und wiederum versuchte sie, die drei Türen, von denen sie wusste, dass sie verschlossen waren, zu öffnen. Dann schlenderte sie ziellos weiter, blieb hier und da stehen. Ihr herumschweifender Blick beobachtete, wie das Licht in den vielen anderen Räumen des Hauses die Zeit verdrängte. Licht strömte durch die Fenster herein, huschte über den Boden und die holzvertäfelten Wände und ergoss sich über leere Betten. Es legte sich so kalt und stumm wie ein eisiger Atemhauch auf Möbel und Gegenstände und die im Türrahmen stehende Jean. Das Licht beanspruchte den Raum, den gewöhnlich die Stunden und Minuten einnahmen, die außerhalb des Hauses weiterhin verstrichen. Durch die Westfenster sah Jean, wie der

Wind die entlaubten Bäume am Rande der Felder durchrüttelte. Durch die Südfenster beobachtete sie, wie der Wind über das Gras auf der Koppel fegte, wie Wolken am Himmel dahinzogen. Im Innern des Hauses ging der Nachmittag in den Abend über, seine Falten vertieften sich, verdrängten das restliche Tageslicht, begruben es unter sich. Als es dunkel war, ging Jean wieder von Raum zu Raum, strich behutsam über Gegenstände und zog die Vorhänge zu. So verging der dritte Tag, und Jean wartete insgeheim ab, auch wenn sie sich dessen nicht bewusst war.

Sie bewahrte den Brief der Agentur in der Tasche ihrer neuen dicken Strickjacke auf, dem Weihnachtsgeschenk, das sie für sich selbst gekauft und in Weihnachtspapier gewickelt hatte, damit sie am Weihnachtsmorgen vor den anderen Pensionsgästen etwas »von meiner Nichte Jenny aus Australien« auszupacken gehabt hatte. Nachdem sie auch dieses Jahr über die Feiertage nicht als Haussitterin engagiert gewesen war, hatte sie sich erneut gezwungen gesehen, Weihnachten im Ardenleigh-Gästehaus zu verbringen. Innerhalb von achtzehn Jahren war dies ihr fünftes Weihnachtsfest in dieser Pension gewesen. Beim ersten Mal war ihre Nichte Jenny »geboren« worden, als eines Morgens beim Frühstück eine deprimierte alte Dame Jean aufgefordert hatte, ihr zuzustimmen, dass Weihnachten schrecklich war, wenn man älter wurde und sich überflüssig fühlte. Es hatte wie eine Anklage geklungen. Jean war damals Ende vierzig gewesen und argwöhnte, dass sie älter aussah. Sie ignorierte die plumpe Anspielung auf ihr Alter und konzentrierte sich auf den Begriff »überflüssig«. Sie hörte sich sagen: »*Ich hätte nicht hierher kommen müssen, denn meine … meine Nichte hat mich gebeten, sie zu besuchen. Aber ich habe ihr er-*

widert: Dieses Jahr werde ich nicht bei dir verbringen, trotzdem danke, meine Liebe. Danke, meine liebe Jenny, habe ich zu ihr gesagt, aber dieses Jahr nehme ich mir etwas anderes vor.« Und natürlich wollte die alte Dame dann wissen, warum sie die Einladung der Nichte abgelehnt hatte. *Nun, sie bekommt bald wieder ein Baby, ihr drittes. Deshalb dachte ich, es ist nicht richtig, dass ich sie noch zusätzlich belaste.* Dann fügte sie mit dramatischer Stimme hinzu: *Wissen Sie, sie muss mit einer komplizierten Geburt rechnen.*

Einige Bewohner waren Dauergäste. Als Jean wieder mal das Weihnachtsfest in der Pension verbringen musste, fragte eine der Damen neugierig, wie es denn der Nichte gehe. Da sie die Gäste nicht enttäuschen wollte – in den letzten beiden Jahren schienen sie auf Neuigkeiten von Jenny regelrecht gelauert zu haben –, hörte sie sich von dem Baby erzählen (*ein richtiger Racker, in jeder Beziehung!*). Sie erklärte, dass Jenny dieses Jahr mit ihrer Familie Weihnachten bei den Schwiegereltern verbringen würde. Das Gleiche wiederholte sich im Jahr darauf, und dann gingen Jean die Nerven durch, und sie ließ Jenny samt Familie nach Australien auswandern. Aber da sich die Gäste von Ardenleigh inzwischen eine hohe Meinung von Jenny gebildet hatten, hielt Jean es nicht für angebracht, das Ansehen ihrer Nichte dadurch zu schmälern, dass sie ihr erlaubte, im fernen Australien ihre alte Tante in England zu vergessen. Das sah Jenny gar nicht ähnlich. So zeigte sie an den Weihnachtsfesten in Ardenleigh immer Jennys liebevoll ausgesuchtes Geschenk vor und war froh, dass sie, abgesehen von dem unzumutbar langen Flug (in ihrem Alter!), keinen anderen Grund vorbringen musste, weshalb sie Weihnachten nicht »down under« verbrachte.

Dieses Jahr schien Jenny allerdings mit ihrem Geschenk kein glückliches Händchen gehabt zu haben, denn die Jacke war ein Flop. Jean hatte angenommen, sie sei amethystfarben, aber jetzt, nachdem sie sie bereits eine Woche besaß, stellte sie fest, dass es sich eigentlich um ein schmutziges Purpurrot handelte. Doch obwohl die Farbe nicht ihren Vorstellungen entsprach, trug sie die Jacke. Sie wickelte sich fest in ihren ›Fehlgriff‹ ein und befühlte dabei den Brief, damit sie gegen die Versuchung gefeit war, ihn in ihrer Jackentasche zu vergessen. Morgens, wenn sie sich bückte, um einen Tischfuß abzustauben oder den Staubsauger zu betätigen, raschelte er in ihrer Tasche, als ob eine kleine scharfe Kante von ihr selbst abgebrochen wäre und lose an ihrer Seite herunterhing. Sie war etwas verwirrt, dass es ihr nicht wirklich wehtat. Manchmal nahm sie den Umschlag heraus und betrachtete ihn von allen Seiten, aber sie las den Brief nicht noch einmal.

Doch irgendwann im Lauf der Nachmittage fand sich Jean mit dem Vorhandensein des Briefes ab. Wenn das Tageslicht abnahm, schien auch die Bedrohung zu schwinden, die von ihrer Jackentasche ausging. Sie spürte, dass der Brief nach wie vor da war, aber sie betrachtete ihn jetzt mit einer Art gelassenem Erstaunen, das sich in bloßen Unglauben verwandelte, denn sie konnte sich nicht vorstellen, dass irgendwelche Zeichen auf einem Stück Papier irgendeine Macht über sie haben sollten. Als sie von einem Zimmer zum anderen ging und die Lampen anknipste, fand sie es verwunderlich, dass sie noch heute Morgen angenommen hatte, der Brief habe irgendeine Bedeutung für sie. Im milden Lampenlicht erschien ihr das unvorstellbar. Und mit zunehmender Dämmerung fand sie die Vorstellung, dass unbedeutende Worte in einem Umschlag, vergraben in ihrer Jacke, Bedeutung für sie haben sollten, immer absurder. Als sie sich abends vor das Kaminfeuer im Wohnzimmer gekauert hatte und der Frieden des Hauses am vollkommensten war, fand sie den Gedanken, dass ganze acht Monate vor ihr lagen, einfach unfassbar. Wenn sie es nur wollte, konnte hier die Zukunft ebenso verschwommen und fern sein, wie sie es sich von der Vergangenheit wünschte.

Am vierten Tag rief Shelley von der Agentur an.

»Hallo?«

»Ist dort Walden Manor?«

»Hallo?«

»Mit wem spreche ich? Jean, sind Sie es? Hier ist Shelley von Town & Country Sitters. Haben Sie unseren Brief erhalten?«

»O ja, ich habe ihn erhalten.«

Jean mochte Shelley nicht. Sie hatte sie nur einmal gesehen, als ein Hauseigentümer darauf bestanden hatte, dass Jean die Hausschlüssel persönlich im Büro in Stockport abholte. Eigentlich hätte sie Mitleid mit Shelley haben sollen. Diese litt nämlich an Asthma und war geplagt mit zwei überdimensionalen Brüsten, die das Bild von zwei hart arbeitenden äußeren Lungen, rund und breit, unelastisch und aufgedunsen, heraufbeschworen. Jean stellte sich vor, wie sie sich hoben und senkten, und schmiegte ihre eigenen schmalen Schultern noch enger in die dunkelrote Jacke. Plötzlich erfasste sie eine Woge der Panik. Sie hielt den Hörer etwas vom Ohr ab und versuchte, sich zu beruhigen. Am anderen Ende der Leitung hielt Shelley den Atem an. Jean vermutete, dass Shelley am Schreibtisch saß und die Telefonschnur um den beringten Zeigefinger ihrer freien Hand geschlungen hatte. Bestimmt trug sie ihren marineblauen Blazer, den sie immer im Geschäft anhatte, offen über ihrer Bluse, wobei bei jeder Berührung ein knisterndes Geräusch entstand. Jean vernahm nicht nur dieses, sondern auch alle möglichen anderen Geräusche, als ob irgendwo in der Ferne ein Kampf, den sie nicht sehen konnte, ausgetragen würde.

»Gut, Jean«, stieß Shelley schließlich hervor, »so haben Sie also unsere Bestätigung erhalten. Ich wollte mich eigentlich nur erkundigen, ob Sie irgendwelche Fragen haben. Sie sind also mit dem Inhalt des Briefes einverstanden? Leider können wir Ihnen nach Ablauf dieses Vertrags keinen weiteren Job anbieten. Das hatten wir ja auch schon besprochen, nicht wahr.«

Jean schwieg, war sich darüber im Klaren, dass ihr Schweigen für Shelley unangenehm war.

Shelley fuhr fort: »Es tut uns Leid, den Leuten zu kündigen, aber das ist Firmenpolitik. Town & Country sieht sich nicht in der Lage, seine Sitter nach dem Rentenalter weiter zu beschäftigen. Wir dürfen es nicht. Es geht um die Versicherung.« Diese lange Rede endete mit einem heftigen Schnauben. »Ich will damit sagen, Sie haben gute Arbeit geleistet. Aber Sie haben ja bereits die Sechzig um vier Jahre überschritten, nicht wahr?«

Da Jean immer noch schwieg, änderte Shelley ihre Taktik. »Sie kommen doch gut zurecht, Jean, trotz der Lage des Hauses, oder? Wenn Sie irgendwelche Besorgungen zu erledigen haben? Die Besitzer meinten nämlich, der Job wäre besser für jemanden mit Auto geeignet, da das Haus ja etwa eine Meile vom Dorf entfernt ist und es dort vielleicht etwas einsam sein könnte. Sie sagten doch tatsächlich, eine jüngere Person mit

Auto und vielleicht einem Teilzeitjob in der Umgebung würde sich besser eignen. Aber ich erklärte ihnen, Sie seien ein echter Profi und die Entfernung störe Sie nicht. Das stimmt doch, oder Jean?«

»Ich habe etwas kaputtgemacht«, verkündete Jean unvermittelt. »Heute beim Abstauben. Eine Teekanne auf dem Büfett. Eine blau-weiße Porzellankanne mit Silbereinfassung. Keine sehr große.«

Es herrschte erneut Stille, während Shelley sich überlegte, welchen Ton sie anschlagen sollte, und Jean hörte, wie das Atmen unmissverständlich heftiger wurde. »Na wunderbar, dass Sie mich so unterstützen. Das dürfen wir jetzt ausbaden. Sie müssen es auf der Inventarliste vermerken und uns offiziell melden, damit wir die Hauseigentümer unterrichten können. Sie haben doch die Inventarliste, nicht wahr? Sie war unter den Papieren, die wir Ihnen zugeschickt haben, zusammen mit der Liste der Eigentümer, die deren Anweisungen und Verbote enthält.«

»Ja, natürlich habe ich die ganzen Papiere erhalten, auch die Liste mit den Anweisungen. War 'ne ganze Menge.«

»Nun, die Leute haben nun mal das Vorrecht, sich etwas aufzuplustern, besonders wenn sie den Sitter nicht persönlich kennen. Die Familie Standish-Cave musste ja einen Tag vor Ihrem Eintreffen abfliegen und erledigte somit alles schriftlich.«

Die dem Haussitter überreichte Liste mit Anweisungen und widerwillig erteilten Zugeständnissen, die die Eigentümer über die Agentur an den Haussitter weitergereicht hatten, füllte mehrere mit Maschine geschriebene Seiten. Die Anweisungen waren sehr umfassend: kein Feuer im Kamin, keine

Kerzen, weder das Ess- noch das Wohnzimmer dürfen benutzt und nur im Gästezimmer darf der Fernseher eingeschaltet werden. Es darf nur das Geschirr in der Küche verwendet und die Cappuccino- oder Eismaschine darf nicht in Gang gesetzt werden. Der Haussitter muss beim Abstauben der Bücher immer Handschuhe tragen, darf zur Politur nur Bienenwachs und keine Silikonsprays verwenden. Offene Gläser können aufgebraucht werden, und nachts muss der Stecker am Fernseher rausgezogen werden. Jean schmiegte sich noch enger in ihre Jacke.

»Man könnte meinen, ich hätte noch nie ein Haus gehütet und wüsste nicht einmal die banalsten Dinge.«

»Nun, Sie können es ihnen nicht verübeln, besonders jetzt nicht, nachdem Sie die Kanne kaputtgemacht haben. Immerhin ist es ihr Haus.«

»Ich könnte ja versuchen, sie zu reparieren; ich habe noch alle Scherben.«

»Finger weg. Die Besitzer wären bestimmt nicht damit einverstanden. Sie wollen sie bestimmt vorschriftsmäßig repariert haben, sofern es sich überhaupt noch lohnt. Diese Kunden sind ganz speziell, deshalb wenden sie sich auch an uns. Oh, Jean.«

Wieder war aus Stockport das mühsame, kurze Atmen zu vernehmen. Schließlich räusperte sich Jean und sagte: »Tut mir Leid.«

Shelley erwiderte hastig: »Davon bin ich überzeugt, aber genau das ist der Punkt, nicht wahr? Sie sind vierundsechzig. Was ist, wenn es wieder passiert? Angenommen, Sie stürzen oder es passiert Ihnen etwas Ähnliches. Unsere Kunden zahlen, damit sie ihr Haus beruhigt dem Sitter überlassen können, was aber in diesem speziellen Szenario nicht der Fall wäre. Wenn Town & Country seine Haushüter über die Rentenjahre hinaus beschäftigte, wäre es um den Seelenfrieden der Kunden geschehen.«

»Es ist nur eine kleine Kanne. Sie werden es vermutlich nicht einmal merken, da ja hier so viele Dinge herumstehen.«

»Jean, Sie haben es mit Menschen zu tun. Die Bedürfnisse des Kunden haben Priorität. Das ist das Wichtigste, nicht wahr? Sie befinden sich im Haus des Kunden.«

Jean schniefte. »Das brauchen Sie mir nicht zu sagen, denn ich mache meinen Job immerhin seit achtzehn Jahren.«

»Ja, und deshalb wird es vielleicht Zeit, ans Aufhören zu denken. Wir müssen schließlich alle mal in Rente gehen, oder? Ich glaube, Ruhe könnte Ihnen gut tun. Ich habe ganz vergessen: Wo, haben Sie gesagt, wollten Sie Ihren Lebensabend verbringen?«

Es herrschte erneut Stille in der Leitung, da Jean nicht wusste, was sie antworten sollte. Und Shelley versuchte, den Gedanken zu verdrängen, dass die Agentur mit Jean bei den wenigen Gelegenheiten, wenn sie eine Lücke zwischen Haussitting-Jobs hatte, seit achtzehn Jahren immer nur über eine Mrs. Pearl Costello, die Inhaberin des Ardenleigh Private Guest House irgendwo im Osten von Sussex, korrespondiert hatte. War es St. Leonard? Sie mochte gar nicht daran denken, dass Jean auch dieses Jahr wie üblich um einen Job über die Weihnachtszeit ersucht hatte. Sie hatten aber nur den einen Job in Walden Manor anzubieten, der am 3. Januar begann. Shelley seufzte, und ihre Jacke knisterte über der Schulter. Gut, Jean hatte also wohl keine Familie. Aber heute war Shelleys erster Arbeitstag nach dem Weihnachtsurlaub. Sie hatte in einem Haus mit drei Schlafzimmern für vierzehn Personen aus vier Generationen das Weihnachtsfest ausgerichtet und redete sich selbst ein, dass das Familienleben gern überschätzt wurde. Bestimmt hatte Jean in Ardenleigh ihren Spaß.

»Wollen Sie Ihren Lebensabend am Meer verbringen?«

»Ich erwäge verschiedene Möglichkeiten. Habe mich noch nicht entschieden.«

»Wie schön für Sie. So, nun lass ich Sie aber wieder in Ruhe. Schicken Sie uns eine Schadensmeldung. Und bitte denken Sie in Zukunft daran, dass Sie, wenn Sie einen Anruf erhalten, Folgendes sagen sollten: ›Hier bei Standish-Cave in Walden Manor. Kann ich etwas ausrichten?‹ Das ist verbindlicher als einfach ›hallo‹ zu sagen, nicht wahr? Gehört zu den Firmengrundregeln. Und Vorsicht mit dem Staubwedel, zumindest so lange, bis Sie Ihren wohlverdienten Ruhestand antreten.«

Jean legte den Hörer auf. Sie war sich sicher, dass Shelley in Stockport das Gleiche tat, allerdings mit einem Kopfschütteln und einem tiefen Seufzer und der an niemand Bestimmten im Büro gerichteten Bemerkung, dass es höchste Zeit wurde, Jean Wade zum Teufel zu jagen.

Am Abend machte Jean im Kamin des Wohnzimmers ein Feuer. Als es hell loderte, zog sie den Brief der Agentur aus der Jackentasche und hielt ihn vorsichtig über die Flammen. Das Papier rollte sich zusammen, wurde schwarz und loderte noch einmal kurz auf, als die Holzscheite zischend zusammenfielen und explodierendes Harz einen schwachen Knall erzeugte. Jean, die es sich in ihrem Sessel gemütlich gemacht hatte, empfand diese Geräusche wie einen Seufzer der Billigung, gefolgt von einem nachsichtigen Schnalzen. Erst als das Feuer verlosch, stieß ihr, zu ihrer eigenen Überraschung, die Leere des Raums unangenehm auf. Jean hatte im Allgemeinen kein Problem mit der Einsamkeit. Bereits vor langer Zeit hatte sie erkannt, dass Einsamkeit und eine gewisse Melancholie zwei Konstanten in ihrem Leben waren und durchaus nicht ungewöhnlich. Zwischen beiden konnte eine Verbindung hergestellt werden, aber diese Möglichkeit ließ sie so gut sie konnte ungeprüft. Selbst wenn es so war, was konnte sie daran ändern? Wie viele Menschen, die Selbstmitleid nicht ertragen können, empfand Jean manchmal großes Mitleid mit einem tief vergrabenen Teil ihres Wesens, dessen Vorhandensein sie ärgerte. Und natürlich war sie jetzt allein, allein im Schein des Feuers und dem weichen Licht der Lampen, in dem niedrigen, mit Holzbalken versehenen Wohnzimmer mit dem altrosa Teppich und den schweren Vorhängen, die die Dunkelheit ausschlossen. Sie saß in einem stabilen Armsessel. Dieser sowie die übrigen wiesen zusammen mit zwei Sofas, die mit verschiedenen Stoffen bezogen waren, alle die gleichen Grün-, Rosa- und Graunuancen auf. Noch nie in ihrem Leben hatte sie sich besser gefühlt, und natürlich war sie allein. Was plötzlich ihre Unzufriedenheit hervorrief, überlegte sie, konnte also nicht nur die Einsamkeit sein, nicht irgendein unbestimmtes Verlangen nach Gesellschaft, sondern mehr ein Gefühl des Bedauerns, dass sie die Einzige auf der Welt gewesen war, die das kurze, aber befriedigende Verglühen des Briefes miterlebt hatte. Denn es war eine besondere Zeremonie gewesen, die bräunliche, wirbelnde Schrift des Briefkopfs ›Town & Country Sitters tut alles zu Ihrer Beruhigung‹ in Flammen aufgehen zu sehen. Und Zeremonien, auch wenn sie nicht richtig nachvollzogen werden können, sollten Zuschauer haben, überlegte Jean, denn sie konnte nicht genau erklären, welche Bedeutung ihre Zeremonie gehabt hatte, ob sie ein Ende oder einen Anfang, eine Erinnerung, eine Verpflichtung oder ein Gelübde bedeutete. Aber die Handlung war gewissermaßen befreiend gewesen, und jemand hätte ihr Gesellschaft leisten sollen, um zu beobachten, wie der Brief zu Asche wurde. Jemand, der anschließend eine Zeit lang bei ihr blieb und mit dem sie mit ihrer wenig geübten Stimme reden konnte, über den Brief, ihre Mutter, die verschiedenen Häuser und das Älterwerden, jemand, der im anderen Sessel am Feuer sitzen, nicken und verstehen würde. Und der ihr später, vielleicht fast beiläufig ihre Klugheit und ihren guten Geschmack bewundernd, versichern würde, dass bei so vielen angeschlagenen Gegenständen eine kaputte Teekanne völlig belanglos war, dass alles gut werden würde, ja sogar, dass ihre nicht gerade geschmackvolle Jacke tatsächlich eine hübsche Amethystfarbe hatte.

Noch bevor die Teekanne in Scherben gegangen war, hatte ich gegenüber den Gegenständen dieses Hauses dieses Gefühl. Wenn ich durchs Haus schlenderte, war mir, als ob die Zeit stehen geblieben war oder vielmehr, da dies ja nicht möglich ist, dass das Verstreichen der Zeit irrelevant geworden war, so wie es letztlich mit einem Krieg geschieht, der in einem anderen Land ausgetragen wird. Denn ich hatte den Eindruck, dass in diesem Haus der einzige Zweck der Zeit vor dem Dunkelwerden darin lag, mit dem Licht, das durch die Fenster hereinflutete, etwas Wunderbares zu vollbringen. Die Stunden jener ersten Nachmittage in Walden Manor verstrichen, und ich ließ mich von dem einfallenden Licht unterhalten, das allmählich wieder verblasste und uns, die Gegenstände und mich, erneut uns selbst überließ. Ich fand, das Licht war die angenehmste Gesellschaft, die ich je erlebt hatte.

Ich überprüfte dieses Gefühl in den ersten Tagen und gewöhnte mich daran. Ich erkannte, dass in einem solchen Haus die Zeit so unmerklich verstreicht, dass man sich dessen überhaupt nicht bewusst wird, es sei denn, man achtet auf die Veränderung des Lichts. Die Zeit bedrängte mich nicht mehr in der Weise, wie es der Fall gewesen war, als ich den Brief erhalten hatte. Ich hatte das Gefühl, die Zeit würde mich dahintändeln lassen, solange ich wollte, ja würde sogar selbst direkt neben mir dahintändeln, aber so diskret, dass ich sie gar nicht wahrnehmen würde.

All diese Erkenntnisse gründen natürlich auf späterer Einsicht. Damals hätte ich es nicht in Worte fassen können. Alles, was ich damals im Januar mit Bestimmtheit hätte sagen können, war, dass ich eine gute Zeit in einem schönen Haus verbrachte. Und dass sich die Menschen täuschen, wenn sie behaupten, Freude sei vergänglich. Das Gegenteil ist der Fall. Ich war hier hergekommen mit dem Gedanken, dass die Zeit bis September schnell vorbeigehen würde, was mich sehr beunruhigte. Doch in der ersten Woche hier machte ich die Erfahrung, dass ein Teil der Freude auf ihrer augenscheinlichen Unendlichkeit beruht. Wenn man glücklich ist, rückt das Ende in weite Ferne, auch wenn man befürchtet, dass etwas so Wunderbares nicht ewig dauern kann, doch es hält an. Und man ist verwirrt, denn man rechnet damit, dass es vorbeigeht, was aber nicht der Fall ist. Dann erfasst einen so etwas wie Leichtsinn, und man fängt an zu glauben, dass das Glück unbedingt anhalten müsse. Und das tut es tatsächlich. Da ich glücklich war, rückte die Zeit bis September plötzlich in weite Ferne. Das Glück umgab mich wie ein Wald, so dass ich den September, der dahinter wartete, nicht mehr sehen konnte.

Sie hatte Shelley gegenüber nur die halbe Wahrheit über die Teekanne gestanden. Als diese durch eine zarte Berührung des Staubwedels herunterfiel und auf dem Boden des Esszimmers in Scherben ging, ergoss sich daraus eine Flut von Schlüsseln, die wie emaillierte Samenkörner über die Fliesen schlitterten. Zuerst war Jean aufgebracht, denn sie hatte das Gefühl, fast mit Absicht dort hineingetrieben worden zu sein. Die Eigentümer hatten nämlich Folgendes auf die Liste geschrieben: »Benutzen Sie den Staubwedel. Nehmen Sie die Gegenstände beim Abstauben nicht in die Hand«, und Jean hatte sich an die Anweisungen gehalten. Eigentlich war es deren Schuld, dass die Kanne zerbrochen war. Hätte sie ein Staubtuch verwendet oder die Teekanne hochgehoben, statt mit dem idiotischen Staubwedel darüberzufahren, wäre diese nicht heruntergefallen und zerbrochen.

Als sie die Schlüssel vom Boden aufhob und begutachtete, dachte sie nicht mehr an die Teekanne. In diesem Haus gab es nämlich viele verschlossene Türen. Jean hatte im Lauf der Zeit herausgefunden, dass jeder Hauseigentümer anders war. Einige luden den Haussitter ein, sich ganz zu Hause zu fühlen, und boten ihm so viele Freiheiten, dass es fast schon peinlich war. Jean war während ihrer Haushütejobs aufgefordert worden, den Computer zu benutzen, sich an der Hausbar zu bedienen, zweifelhafte Videos anzusehen, die Sauna zu benutzen, ja sogar die elektrischen Lockenwickler der Hausherrin. Andere Hausbesitzer verhielten sich weniger überschwänglich, aber immer noch großzügig. Manchmal schlossen sie nicht benötigte Zimmer ab – zur eigenen Bequemlichkeit genauso wie zu der des Haussitters. Nur wenige schlossen die Zimmer so, wie diese Eigentümer es getan hatten, ohne Erklärung. Vier leere Schlafzimmer im Obergeschoss hatten sie unversperrt gelassen und alle Räume im Untergeschoss, da Jean sie zwar nicht benutzen, aber sauber halten sollte. Sie hatten auch was sie in ihren Anweisungen den Poolpavillon nannten abgeschlossen sowie die Garagen und Werkzeugschuppen. Kleine Schränke und Schreibtischschubladen im ganzen Haus waren ebenfalls unzugänglich, und die Schlüssel waren gut versteckt worden. Vermutlich in der blau-weißen Teekanne auf der Rückseite des Büfetts, vermutete Jean jetzt, als sie eine Hand voll Schlüssel aufhob und in ihrer Handfläche leise klirren ließ. Die Besitzer hatten sie in die Teekanne getan, um sie vor ihr zu verstecken. Ihr leichter Ärger über dieses Verhalten steigerte sich zu Groll. Damit wollten sie doch zum Ausdruck bringen, dass sie ihr nicht trauten. Nahmen sie etwa an, dass ein schlichter Haussitter nicht fähig war, der Versuchung zu widerstehen, ihre schönen, kostbaren Gegenstände zu beschädigen?

Die Wagenschlüssel waren für Jean, die keinen Führerschein besaß, uninteressant. Sie nahm auch nicht an, dass sie Gartengeräte bedienen sollte oder wollte. Einige Schlüssel waren mit Papierstreifen wie »Rasenmäher«, »alte Säge« und »neue Säge« gekennzeichnet. Aber die größten Schlüssel waren zweifellos für die verschlossenen Türen im Obergeschoss bestimmt. Damit würde sie die Zimmer öffnen, die ihr vorenthalten wurden, und diese würden dankbar sein, dass sie ihnen ihre Aufmerksamkeit schenkte. Die kleineren Schlüssel, vermutete sie, waren für die Schränke bestimmt. Diese würden noch kostbarere Dinge enthüllen und sie über die kaputte Teekanne hinwegtrösten. Schätze, die noch wertvoller waren und lediglich darauf warteten, ans Tageslicht befördert zu werden. Und die kleinsten Schlüssel würden sicherlich die Schlösser geschnitzter Schatullen und geheimer Schubladen in eleganten Sekretären öffnen. Sie würden mit einem unmerklichen Klick nachgeben, und sie würde winzige Griffe herausziehen und Deckel über Geheimnissen lüften, die diese Leute in ihrer anmaßenden Art vor ihr geheim halten wollten. Neben diesen zinnfarbenen Schlüsseln, deren matter Glanz lediglich die Fülle und Kostbarkeit dessen, was sie beschützten, verbarg, verlor die leuchtende, blau-weiße, silbergefasste Teekanne ihre Bedeutung. Sie sammelte die Porzellanscherben auf, die nun so überflüssig waren wie eine abgelegte Haut, und verstaute sie in einer Tüte.

Vielleicht nehmen Sie an, dass das Alleinsein im Haus von Menschen, die viel begüterter sind als man selbst, die ideale Voraussetzung für Bitterkeit schafft, aber ich glaube nicht, dass ich je in diese Falle getappt bin. Im Übrigen ist dieses Haus hier nicht unbedingt das größte oder luxuriöseste meiner Laufbahn, noch machte es mir je etwas aus, keine Nachbarn zu haben. Haussitting ist sowieso ein einsamer Job, und eine Meile bis zum Dorf ist durchaus zumutbar. Wenn ich es mir recht überlege, habe ich mich in Städten immer viel einsamer gefühlt, in riesigen, prachtvollen Villen hinter elektronischen Schutzzäunen, Häusern voll teurem Plunder, die sich meistens an Orten befanden, die beliebt und gleichzeitig abstoßend sind, wie zum Beispiel Bournemouth. Oder Wilmslow. An solchen Orten werde ich immer einsam sein. In solchen Häusern liegen Teppiche ausgebreitet, die sind so flauschig, dass man glaubt, über platt gedrückte Tiere zu schreiten. Wuchtige Polsterstühle mit riesigen Kissen erinnern an korpulente Damen in engen Kleidern mit viel zu schrillen Farben. Sehr häufig in Pfirsich. An solchen Orten ist man einsam, fühlt sich gleichermaßen behaglich wie auch abgestoßen.

Dieses Haus, mein 58., ist nicht das größte, auch nicht das einsamste oder luxuriöseste. Es ist das anmutigste, es ist ganz einfach schön. Auf den ersten Blick erkannte ich, dass dies das erste wirklich schöne Haus ist, das ich je gehütet habe, denn ich konnte mir vorstellen, auf Dauer hier zu leben, nicht nur vorübergehend. Es ist auf altmodische Weise schön – und ruhig. Ich glaube nicht, dass ich ein Snob bin, aber dieses Haus hier verrät guten Geschmack. Doch es ist nicht nur das. Ich habe es nie wirklich mit seinen Eigentümern in Verbindung gebracht, finde es sogar seltsam, sie als solche zu bezeichnen. In der ersten Woche habe ich mir noch Gedanken über sie gemacht, aber mit der Zeit immer weniger und nach Michaels Auftauchen eigentlich kaum noch.

Als ich hier eintraf, waren drei der oberen Räume verschlossen. Ebenso die Kellertür, verschiedene Schränke, die Garagen und die Nebengebäude. Ich war etwas verärgert darüber. Die Kunden sollten so etwas unterlassen. Eine meiner Aufgaben besteht in erster Linie darin, die Zimmer zu lüften. Wie soll ich das, wenn sie verschlossen sind? Dann ist da die

Brandgefahr. Was passiert, wenn ein Kurzschluss entsteht, Feuer ausbricht und man nicht rankommt? Man grübelt, was sich wohl hinter der Tür abspielen mag, kann jedoch nur am Türgriff rütteln und alle Heiligen anflehen, dass alles gut geht. Die Menschen bedenken das nicht, nicht solange sie nicht selbst einen Brand erlebt haben. Die Ironie war, dass auf der langen Liste der Anweisungen und Verbote ausdrücklich stand, ich solle jede Brandgefahr vermeiden. Also kein Feuer im Kamin oder Kerzen und nachts den Stecker des Fernsehers herausziehen. Ich hätte das persönlich nehmen können, aber ich gemahnte mich, dass sie ja nichts über mich im Zusammenhang mit Bränden und Häusern wussten. Das konnten sie nicht, weil Town & Country Sitters ebenfalls nichts wussten. Denn hätten sie eine Ahnung gehabt, wäre ich nie genommen worden. Nein, die »Eigentümer« waren einfach übervorsichtig, für den Fall, dass ich tatsächlich so dumm war, wie sie befürchteten, denn schließlich war ich ja nur eine Haussitterin.
Auch folgende Anweisungen ärgerten mich: In der Bibliothek, dem Wohn- und Esszimmer und im Obergeschoss sollten die Heizkörper ausgeschaltet bleiben, aber nicht in »meinem« Zimmer oder dem kleinsten Bad oder dem kleinen Fernsehzimmer. Man ging einfach davon aus, dass ich abends nur fernsehen und anschließend ins Bett gehen würde. Nun, selbst wenn ich das zu tun pflegte, fand ich es unverschämt, davon auszugehen. Es erinnerte mich an die Ardenleigh-Pension, wo man die Wahl zwischen dem Schlafzimmer (tagsüber war die Heizung ausgeschaltet) oder der so genannten Lounge hat, wo der Fernseher den ganzen Tag läuft, ohne dass jemand ihm Beachtung schenkt, aber wo auch niemand

etwas anderes tut, außer pikiert dreinzusehen. Und auf der Liste stand auch ausdrücklich, dass die Küche geheizt sei. Wenn das mal kein Wink mit dem Zaunpfahl war, um mir zu zeigen, wo mein Platz war.

Fast von Anfang an machte ich jeden Abend im Wohnzimmer ein Feuer, bis Anfang Juni. Im offenen Schuppen im Hof ist so viel Holz gestapelt, dass es für Jahre reicht. Zudem gibt es hier jede Menge Bäume. Seit letzter Woche hat Michael wieder Feuer gemacht, denn die Augustabende können kühl sein.

Wie dem auch sei, ich will ja versuchen, alles zu erklären. Ich gebe zu, ich war gegenüber Mr. und Mrs. Standish-Cave nicht gerade bester Stimmung, aber nicht aus Boshaftigkeit. Eher deshalb, weil sich die Dinge auf eine bestimmte Weise entwickelten. Es fing damit an, dass ich nach einem weiteren im Ardenleigh-Gästehaus verbrachten Weihnachtsfest hierher kam. Zu Weihnachten finde ich das Gästehaus grauenhaft. Es ist dann zur Hälfte eine Pension für Urlaubsgäste und zur Hälfte ein Seniorenheim. Mrs. Costello nimmt jeden auf, der zahlt, sofern er nicht verkalkt ist. Wahrscheinlich behagt es ihr sehr, den ganzen Winter über Pensionsgäste zu haben. Aber zu Weihnachten ist es weder das eine noch das andere. Auf jedem Etagenheizkörper steht ein Schneemann aus Plastik, Flitterkram (türkis, zum Teppich passend) ist über den Bildern, dem Barometer und der Kuckucksuhr angebracht, sogar auf dem Edelstahlset für Essig und Öl, das auf jedem Tisch steht. Dieses Jahr gab es einen Weihnachtsbaum aus Plastik mit flackernden Kerzen, die ein Weihnachtslied spielten, bis einer der weiblichen Gäste nachts im Traum davon verfolgt wurde, so dass sie ins Bett machte. Es wurde dann zum Tagesgespräch, ob man ihr erlauben würde zu bleiben. Die Bilder an der Wand entsprachen den Tischsets und diese wiederum den Bildern. Und ich habe auch noch nicht gewusst, dass Grapefruitschnitze in Sirup (der erste Gang am Weihnachtstag) besser schmecken sollen, wenn man sie auf einem Set mit einer Kutschfahrt-Szene aus dem guten alten England serviert bekommt. Die Pension ist im Übrigen ganz passabel, man gewöhnt sich an den Verkehr draußen und an das Fernsehen, und immerhin wird um sechs die Heizung in den Zimmern angestellt. Aber die Ironie an der Geschichte war: Auch wenn ich das Ardenleigh-Gästehaus nicht gerade als Paradies betrachtete, war es immer noch besser als der Ort, an dem ich vermutlich enden würde, denn ab September würde ich nicht einmal den Pensionspreis für Dauergäste zahlen können.

Später waren wir zu dritt, Michael, Steph, ich und dazu das Baby, und plötzlich wird mir klar, was das eigentlich Wichtige war. Es ist schwierig. Ich habe gerade die letzten Zeilen noch einmal gelesen. Sie sagen Ihnen nicht viel, oder? Ich will es mal so ausdrücken: Es war nicht nur der Gedanke an das Ardenleigh oder an eine noch schlimmere Einrichtung, oder an dieses Haus oder die Gegenstände darin, oder an mich, Michael oder Steph oder das Baby. Nicht der Gedanke an einen einzelnen Aspekt, der wichtiger wäre als die anderen. Es ging um uns alle und um alles an diesem Haus: die Art und Weise, wie dieser Ort jedem von uns ermöglichte, mit dem Kämpfen aufzuhören, wie er uns Kraft zu verleihen schien, dass es richtig schien, so viel dafür und auch füreinander zu geben. All das beschränkte sich nicht nur auf uns drei.

Wissen Sie, wir haben spät erkannt, dass wir zu einem Haus

gehörten und zu anderen Menschen. Damit möchte ich nicht sagen, dass wir in der Vergangenheit nicht schon alle unsere Versuche damit hatten, das ist unvermeidlich, aber jetzt waren wir hier, bildeten eine Familie, und das war der Punkt. Und wenn Sie finden, dass sich das wie der Versuch einer Entschuldigung für das, was geschehen ist, anhört, könnten Sie Recht haben.

Wegen sechs Gobelinkniekissen, acht Pfund pro Stück, hätte sich wohl der ganze Aufwand kaum gelohnt. Michael war wegen der zwei Alabasterfiguren aus dem 16. Jahrhundert, die im Glaskasten zu bewundern waren, hierher gekommen. Nur der Abwesenheit des Pfarrers und dieser dummen Frau war es zu verdanken, dass er die Figuren nicht in die Finger bekam. Und der Trostpreis in Form von sechs Kniekissen machte das Ganze irgendwie sogar noch schlimmer. Diesen Gedanken hing Michael nach, während er lächelte und ihr zuhörte. Sie war wohl eine Ehrenamtliche der Kirchengemeinde und hatte ihn – wenn auch unbewusst – daran gehindert, das siebte Kissen auch noch zu klauen, und jetzt folgte sie ihm auf Schritt und Tritt durch die Kirche.

Er hatte im Pfarramt angerufen und gefragt, ob er die Alabasterfiguren anfassen dürfe, doch eine am Computer sitzende Frau hatte ihm erklärt, dass der Pfarrer abwesend sei und sie nicht wisse, wie der Schaukasten, in dem sich die Figuren befanden, zu öffnen sei, aber selbstverständlich könne er die Kirche besichtigen. Er war froh gewesen, dass kein Mensch in der Kirche war, und fühlte sich keineswegs niedergeschlagen, denn er war darauf gefasst gewesen, dass die Figuren nicht zugänglich waren, aber vielleicht konnte er dennoch ein paar nützliche Dinge herausfinden, zum Beispiel wie stabil das Schloss war, vielleicht sogar, wo der Schlüssel aufbewahrt wurde (häufig verstauten ihn die Kirchenleute einfach in einer Schublade in der Sakristei). Es wäre nicht das erste Mal, dass er noch einmal wiederkommen musste. Eine ordentliche Menge der geklauten Kniekissen würde die Reisespesen ausgleichen. Als diese Nervensäge von Frau acht Minuten später aufgetaucht war, saß er in einer Bank, seinen Rucksack neben sich, und hatte die Situation voll im Griff, da er ja mehr oder weniger damit gerechnet hatte, gestört zu werden.

Schon vor langer Zeit hatte er erkannt, dass die Ruhe in Dorfkirchen trügerisch war, da den ganzen Tag Menschen ein- und ausgingen, die wichtigtuerisch irgendwelche Aufgaben für die Gemeinde erledigten. Er war immer auf dem Sprung. Beim geringsten Alarmzeichen, meistens in Form des klappernden Eisenriegels an der Tür, mimte er den frommen Gläubigen, der ins Gebet versenkt war. Bis zu dem Zeitpunkt, da er gestört wurde – heute hatte es nur acht Minuten gedauert –, war er immer emsig beschäftigt. Diesmal hatte er die lästigen, aber gut zu verkaufenden handbestickten Kniekissen in seinen Rucksack gepackt. Dieser besaß eine Kapazität für zwanzig, die gut hundert Pfund einbringen mochten, was allerdings nur ein Fünftel dessen ausmachte, was er für die Alabasterfiguren hätte rausschlagen können. Also wäre es kein einträglicher Tag, aber immerhin einer, für den sich der Besuch gelohnt hatte.

Nun würde er diese Berechnungen jedoch korrigieren müssen, denn er hatte bis jetzt erst sechs Kissen in den Rucksack gestopft. Und die Frau erklärte ihm nun schon seit zwanzig Minuten, dass der Pfarrer deshalb nicht hier war, weil seine

Frau drei Wochen vor Weihnachten gestorben sei und der arme Mann erst mal zu sich finden müsse.
»Was für ein Schicksalsschlag! Der arme Mann! Ich sagte zu ihm, man weiß nie, wie es einen erwischt, denn jeder von uns ist anders. Sind wir doch, oder? Aber er erwiderte, er werde bis Dreikönig durchhalten, das war ja gestern, und dann würde er sich eine Ruhepause gönnen. Wenn Sie mich fragen, sage ich Ihnen, dass er es schlechter verkraftet, als er sich zugetraut hat.«
Michael lächelte und meinte, er könne das gut verstehen. »Aber vielleicht könnten *Sie* den Kasten öffnen? Wie ich Ihnen bereits erklärt habe, suche ich seit mehreren Jahren nach Artefakten aus dieser Zeit, und nur durch …«
»Am Sonntag habe ich zum Küster gesagt, wenn Sie mich fragen, steht dieser Mann vor einem Zusammenbruch, und er erwiderte, ja, ich weiß, aber zumindest ist er eine Woche weg, in Columba's Lodge, und ich sagte, das höre ich gern.«
»Wissen Sie, wenn ich die Figuren berühre, ist das die einzige Möglichkeit …«
»Wie? O nein, tut mir Leid, aber ich hätte kein gutes Gefühl dabei. Ich bin Kirchenvorsteherin, wie ich Ihnen bereits sagte, aber ich weiß nicht, ob ich die Befugnis dazu habe. Noch nie war ich mit einem solchen Anliegen konfrontiert, und der Pfarrer bewahrt den Schlüssel in der Sakristei auf, also … Wenn wenigstens der andere Kirchenvorstand hier wäre, aber soweit ich weiß, verbringt er eine Woche auf den Kanaren. Sie fahren immer im Januar. Einige Leute haben einfach Glück!«
Michael verzog den Mund erneut zu einem verständnisvollen Lächeln, zweifelte aber daran, ob er es schaffen würde, ohne

feindseliges Zischen »macht nichts« zu sagen. Also schwieg er lieber. Er ging das Mittelschiff entlang, blickte nach oben, als interessiere ihn die Decke, und blinzelte ein paar Mal, um das nervöse Muskelzucken in seinem Gesicht zu überspielen, das jedes Mal auftrat, wenn er aufgeregt war. Dann erkannte er wie einen immer wiederkehrenden vertrauten Schmerz, dass sie ewig weiterreden und ihn nicht mehr allein lassen würde. Also musste er als Erster gehen.

»Wissen Sie, Jeff, haben Sie nicht gesagt, dass Sie Jeff heißen, ich denke, der Pfarrer würde einwenden, dass es weniger um den Wert der Figuren geht als um die Zerbrechlichkeit. Niemand darf sie ohne Handschuhe anfassen. Verstehen Sie, ich kann das nicht verantworten. Aber vielleicht kommen Sie wieder, wenn der Pfarrer zurück ist. Vielleicht lässt er zu, dass Sie die Figuren berühren.«

Michael spielte den enttäuschten Gelehrten. »Ja, das wäre wunderbar, aber ich muss bis zum Wochenende wieder in Norfolk sein, verstehen Sie? Und es wäre so wichtig, sie genau zu untersuchen. Mein kleines Buch behandelt vor allem einige Probleme der Datierung, wie ich Ihnen bereits erklärt habe, und lediglich eine gründliche Untersuchung bringt mich weiter ...«

»Oh, aber wir sind recht zuversichtlich, dass sie wirklich aus dem 16. Jahrhundert stammen, weil ...« Michael stellte fasziniert fest, welch eine Gier nach Einzelheiten sich in ihrem Gesicht ausdrückte. Ihr immer noch fülliges Haar war früher vermutlich rot gewesen. Unter ihrer Strickmütze stahlen sich ein paar Locken hervor, und über ihrem kleinen Mund, der immer in Bewegung war, zeichnete sich rötlicher Flaum ab. Michael holte tief Luft, um einen letzten Versuch zu wagen.

Er erklärte ihr, dass laut seiner Hypothese, die auf seinem Verständnis (das natürlich rudimentär war, eher privater Natur, obwohl vielleicht ein Verleger daran interessiert sein könnte) der religiösen Ikonographie Nordeuropas gründete – die Einzelheiten wolle er ihr ersparen –, die Figuren vielleicht viel älter waren.

»Ja, sie könnten sogar aus dem 12. Jahrhundert stammen. Doch um sicher zu sein, muss man sie anfassen, da das Gewicht und das Material entscheidend für die Datierung sind. Und wenn man ein klein wenig vom Sockel abkratzt, bekäme man die Bestätigung. Aber wenn ich mich nicht irre, sind sie so einmalig, dass sie unbezahlbar sind. Ihr Wert ist unschätzbar.«

Diese Masche hatte schon früher funktioniert. Es war verblüffend, wie der Widerstand einiger Personen, ihm ihre kostbaren Kunstgegenstände auszuhändigen, plötzlich schwand, wenn er der Vermutung Ausdruck gab, dass sie sich nach einer näheren Untersuchung als noch großartiger und kostbarer herausstellen könnten als angenommen. Aber aus unerklärlichen Gründen war diese Frau immun gegen seine Überredungskünste.

»O mein Gott, Sie *hätten* zuerst den Pfarrer anrufen sollen, es ist zu dumm, dass Sie ihn verpasst haben. Obwohl, um ehrlich zu sein, ich bin mir nicht sicher, ob er empfänglich dafür gewesen wäre, denn er ist einfach *erschöpft*. Es ist erst viereinhalb Wochen her, seit sie gestorben ist, und das kurz vor Weihnachten. Und man kann sich vorstellen, dass Weihnachten ihm fast noch den Rest gegeben hat, aber nein, er ließ keinen einzigen Gottesdienst aus. So ist er eben, immer pflichtbewusst, zu eisern sich selbst gegenüber. Und dabei brauchte er dringend Erholung, das konnten wir alle sehen.

Seine Frau war erst 59, und gegen Ende hatte er sie rund um die Uhr gepflegt. Der Bischof hat viel Verständnis für solche Dinge. Ich meine, der neue, der Vorgänger hatte weniger dafür übrig. Doch als Gemeinde versuchen wir alle …«

»Ist schon gut, das konnte ich ja nicht wissen. Ist wirklich sehr traurig. Vielleicht ein andermal. Ich werde Sie jetzt …«

Michael fand nicht die richtigen Worte, wie es sonst der Fall war, und der Muskel in seinem Gesicht zuckte jetzt unübersehbar. Warum erforderte es jedes Mal größere Anstrengung? Dieser Teil davon, der Teil des Geschäfts, der eigentlich Spaß machen sollte und der, so überlegte Michael, einst überhaupt der Witz an der Sache gewesen sein mochte, erforderte jetzt immer größere Mühe. Seine Aufmerksamkeit war eingeschränkt, und das war gefährlich. Oder vielleicht, erwog Michael und legte die Hand übers Gesicht, ließ er es zu, dass seine Aufmerksamkeit abschweifte, *weil* es gefährlich war, denn das Feuer, mit dem er spielte, war im Lauf der letzten Unternehmungen abgekühlt, und etwas mehr Gefahr würde vielleicht wieder mehr Hitze entfachen. Oder war er einfach müde, unendlich müde, einfach ausgebrannt, wie es der Pfarrer war?

Michael schenkte der Frau erneut sein Hilfsgeistlichen-Lächeln und konzentrierte sich so gut wie möglich. Er war nicht Michael, sondern Jeffrey »alle nennen mich Jeff« Stevenson. Er legte Dankbarkeit in seine Stimme, sein Lächeln zeigte Bedauern, und seine Augen ließen keinen Zweifel an seiner Aufrichtigkeit aufkommen. In Gedanken ging er nochmals alles durch. Er, Jeff, war ein Hilfsgeistlicher der Kirche von England, hatte ein paar Tage Urlaub. Sein besonderes Interesse galt sakralen Gegenständen. Er war ein Hilfsgeistlicher;

enttäuscht und weise, aber (weil sie es alle sind) ausgesprochen *nett.*

Freundlich sagte er: »Es ist meine Schuld, ich hätte es überlegter planen sollen, aber manchmal ist es besser, dorthin zu gehen, wohin einen die Füße tragen, und einfach hereinzuplatzen. Nun gut, zurück nach Norfolk, Plan gescheitert. Es sei denn, wir können jemand anderen bereden …«

»Oh, Norfolk! Ich mag Norfolk! Wo genau liegt Ihre Kirche?«

Michael schluckte und bemühte sich verzweifelt, den blanken Hass, der in ihm aufstieg, nicht zu zeigen. »St. Margaret, Burnham Norton«, erklärte er ihr und rief sich in Erinnerung, dass er heute Jeff Stevenson von St. Margaret, Burnham Norton war und kein Anlass zur Panik bestand. Falls erforderlich, konnte er die biografischen Einzelheiten über Jeff Stevenson herunterleiern, die er aus Crockfords Klerikerverzeichnis auswendig gelernt hatte. Ein Teil in Michaels Gehirn stellte sich jetzt den richtigen Jeff Stevenson vor, der in Norfolk sein Priesteramt versah, ahnungslos, dass er auf der anderen Seite des Landes einen Doppelgänger hatte, der seine Rolle recht gut spielte. Michael wusste, dass die Aufgaben, die der echte Jeff Stevenson heute erledigen musste, bestimmt Trost für die Alten, die Einsamen, die Kranken mit einschlossen, Aufmunterung, Beruhigung und Bemäntelung der Wahrheit, dass das Leben der meisten Menschen beschissen war, ob es nun einen Gott gab oder nicht. Michael glaubte, dass Trost nur eine andere Form der Lüge war, was also Jeff Stevenson nicht besser machte als ihn.

»Oh, wo genau liegt das?«, fragte die Frau, und ihre Stimme verriet, was kaum zu glauben war, echtes Interesse. Wie war es möglich, überlegte Michael. Und vor allem *warum,* warum diese Neugier, dieses Interesse an Einzelheiten im Leben von Fremden? Dann erfasste ihn die Erregung, die er bis jetzt vermisst hatte. Michael hatte keine Ahnung, wo Burnham Norton lag. Eine Katastrophe bahnte sich an, wenn er aufgrund jener so häufig vorkommenden Zufälle entlarvt wurde. Halb wünschte er es sich, halb wollte er hören: »Weil meine Schwester dort wohnt, Sie kennen sie bestimmt«, oder aber: »Der Hilfsgeistliche von St. Margaret ist der Neffe meines Patenkinds. Und Sie sind es nicht!« Eines Tages würde es geschehen. Würde es heute sein? Je häufiger er kleine Reisen unternahm, desto größer wurde das Risiko. Und mit jedem Mal, bei dem er davonkam, wurde es wahrscheinlicher, dass der Tag bevorstand, an dem er aufflog.

»Liegt es an der Küste?«

Die Frage schien von den Kirchenwänden abzuprallen und um den Glaskasten, in dem die Figuren sicher verwahrt waren, herumzuwirbeln. Michael bewegte sich unauffällig auf die Tür zu.

»Nun, wenn Sie wissen, wo Norwich liegt, dann ist es meines Erachtens nicht weit von dort. So, nun sollte ich aber lieber …«

»Aber in welcher Richtung? Wie viele Meilen entfernt? Liegt es in der Nähe von, wie heißt es doch noch mal – ich kann es mir vorstellen, ich war als Kind dort – zwei Mal.«

»Oh, ist das Ihr Kirchenanzeiger?«, stieß Michael plötzlich hervor. »Darf ich einen nehmen?«

»Aber sicher. Da, nehmen Sie ruhig mehrere, Sie können sie ja weitergeben«, sagte sie und schob ihm einen Stapel blassgrüner Hefte zu. »Es steht auch etwas über unsere Figuren darin, wir sind nämlich recht stolz auf sie. Und wir freuen uns über Besucher.«

»Oh, *darf* ich? Danke schön.«

»Nehmen Sie, so viele Sie wollen. Und vergessen Sie uns nicht. Der Pfarrer kehrt Ende der Woche zurück. Haben Sie sich schon in unserem Gästebuch eingetragen? Es müsste ein Stift daneben liegen, aber die sind auch immer schnell weg.«

»Oh, nur keine Umstände. Es hat mir Spaß gemacht, Ihre Kirche zu besichtigen. Ja, ich habe mich eingetragen«, sagte Michael überschwänglich. »Habe es gleich am Anfang erledigt, bevor Sie kamen. Ich danke Ihnen so sehr.«

»Und kommen Sie wieder am Ende der Woche, wenn der Pfarrer wieder hier ist.«

»Wenn es möglich ist, komme ich gern. Danke!«

»Viele Grüße an Norfolk.«

»Ich richte es aus.« Und wenn Sie noch ein Wort sagen, dachte er, während er die Frau anstrahlte, bevor er sich der Tür zuwandte, werde ich Ihnen den Hals umdrehen.

Michael hielt in einer Parkbucht am Rand von Painswick, nahm den Stapel blassgrüner Kirchenanzeiger vom Armaturenbrett, kurbelte das Fenster herunter und warf ihn hinaus. Als die Hefte zu Boden flatterten, starrte er sie an. Seine Anspannung entlud sich jetzt in einem Weinkrampf. Der Van musste gerichtet werden, die Stromrechnung war überfällig, und selbst wenn er die sechs Kissen sofort verkaufen konnte, musste er noch tanken, so dass letztlich nichts übrig blieb. Er ließ den Kopf aufs Lenkrad fallen und schluchzte. Morgen musste er wieder vor Gericht erscheinen, weil er erneut seine Geldstrafe nicht entrichtet hatte und die Verzugszinsen nicht aufbringen konnte. Aber das war noch nicht das Schlimmste.

Trotz seiner gelungenen Vorstellung heute war er nicht Jeff Stevenson. Er war eindeutig nur er selbst.

Am Dienstag, am Tag nachdem die Teekanne in Scherben gegangen war und nach Shelleys Anruf, steckte Jean die Schlüssel in ihre Jackentasche und machte ihre Runde durchs Haus. Der größte Schlüssel passte in die abgeschlossene Tür auf der Vorderseite des Hauses. Es stellte sich heraus, dass es ein Studierzimmer war, das aber gar nicht wie ein solches aussah, sondern eher eine gemächliche Atmosphäre verbreitete, als ob die hier betriebenen Studien nicht aktiv vorangetrieben wurden, sondern sich eher in ihrem eigenen Rhythmus entwickelten. Das Mobiliar war offensichtlich im Lauf der Zeit Stück für Stück zusammengetragen worden und hier stehen geblieben, auch wenn es nicht mehr gebraucht wurde. Neben einen Schreibtisch aus Mahagoni reihte sich einer aus Eiche, der kleiner und weniger hübsch war und auf dem eine alte IBM-Schreibmaschine stand. Ein Aktenschrank mit vier Schubladen stand neben einem anderen, der halb so groß war und eine andere Farbe aufwies. Es gab einen Computer und einen Drucker, ein ausgeschaltetes Faxgerät und einen Anrufbeantworter. Neben dem Computer stand eine alte Rechenmaschine und hinter dem schnurlosen Telefon entdeckte sie ein weißes aus Plastik mit einer runden Wählscheibe.
Jean war nicht besonders neugierig, welches Geschäft hier betrieben wurde. Aber wenn sie die Regale betrachtete, auf denen ein Almanach der Kricketspieler stand, Softwareschachteln mit Titeln wie *Mensa Ultimate Challenge* und *British Plant Guide*, kam sie zu dem Schluss, dass die Arbeit hier nicht anstrengend sein konnte und vielleicht kaum von

Erholung zu unterscheiden war. Es war sogar möglich, dass hier gar keine Geschäfte im kommerziellen Sinne geführt, sondern lediglich Haushaltsangelegenheiten organisiert wurden. Sie blickte sich um. Letztlich waren in ihren Augen alle Geschäfte und Büros gleich. Sie hatte in mehreren gearbeitet, zuletzt 1978, als sie gekündigt hatte, um ihre Mutter zu versorgen. Im richtigen Augenblick, um sich nicht mit Textverarbeitung herumschlagen zu müssen. Die Büroarbeit langweilte sie. Es war immer das Gleiche: Reden, Tippen, Versenden und Archivieren, und letzten Endes ging es immer nur um Worte und Zahlen. Die Menschen um sie herum schienen sich aber der Nichtigkeit der Arbeit, mit der sie sich den ganzen Tag beschäftigten, nicht bewusst zu sein, also hatte sie gelernt, den Mund zu halten, das zu tun, was von ihr erwartet wurde, und dabei eine gleichmütige Miene aufzusetzen. Aber es verblüffte sie. Das Geheimnis der Büros schien darin zu bestehen, dass so viele Menschen so viel Zeit ihres Lebens darin verbringen konnten und glaubten, ihre Zeit sei sinnvoll ausgefüllt.

Einer der neueren und kleineren Schlüssel bot Zugang zu den Aktenschränken. Jean blätterte die Ordner in der obersten Schublade durch. Sie waren beschriftet mit: Laufende Rechnungen 1, 2 und 3, Telefon, Versicherung (Gebäude), Versicherung (Hausrat), Geräte, Öl, Strom, Pool, Lieferanten: Verschiedene. In den unteren Schubladen waren die ersten Ordner mit »Wertpapiere«, »Verträge« und »Einkünfte« beschriftet. Jean hatte keine Lust, weiter zu blättern. Es handelte sich um finanzielle oder vertragliche Dinge und Briefe von Buchhaltern über Trusts, Investitionen und dergleichen. Es gab eine umfangreiche Korrespondenz mit einer Firma

namens Sadler Byng & Waterman, die sich Independent Financial Advisers nannten. Jean schloss die Schublade. Selbst wenn sie sich bemühen würde, das hier zu verstehen, war sicherlich alles enttäuschend stumpfsinnig im Detail. Wenn sie an einem verregneten Nachmittag nichts Besseres zu tun hatte, würde sie vielleicht alles noch mal in Ruhe durchsehen. Bevor sie den Raum verließ, überprüfte sie, ob der Computer und das Faxgerät nicht angeschlossen waren, stellte aber tadelnd fest, dass die alte elektrische Schreibmaschine vor dem Fenster nicht abgeschaltet war. Sie beließ es dabei.
Sie steckte einen der großen Schlüssel in die geschnitzte Tür am Ende des Haupttreppenflurs, und er drehte sich. Die Tür öffnete sich ächzend und enthüllte, als ob ein Vorhang über der Szene eines glamourösen Stücks hochgezogen worden wäre, einen Raum, der so hell, schlicht und blass war, dass sie sich unwillkürlich schmutzig und wertlos fühlte. Sie zögerte, hielt es für angebracht, sich von der Türschwelle aus im Zimmer umzusehen, wie um sich zu überzeugen, dass tatsächlich niemand darin war, denn etwas im Inneren, etwas, das bestimmt lebendig war, wenn auch nicht menschlich, nickte ihr zu. Sie streifte ihre Schuhe ab und ging hinein, wo die Vollkommenheit des Raums sich noch steigerte und umfassend wurde. Dabei stieg ihr der Geruch von Heu, sauberer Baumwolle und Zitronenöl in die Nase. Diese Düfte erfüllten jetzt den ganzen Raum. Mit jedem Schritt über den weißen Teppich rief sie magische, beschwörende Formeln wach, die lange in der Stille geschlummert hatten. Sie ging von Fenster zu Fenster, blickte hinaus in den feuchten Garten und versuchte, sich dann an das veränderte Bild, das sie hier mitten im Zimmer abgab, zu gewöhnen.

Langsam wuchs der Gedanke in ihr, dass sie jetzt, da sie sich im Raum befand, ein Teil desselben war. Sie hatte sich vom heimlichen Außenseiter auf der Türschwelle in den vollkommenen Bewohner des vollkommenen Raums verwandelt. Als sie sich umsah, bemerkte sie auf den schweren Vorhängen die verblassten Blumenmuster, den weichen Teppich und die grünen Brücken, den gekalkten Kamin und die silbernen Leuchter auf dem Kaminsims. Sie schienen ihr zu ihrer sicheren Ankunft zu gratulieren; hießen sie willkommen und übertrugen ihre Helligkeit auf sie.

Jean setzte sich auf die Kante des großen Betts, rückte in die Mitte und streckte sich aus. Der Raum war kühl, und plötzlich empfand sie das Daunenbett unter sich wie ein warmes Nest. Sie lag da und ließ zu, dass ein Gefühl sie durchströmte, das Glück ähnelte. Sie überlegte, ob dieses Gefühl wohl das lebendige Wesen sein mochte, das sie von der Schwelle aus erspürt hatte. Aber hatte nicht sie selbst dieses Gefühl in den Raum mitgebracht? Lächelnd lag sie da und fand es angenehm, nicht zu wissen, ob sie Geberin oder Empfängerin war.

Später betrat sie das Ankleidezimmer und stellte fest, dass die Schlüssel der Schränke, die drei Wände einnahmen, noch steckten. Als sie eine Tür öffnete, schreckte sie zurück, weil der lebensgroße Spiegel auf der Innenseite beinahe alles verdarb. Er zeigte ihr, dass sie doch nicht so perfekt in diesen Raum passte; mit ihrem altmodischen Rock und ihrer Strickjacke bildete sie in dem Zimmer den einzigen dunklen Punkt, und der war nicht nur dunkel, sondern schmutzig lila. Aber es war eigentlich eine Freundlichkeit, dass ihr das jetzt vor Augen geführt wurde, so wie der Raum viele Freundlichkeiten bot, denn das Aufschwingen der Tür und das Erblicken ihres eigenen Spiegelbildes offenbarten Jean auch gleichzeitig die einleuchtendste und natürlichste Lösung. Der Schrank enthielt Damengarderobe, die meisten Kleider hingen an mit Seide überzogenen Bügeln. Jean zählte acht Kaschmir-Twinsets und fünf Röcke, mehrere weiße und cremefarbene Seiden- und Leinenblusen, mindestens ein halbes Dutzend gestreifte und einfarbige Shirts. Die Schubladen enthielten Hosen, dicke Pullover, Gürtel, Schals und Unterwäsche. Hinter der nächsten Tür hingen Kostüme und Kleider. Viele Jahre lang hatte Jean in diskreten kleinen Geschäften, den »Kleideragenturen«, gebrauchte Garderobe guter Qualität gekauft, hatte sich angewöhnt, die Mängel an dieser Secondhand-Kleidung zu übersehen – den leicht ausgebeulten Rock, eine Falte in der Achselhöhle, einen Kniff am Revers. Aber alle Kleider in den Schränken wirkten wie neu. Es waren Kleidungsstücke im unpersönlichen klassischen englischen Stil, doch sie waren wohl, überlegte Jean und kaute an ihrer Unterlippe, etwas zu jugendlich und farbenfroh für sie. Oder vielleicht, dachte sie voll freudiger Erregung – ein Gefühl, das sie bei der Aussicht auf neue Kleider drei Jahrzehnte lang nicht empfunden hatte –, wirkten die Kleidungsstücke lediglich wegen ihres derzeitigen Aussehens, das ihr plötzlich unpassend und unnötig düster erschien, zu jugendlich. Die dunkle Gestalt, die sie in dem großen Spiegel erblickt hatte, war eine Peinlichkeit, ein verwirrender Gast, der uneingeladen aufgetaucht war und irgendwie fehl am Platz wirkte. Als sie die Kleider durchging, erkannte sie, dass sie in Wirklichkeit bereits ihre waren, es immer gewesen waren; nur sie selbst hatte sich verirrt. Diese Kleider würden sie wieder zu sich selbst finden lassen, würden die Jean wieder aufleben lassen, die sie und andere vor so langer Zeit falsch eingeordnet hatten, so dass niemandem mehr bewusst war, dass die dunkle, konfuse Jean nicht die richtige war. Die echte, elegante, gepflegte Jean war jetzt wiedergefunden worden, und sie brannte darauf, aus den falschen Kleidern zu schlüpfen und sich die richtigen anzuziehen. Jean wandte sich vom Spiegel ab, entkleidete sich und schlüpfte in einen langen Morgenmantel aus cremefarbenem Alpaka.

Sie ließ sich in dem großen Badezimmer neben dem Ankleidezimmer ein Bad ein, goss mehrere Duftöle hinein und stieg durch den Dunst, der sich in der kühlen Luft gebildet hatte, in die Wanne. Sie lehnte sich zurück und wartete ab, hielt sich zurück damit, ihre alte Identität abzuwaschen. Die Vorstellung, ihre eigene Haut abzurubbeln, erschien ihr fast brutal, und sie empfand lediglich die Großmut eines Menschen, der sich damit begnügt, darauf zu warten, dass sein echter Status erkannt und bestätigt wird. Gelassen lag sie im warmen Wasser und wartete, dass die alte Jean sich erhob und im Dunst verschwand wie eine Person, die sich in Nebel auflöst. Jean plantschte mit der Hand im Wasser, wie um Abschied zu nehmen, seufzte und sah auf ihren Körper hinunter. Sie stellte fest, dass sie ihn eigentlich mochte, und sie fand auch, dass sie ein Mensch war, der weiß, dass kleine sinnliche Freuden nicht verboten sind, dass ein Bad am Nachmittag nicht nur erlaubt, sondern sogar gutzuheißen war. Der Anblick ihres eigenen Körpers, der durch erquickendes warmes Wasser und den köstlichen Duft der Seife und flauschige Badetücher belohnt wurde, konnte ausschließlich positive Gefühle erwecken.

Nach dem Bad trocknete sie sich ab und parfümierte sich. Die nächste Stunde verbrachte sie damit, ihre neuen Kleider zu probieren. Die Dessous passten nicht, denn sie gehörten einer Frau, deren Busen und Hintern ausladender waren als bei ihr. Die Schuhe waren etwas zu groß, aber mit Einlegesohlen konnte sie sie tragen. Die meisten Kleidungsstücke waren bequem, manchmal zu weit, so dass sie Jean das schmeichelhafte Gefühl vermittelten, zierlich zu sein. Ihr Spiegelbild war so erfreulich, dass sie den Spiegel als neuen, aufmunternden Freund betrachtete. Jean hatte sich für einen himbeerfarbenen Kaschmir-Rock und -Pullover entschieden. Anschließend ordnete sie den Schrank neu, indem sie die Kleidungsstücke, die ihr nicht passten oder nicht gefielen, in eine Ecke schob. Dann holte sie ihre Unterwäsche aus ihrem winzigen Gästezimmer und räumte sie in den Schrank. Sie warf die Zahnbürsten im Bad in den Abfalleimer und stellte ihre eigene in den Zahnputzbecher. Im Schlafzimmer schloss sie den Frisiertisch auf und arrangierte die Haarbürsten, das Parfüm und den Schmuck, die sie in den Schubladen fand, darauf. Bevor sie ihre Schlüsselsammlung packte und den Raum verließ, stellte sie den Heizkörper an, schloss die Vorhänge, knipste die Nachttischlampen an und schlug die Bettdecke zurück.

Jean kehrte mit ihrem neuen warmen Duft in den Treppenflur zurück und öffnete den dritten verschlossenen Raum. Als sie ihn betrat, hatte sie das Gefühl, dass er länger unbewohnt war als die beiden anderen. Stille und Schweigen hatten stärker von ihm Besitz ergriffen. Das Kinderbett und die Regale mit Spielsachen waren anscheinend schon immer hier gewesen. Der Schaukelstuhl stand unbewegt da. Als Jean ein

Holzmobile aus flauschigen Schafen über dem Moseskörbchen in Bewegung setzte, fing es widerstrebend an, sich zu drehen. Mindestens drei Dutzend Augenpaare beobachteten sie von den Regalen aus; eine Sammlung von Stofftieren, Bären, Enten, Katzen, Tiger, Elefanten und Pelikane, starrten sie durch ihre Plüschfellfransen mit traurigem Blick an.
In den Schubladen der Kommode fand sie Berge ungetragener Babykleidung, viele Teile noch unausgepackt, und ungeöffnete Flaschen von Wasch- und sonstigen Lotionen für zarte Babyhaut. Auf einem kleinen antiken Kinderstühlchen lagen in einer Schachtel ein Baby-Alarm sowie eine Milchpumpe, ebenfalls neu und noch in der Packung. Jean erkannte plötzlich, was hier los war. Mrs. Standish-Cave war wohl schwanger, wovon die vielen vorübergehend ausgemusterten Kleider zeugten, die in der Schwangerschaft nicht zu gebrauchen waren, und sie und ihr Mann waren wohl aus diesem Grund im Ausland, wo sie ihr Baby zur Welt bringen würde. Vielleicht war sie selbst Ausländerin und wollte bei ihrer Mutter sein, oder vielleicht hatte sie kein Vertrauen zu englischen Kliniken. Auf jeden Fall konnte sie ihre Wahl treffen. Sie hatten bestimmt vor, mit dem Baby zurückzukommen, wenn es ein paar Monate alt war. Im Haus war ja alles vorbereitet. Jean nahm einen weißen Bären mit braunen Samtpranken vom Regal, streichelte ihn und ließ zu, dass ihr Neid auf den Reichtum der Frau und ihre Eifersucht auf deren Mutterschaft sie durchliefen und wieder verließen. Vor diesem Hintergrund war die kategorische, mit Anweisungen versehene egoistische Liste vielleicht etwas besser zu verstehen, auch wenn es das Ganze letztlich nur unmerklich milderte. Sogar das Abschließen der Räume erschien jetzt fast

verzeihlich. War es nicht so, dass Frauen, wenn sie ein Baby erwarteten, überempfindlich und hinsichtlich ihres Heims besitzergreifend wurden? Sie bauten ein Nest und hielten alles unter Kontrolle, damit alles so war, wie sie es sich vorstellten. Jean befühlte den Ärmel ihres himbeerfarbenen Pullovers und lächelte. Sie konnte sich die Vorfreude auf ein Baby ausmalen, hatte es sich häufig genug vorgestellt, auch wenn es schon lange her war. Aber aus einem ihr unerklärlichen Grund konnte sie jetzt daran denken, ohne Schmerz zu empfinden oder ein unbestimmtes, nagendes Gefühl des Bedauerns.

War es Einsamkeit? Lag es daran, dass ich nicht genug zu tun hatte? Bei meiner Ankunft waren die Betten in den anderen Schlafzimmern (abgesehen von den beiden, die sie abgeschlossen hatten) mit Ausnahme des Bettes in dem mir zugewiesenen Gästezimmer (welches das kleinste war) nicht bezogen. Ein Bett mit nackter Matratze ist nicht gerade einladend, sieht aus, als ob jemand gestorben oder für immer gegangen wäre, wohingegen ein frisch bezogenes Bett ein Indiz dafür ist, dass jemand erwartet wird. Die nackten Matratzen waren trostlos, und es war an demselben Nachmittag, an dem ich mein neues Schlafzimmer entdeckte, als mich auch die Matratzen zu stören begannen.

Vielleicht war es das Babyzimmer. Die ganze Erwartung. Es stimmt fröhlich, wenn ein Zimmer einen neuen Erdenbürger erwartet. Oder vielleicht waren es meine neuen Kleider und mein neues Zimmer, dass ich mich so anders fühlte und der Wunsch nach einem eigenen Kind, den ich fast begraben hatte, jetzt wieder in greifbare Nähe rückte.

Denken Sie jetzt bitte nicht, dass ich den Verstand verloren habe, denn der Sinn für gewisse Realitäten ist mir nie abhanden gekommen. Keine Sekunde gab ich mich der Illusion hin, mit 64 noch ein Kind zu bekommen. Aber an dem Abend aß ich im Wohnzimmer vor dem Kaminfeuer. »Nehmen Sie kein Essen aus der Küche mit«, stand auf der Liste, doch dies interessierte mich heute nicht, und es hätte auch keinen Unterschied gemacht, wenn ich sie beachtet hätte. Später saß ich in meinem Sessel und dachte nach.

Schon immer habe ich gern den Rufen von Eulen gelauscht, und an jenem Abend war es das Einzige, was ich außer dem Knistern des Feuers hörte. Ich glaube, sie nisten in der Scheune oder im Dachgesims des Poolpavillons. Ich vermutete, dass das Haus über vierhundert Jahre alt war, auch die Teekanne musste ein paar Jahrhunderte überdauert haben, bevor ich aufgetaucht war. Ich dachte über die anderen Objekte nach, die ich an diesem Nachmittag begutachtet hatte – die Kerzenleuchter, die Kleider, den weißen Stoffbären mit den braunen Pranken, ja sogar über die Schreibmaschine machte ich mir Gedanken, stellte mir vor, wie all diese Dinge irgendwann von jemandem ausgewählt und irgendwo erworben und aus sicherlich guten Gründen hier im Haus verteilt worden waren. Und jetzt spielten diese Gründe keine Rolle mehr, auch nicht, wer sie gehabt hatte. Und noch weniger von Bedeutung war, *wann* diese Gründe eine Rolle gespielt hatten, ob letzten Monat, letztes Jahr oder im Jahr 1600, denn sie gehörten der Vergangenheit an.

Und ich erkannte, dass alles, was je von Menschen gedacht oder getan wurde, flüchtig ist. Jegliche menschliche Überlegung und Handlung ist dem Untergang geweiht, denn von dem Augenblick an, da sie abgeschlossen ist, gehört sie der Vergangenheit an und kehrt nicht wieder. Oh, könnten Sie einwenden, was ist mit dem Gedächtnis oder den Folgen menschlicher Handlungen? Sie haben doch Bestand, oder? Nun, vielleicht für eine Weile, aber nur für eine geborgte Zeit. Ich meine das ganz wörtlich. Auch die Erinnerung ist dem Tod geweiht, und die Wirkungen von Handlungen werden mit der Zeit schwächer, bis sie ganz nachlassen, und schließlich ist es so, als ob sie nie existiert hätten. Ich vermute, Sie werden als Nächstes die Frage stellen, was dann eigentlich unter Geschichte zu verstehen ist. Bedeutet sie nicht, dass vergangene Ereignisse Auswirkungen bis in die Gegenwart haben? Ich würde darauf erwidern, Geschichte ist nur das, was wir in Erinnerung behalten, um mit ihrer Hilfe die Gegenwart in der von uns gewünschten Weise zu deuten. Wenn Geschichte bedeutet, dass man die Vergangenheit gewissermaßen durch ein Fenster betrachtet, wählen wir nicht nur die Form des Fensters, sondern auch die Aussicht, die wir von diesem aus haben. Ich habe genügend historische Biografien gelesen, um das beurteilen zu können. Es geht nicht um das Erinnern von Ereignissen, die zu ihrer Zeit bedeutsam waren, sondern lediglich um das Heraufbeschwören von und das Festhalten an toten und vergangenen Dingen, an die wir unsere Argumentation knüpfen, warum die Dinge heute so sind, wie sie sind, in der Hoffnung, dass diese Argumentation dann weniger fadenscheinig erscheint. In der Hoffnung, dass es nicht willkürlich und sinnlos ist, dass die Dinge so sind, wie sie sind, was wir ja befürchten (und meiner Ansicht nach zu Recht). So können im Rahmen der Geschichte weder die Gedanken noch die Taten eines einzelnen Menschen überdauern, wenn sie ihre Funktion, diese Argumentation zu stützen, verloren haben. Also überlebt nicht einmal die Geschichte.

Aber Dinge, Dinge überdauern die Zeit, selbst wenn ihre Bedeutung oder das, was ihnen ursprünglich Bedeutung verlieh, vergessen wurde. Was auch immer die Gegenstände in diesem Haus einst für jemanden bedeutet hatten, was auch immer für gefühlvolle Geschichten sich damit verbinden mochten, spielte keine Rolle mehr, da Zeit vergangen war und die Gegenstände jetzt ganz neutral in dieses Haus gehörten. Die alten Geschichten konnten abgehakt und neue erzählt werden, und wer konnte behaupten, dass meine weniger authentisch waren? Diese Teekanne, erfuhr ich aus der Inventarliste, wurde um 1650 in Kanton hergestellt und später, vermutlich in Augsburg, mit Silber verbrämt. Sie war für Hunderte von Pfund versichert (ich habe die genaue Zahl vergessen, ist auch nicht wichtig), ist das nicht lächerlich? Angenommen, ich würde hinzufügen, dass sie von John Walden, einem meiner Vorfahren väterlicherseits, erworben wurde. Und angenommen, dass sie Mitte des 19. Jahrhunderts in Walden Manor in ein Nachlassverzeichnis (das verloren gegangen ist) aufgenommen wurde. Angenommen, ich würde behaupten, dass sie von meiner geliebten Großtante als Knopfschachtel verwendet wurde. Wer könnte etwas dagegen einwenden? Ich gebe zu, dass mich diese Überlegungen, als ich abends vor dem Kamin saß und in der Dunkelheit die Schreie der Eulen hörte, in Erregung versetzten.

Ich stellte mir diese Großtante vor, wie sie einen Knopf aus der Kanne nahm und auf mein Lieblingskleid nähte und sich mit ihrer kleinen Nichte Jean unterhielt, und plötzlich fand

ich es ganz in Ordnung, die Geschichte weiterzuspinnen (diese Teekanne ließ mich jede beliebige Geschichte erzählen) und zu sagen, dass Jean irgendwann zu einem späteren Zeitpunkt einen unehelichen Sohn geboren und zur Adoption freigegeben hat. Sagen wir, vor siebenundvierzig Jahren, also 1955, als ich siebzehn war, im Jahr nach Vaters Tod. Ein Mann von siebenundvierzig könnte mittlerweile sehr wohl eigene Kinder haben, ja sogar Enkel. Wie glücklich wäre ich, diesen Sohn wiederzufinden. Dieses Haus hier würde sich mit seinem Garten, dem Pool, den Pferdekoppeln und den vielen schönen Zimmern gut für eine große Familie eignen. Und ich schwöre, dass die Vorstellung, dass ich einst ein Baby geboren hatte und dass niemand das Gegenteil behaupten könnte, mich glücklich machte, denn es schien keineswegs nur eine Erfindung zu sein, sondern eher etwas Vergessenes, an das ich mich wieder erinnerte. Als ich mich zum ersten Mal in mein neues Schlafzimmer zurückzog, bezog ich auch die Betten in den anderen Zimmern. Bettwäsche gab es ja genug. Ich wählte die schönste, reines Leinen mit lila Paspeln für Michaels und Stephs Schlafzimmer mit den taubengrauen Tapeten und den dunkelgrauen Samtvorhängen (obwohl ich natürlich zu dem Zeitpunkt noch nicht wissen konnte, dass es *ihr* Zimmer sein würde).
O ja, und an dem Abend warf ich auch die Bestandsliste ins Feuer. Im Lauf des Tages war sie noch unbedeutender geworden als Shelleys Brief, also fiel sie dem gleichen Schicksal anheim wie dieser. Ich erinnere mich, dass es noch nicht einmal Mitte Januar war, und vielleicht lag in all dem so etwas wie ein Vorsatz für das neue Jahr.

Am nächsten Tag verließ Jean das Haus in einem hübschen olivgrünen Tweedmantel. In der Diele warf sie einen Blick in den großen Spiegel und registrierte selbstzufrieden, dass sie elegant aussah. Wie könnte es auch anders sein, in einem solchen Mantel? Ihre Silhouette zeichnete sich klar ab. Und genauso klar arbeitete jetzt ihr Gehirn, schob Ängste beiseite und war bereit für kleine Freuden, zum Beispiel, sich fast wie eine Tänzerin vor dem Spiegel im Kreis zu drehen, um zu sehen, wie der Mantel im Rücken fiel. Der Mantel, den sie bei ihrer Ankunft getragen hatte und den sie in Gedanken als das *alte marineblaue Ding* bezeichnete, war immer noch über die Eichentruhe drapiert. Sie kehrte dem Spiegel den Rücken und griff angewidert nach dem alten Mantel, als handelte es sich um gebrauchte Bandagen. Er schien ihr weniger zu gehören als der olivgrüne Mantel. Das Innenfutter irritierte sie nur einen kurzen Augenblick, aber der Geruch nach Bahnhof, der ihm anhing, brachte sie wieder in gefährliche Reichweite der alten Jean, die ihn zuletzt getragen hatte. Sie faltete ihn zusammen und verstaute ihn im Garderobenschrank. Als sie die Tür desselben schloss, hob sie einen Ärmel ihres Tweedmantels und holte tief Luft. Aus ihrem neuen Badezimmer waberten ihr die neuen Düfte, blumig und englisch, entgegen. Ihre eigenen Düfte. Sie trug wieder den himbeerfarbenen Rock mit dazu passendem Pullover und hatte schwarze Schuhe, Handschuhe und eine Handtasche, ebenfalls in Schwarz, aus dem Schrank geholt und hoffte, dass ihr die alte Jean nicht folgte, wenn sie das Haus verließ.

Sie legte den Zufahrtsweg in zwanzig Minuten zurück. Sie hatte ihn noch nie bei Tageslicht gesehen, nur aus der Ferne von den oberen Fenstern aus, denn am ersten Tag war sie lange nach Einbruch der Dunkelheit mit dem Taxi vorgefahren. Und inzwischen hatte sie das Haus nur verlassen, um in den Garten zu gehen, Holz für den Kamin zu holen und an den Türen der Nebengebäude zu rütteln. Als sie jetzt zwischen den Wiesen, die den Fahrweg auf beiden Seiten säumten, dahinschritt, stellte sie fest, dass es außer diesen, den Trockensteinmauern und den Bäumen wenig zu betrachten gab. Die Landschaft als solche, in der kein Vieh, keine Menschen oder Gebäude zu sehen waren, war lieblich; es ging keine Bedrohung von ihr aus, und entsprechend uninteressant war sie auch. Jean spürte Dankbarkeit, denn das war alles, was sie im Augenblick wünschte. Die Sorte Menschen (Mutter gehörte auch dazu), die irgendwelche Dinge in der Landschaft bemerkten – ungewöhnlich geformte Wurzeln oder Giftpilze oder Beeren –, waren ihr seit jeher auf die Nerven gegangen.

Jean hatte keine Eile. Sie liebte es, auf ihre neuen Schuhe hinunterzusehen und die Berührung zwischen ihrem Fuß und dem Lederfutter zu spüren. Der Regen und der Wind der letzten Tage hatten auf dem Makadamfahrweg eine dünne Morastschicht hinterlassen. Kleine Rinnsale, die von welkem Laub und Zweigen blockiert wurden, hatten sich dennoch einen Ablauf erkämpft. Jean hatte nichts gegen Nässe, aber sie freute sich bereits wieder auf den Heimweg, erinnerte sich, dass im Schrank ein Paar gemütlich aussehende Hausschuhe standen, die sie noch nicht ausprobiert hatte. Sie würde im Wohnzimmerkamin ein Feuer machen und einen ruhigen Nachmittag verbringen; nach dem Mittagessen konnte sie auf dem Sofa ein Mittagsschläfchen halten, da der Vormittag in Bath recht ermüdend sein würde. Die Hausarbeit würde heute natürlich ausfallen, aber da es ihr nichts ausmachte, würde es wohl auch kaum jemand anderen etwas angehen. Heute Nachmittag würde sie im Wohnzimmer bleiben und die weichen Hausschuhe tragen, während ihre nassen Schuhe, ausgestopft mit Zeitungspapier, neben der Heizung trockneten. Es war ein Privileg, derart gute Schuhe zu besitzen, und so war es sowohl ein Vergnügen als auch eine Verantwortung, sie ordnungsgemäß zu behandeln.

Bis zur Bushaltestelle, von wo aus Jean mit dem Bus nach Bath fahren würde, war es eine weitere Viertelmeile. Als es wieder zu regnen begann, dachte sie etwas traurig an die Autoschlüssel, die zwischen den anderen in der Teekanne gelegen hatten. Die Garagen beherbergten mindestens drei Autos, aber leider konnte sie nicht fahren. Mit großer Wahrscheinlichkeit konnte es jedoch ihr Sohn. Als sie beim Fahrer das Ticket löste, empfand sie daher den übrigen Fahrgästen gegenüber eine leichte, geheime Überlegenheit. Diese wirkten resigniert, weil sie den Bus nehmen mussten, aber für sie würde es heute das letzte Mal sein, dass sie im Regen auf einen Bus warten musste, der zu spät kam.

In Bath kaufte sie Briefmarken, Schreibpapier und ein Exemplar von *The Lady* bei W H Smiths und erkundigte sich nach dem Weg zur Post. Auf der anderen Straßenseite befand sich eines dieser neuen Kaffeehäuser mit Sofas. Noch nie hatte sie ein solches von innen gesehen. Hier wurden tausend Dinge mit italienischen Bezeichnungen angeboten, und man hatte Mühe, stellte sie fest, eine Tasse Kaffee zu bekommen. Der Duft, der das Café erfüllte, war besser als der Kaffee selbst, aber Jean war müde und dankbar für die kleine Ruhepause, und sie benötigte eine ruhige Ecke, um den nächsten Teil zu erledigen. Das Café füllte sich allmählich. Sie schlüpfte aus dem Mantel und hängte ihn lose über die Schultern, dann breitete sie ihre pinkfarbenen Kaschmir-Ärmel aus und legte sie wie schwere Flügel auf den niedrigen Tisch. Sie breitete das Papier, die Umschläge und das Scheckheft auf dem Tisch aus und studierte die hinteren Seiten der neu erworbenen Zeitschrift. Als sie wusste, was sie tun musste, schrieb sie auf ein Stück Papier:

> WURDEN SIE 1955 GEBOREN UND ADOPTIERT? Dame in Landhaus sucht Kontakt mit ihrem braunäugigen Baby, einem Sohn, den sie aus der Not heraus und wehen Herzens im Alter von drei Wochen in Südengland zur Adoption freigegeben hatte. Alle Papiere sind verloren gegangen. Sie ist dankbar für jeden Hinweis. Antworten nur unter Chiffrenummer. Vertrauliche Behandlung zugesichert.

Als sie eine Kopie davon gemacht hatte, füllte sie das Formblatt aus, berechnete die Kosten, stellte einen Scheck aus, steckte alles in den Umschlag und schrieb die Adresse darauf. Sie zitterte leicht. Ihr Kaffee war inzwischen kalt geworden. Sie erwog, noch einen zu bestellen, aber sie hatte bereits die Hälfte ihres Wochenbudgets für die Anzeige aufgebraucht. Zudem fürchtete sie, dass sie, wenn sie noch eine Tasse Kaffee trank, plötzlich Bedenken haben könnte, ob sie richtig gehandelt hatte. Ihr Mut geriet ins Schwanken, und sie fühlte sich irgendwie unbehaglich. Ihr Herz klopfte zum Zerspringen, und sie fühlte Blicke auf sich. O Gott, konnten sie es hören? Verriet ihr Gesicht, wie verängstigt sie war? Sie musste

unbedingt nach Hause, bemühte sich, ihr Zittern zu unterdrücken, aber es gelang ihr nicht.
»Entschuldigen Sie, ist bei Ihnen alles in Ordnung?«
Sie konnte ihre Panik also nicht verbergen, musste unbedingt hier raus. Sie war jetzt davon überzeugt, dass all die Menschen hier, die ihren heißen Kaffee tranken und sich über ihre Einkäufe unterhielten, ja jeder Einzelne der unzähligen Menschen, die heute Morgen durch die Straßen von Bath eilten, sie aufhalten würde, wenn er es könnte. Sie würden einen Mob bilden, einen riesigen wütenden Mob, und sie aufhalten. Jean ahnte, was sich abspielen würde. Die Frau am Nebentisch hörte nicht mehr zu, was ihre Freundin ihr erzählte, und warf Jean einen Blick zu, den diese wohl als besorgt deuten sollte, der aber in Wirklichkeit einfach nur misstrauisch war.
»Es geht mir gut, ich muss nur sehen, dass ich nach Hause komme. Es ist hier ziemlich warm. Ich danke Ihnen.« Jean schlüpfte wieder in ihren Mantel und war immerhin wieder gelassen genug festzustellen, dass der Frau nicht entging, wie teuer und exklusiv er war. Die Augen der Frau nach wie vor auf sich gerichtet, überquerte sie die Straße zur Post und warf den Umschlag ein. Dann blieb sie neben dem Briefkasten stehen, bis sie wieder ganz gefasst war.
Eilig überquerte sie erneut die Straße und steuerte Waitrose an, denn plötzlich war ihr in den Sinn gekommen, dass ein Haus ja Blumen brauchte, ganz besonders im Januar. Sie gab fast den Rest ihres Geldes für Lilien, Rosen und Freesien aus und nahm ein Infoblatt mit, das darauf hinwies, dass Waitrose auch Blumen anlieferte. Sie hoffte, dass sie eine telefonische Bestellung aufgeben konnte, ohne eine Kreditkarte

benutzen zu müssen. Sie hatte noch nie viel von Kreditkarten gehalten, noch war ihr je, das musste sie eingestehen, eine angeboten worden. Bevor sie in das Haus gekommen war, hatte sie sich vorgenommen, einmal pro Woche Lebensmittel einzukaufen, wie sie es sonst auch zu tun pflegte. Aber der Stress, Walden für ein paar Stunden den Rücken zu kehren, war zu groß, erkannte sie, als sie mit großen Schritten zur Bushaltestelle eilte, den Arm voller Blumen. Sie würde es nicht noch einmal riskieren.

In dem Moment, als Jean in den Bus stieg, um nach Hause zu fahren, stand Michael auf der anderen Seite der Stadt vor dem Friedensrichter. Die Richter, eine freundlich aussehende Dame, eine mit harten Zügen und Schuppen und ein Mann mit hängenden Schultern, waren gerade wieder im Gerichtssaal erschienen, nachdem sie sich zurückgezogen hatten, um seinen Fall zu besprechen. Die Richterin mit den harten Zügen erklärte ihm erneut, wie enttäuscht sie seien, ihn hier zu sehen. Michael nickte entschuldigend und hörte sich mit der Armesündermiene, die die Richter liebten, eine weitere Standpauke an. Er war froh, dass er nicht ins Gefängnis musste. Die Miene der freundlichen Richterin verriet triumphierende Großmut, was implizierte, dass er ihr dankbar sein musste. Mit rauer Stimme beantwortete er ihre eindringlichen Fragen über seine Einkünfte und Ausgaben. Es wurde notiert, dass er immer noch arbeitslos war. Hatte er nicht Erfahrung als Barkeeper? Michael schluckte und versuchte zu erklären. Hatte er seinen Arzt konsultiert, was sie ihm dringend empfahlen? Dabei blieb die Frage offen, ob nach einer Reihe geplatzter Termine sein Arzt überhaupt noch Lust hatte, ihn zu sehen. Das Chaos, das Michael aus seinem Leben gemacht hatte, breitete sich aus und füllte den Raum, lastete auf den Schultern der Richter und nahm Michael die Luft für weitere Erklärungen. Aber nicht die Ausbreitung seines armseligen Lebens berührte ihn plötzlich und ließ sein Kinn erzittern, als wäre er immer noch ein kleiner Rotzjunge; es war vielmehr die ungewohnte Situation, befragt zu werden. Er sollte eigentlich an die Verfahrensweise der Richter gewöhnt sein, aber jedes Mal überrumpelte sie ihn von neuem. Als sie ihn befragten und ihre Worte so klangen, als interessiere es sie wirklich, was mit ihm los war, hätte er am liebsten losgeheult. Einen Augenblick lang leistete er sich den Luxus zu glauben, dass diese mütterlichen Richterinnen besorgt um ihn wären. Aber als er auf die mit Schuppen übersäten Schultern der Richterin mit den harten Zügen blickte, wurde ihm wieder bewusst, dass seine Armut, seine Jugend in Heimen, seine kleine unmöblierte Wohnung und seine fehlenden Freunde und Zukunftsaussichten den Richtern völlig egal waren. Das Einzige, was sie interessierte, war, Geld von ihm zu bekommen, dafür, dass er den Van gefahren hatte, ohne versichert zu sein, und dafür, dass er zweimal mit den Zahlungen in Rückstand geraten war. Tränen des Selbstmitleids füllten seine Augen, und als die mit den harten Zügen fortfuhr, ihm zu erklären, dass sie angesichts seines Gesundheitszustands keinen sozialen Dienst von ihm verlangten, sondern die Geldstrafe erhöhen und großzügigerweise die Zahlungen stunden würden, senkte er den Kopf noch tiefer, und Tränen rollten über das Revers seines Jacketts, das er angezogen hatte, um die Richter nachsichtig zu stimmen. Wenn er von nun an seine Zahlungen pünktlich leistete, hätte er seine Schulden in vier Jahren getilgt. Michael öffnete den Mund und schloss ihn dann wieder. Es hatte keinen Sinn, etwas zu sagen, es würde nicht funktionieren. Jegliches Mitgefühl für ein Kind, das in Heimen groß geworden war, war erschöpft, noch bevor dieses Kind zu einem vierzigjährigen Erwachsenen herangereift war, und so würde er den Mund halten. Würde er dieses Mal, fragten sie ihn gerade, seine Zahlungen pünktlich leisten können? Er antwortete mit Ja, was sie von ihm erwarteten. Und während man ihm erklärte, dass man hoffe, ihn nicht mehr wiederzusehen, schrieb die freundliche Richterin etwas auf und blickte nicht einmal hoch, als er aus dem Gerichtssaal ging.

Als Michael in seine Wohnung zurückkehrte, war diese immer noch eiskalt, aber da er nicht wusste, wie er die Stromrechnung bezahlen sollte, konnte er es nicht ändern. Er überlegte, ob er zu Ken rübergehen sollte, wo es immer gemütlich warm war, aber dann musste er sich Kens Gerede anhören, und im Augenblick war ihm nicht danach zumute. Plötzlich empfand er Schuldgefühle. Ken bekam nicht viel Besuch; er sollte wirklich zu ihm gehen. Aber nicht jetzt, vielleicht später, dann konnte er ihn ja fragen, ob er etwas für ihn tun könne. Und wenn Ken Michael darum bat, ihm etwas zu besorgen, Papier oder Zigaretten, oder ihm eine Wärmflasche zu bereiten, würde Michael sich etwas weniger mies fühlen, wenn er Ken darum bat, ein Bad nehmen zu dürfen. Kens Badezimmer mit der Hebevorrichtung, den Handläufen und dem ganzen orthopädischen Krimskrams auf der Fensterbank jagte Michael immer einen Schauder über den Rücken, aber immerhin gab es hier stets heißes Wasser.

Michael machte sich eine Dosensuppe warm und nahm einen Teller davon mit ins Bett. Der Rucksack, der jetzt leer war und aufklaffte, stand an der Wand neben dem Bücherregal. Gestern hatte ihm Mr. David von »Sulis Curios and Objets d'Art« sechs Kniekissen für fünfundzwanzig Pfund abgenommen. Mit verschlagenem Blick hatte er ihm das Geld in die Hand gezählt. »Aus reiner Nächstenliebe«, hatte er ölig bemerkt. »Versuchen Sie das nicht noch mal mit mir, okay?« Aber sie wussten beide, dass Michael es erneut tun würde. Das Problem war, überlegte Michael, als er seine Suppe löffelte, dass er keinen Pfennig auf der hohen Kante hatte, weshalb er auf Mr. Davids paar Kröten nicht verzichten konnte. Er brauchte unbedingt Geld für die Miete, die Bezahlung seiner Geldstrafen, ja auch für Lebensmittel. Jedes Mal, wenn er sich an Mr. David wandte, schwebte irgendein Damoklesschwert über ihm, und er konnte sich nicht vorstellen, wie er weiterleben sollte, wenn Mr. David einmal keine Lust mehr hatte (was dieser manchmal androhte), ihm seine Beute abzukaufen. Michael fand es inzwischen ganz natürlich, dass er, wenn er bei Mr. David aufkreuzte, unter dem deutlich spürbaren Druck stand zu verkaufen. Er war wie ein peinlicher Verwandter, der sich aufdrängte.

Wenn das überhaupt möglich war, verschlechterte sich Michaels Lage momentan sogar noch. Weniger denn je bestand eine Chance, erneut einen Stand auf dem Walcot-Markt zu eröffnen. Er war jetzt noch weiter davon entfernt als an jenem Tag im letzten Jahr, als alle Waren vom Rücksitz seines Van gestohlen worden waren. Ja, sicher, die Türen waren nur notdürftig mit einer Schnur und einem verbogenen Kleiderbügel verschlossen gewesen, doch Michael hatte sich eingebildet, er hätte es so geschickt gemacht, dass kein Dieb sich rantrauen würde. Aber seit damals hatte kein Coup mehr genug ein-

gebracht, um davon Waren kaufen und wieder einen Stand eröffnen zu können. Er lebte mehr schlecht als recht von einem Deal zum nächsten. Das hieß, er musste nehmen, was Mr. David ihm anbot, und dieser nutzte die Situation weidlich aus.
Michael hatte ihm die Alabasterfiguren mehr oder weniger fest versprochen, und Mr. David hatte mehr oder weniger fest versprochen, ihm fünfhundert dafür zu zahlen. Diese Summe hätte es Michael ermöglicht, ein paar Schulden zu begleichen und Ware einzukaufen, so dass er bis Ostern wieder einen Stand gehabt hätte und über den Sommer versorgt gewesen wäre. Aber Tatsache war, dass es ihm nicht gelungen war, die Alabasterfiguren zu klauen. Inzwischen war seine Suppe kalt geworden. Selbst wenn es ihm irgendwann gelingen sollte, sie zu ergattern, sofern er sich traute, das ganze Spiel nochmals durchzumachen, würde Mr. David sie für mindestens zweitausend, ja vielleicht sogar dreitausend verkaufen. Er versuchte, nicht zu sehr darüber nachzudenken. Mr. David hatte Kontakte, und ohne Kontakte ging gar nichts. Nützliche Kontakte gehörten zu dem, was Michael nicht besaß. Bei dieser Einsicht ließ er seinen leeren Suppenteller auf den Boden fallen, schlüpfte unter die Bettdecke und zog sie bis zum Kinn hoch.
Als er wieder aufwachte, war es schon kurz nach sechs und stockdunkel. Zumindest hatte er es jetzt kuschelig warm. Wenn er Glück hatte, würde er bald wieder einschlafen und bis morgen früh durchschlafen.

Auf dem Kinderspielplatz im hinteren Teil des Biergartens beim Parkplatz von The Mason Arms war Jace im Begriff,

Steph zu verprügeln. Weit und breit waren keine Kinder, die ihn hätten sehen können. Es war Januar, Mittwochabend, halb sieben. Jace wusste genau, dass niemand ihn beobachten würde, eine Tatsache, die Steph beunruhigte. Sie hatte die Lage mal wieder falsch eingeschätzt. Es wäre klüger gewesen, wenn sie direkt auf den Wagen zugesteuert wäre und abgewartet hätte, denn der Anblick seines Autos hätte ihn bestimmt besänftigt. Er liebte seinen lächerlichen Renault 5 Turbo mit den lächerlich auffrisierten Rädern und der lächerlichen Lackierung. Wenn er erst mal in dem Wagen saß und seine Musikanlage dröhnte, würde er sie nicht mehr schlagen. Aber sie war stattdessen über den Parkplatz gerannt, und hier hatte es nun geendet. Das Schlimme war, dass sie, wenn sie schwanger war, nicht vorausdenken konnte, sondern einfach handelte. Doch es hatte keinen Sinn, Jace das zu erklären. Er hatte keine Ahnung, was Hormone waren, es sei denn, sie sprangen ihn an und bissen ihn ins Bein. Er war so aufgebracht, weil sie ihn »bloßgestellt« hatte, und fing an zu brüllen, noch bevor sie das Lokal verlassen hatten. Er brüllte sie jetzt immer noch an. Und er schien nicht nur wütend zu sein, weil sie ihn »bloßgestellt« hatte, sondern auch deshalb, weil sie ihn wütend gemacht hatte. Es war nicht zu übersehen, dass er etwas ausbrütete, und da sie ihn wütend gemacht hatte, war sie selber schuld, wenn er ihr eine verpasste. Aber Steph glaubte, dass er es bei einer Ohrfeige belassen würde. Obwohl es sicherlich mal wieder eine Fehleinschätzung war, wenn sie ihn mit der Vorhaltung zu stoppen versuchte, dass er eine schwangere Frau nicht schlagen sollte. Ihn an das Baby zu erinnern wäre keine gute Idee. Denn ausgerechnet das Baby hatte ihn so wütend gemacht, dass er sie schlagen wollte. Vor zehn Minuten hatte sich das Baby in ihrem Bauch bewegt, und Steph umfasste ihren Leib und rief, mitten in der Bar: *Oh, verdammt, Jace, ich habe es gespürt. Es hat mir gerade einen Tritt versetzt!* Wäre da nicht die Barfrau gewesen, die sich voller Sentimentalität an die Zeit erinnerte, als sie *ihr* erstes Kind erwartet hatte, und die drei Fremden, die gelacht und ihre Kommentare dazu abgegeben und sich erkundigt hatten, wann das Kind zur Welt kommen würde, hätte Jace alles brummend ertragen, überlegte Steph. Aber er war vor Wut und Verlegenheit krebsrot geworden, hatte nach seinen Autoschlüsseln gegriffen und sie angeherrscht rauszugehen.

Sie stand neben einem schwerfälligen, vollgekritzelten, hohlen Elefanten aus Kunstharz, der mit Dosen und leeren Knuspertüten, die irgendjemand einmal versucht hatte anzuzünden, vollgestopft worden war. Sie beugte sich über ihn und kratzte mit dem Fingernagel an der grauen Farbe, die von einem Elefantenohr abblätterte, und fand, dass die immer größer werdende freie Stelle große Ähnlichkeit mit Marge Simpson hatte. Sie konnte sie gut zeichnen, ebenfalls Homer, der ihr ausgezeichnet gelang. Sie hatte einst mit dem Gedanken gespielt, Cartoonistin zu werden, bis ihr Zeichenlehrer ihr klar gemacht hatte, dass Cartoonisten nicht nur etwas nachzeichneten, sondern eigenständige Charaktere schufen. Es war ihr tatsächlich gelungen, ein paar originelle Charaktere zu zeichnen, aber dann hatte sie herausgefunden, dass diese sich weigerten, mit ihr zu kooperieren. Sie starrten sie einfach an. Es war ihr nicht gelungen, sie etwas sagen oder tun zu lassen.

Hörst du mir eigentlich zu, du fette Kuh? Als sie hochblickte, landete Jaces Hand gerade mit voller Wucht an ihrem Kopf, der daraufhin gegen den grauen Elefanten schlug wie gegen einen Gong. Es war ein so bizarres Geräusch, so unerwartet tief und volltönend, dass Steph, die sich an den vibrierenden Elefanten gelehnt hatte, während der ein, zwei Sekunden, als das Echo erklang und singend in ihren Ohren widerhallte, fast in Gelächter ausgebrochen wäre. Sie senkte aber nur den Kopf und ging auf den Wagen zu, wo sie auf der Beifahrerseite wartete, während Jace übel gelaunt die Tür mit einem Klick aufschloss. Steph begriff, dass er lediglich die Fahrerseite aufschließen wollte. Es war ihm gleichgültig, dass durch das Klicken auch die übrigen Türen aufgingen. Es machte keinen Unterschied für ihn, sie konnte tun, was sie wollte, einsteigen oder draußen bleiben, die ganze Nacht bei dem Elefanten mit den Knuspertüten und Zigarettenkippen verbringen, ihm war es egal. Sie stieg ein.

Ich brauchte ein bis zwei Tage, bis ich mich wieder erholt hatte. Natürlich bereute ich es keinen Augenblick. Was mich belastete, war die Tatsache, dass ich mich erneut dorthin hatte begeben müssen, ich meine, dorthin, wo niemand mich kannte. Ich war wütend, dass niemand erkannte, dass ich innerlich jetzt viel mehr ich selber war. Ich hatte mich verändert, und niemand bemerkte es.
Ich war wütend, so wie ich es bei Vaters Tod gewesen war. Vater und seine Standuhr, die dann mir gehörte, und die Wut, die ich damals empfand, anscheinend auf ihn, aber in Wirklichkeit auf mich, denn ich hatte erkannt, dass ihm kein Vorwurf zu machen war. Lange habe ich nicht mehr an die Uhrgeschichte gedacht. Wenn ich daran denke, kommt mir

sofort in den Sinn, wie Vater mich, wenn Mutter draußen war, mit einem seiner liebevollen Blicke bedachte, in Richtung Esszimmer deutete und sagte: *Nach meinem Tod gehört diese Uhr auf jeden Fall dir.* Wenn ich betrübt dreinblickte, fuhr er fort: *Du kannst sie ruhig verkaufen. Mit dem Erlös gehst du aufs College und wirst Lehrer, wie dein Dad.* Er war Englischlehrer gewesen, auch wenn ich nicht glaube, dass er ein besonders guter war. Das war auch eines der Dinge, die Mutter immer auf der Zunge lagen. Auch wenn sie es selten in Worte fasste, war sie doch stets bereit, ihm vorzuwerfen, dass er es nicht einmal zum Fachbereichsleiter, geschweige denn zum Direktor geschafft hatte. Ich stellte mir vor, dass ich gerne Geschichtslehrerin werden würde. So ermutigte er mich immer, die Uhr zu verkaufen, damit ich die Uni besuchen konnte.

Ich glaube, das ist der Grund, weshalb er mir nie erklärt hat, wie schön die Uhr war, wie kunstvoll gefertigt. Nie hat er mir gezeigt, wie sie funktionierte oder weshalb sie so einmalig, so wertvoll und zart war, aus Angst, dass er mir nicht würde verhehlen können, wie viel sie ihm bedeutete. Hätte er es doch getan! Wenn er mir doch die Augen geöffnet hätte, um seine Uhr richtig zu würdigen, sie zu verstehen. Ich wäre später nicht so enttäuscht gewesen, wenn er mir vermittelt hätte, was es mit dieser Uhr auf sich hatte. Er selbst wusste es ja. Ich hätte ihn dann nicht so lange verflucht und angenommen, dass er ein ebensolcher Heuchler war wie Mutter.

Nachdem ich an jenem Tag mit dem Bus nach Bath gefahren war, um die Anzeige aufzugeben, beschloss ich, das Haus nicht mehr zu verlassen. In der darauf folgenden Woche regnete es in Strömen. Aber am nächsten schönen Tag zündete ich neben dem Obstgarten ein Freudenfeuer an. Dabei verbrannte ich meinen alten marineblauen Mantel und all die Kleider, die ich mitgebracht hatte. Als ich so dastand und beobachtete, wie die Kleider in Flammen aufgingen, dachte ich wieder an Vater und die Uhr und erinnerte mich noch an andere Dinge, die er zu mir gesagt hatte, wenn Mutter nicht im Zimmer war. Ich vermute, das war das Äußerste, was er herausbrachte, damit ich die Uhr mit seinen Augen sah. Ich weiß nicht mehr, was genau er gesagt hat, aber es war etwas Ähnliches wie, die Zeit vergehe so quälend langsam – es muss in seinem letzten Lebensjahr gewesen sein, obwohl mir das Gedächtnis dabei einen Streich spielt, denn ich habe das Gefühl, dass er das immer wieder gesagt hat –, und wenn die Zeit so quälend langsam verstreiche und die Minuten und Stunden nur noch stärkere Schmerzen mit sich brachten, dann sei es irgendwie tröstlich, dass das Verrinnen der Zeit mit einer Uhr wie dieser gemessen wurde.

Während ich zusah, wie die alten Kleider verbrannten, überlegte ich, wie einsam ich aussehen musste, eine Frau, die im Winter in einem Obstgarten vor einem Feuer stand. Doch ich war nicht einsam, denn ich wusste, dass das Haus und alles, was es enthielt, mir Gesellschaft genug wären, zumindest bis zu dem Tag, an dem mein Sohn kommen würde.

FEBRUAR

Ein paar Wochen später erfasste Michael ein schales Gefühl der Vertrautheit angesichts seiner Verfassung. Schon vorher hatte er solche Zeiten erlebt, Zeiten, in denen Hell und Dunkel ineinander übergingen und ein Teil seines Wesens sich von der Welt, in der sein Körper lebte, zu entfernen schien und in einer eigenen Nische wohnte. So etwas überfiel ihn unvermittelt, aber gewöhnlich folgten diese Phasen auf irgendwelche Schwierigkeiten, wie zum Beispiel sein Erscheinen vor Gericht. Und im Winter war es noch viel schlimmer, weil er gegen Ende der zweiten Woche, wenn er glaubte, wieder aufstehen und sich waschen zu können, erst einmal die Kälte überwinden musste, und dieser spezielle Kampf konnte ihn, wie es dieses Mal der Fall war, noch ein paar Tage länger festhalten.

Er war noch dünner geworden, denn Essen und Waschen erforderten unvorstellbare Anstrengungen. Wenn es gar nicht mehr anders ging, schleppte er sich zum Lebensmittelgeschäft und kaufte einige Dosen Suppe und Brot. Wenn er in den nächsten Tagen das Gefühl hatte, er müsse etwas im Magen haben, löffelte er die Suppe kalt aus der Dose. Weder der süßliche, halb faule Gemüsegeschmack, das klebrige Gefühl der weichen Klumpen in seinem Mund noch die Botschaft, die sein Magen danach aussandte und die eher Übelkeit signalisierte, als dass sein Hunger gestillt war, schienen ihn zu berühren. Auch nicht der immer größer werdende Stapel geöffneter und nicht leer gegessener Dosen neben seinem Bett, deren Metallgeruch dem Zimmer einen säuerlichen Gestank verlieh.

Tagelang lag er da, als habe er eine mehr oder weniger halbherzige Affäre mit dem Tod, und wartete, ob dieser sich einstellen werde. In seiner Apathie würde er keinen Widerstand leisten, aber er würde ihm auch nicht entgegeneilen. Er würde also sterben, ohne Selbstmord zu begehen, was ja immerhin einen gewissen Einfallsreichtum von ihm erfordert hätte, und dazu war er nicht fähig. Er besaß nicht die Kraft, sich lange genug mit dem Problem seines Körpers zu beschäftigen, um seinen Herzschlag, seinen Atem und seine Verdauung zum Stillstand zu bringen. Selbst die kleinste Abweichung von der Gewohnheit erforderte fast unmögliches schöpferisches Denken. Und genau das bewog ihn, mehr als Stolz oder ein verkümmerter Begriff von Anstand, aufzustehen, wenn er pinkeln musste. Wie durch einen Nebel überlegte er, dass eine feuchte Matratze ihn schließlich zwingen würde, aufzustehen und aufzubleiben, aber seine Benommenheit war so stark, dass er den Moment hinauszögerte, bis er dann kaum mehr aufrecht gehen konnte und mit Überdruck auf der Blase zur Toilette stolperte.

Dieses Mal nahm er einmal pro Tag seine Suppe zu sich und schlief stundenlang. Dazwischen starrte er über die Bettdecke hinweg auf den Fernseher, den Ton abgeschaltet. Da er seinen Fernseher nicht angemeldet hatte und vermutete – da er keine Ahnung hatte, wie so etwas funktionierte –, dass ein

Detektor-Van irgendwie die Geräusche registrierte, hatte er sich angewöhnt, ohne Ton fernzusehen. Und da er sowieso nicht aufnahm, was er sah, bildete die Stille auch einen Schutz gegen das Unverständnis gegenüber dem, was sich auf der Leinwand abspielte. Er beobachtete Gesichter, die zuhörten, redeten, lachten, schrien, weinten, sah darin nicht nur die Gesichter von Fremden, sondern von Menschen, die er beobachtete, um herauszufinden, wie sie funktionierten, konnte dies aber weder verstehen noch sich vorstellen, dass er es genauso machte. Er starrte auf den Bildschirm und überlegte leicht verwundert, warum er so vollkommen anders war, denn es war offensichtlich, dass ihm ein grundlegendes Verständnis fehlte, das all diese Menschen miteinander verband und ihn ausschloss. Während sie Meinungen, Hoffnungen, Ideen, Eigenheiten, Marotten und Überspanntheiten an den Tag legten, entdeckte er nichts davon bei sich. Er war unerträglich langweilig und unwichtig. Manchmal träumte er, er sei kein Mensch, wusste aber nicht, was er stattdessen war. Bei anderen Menschen hatte er den Eindruck, dass ein Fluss sie durchströmte, eine belebende Flüssigkeit in ihren Venen zu pulsieren schien, was auch immer sie taten. In seinen Venen brodelte nichts, hier war alles still und ruhig. Wenn er überhaupt mit etwas gefüllt war, war es weiße Asche. Michael hatte das Gefühl, dass in ihm ein leerer Raum war, den bei anderen Menschen die Motive einnahmen, die ihr Leben antrieben.

Eines Morgens, noch vor Tagesanbruch, hob er auf dem Rückweg vom Bad sein *Heidi*-Buch vom Boden auf und nahm es mit ins Bett. Einige Stunden lag es so unaufgeschlagen neben ihm, aber von Zeit zu Zeit strich er über den

Umschlag und dachte über die Geschichte nach. Das Buch gehörte zusammen mit *David Copperfield*, *Oliver Twist* und *Eine kleine Prinzessin* zu seinen Lieblingslektüren. Vor vielen Jahren hatte er diese Bücher als Sonderausgabe für Kinder von Beth geschenkt bekommen. Sie selbst war nicht gerade eine Leseratte gewesen, also hatte sie sie ihm geschenkt, um sein offensichtliches Interesse an Büchern zu fördern. Um den Gedanken an Beth zu verdrängen, setzte sich Michael auf und öffnete das Buch. Es tat ihm weh, wenn er daran dachte, wie sie immer versucht hatte, ihn zu ermutigen, auch wenn es ihr nicht gelang, ihn zu verstehen: Ihre Bemühungen mit den Büchern, mit seiner Schauspielerei, sie erklärte sogar, er erfinde Geschichten, wenn alle anderen behaupteten, er erzähle Lügen. Er knipste das Licht neben dem Bett an. Er wollte nicht lesen, sondern die Bilder anschauen. Solange er es schaffte, Beth aus seinen Gedanken zu verdrängen, würde er bald wieder auf die Beine kommen. Er war sich dessen ganz sicher, als er wie zufällig anfing zu lesen, seinen Lieblingsabschnitt (in dem der brummige alte Großvater Heidi im Heuschober ein kleines Bett bereitet hatte, das nur ihr gehörte), und dabei, wie immer, in Tränen ausbrach.

Später stand er auf, suchte ein paar frische Kleidungsstücke zusammen und klopfte an Kens Tür auf der anderen Seite des Flurs. Ken schien dankbar, ihn zu sehen. Michael nahm ein Bad und kehrte dann in Kens Wohnzimmer zurück. Die Gemeindeschwester war da gewesen, und Ken war ganz geschafft und sagte nicht viel. Er saß in seiner üblichen Kombination aus Pyjama und Tageskleidung in seinem Tagesstuhl. Um den Hals trug er ein Ding an einer Schnur, das er drücken konnte, falls er fiel, und das irgendwo einen Alarm auslöste. Die Schwester hatte ihm auf das Plastiktablett neben seinem Stuhl einen Teller mit einem Sandwich gestellt und eine Plastikfolie darüber gespannt. Außerdem hatte sie die Fernbedienung, den *Express* von gestern und ein Glas frisch gepressten Orangensaft bereitgestellt. Ein Plastikbecher mit mehreren Tabletten stand auf einem Stück Papier, auf dem zu lesen war: UM 12 UHR EINNEHMEN, NACH DEM ESSEN, NICHT FRÜHER. Ken wirkte heute aufgedunsener als sonst. Seine Gehhilfe befand sich in Reichweite. Michael stellte fest, dass der Nachtstuhl direkt hinter Kens Tagesstuhl stand und nicht im Bad, und das Telefonkabel war von dem kleinen Tisch an der Tür quer durch das Zimmer gezogen worden, so dass er danach fassen konnte, ohne aufstehen zu müssen. Das hieß aber nicht, dass Ken viele Anrufe bekam. Michael fühlte sich etwas besser, aber nur bedingt. Während Ken vor sich hin döste, trocknete er sein Haar und empfand für seinen Nachbarn nur vages Bedauern; er hatte noch nicht herausgefunden, wo bei ihm die Stelle zu finden war, an der echtes Mitleid angesiedelt war. Er fragte nicht, ob Ken ihn vermisst hatte. Er hätte nicht gewusst, was er mit der Antwort hätte anfangen sollen, mit der Last, ihn enttäuscht zu haben, wenn er mit Ja geantwortet hätte. Sie verloren kein Wort darüber, wie er während Michaels übler Wochen zurechtgekommen war, als er nicht bei Ken reingeschaut hatte, um einen kleinen Schwatz mit ihm zu halten oder ein paar Dinge für ihn zu besorgen.

»Weißt du, Ken«, sagte er, »ich habe heute ein gutes Geschäft in den Cotswolds vor. Die Schwester kommt doch noch mal, oder?«

Die Schwester kam immer noch mal um halb fünf und machte

ihn fertig fürs Bett, was Michael wusste, aber seine Nachfrage klang besorgt und schien Ken zu gefallen. Er nickte und krächzte, dass er ein Glückspilz wäre und dass Michael auf sich aufpassen solle, und als er ihn mit einem wackeren Heben der Hand verabschiedet hatte, machte Michael sich davon.

Der Van fuhr nur unter Protest nach Painswick, aber Michael fühlte sich jetzt so viel besser, dass er dies lediglich als zusätzliche Herausforderung betrachtete. Ein leichtes Brummen unter der Kühlerhaube würde Jeff Stevenson, den Hilfsgeistlichen von St. Margaret, Burnham Norton, nicht aus der Fassung bringen. Dieses Mal hatte Michael angerufen und mit der Frau im Pfarrhaus gesprochen. Der Pfarrer erwartete Jeff Stevenson. Auf der Fahrt dorthin gewann Michael Spaß an der Vorstellung, sich in Jeff zu verwandeln.

Es würde wie immer ein Kinderspiel sein. Michael war immer ein guter Schauspieler gewesen. Bereits seine Lehrer hatten ihm Talent bescheinigt. Vielleicht hätte er tatsächlich Schauspieler werden sollen. Wenn er die Jahre irgendwo anders als in Beths Haus am Rande von Swindon verbracht hätte, hätte er es vielleicht geschafft, aber es war unmöglich, von dort aus den Sprung zu schaffen. Beth hatte keine Ahnung. Aber er hatte ganz entschieden Schauspieltalent, denn er besaß die Gabe, völlig zu vergessen, dass er Michael war. Vermutlich war er mit diesem Talent geboren worden, denn es war das Einzige, was ihm natürlich erschien und keine Mühe machte. Er streifte seine Identität ab und schlüpfte in eine neue. Das war, als ob er Urlaub vom Ich machen würde. Und dieses Gefühl, Michael hinter sich zu lassen und jemand anderer zu werden, erfüllte ihn jedes Mal mit solcher Freude, dass es ihm fast den Atem nahm.

Die Menschen irrten sich, wenn sie das für ein Spiel hielten. Es war eine Lebensart. Er besaß Kleidungsstücke, die er auf dem Walcot-Markt erstanden hatte, in dem Wissen, dass sie nicht für ihn bestimmt waren, sondern für eine seiner anderen Identitäten. Er besaß Jagdkleidung, zweireihige Anzüge, Fliegerjacken, extravagante Westen, ja sogar einen Seidenkummerbund; nie würde er diese Dinge als Michael tragen. Heute halfen ihm die unmodische, helle Jeans, das karierte Hemd und die Timberlandstiefel, die Identität von Jeff Stevenson anzunehmen. Als er seinem Ziel entgegenfuhr, probte er seine Rolle als Jeff Stevenson, die Geschichte von dem ewig kaputten Van, die er dem Pfarrer, Gordon Brookes, vortragen würde.

Gordon Brookes erwartete ihn im Pfarrhaus, das an die Kirche angrenzte. Vom Bürofenster aus konnte er den Kirchhof überblicken, bis zu dem überdachten Friedhofstor, das dringend neu gedeckt werden musste und wo vor zwei Tagen wieder gebrauchte Spritzen und Kondome gefunden worden waren. Seufzend versuchte er, mal wieder damit fertig zu werden, dass seine Frau nicht mehr bei ihm war. Hinzu kamen die Probleme mit seinem Sohn. Seine eigenen Probleme übertrug er jetzt alle auf das mit dem Friedhofstor. Doch je länger er es betrachtete, desto mehr kam ihm dieses Problem künstlich aufgebauscht vor. Denn es wurde ja gar nicht benutzt. Die Särge wurden durch das Südtor auf den Friedhof gebracht, auch Wendys Sarg, auf einem dieser Karren, denn die Leichenwagen fuhren immer direkt auf den Parkplatz auf der anderen Seite. Sicherlich war das Friedhofstor nicht mehr benutzt worden, seit das letzte Mal ein von einem Pferdewagen transportierter Sarg auf den Friedhof gefahren worden war.

Jeff Stevenson war jetzt drei Minuten verspätet, und Gordon musste an seinen Sohn Simon denken. Das Problem quälte ihn, weil es, obwohl es noch nicht wirklich konkret war, doch auch nicht vage genug war. Simons Entschluss, »seinen Beitrag für die Gesellschaft zu leisten«, schien genauso eine Laune zu sein wie viele andere Zukunftspläne zuvor. Aber als er vor vierzehn Tagen Gordon seine Absicht kundgetan hatte, dass er, seine Frau und das Neugeborene »ein neues Leben beginnen wollten, das sie in den Dienst der anderen stellen würden«, klang das so entschlossen, dass Gordon Angst bekam. Simon wollte in vier Wochen abreisen, aber seine Frau weigerte sich, ihn zu begleiten. Heute Morgen war Gordons Schwiegertochter am Telefon in Tränen aufgelöst gewesen und hatte ihn gebeten, er möge Simon überreden, seine Meinung zu ändern. Gordon hatte Mitleid mit ihr, war aber gleichzeitig auch verärgert. Wendy hätte mit einem solchen Anruf viel besser umgehen können. Und das Läuten des Telefons hatte ihn in seinen mit Schuldgefühlen belasteten Gedanken an Wendy gestört. Statt seiner Schwiegertochter beizupflichten, Simon drücke sich schlichtweg vor der Verantwortung, hörte er sich sagen, dass eine Ehefrau, wenn ihr Mann sich zu Höherem berufen fühle, glücklich sein solle, ihn darin unterstützen zu dürfen. Er sei davon überzeugt, dass Wendy 38 Jahre lang glücklich gewesen war in dieser Rolle, erklärte er ihr mit brüchiger Stimme und hoffte, dass er Recht hatte. Am anderen Ende der Leitung wurde es still. Dann fuhr er fort, dass er sich voll der Schwierigkeiten, ja sogar des Opfers, das sie bringen würde, bewusst sei. »Tatsächlich?«, hatte seine Schwiegertochter schließlich unter Tränen hervorgestoßen und aufgelegt.

Gordon nagte an seiner Unterlippe, fühlte sich missverstanden und ein wenig gekränkt. Frauen waren in solchen Dingen einfach besser. Wendy hatte dafür gesorgt, dass Gordon nur am Rande mitbekommen hatte, welche Höhen und Tiefen Simon in Bezug auf physisches und psychisches Wohlbefinden, Erziehung, Jobs und Beziehungen durchlaufen hatte. Nachdem Wendy tot war, sah sich Gordon der Gefahr ausgesetzt, dass man zu viel von ihm erwartete, was in ihm ein Gefühl von Angst und Entrüstung hervorrief, denn nachdem er sich bereits ein Jahr nach Simons Geburt verziehen hatte, dass er als Vater eher passiv blieb – was man vielleicht auch als Unzulänglichkeit hätte bezeichnen können –, machte er sich jetzt keine Gedanken mehr darüber, dass es sich tatsächlich um Unzulänglichkeit gehandelt haben könnte. Seit Simons Geburt hatte er sich fast ausschließlich Gemeindeangelegenheiten gewidmet, die, wie er Wendy und sich eingeredet hatte, seine Aufmerksamkeit viel mehr erforderten. Er wollte, erklärte er, Simon ein gutes Beispiel dafür geben, wie man sein Leben und seine Arbeit meistert, damit er sich daran orientieren konnte.

Das Friedhofstor, überlegte Gordon, stellte ein Problem dar, das es jetzt zu lösen galt. Es könnte sein nächstes Projekt werden. Und solange dieses seine ganze Kraft erforderte (seine Gemeindemitglieder wussten, dass er sich total in etwas verbeißen konnte), konnte man nicht von ihm erwarten, dass er die gleiche liebevolle Fürsorge für ein Enkelkind aufbrachte, dessen Vater abwesend war. Natürlich hätte es Wendy getan, aber sie hatte ja auch Zeit genug gehabt. Ja, er fand, dass er nach Wendys Tod unbedingt ein Projekt *brauchte*. Gordon liebte es, festgelegt zu sein. Im Lauf der Jahre hatte er es sich angewöhnt, die über einen längeren Zeitraum aufgewandte Kraft für eine Reihe von Projekten, die von ihm konzipiert wurden, als »Pflichterfüllung« anzusehen. Pflichtbewusstsein war die persönliche Eigenschaft, auf die er innerlich über alle Maßen stolz war. Er bekam nicht mehr viel mit von der Kirche oder seinen Gemeindemitgliedern, mit Ausnahme der Dinge, die ihm missfielen, und dazu gehörte mangelnde Pflichterfüllung. Er überlegte gerade, dass er das bei der Sonntagspredigt anbringen könnte, auch die Geschichte mit den Spritzen und den Kondomen, als er einen Mann unter dem Friedhofstor entdeckte, vermutlich Jeff Stevenson, der voller Bewunderung zu dem Dach hochblickte. Das Tor war nicht annähernd so interessant wie die Kirche (die dadurch sogar beeinträchtigt wurde), stammte zudem erst aus dem 19. Jahrhundert. Was ist daran so attraktiv?, dachte Gordon und bedauerte Jeff Stevenson wegen seines schlechten Geschmacks. Gleichzeitig überlegte er sich die ersten Argumente, mit denen er die Gemeinde für die Renovierung des Friedhoftors erwärmen könnte. Da Gordon nicht wollte, dass Jeff Stevenson ihn am Fenster entdeckte, wandte er sich ab, wählte unter den verschiedenen Hüten in der Diele einen Jagdhut aus, schlüpfte in seine Jacke und trat aus dem Pfarrhaus, um ihm entgegenzugehen.

»Hallo, Gordon. Wie geht's Ihnen?«, fragte Michael, der im Kirchhof auf ihn zuging und ihm die Hand reichte. Gordon streckte ihm die Hand hin, Michael griff danach und umfasste mit der linken Hand Gordons Handgelenk. Als er ihn anstrahlte und die Hand kräftig schüttelte, versuchte Michael, hinter die verschmierten Brillengläser zu blicken, die ihn an das Fenster der Frittenbude oberhalb seiner Straße auf dem

Snow Hill erinnerten. Er versuchte, Blickkontakt herzustellen, und fixierte Gordon mit einem Blick, der Besorgnis und Mitgefühl zeigte. Der Pfarrer hatte den Hut so lächerlich schräg aufgesetzt, dass sich Michael beherrschen musste, um nicht wie gebannt darauf zu starren.

»Wie geht's Ihnen, Gordon? Ich bin Jeff Stevenson.«

»Ah ja, hallo. Ich habe Sie erwartet. Gordon Brookes.« Gordon lüftete den Hut. Er trug immer irgendeinen Hut; Hüte waren gewissermaßen sein Markenzeichen. Oje, der Pfarrer und seine Hüte, glaubte er die Leute sagen zu hören und stellte sich vor, wie sie dabei ein wenig mitleidig die Augen verdrehten. Er hielt es für nützlich, dass ein Hut die Illusion angeblicher Zugänglichkeit und Freundlichkeit erzeugte und gleichzeitig die Menschen abschreckte. Die meisten Menschen waren sehr misstrauisch gegenüber Exzentrik, hatte er festgestellt. Selten wurde er im Dorf auf der Straße angesprochen, weil die Leute wohl befürchteten, dass man sie für genauso bescheuert hielt wie den Mann mit dem bescheuerten Hut. Aber Jeff Stevenson war natürlich nicht wie die meisten Menschen. Auf jeden Fall hatte er schon mal einen kräftigeren Händedruck.

»Toller Hut!«, bemerkte Michael und fand, dass Gordon Brookes' Unterlippe zu rot und zu feucht war.

Gordon erwiderte: »Ich wusste nicht, dass Sie meinen Namen kennen, denn wir sehen uns ja heute zum ersten Mal, nicht wahr?«

Michael schluckte. Obwohl Gordon Brookes' Frageton sehr sanft war, stellte er eindeutig eine Frage. Noch nie zuvor war Michael gefragt worden, wie er den Namen eines Pfarrers erfahren hatte. Im Allgemeinen schienen diese nämlich anzunehmen, dass jeder wusste, wer sie waren. Schnell überlegte er, dass er in Bezug auf diese Information ehrlich sein konnte und dass dies einfacher wäre als zu lügen.

»Ich habe Ihren Namen herausgesucht.«

»Oh?«

»Im Crockford-Verzeichnis. Ich mache gern meine Hausaufgaben, das ist auch nur recht und billig, da ich ja Ihre Zeit in Anspruch nehme und Ihre Bereitwilligkeit strapaziere«, sagte Michael mit seinem sorgfältig geprobten Akzent. Michael besaß viele seiner Bücher nur deshalb, weil er sie nicht auf dem Markt hatte verkaufen können. Darunter befanden sich auch *Crockford's Directory of the Clergy 1997,* und Simon Jenkins' *England's Thousand Best Churches.* Diese beiden hatten ihn zu der Rolle des Hilfgeistlichen inspiriert, die er dazu nutzte, Kirchen auszurauben, aber natürlich konnte er das Gordon Brookes nicht gestehen. *Crockford's* lieferte ihm die Personen, die Namen, Daten, Hintergrundinfos und derzeitigen Posten der Kleriker. Es waren ausschließlich Hilfsgeistliche, die er verkörperte. Dieses Verzeichnis bot ihm auch Einzelheiten über die Amtsinhaber in den Kirchen, die er für seine Beutezüge auswählte, obwohl er seltener auf sie stieß als auf eines der Gemeindemitglieder. Das Jenkins-Buch informierte ihn über Kirchenschätze und architektonische Besonderheiten (die natürlich für Michaels Zwecke irrelevant waren, obwohl er manchmal dankbar war, wenn er ein paar bewundernde Bemerkungen über normannische Altaraufsätze, Stichbalken und Ähnliches parat hatte). Jenkins beschrieb auch, was für Michael von großem Belang war, kleine Kunstschätze, die leicht zu heben und zu verkaufen waren: die kleinen Bildnisse und Statuen, Silber, Bilder, Stühle, Notenpulte und Stickereien. Außerdem fand Michael häufig eine ganze Reihe zwar recht schlichter, aber durchaus reizvoller Gegenstände, die mühelos geklaut werden konnten. Aber er ließ nichts mitgehen, was *Menschen* gehörte. Er wollte niemanden persönlich berauben. Wenn er für Aufruhr sorgte, dann konnten die Gemeindemitglieder sich immerhin gegenseitig trösten. Und wenn Gott selbst gekränkt wurde, dann hatte er es bisher zumindest nicht gezeigt. In der Zwischenzeit hatte Michael aus Kerzen, viktorianischen in Leder gebundenen Bibeln, Altardecken, kleinen und alten Teppichen, ja sogar Notenblättern einiges herausgeholt. Es waren alles Dinge, für die die Einwohner von Bath Geld zahlten, um ihren Glauben zu stärken, dass sie vielseitige, kreative Menschen seien, deren Originalität und Exzentrik sich in ihrer Wohnungseinrichtung zeigte. Er stellte gerade fest, dass Gordon Brookes ihn neugierig musterte.

»Entschuldigung, was sagten Sie, woher Sie meinen Namen kennen?«

Michael schluckte erneut und spürte, wie es in seinem Gesicht zuckte. Für jeden, der ihn beobachtete, erschien dies wie ein Augenzwinkern. Aber die Frage, die vorher noch nie gestellt worden war, wurde jetzt erneut gestellt. Vielleicht war dieser Mann aufgrund des Todes seiner Frau so vorsichtig, obwohl er auf Michael eher verärgert wirkte, weniger wie jemand, der einen Menschen verloren hatte.

»*Crockford's*. Die Quelle allen Wissens! Ich habe die Figuren natürlich schon hinter Glas bewundert, aber es wird noch viel aufregender sein, wenn ich sie aus der Nähe betrachten kann.« Er strahlte wieder und versuchte, interessiert auszusehen. Ruhig Blut, Michael, beruhigte er sich.

In der Kirche zog Gordon Brookes Baumwollhandschuhe aus einer Schublade unterhalb des Glaskastens, öffnete die Glastür und hob eine der beiden Figuren heraus. »Hier ist unser heiliger Johannes. In der Sakristei ist ein richtiger Tisch«, sagte er und steuerte auf eine Tür am anderen Ende der Kirche zu. Er konnte nicht beide Figuren auf einmal tragen, aber er schien bereit, lieber zweimal zu gehen, als eine Michael zum Tragen zu geben. Michael, der sich an irgendeine Etikette hielt, die besagte, dass es unziemlich wäre, es zu tun, bot seine Hilfe nicht an, sondern wartete geduldig neben dem offenen Glaskasten. Gordon kehrte zurück, nahm die zweite Figur und sagte: »Die heilige Katharina ist etwas schwerer«, und Michael folgte ihm respektvoll.

Die Sakristei roch nach Paraffin und Chrysanthemen. Zwei Wände waren mit Schränken zugestellt, und in einer Ecke waren Stühle aufgestapelt. Die einzige andere Tür führte wohl hinaus, zum Pfarrhaus, dachte Michael.

Gordon Brookes nahm aus einem großen Karton auf dem Boden, auf dem in schwarzer Schrift »Abfallpapier für Afghanistan« stand, ein paar Zeitschriften und breitete sie auf der Mitte des Tisches aus. Ohne ein Lächeln stellte er die Figuren darauf. Dann legte er den Kopf schräg und betrachtete sie voller Sentimentalität, und Michael hielt es für klug, das Gleiche zu tun. Die heilige Katharina saß auf ihrer Zeitung und verdeckte zum Teil das Titelbild eines Mannes in mittleren Jahren, der auf einem Felsen stand, am Ufer eines von Wäldern und Bergen umgebenen Sees, und ein Fernglas an die Augen hielt. Die blasse, heilige Katharina mit den lieblichen Zügen und dem gütig gesenkten Blick schien die Schlagzeile zu lesen: »WAL IN MANITOBA GESICH-

TET«. Michael lächelte, und Gordon Brookes lächelte ebenfalls.
»Reizend, nicht wahr?«, sagte er freundlich. Michael zog sein Notizbuch und Vergrößerungsglas aus dem Rucksack und setzte seine Brille auf. Aber er nahm nicht Platz, da er wusste, dass es sich hier um eine höchst delikate Angelegenheit handelte. Nur eine einzige falsche oder übereifrige Geste, und das ganze Unternehmen, das auf wackeligen Beinen stand, würde scheitern. Gordon Brookes trat einen Schritt zurück. Michael lächelte die Figuren erneut liebevoll an und warf dann Gordon einen fragenden Blick zu.
»Dann fangen Sie schon an«, sagte Gordon, zog die Handschuhe aus und reichte sie Michael. »Ich bin kein Experte, also überlasse ich es Ihnen weiterzumachen. Ich nehme an, Sie wissen, wie Sie sie zu behandeln haben.«
Michael hätte fast angefangen zu singen. »Fein, das ist riesig nett von Ihnen. Das rechne ich Ihnen hoch an, es ist eine wunderbare Gelegenheit.« Er setzte sich an den Tisch und kniff nachdenklich die Augen zusammen, kräuselte die Nase und betrachtete die Figuren. Gordon Brookes wich nicht von seiner Seite. Michael schenkte ihm das freundlichste Abschiedslächeln, das er zustande brachte.
»Ich kann jetzt allein weitermachen. Ich danke Ihnen vielmals.«
»Gut, ich lasse Sie in Ruhe, bin aber in der Nähe.« Das meinte er also, als er gesagt hatte, er überlasse es jetzt ihm. Machen Sie weiter, aber ich bin in der Nähe, direkt hinter Ihnen. Im selben Raum. Ich werde nicht von der Stelle weichen. Michaels Gesichtsmuskel zuckte hinter der Brille. Wie würde er das ganze Täuschungsmanöver bewerkstelligen können, das

jetzt erforderlich war? Er konnte natürlich seinen Plan fallen lassen, die Figuren einfach betrachten und sich dann verabschieden. Aber nach all dem Aufwand war es undenkbar, dass er ohne sie abziehen würde. Seit er hier eingetroffen war, schlug ihm das Herz zum Zerspringen. Er hüstelte. Er wagte es nicht, in Gordon Brookes' Anwesenheit die Figuren zu berühren, denn er fürchtete, dass seine Hände zitterten.

»Wissen Sie, ich komme hier gut zurecht, möchte Sie nicht aufhalten, wenn Sie Wichtigeres zu tun haben.«

»Sie treiben wohl Studien. Haben Sie schon etwas veröffentlicht?«

»O nein. Es ist das übliche Problem – die Zeit! Es erfordert so viel Zeit, etwas so aufzubereiten, dass ein Verleger damit zufrieden ist. Nun ja, so ist das Leben! Aber ich gebe die Hoffnung nicht auf, dass ich es schaffen werde.« Er wandte sich um, betrachtete die Alabasterfiguren und hoffte, er wirke dabei sachkundig.

Gordon kehrte ihm den Rücken und widmete sich einem Stapel von Büchern und Papieren. »Na, na«, murmelte er. »Der Chor hinterlässt immer alles wie Kraut und Rüben.«

Michael, der so tat, als studiere er sein Notizbuch, wurde allmählich nervös. Er musste Gordon Brookes unbedingt dazu bringen, sich zu entfernen.

»Ehrlich, Sie dürfen sich wirklich nicht von mir aufhalten lassen«, sagte er. »Ich komme gut allein zurecht, und ich denke, in zwanzig Minuten bin ich fertig. Aber natürlich wäre ich Ihnen dankbar, wenn Sie sie dann wieder an ihren Platz zurückstellen würden.«

»Jeff, wann wurden Sie ordiniert?«, erkundigte sich Gordon freundlich.

»Oh, erst 1996«, erwiderte Michael. »Bin ein Spätzünder.« Mehr wollte er nicht sagen, damit ihm nicht weitere Fragen gestellt würden. Der Mann musste unbedingt endlich gehen.

»Verstehe. Wissen Sie, Jeff, da sind Dinge, die Sie offenbar noch nicht wissen. Wenn es Ihnen nichts ausmacht, mache ich Sie gern darauf aufmerksam. Natürlich sind es banale Dinge, aber wenn es Ihnen niemand sagt ... Sagen Sie nie *Crockford's*, es heißt nämlich *Crockford*, nie und nimmer *Crockford'zzzz*, es sei denn, Sie nennen den ganzen Namen: *Crockford's Directory of the Clergy*. Ich hoffe, Sie sind mir deswegen nicht böse.«

Michael setzte eine Miene leichter Amüsiertheit auf und wandte sich dann zu ihm um.

»Oh, hm, du lieber Himmel, ich ...«

»Es ist seltsam, dass Sie das bisher nicht mitbekommen haben.«

Es war zu spät, als dass Michael hätte behaupten können, dass er schlecht höre, von den Lippen ablesen müsse und manchmal Fehler machte. Sein Mund war wie ausgetrocknet. Gordon Brookes war drauf und dran, Michael als Betrüger zu entlarven. Aber Michael wusste nur das eine, dass er die Alabasterfiguren mehr als alles auf der Welt benötigte, um seine Finanzen zu sanieren; er brauchte sie so nötig und hatte so viel riskiert, um in ihren Besitz zu gelangen, dass er bei der Vorstellung, Gordon Brookes könne ihm Einhalt gebieten, Wut in sich aufsteigen fühlte. Er überlegte, dass ihm als einziger Weg nur ein Anfall blieb. Würde er es nochmals wagen? Einmal hatte er das bei einem Zocker gemacht, der zu Michaels Stand gekommen war und sich beklagt hatte, dieser habe ihm vor einer Woche minderwertige kornische

Töpferware verkauft. »*Sie hatten behauptet, sie stamme aus den fünfziger Jahren, dabei stand auf der Unterseite, dass sie spülmaschinenfest ist.*« Der Mann war nicht einsichtig gewesen, konnte nicht davon überzeugt werden, dass es schon viel länger Spülmaschinen gab, als man vermutete. Michael hatte sich schnell etwas überlegen müssen, und es hatte damals funktioniert und würde es auch heute.

Er tat so, als sei er ganz auf den Anblick der Figuren konzentriert, doch dann bekam er einen Hustenanfall, saß wie erstarrt in seinem Stuhl und atmete keuchend. Er lehnte sich zurück und atmete tief durch, wobei er einen Laut erzeugte, als ob ein Ballon aufgeblasen wird. Mühsam stieß er hervor: »Asthma, ist gleich wieder gut … in einer Minute.« Und dann rang er erneut nach Luft, sah noch gequälter aus und atmete noch mühsamer, um deutlich zu machen, dass es ihm nicht so schnell besser gehen würde.

»Du lieber Himmel – haben Sie etwas dabei? Ein Inhaliergerät oder dergleichen. Tragen Sie nichts bei sich?«

Michael schüttelte den Kopf, hing in seinem Stuhl und keuchte und schluckte. »Ein Glas Wasser. Pillen. Brauche Wasser, ein Glas Wasser.« Seine Augen verrieten jetzt Angst. Sein Blick irrte verzweifelt durch den Raum, auf der Suche nach einem Wasserhahn, der, wie er sich bereits überzeugt hatte, nicht vorhanden war.

»Oh, ich verstehe. Halten Sie durch, ich muss jetzt … können Sie eine Minute allein bleiben? Ich hole ein Glas aus dem Pfarramt. Bin gleich wieder zurück. Sind Sie sicher, dass Sie …«

Michael nickte. »Bitte, bitte, Wasser.«

Als sich die Sakristeitür hinter Gordon geschlossen hatte,

wartete Michael einen Moment, dann stand er auf, wickelte die Figuren schnell in die Zeitungen, auf denen sie standen, und schob sie beide in seinen Rucksack. Dann eilte er in die Kirche zurück, durchquerte sie mit schnellen Schritten, ging zur Tür hinaus und rannte über den Kirchhof, mied aber den Weg, weil er wusste, dass dieser vom Pfarrhaus aus eingesehen werden konnte. Als der Van nach dem dritten Versuch ansprang, war Michael halb tot vor Angst, aber zugleich mit dem Rasen des Pulses spürte er auch eine Woge der Erleichterung, dass er trotz allem noch am Leben war.

Meine Stimmung änderte sich. Es geschah etwas, das die letzte Spur von Unsicherheit von mir nahm. Zwei Radfahrer kreuzten auf – man stelle sich vor, im Februar! Es waren Holländer, und ich glaube, sie sagten, sie hätten die Räder für einen Tag gemietet, da es so schön war und sie etwas von der Landschaft um Bath sehen wollten. Sie trugen diese seltsame Kleidung, die die Radler so gern tragen. Ich habe nicht die geringste Ahnung, wo man solche Kleidung kaufen kann oder wie man sie nennt, geschweige denn, welchem Zweck genau sie dient. Ich brauchte einen Augenblick, um mich an ihren Anblick vor der Tür zu gewöhnen, sie sahen aus wie riesige Kaulquappen bei einer Art buntfarbigem Rennen. Und natürlich hatten sie Landkarten dabei und zeigten mir die spezielle Route für Radfahrer, auf der bestimmte »Sehenswürdigkeiten« eingetragen waren, einschließlich Walden Manor. Sie hatten die markierte Route verlassen und waren den Zufahrtsweg heruntergefahren, obwohl oben neben der Straße ein Schild mit der Aufschrift »privat« darauf hinweist, dass man sich fern halten soll. »Das hier ist doch Walden

Manor, nicht wahr?«, fragten sie mich. Ich konnte es schwerlich abstreiten. Also bejahte ich, stand an der Tür und wartete, dass sie weiterfuhren.
»Wir wissen, dass dieses Haus nicht für Besucher zugänglich ist«, sagte der Mann. Er lächelte stärker als das Mädchen, was ungewöhnlich ist. Zumindest besaß das Mädchen so viel Anstand, verlegen auszusehen.
»Es ist uns peinlich, Sie zu belästigen, aber wir sind Architekturstudenten«, erklärte sie. Dabei lächelte der Mann immer noch und nickte zustimmend. Er hatte schöne Zähne, aber ich misstraute solch unübersehbarer Bemühung zu gefallen.
»Ihr Haus ist wunderschön«, sagte er, »wir haben in Holland nichts Vergleichbares. Also – dürften wir uns vielleicht umsehen? Das wäre sehr freundlich von Ihnen.«
»… ein kurzer Blick nur, vielleicht nur von außen«, sagte das Mädchen. »Wenn es Ihnen nichts ausmacht.«
Voreilig von mir. Ich wusste ja gar nicht, wer sie waren, Einbrecher, Vergewaltiger oder sonst was. Abgesehen davon sollte ein Haussitter natürlich keinesfalls Fremde ins Haus lassen. Sie konnten ja in ihren Satteltaschen Knüppel, Messer, Handschellen oder weiß der Himmel was mit sich führen. Selbst im günstigen Fall, dass sie mich am Leben lassen würden, könnte ich sie nie und nimmer wiedererkennen, nicht ohne diese lächerlichen Anzüge und Helme. Warum also habe ich sie hereingelassen? Vermutlich lag es daran, dass sie »Ihr Haus« gesagt hatten. Plötzlich war ich so mit Stolz erfüllt, und ich schwöre, es kam mir ganz plötzlich in den Sinn, dass ich, wenn es mein Haus ist, tun und lassen kann, was ich will. So hörte ich mich sagen, dass ich sie gern im Haus herumführen würde. Sie blieben nicht lange. In Bezug auf die

Datierung äußerte ich mich vage, faselte etwas von wegen »15. Jahrhundert«, das hörte sich meines Erachtens vernünftig an. Das gab ihnen die Möglichkeit, sich mit ihrem Wissen zu brüsten und untereinander zu diskutieren, wann wohl welcher Teil erbaut worden war. Er sagte, sie seien mehr vom Baumaterial und der Bauweise fasziniert als vom Entwurf, denn das Haus sei offensichtlich von einem Architekten aus der Provinz und nicht von einem bekannten, angesehenen entworfen worden. Ich erwiderte, ein guter Entwurf verlange mehr als nur den großen Namen irgendeines Londoner Architekten, und sie waren ein wenig verblüfft, denke ich, und ich ebenfalls, da ich gar nicht gewusst hatte, dass ich so dachte. Sie wollten wissen, wie lange meine Familie schon hier lebte, und ich erwiderte, oh, schon immer. Und würde das Haus in der Familie bleiben? Natürlich war es der Mann, der diese Frage stellte, und seine Freundin bedachte ihn mit einem Blick, der besagte, natürlich wird es das, das war eine dreiste Frage. Ich erwiderte also mit einer Stimme, die ihren Blick rechtfertigte, dass es natürlich so sein würde (noch während ich sprach, war ich echt gekränkt). Ich hätte das Haus von meinen Eltern geerbt, erklärte ich ihnen, wieder etwas, von dem ich noch gar nicht richtig wahrgenommen hatte, dass ich es dachte. Meine Mutter sei vor achtzehn Jahren gestorben, als sie in den Achtzigern war. Ich habe sie viele Jahre gepflegt, sagte ich, und jetzt gehört das Haus mir, und nach mir wird es mein Sohn erben. Ich habe nur einen Sohn, erzählte ich ihnen mit einem Lächeln. Sofern sie sich darüber Gedanken machten, wo mein Mann wohl stecken mochte, äußerten sie es nicht. Obwohl das Mädchen sicherlich mit einem Blick auf meine unberingten Hände geschlossen hatte,

dass ich geschieden war, vermute ich, denn Frauen sehen so etwas.
Als sie wieder gingen, blickte ich ihnen von der Haustür aus nach und schloss sie dann hinter ihnen, und ich hatte das Gefühl, dass wir beide, ich und das Haus, erleichtert aufatmeten und froh waren, wieder allein zu sein. Ich beschloss, dass ich jetzt nochmals durch die Räume gehen wollte, allein. Als ich gerade die Treppe hinaufgehen wollte, blickte ich flüchtig in den Spiegel in der Diele. Ich hatte die beiden jungen Leute angelächelt. Ich überlegte, dass ich vielleicht deshalb gelächelt hatte, weil ich sie jung und nett fand, deshalb gelächelt hatte, weil sie mir, »der englischen Lady«, Ehrerbietung erwiesen und mein Haus bewundert hatten. Was für ein Grund mich auch immer bewogen haben mochte zu lächeln, es tat auf jeden Fall meinem Gesicht gut. Ich hatte schon lange nicht mehr so gelächelt, und ich mochte den neuen Glanz in meinen Augen und meine nach oben gezogenen Mundwinkel. Meine Haut wirkte wärmer und mein Gesicht runder, als ob ich mit Optimismus aufgepumpt worden wäre, und mein Blick wirkte aufgeschlossen, als ob der Klang menschlicher Stimmen, einschließlich meiner eigenen, mich mit neuer Spannkraft erfüllt hätte.
Ich lächelte immer noch in mich hinein, lange nachdem sie fort waren. Der Grund dafür lag in der Erinnerung an das Vergnügen über die Worte, die ich gesagt hatte, als ich völlig Fremden gegenüber meinen Sohn erwähnt hatte.

Steph war nun hochschwanger. Das Kind in ihr war schnell gewachsen, und jetzt spürte sie es direkt unter den Brüsten wie einen festgezurrten Sandsack, und ihr Stretchbaumwollrock bauschte sich vorne über den Knien. Noch vor einiger Zeit hatte sich ihre Strickjacke über ihrem Leib schließen lassen, aber jetzt war das T-Shirt, das sie darunter trug, zu klein, und zwischen Shirt und Rock klaffte ein Stück Haut, das so fahl wie Teig war. Sie hatte den Ring aus dem Bauchnabel entfernt, der jetzt hervorstand, das verletzliche Fleisch wie intime, innere Haut obszön nach außen gestülpt. Sie versuchte immer wieder, das T-Shirt runterzuziehen, aber immer wieder rutschte es hoch, und ihr Bauchnabel erschien wie die rosarote Schnauze eines Welpen, der kühle Luft wittert. Sie hatte kein Geld für Umstandskleider.

»Zieh das runter.« Jaces Augen konzentrierten sich wieder auf die Fahrbahn. Steph zerrte an dem T-Shirt und bibberte. Der Gurt war viel zu eng, obwohl sie ihn so weit wie möglich eingestellt hatte. Sie überlegte, dass Jace ihn vermutlich besser einstellen konnte, aber dafür müsste er sich an der Halterung zu schaffen machen. Einmal hatte sie ihn darum gebeten. Sie wusste nicht genau, in welchem Monat sie war, aber es war höchstens der sechste. Sie würde also noch dicker werden, und wenn Jace ihr nicht den Gurt einstellte, würde sie ohne auskommen müssen. Aber sie glaubte nicht, dass es Zweck hatte, noch mal darum zu bitten. Zudem war das ihre geringste Sorge. Jace jammerte ihr immer wieder vor, er habe kein Geld, aber er hatte mehr als sie, das stand fest. Sie waren jetzt auf dem Weg, sich das Autoradio von jemandem anzusehen, der in der Zeitung annonciert hatte. Jace wollte einfach ein besseres, das war alles, und er war bereit, viel Geld dafür auszugeben. So kam es, dass sie nichts anzuziehen hatte, auch nicht für das Baby, wenn es auf die Welt kam. Als sie schweigend weiterfuhren, erwog sie, ihn um etwas Geld zu bitten.

Aber wenn sie es tat, würde die Unterhaltung folgendermaßen ablaufen:

Ich kann es nicht mehr verstecken, ich brauche ein Umstandskleid, das hier ist zu eng.

Dann solltest du dir eins kaufen.

Kann ich nicht. Willst du mir nicht eins kaufen? Ich hab doch kein Geld, das weißt du doch.

Dann soll es doch deine Großmutter machen. Sie muss ja für dich sorgen.

Steph seufzte, als sie sich ausmalte, welche Wendung die Unterhaltung nehmen würde. Ja, sie lebte immer noch im Haus ihrer Großmutter, auch wenn diese sagte, es handele sich dabei eher um ein bloßes Logieren. Sie hatte Jace schon viele Male erklärt, dass es nur vorübergehend war und ihre Oma es besser fände, wenn sie nicht bei ihr wohnen würde, aber das Problem mit Jace war, dass es ihn nicht interessierte, wie häufig man ihm auch etwas sagte; wenn es ihm nicht gefiel, kratzte es ihn einfach nicht, da konnte man sagen, was man wollte. Steph könnte ihm erneut vor Augen führen: *Sie sorgt nicht für mich. Sie sagt, ich sollte meine eigene Wohnung haben. Sie sagt, sie will kein Baby im Haus, und letzten Endes ist das alles auch nicht ihre Sache.* Aber es würde keinen Unterschied machen. Soweit Steph es beurteilen konnte, führte ihre Großmutter sowieso ihr eigenes Leben, ob Steph da war oder nicht, aber ihre Großmutter betonte es immer wieder, und Steph fand, dass es auch ihr gutes Recht war, da es ja ihr Haus war.

Sie warf Jace einen Blick zu. Er tat drei Dinge gleichzeitig: Er fuhr, rauchte und wiegte den Kopf im Rhythmus der Musik hin und her. Da er sehr beschäftigt war, würde er die Unterhaltung nicht fortsetzen. Die Musik war so laut, dass man

hätte vermuten können, der Drummer führe auf dem Rücksitz mit. Wenn Jace mit ihr reden wollte, müsste er schreien, um gehört zu werden. Er würde Folgendes sagen:
Tja, dann solltest du eben etwas dagegen tun, oder? Beispielsweise könntest du Sozialhilfe beantragen. Bild dir nur nicht ein, dass ich für dich blechen werde, nur weil du deine Geldprobleme nicht in den Griff bekommst.
Ich kann doch nicht in diesem Aufzug zum Sozialamt gehen.
Dann hättest du eben nicht schwanger werden dürfen.
Ich war es nicht allein, Jace. Du bist der Vater.
Das behauptest du. Ich werde mich nicht wegen einem Balg krumm legen, der vielleicht nicht einmal meiner ist. Du musst schon selber zurechtkommen.
Steph starrte vor sich hin. Die Unterhaltung endete doch immer gleich, also war es besser, sie fing erst gar nicht damit an. Es war vergebliche Liebesmühe. Jede Unterhaltung mit Jace begann mit ihrem Aussehen und landete dabei, dass sie abgebrannt war. An dieser Stelle versuchte sie immer, ihm zu erklären, weshalb sie kein Geld beim Sozialamt fordern konnte. Zu Beginn ihrer Schwangerschaft hatte sie noch vorbringen können, dass sie wegen des Babys das College hatte aufgeben müssen und dass sie sehr gerne aufs College gegangen wäre, und Jace äußerte irgendetwas Abwertendes über ihr künstlerisches Talent. *Das ist doch absolut sinnlos, das bringt überhaupt gar nichts.* Dann sagte er, nur um sie zu quälen, dass er sich nicht sicher sei, ob es auch sein Baby war, und er nicht einsehe, weshalb sein Geld »es« ernähren sollte. Und was immer sie darauf erwiderte, verpuffte. Steph wand sich unbehaglich auf ihrem Sitz, zerrte an ihrem T-Shirt und wusste, dass es besser war, den Mund zu halten.

Es war weniger anstrengend, die Unterhaltung in ihrem Kopf ablaufen zu lassen, was sie noch am ehesten ertragen konnte, wenn sie über das Chaos nachdachte, in dem sie steckte. Ihre Großmutter wollte sie auch nicht mehr als Jace, sie hatte kein Geld für Kleider oder anderes. Und sie konnte keine Sozialhilfe beantragen, denn sie wollte das Baby behalten und nicht riskieren, dass man es ihr wegnahm. Sie konnte auch nicht zum Arzt gehen oder das Kind in der Klinik zur Welt bringen, denn man würde es ihr sofort nach der Geburt wegnehmen. Jace hatte ihr auch nie vorgeschlagen, zu einem Arzt zu gehen, er machte sich über so etwas keine Gedanken. Aber sie war wohl gesund, es war ja schließlich alles ganz natürlich. Sie unterdrückte ihre Angst. Es würde alles gut gehen, sie hatte es schon einmal problemlos hinter sich gebracht, und es wurde ja bei jedem Kind einfacher. Zumindest sagten das die anderen.

Sie warf Jace erneut einen Blick zu und stellte emotionslos fest, dass er unglaublich idiotisch aussah, wie er so mit seinem Kopf hin und her zuckte. Er war sehr schlank, hatte ein sehr kleines Kinn, und Steph fand plötzlich, dass er wie die Schulschildkröte aussah. Wenn man dieser ein Petersilienblatt hingehalten hatte – Steph erinnerte sich, dass auf ihrem Panzer »4F«, also die Klassennummer aufgemalt gewesen war, aber sie hatte ihren Namen vergessen –, war ihr Kopf vor- und zurückgeschnellt, genau wie bei Jace. Die Schildkröte war jetzt tot, und sie saß hier im Auto und wusste, dass es keinen Sinn hatte, wenn sie sagte: *Ich kann so nicht zum Sozialamt gehen. Sie werden mir die Sozialarbeiter auf den Hals hetzen und mir das Kind wegnehmen, wenn es da ist. Aber ich will es doch behalten.*

Sie zog ihr T-Shirt entschlossen über ihren Leib und hätte am liebsten losgeheult.
Du bist wahnsinnig, total übergeschnappt. Und du hast ja bereits ein verdammtes Kind, o Gott, sieh dich nur an.
Ich war noch so jung, ich habe dir ja erzählt, dass ich erst fünfzehn war, als Stacey kam. Ich wollte sie behalten, es ist nicht meine Schuld, dass sie sie mir weggenommen haben.
Und was ist jetzt anders? Du hast ja nicht einmal ein Zuhause, wo du es aufziehen kannst.
Sie erinnerte sich jetzt, dass die Schildkröte Tommy hieß, Tommy die Schildkröte. Steph fing laut zu weinen an. Das Tier war von einem Lehrer auf dem Spielplatz überfahren worden. So etwas schlug ihr aufs Gemüt, lauter so dummes Zeugs. Wichtige Dinge, wie ihre Tochter Stacey, machten sie noch viel trauriger. Sie musste inzwischen etwa sieben sein und gehörte jetzt zu einer anderen Familie. Stephs Schluchzen wurde lauter und verzweifelter. Sie war zu jung gewesen und zu ängstlich, um nicht das zu tun, was alle von ihr verlangt hatten.
Es ist ja schließlich nicht meine Schuld, oder? Du hast gesagt, du würdest uns eine Wohnung besorgen. Und wir sind nicht mehr zu jung. Ich bin dreiundzwanzig und du einundzwanzig, viele Leute in unserem Alter haben Kinder. Viele! Du könntest bei deiner Mom ausziehen und uns was suchen. Du hast es versprochen.
Jace betrachtete ihr zerknittertes, tränenüberströmtes Gesicht voller Verachtung; er dachte gar nicht daran, die Musik leiser zu stellen, und versetzte ihr weiterhin Knüffe gegen den Kopf. Wütend schrie er sie an: »Du gehst mir auf den Geist, und wie! Halt endlich den Mund!«

Und Steph schwieg, denn Jaces Stimme klang gefährlich hoch, und sie wollte nicht riskieren, dass er ihr erneut einen Schlag versetzte, obwohl er am Steuer saß. Jace drückte seine Zigarette aus. Diese Runde hatte er mühelos gewonnen und würde auch die nächste für sich verbuchen, indem er das Thema wechselte. »Die verdammten Kippen sind mir ausgegangen.«

Steph schniefte und putzte sich die Nase. »Du solltest nicht mehr rauchen, wenn ich dabei bin, das ist schädlich fürs Baby. Und dieses gebe ich nicht weg, wir werden es behalten. Du hast es versprochen. Ja, das hast du.«

Jace schaltete die Musik ab. Die plötzliche Stille lastete schwer im Innern des Autos. Er sagte: »Ist aber schon 'ne Weile her.«

Und Steph zog wieder ihr T-Shirt herunter und wand sich, als das Baby, das unter dem zu engen Gurt eingezwängt war, ihr einen Tritt versetzte.

Er hätte es nicht tun sollen. Michael machte sich auf dem Rand des Fahrersitzes so leicht wie möglich, als ob er dadurch den angeschlagenen Van entlasten könnte. Er beugte sich vor, versuchte, ihm etwas mehr Geschwindigkeit zu entlocken, was aber vergebliche Liebesmüh war. Auch wenn der Wagen nur 20 Meilen pro Stunde hergab, war er schon froh, wenn er überhaupt funktionierte. Er hätte es nicht tun sollen. Vielleicht war es wegen der miserablen Zeit, die er hinter sich hatte, vielleicht war er keines klaren Gedankens mehr fähig gewesen, fest stand, dass er einfach nicht bereit gewesen war. Es war ein Irrsinn gewesen, ein solches Ding zu drehen. Immerhin war es seit Wochen das erste Mal, dass er die Wohnung verlassen hatte. Ohne sich über den Zustand des Vans

Gedanken zu machen, ohne darüber nachzudenken, dass der Pfarrer diesen sehen könnte und sich später daran erinnern würde. Vielleicht hatte er sich sogar die Nummer des Kennzeichens aufgeschrieben. Michael war sich nicht sicher. Er war zu sehr darauf bedacht gewesen, den Van anzulassen, um sich danach umzuschauen, ob ihn der Pfarrer über den Kirchhof verfolgt hatte. Wenn es so gewesen war, überlegte Michael, wäre er vor Angst gestorben oder, noch schlimmer, wäre vielleicht ausgestiegen und hätte irgendetwas Törichtes getan. Er wusste, wenn er dem Pfarrer irgendwas Schlimmes angetan hätte, wäre unwiderruflich eine Grenze überschritten gewesen. Es war keineswegs so, dass er entschieden hatte, sie nicht zu überschreiten, sondern es lag einfach daran, dass er es nicht gewagt hatte, sich nach dem Kirchhof umzusehen. Und dann war der Van angesprungen.
Er hätte es nicht tun sollen. Als er mit dem Van hoffnungslos seines Wegs holperte, wirbelten seine Gedanken durcheinander, und er machte sich Selbstvorwürfe. Diese irrwitzige Flucht mit den Figuren im Rucksack, die hin und her rutschten, war der reine Wahnsinn gewesen. Das verriet nicht die Klasse, die er sich gerne zugute hielt. Die kluge Methode, die Klasse verriet, war die Verkörperung einer Rolle, das langsame Heranpirschen an das Objekt, das vorsichtige Entwenden, das auch später stattfinden konnte, wenn es notwendig war, noch einmal zurückzukommen, und nicht wie heute einfach das Diebesgut packen und türmen wie ein billiger kleiner Ladendieb. Später, wenn vermutlich niemand mehr am Tatort gewesen wäre, wenn es auch gar keine Rolle gespielt hätte, denn er wäre einfach der Hilfsgeistliche auf Besuch gewesen, der noch einmal vorbeischaute. So etwas

zeugte von Klasse, auch wenn es nicht einfach war, warum also war er so töricht gewesen? Es war schon schlimm genug, dass er sich die Alabasterfiguren gegriffen und mit ihnen aus dem Staub gemacht hatte, aber dann auch noch mit dem Van in diesem Zustand! Er glaubte erneut, den letzten Huster unter der Kühlerhaube gehört zu haben, und hielt den Atem an. Er war so angespannt, dass es in seinem Kopf hämmerte. Obwohl er zur Windschutzscheibe hinausstarrte, achtete er kaum auf die Straße. Ein weißer Wagen schoss an ihm vorbei, der Fahrer drückte kräftig auf die Hupe. Vermutlich war er schon seit einiger Zeit hinter ihm gewesen. Der verdammte Van! Auf dem Weg hierher war er so damit beschäftigt gewesen, sich in die Rolle von Jeff Stevenson zu versetzen, der mit einem verflixten Getriebe oder dergleichen fertig wurde, dass er es versäumt hatte, über die nächste Fahrt des Vans nachzudenken: Es passte nicht zum Standard eines kriminellen Superhirns, dass das Fluchtauto in den letzten Zügen lag. Michael war jetzt schweißgebadet und erst knapp sieben Meilen von der verdammten Kirche entfernt. Wenn der Pfarrer beschlossen hatte, ins Auto zu steigen und ihm hinterherzujagen, würde Michael Ärger bekommen.
Er versuchte, in aller Ruhe abzuwägen, wie die Chancen standen, dass der Pfarrer einen solch direkten Weg eingeschlagen hatte, statt des konventionellen Anrufs bei der Polizei, die er dann bei der Kirche erwarten würde. Aber all seine pragmatischen Erwägungen waren unbedeutend. Der beruhigendere Gedanke, ins Bett zu gehen und sich die Decke über die Ohren zu ziehen (sollte er es je bis nach Hause schaffen), zerrte an ihm, ein inständiges Verlangen zu vergessen, das Michael fürchtete, aber nun wie einen alten,

erbärmlichen Freund, dem er vergeben hatte, wieder begrüßte.

Er kämpfte gegen dieses Verlangen an, und zwei Überlegungen drängten stattdessen an die Oberfläche. Die eine bestand darin, dass es der Van nicht bis Bath schaffen würde, und die zweite, dass es sicherer wäre, den Van von der Straße zu nehmen, bevor er am Straßenrand, in voller Sichtweite aller Pfarrer, die möglicherweise vorbeifuhren, endgültig den Geist aufgab.

Michael raffte sich auf und lenkte den Van nach einigen Meilen auf den Vorplatz einer Tankstelle und Werkstatt. Er fuhr vorbei an den überdachten Zapfsäulen und den Reihen von Gebrauchtwagen, die zum Verkauf standen, und hielt am anderen Ende vor ein paar Schuppen, wo zwei junge Männer in Overalls an Autos arbeiteten. Gerade noch rechtzeitig dachte Michael daran, wer er war, wenn er den Van gerichtet haben wollte. Also stieg er aus und setzte sein schönstes Jeff-Stevenson-Lächeln auf.

Bis heute hatte Michael keine Ahnung gehabt, wie hart das Leben eines Hilfsgeistlichen sein konnte. Er war sich nicht sicher, ob der junge Mann im Overall mit dem skurrilen Haarschnitt wirklich verstand, was ein Hilfsgeistlicher war, nicht einmal, nachdem er es ihm erklärt hatte, und auch nicht, ob er kapierte, wie dringend er den Van sofort wieder benötigte, um »einigen älteren Leuten etwas abzuliefern«. (Das war nicht gerade eine umwerfende Geschichte, aber er hatte keine Zeit, sich etwas Besseres einfallen zu lassen.) Was der junge ponyfransige Mechaniker aber mit Bestimmtheit wusste und Michael auch erklärte, war, dass der Van unter keinen Umständen heute repariert werden konnte.

»Keine Chance, es muss ordentlich gemacht werden, und Terry ist sowieso schon mit der Arbeit im Rückstand«, sagte er und deutete auf ein Paar Beine, die unter einem Wagen hervorlugten. »Er muss ordnungsgemäß repariert werden, wir übernehmen keine Notfälle. Es wäre besser, Sie würden ihn zu Hause richten lassen«, fügte er hinzu.

Michael lächelte über die schlechten Neuigkeiten, wie es wohl ein Hilfsgeistlicher tat, und war unwillkürlich leicht schockiert darüber, wie wenig Respekt der junge Mann gegenüber Kirchenmännern zeigte. Er wünschte sich, er würde einen Kollar tragen. Über die Schulter des Jungen beobachtete er, wie eine junge schwangere Frau aus einem Wagen stieg, der gerade auf dem Vorplatz gehalten hatte. Sie stand neben der offenen Beifahrertür und beobachtete, wie ihr Mann oder wohl eher ihr Freund die Fahrertür zuknallte und in den Tankstellenladen stapfte. Sie schien sich in ihrer Haut, in ihrer Kleidung nicht wohl zu fühlen, wirkte leicht verschämt, und Michael, der dem Mechaniker nur mit halbem Ohr lauschte, erkannte plötzlich, dass sie sich immer so fühlte, egal ob sie schwanger war oder nicht. Er musste sie wohl angestarrt haben, denn sie schien seinen Blick bemerkt zu haben und kam jetzt, zu seinem Entsetzen, auf ihn zu. Er wandte seine Aufmerksamkeit wieder dem jungen Mann zu.

»Im Laden geben sie Ihnen die Nummer, wenn Sie da anrufen wollen«, sagte der Mechaniker und schickte sich an weiterzugehen. Über die Schulter sagte er lässig: »Sie werden es für Sie regeln, aber es kostet Sie etwas.« Dann rief er etwas unter das Auto, wo sich die Beine regten. »Terry! Kostet es immer noch 85 bei der Corsham-Pannenhilfe? Du weißt

doch, wie heißt er denn jetzt noch, dieser Steve bei Corsham. Er berechnet doch 85, oder?«
Die Beine bewegten sich erneut, und eine gedämpfte Stimme erwiderte: »Oh, ja, denke schon. 85, dazu noch die Meilen. Und das in bar.«
»Tja, das wär's dann«, bemerkte der Ponyfransige, und dieses Mal verriet seine Stimme sogar einen Hauch von Sympathie. »Die Nummer kriegen Sie im Laden, dort gibt es auch ein Münztelefon, wenn Sie kein Handy dabeihaben.« Michael nickte zum Dank und rechnete. Es würde mindestens hundert kosten, allein schon zurück nach Bath abgeschleppt zu werden, ganz zu schweigen von der Reparatur des Vans. Er konnte versuchen, einfach nur nach Hause zu kommen und den Van zu vergessen, ihn hier verrosten zu lassen. Aber er konnte wohl kaum in Anwesenheit der Mechaniker das Nummernschild abmontieren, und die Zulassungsnummer würde sie sofort zu ihm führen. Es war ein Delikt, ein Fahrzeug einfach stehen zu lassen, und er hatte ja ohnehin schon genug Probleme am Hals.
»Fahren Sie zufällig nach Bath?«
Die Schwangere war ein zitterndes junges Mädchen mit großen grünlichen Augen. Sie versuchte, beiläufig zu klingen und desinteressiert dreinzublicken; sie hatte ein Knie gebeugt und die Arme über der Brust verschränkt. Sie hatte sich fest in ihre Kleider gehüllt und versuchte, die auffallende Rundung, die Michael seltsam aufdringlich vorkam, zu verbergen. Alles wölbte sich nach vorn, als ob das Baby beschlossen hätte, nur den vorderen Teil des Leibs auszufüllen. Zwischen ihrer Haut- und ihrer Haarfarbe, einer Mischung aus Oliv und Dunkelgold, die sehr attraktiv hätte sein können, wenn sie

gesünder ausgesehen hätte, bestand kaum ein Unterschied. Die junge Frau sah auf der Stirn und um den Mund herum gelb aus, grünlich an den Haarwurzeln und unter den Augen. Sie war groß und schlank und zartgliedrig und erinnerte an eine Schlange, die eine Wassermelone verschluckt hat. Er versuchte, nicht auf ihren Leib zu starren, ertappte sich aber dabei, wie er sich vorstellte, dass sie nach der Geburt des Babys erneut sehr schlank sein würde. Und sie bot ihm gerade an, ihn mitzunehmen. Er konnte den Van hier lassen, damit er repariert wurde, vermutlich in ein paar Tagen. Inzwischen konnte er ihn irgendwo im Hinterhof abstellen, abseits von der Straße. Er bedachte sie mit seinem schönsten Jeff-Stevenson-Lächeln.

»Ja, ich muss nach Bath. Können Sie mich mitnehmen? Wie reizend, danke vielmals. Sie können mich in Bath rauslassen, wo Sie wollen, wie nett von Ihnen!«

Das Mädchen war bestürzt. »Wie, ist das nicht Ihr Van? Ich habe gedacht, es sei Ihrer, und dachte, Sie fahren nach Bath, das ist alles. Ich suche nämlich eine Mitfahrgelegenheit.«

Michael starrte sie an und entdeckte seine eigene Bestürzung in ihrer Miene. »Ja, er gehört mir, aber er ist kaputt. Ich habe gedacht, Sie bieten *mir* an, mich mitzunehmen. Haben Sie auch Schwierigkeiten mit Ihrem Wagen?«

»Nein, außerdem gehört er nicht mir.« Sie tat nicht so, als finde sie das Missverständnis amüsant, und versuchte auch nicht, die Enttäuschung, die sich um ihre Mundwinkel eingegraben hatte, zu kaschieren. Sie deutete auf den Laden, aus dem der Freund oder was immer er sein mochte gerade auftauchte. »Er gehört ihm«, sagte sie. »Ihm da drüben.«

»Oh, ich verstehe. Sie fahren also per Anhalter, nicht wahr?

War das Ihr letzter Chauffeur? Dabei habe ich angenommen, Sie gehören zu ihm.«
»Tu ich auch, ich meine, tat ich – ich fahre nicht per Anhalter«, erklärte sie, strich sich die Haare hinter die Ohren und schüttelte den Kopf. »Aber vielleicht mach ich's jetzt doch.« Sie versuchte ein Lächeln, das aber mehr ein Naserümpfen wurde. Ihre Nase war rot vor Kälte. »Ich dachte nur, dass Sie nach Bath fahren, das ist alles.«
»Nun, das tu ich. Oder vielmehr, das will ich, aber ich muss den Van abschleppen lassen.«
»O ja. Macht nichts.«
»Aber es ist doch Ihr Auto? Ich habe gesehen, wie Sie ausgestiegen sind.«
Der Freund war auf der Fahrerseite stehen geblieben und zündete sich eine Zigarette an. Das Mädchen beobachtete ihn und sagte bedrückt: »Nein, es gehört ihm.« Die Hände in die Hüften gestemmt, warf er ihr einen finsteren Blick zu. Sie wandte den Blick ab. Er rief ihr etwas Spöttisches zu, was Michael nicht ganz verstand. Das Mädchen wandte sich um, schüttelte den Kopf, und der Mann fluchte, stieg in den Wagen und ließ den Motor an. Laute, aggressive Musik dröhnte aus dem Auto, als er reifenquietschend davonfuhr. Die Frau sah dem Auto hinterher, bis es verschwunden war. »Kann ich nicht mitfahren, wenn der Wagen abgeschleppt wird?«
Michael unterließ es lieber zu fragen, was das alles zu bedeuten hatte, aus Angst, dass die Frau, die ihn jetzt mit einem erwartungsvollen Lächeln anblickte, es ihm tatsächlich erzählen würde. Etwas in ihrem Blick, oder vielleicht in der Haltung ihrer Schultern oder dem gewölbten Leib oder der

Art, wie sie in ihrer unpassenden Kleidung zitterte, berührte ihn. Michael fühlte sich auch leicht geschmeichelt, weil sich jemand an ihn gewandt hatte, aber er war ebenso befremdet und erschreckt. Selbst wenn sie ihn so ansah, war sie wieder etwas, was er nicht gebrauchen konnte, und sie hatte ihn bereits dermaßen durcheinander gebracht, dass er nicht mehr genau wusste, ob er Jeff Stevenson oder Michael war. Aber es war Michael, der mit zwei gestohlenen Kirchenfiguren im nicht funktionierenden Van (nicht versichert und nicht angemeldet) festsaß und jeden Augenblick von der Polizei entdeckt werden konnte. Es war Michael, der schon so lange nicht mehr allein in Gesellschaft einer Frau gewesen war, dass es ihm wie eine Ewigkeit erschien, und es war Michael, der nur den einen Wunsch hatte, in seinem dunklen Schlafzimmer in seiner Wohnung in Bath aufs Bett zu sinken. Also sagte Michael: »Tut mir Leid, dass ich Ihnen nicht helfen kann. Muss jetzt dringend telefonieren«, und trollte sich. Sich an die Stirn schlagend, änderte er seine Meinung, ging zum Van zurück, nahm den Rucksack vom Sitz und blickte Steph an, als er ihn über die Schulter warf und auf den Laden zuging.
Steph überlegte, dass es nicht sehr klug von dem Mann war, ihre Bitte, sie mitzunehmen, abzulehnen und dann den Van unverschlossen stehen zu lassen. Nicht dass sie es gewöhnt war, Männer nach ihrer Intelligenz einzuschätzen. Sie schätzte die Männer überhaupt nicht ein, es sei denn, um sich zu fragen, ob und wie lange sie nett zu ihr sein würden, um entsprechend darauf zu reagieren. Als sie Michael hinterherblickte, wie er über den Hof ging, fröstelte sie und überlegte, ob der Mann mit den dunklen Augen nett wäre. Sie hatte sich schon häufig getäuscht. Jace war eine ganze Zeit lang nett zu

ihr gewesen. Dann hatte er sich verändert. Nach ungefähr drei Monaten hatte Jace ihr zum ersten Mal ins Ohr geflüstert, dass er sie umwerfend finde und er verrückt nach ihr sei und sich nicht bremsen könne. Sie wollte das auch gar nicht, wollte auch kein widerliches Kondom benutzen, wollte ihm nicht Einhalt gebieten. Also hatte sie es auch nicht getan. Steph hatte lange darüber nachgedacht, dass es also zumindest teilweise ihre Schuld war, dass er sie nicht mehr umwerfend fand, nachdem sie schwanger geworden war, und sie also auch teilweise schuld daran war, dass er sie schlug. Er hatte sie immer nur mit dem Handrücken geschlagen, nie mit den Fäusten. Genauso lange hatte sie gehofft, dass sich nach der Geburt des Babys alles wieder ändern würde.

Aber sie wusste, es war sinnlos. Jace gehörte nicht zu den Menschen, die die Einsamkeit vertreiben konnten. Ja, sie hatte sich in seiner Gegenwart sogar einsamer gefühlt, als wenn sie im verlassenen Haus ihrer Großmutter saß. Noch einsamer als jetzt, in dieser eiskalten Werkstatt mitten im Nirgendwo. Sie blickte die Straße entlang, auf der Jace davongebraust war. Hatte sie ihn stehen lassen oder er sie? Sie hätte ja wieder einsteigen können. Jace hatte sie nicht daran gehindert, wieder einzusteigen, trotzdem musste er sie fallen gelassen haben, denn sie fühlte sich so elend. Wenn sie ihn hätte stehen lassen, dann würde sich jetzt Jace elend fühlen und wäre in dieser Zwangslage, ohne fahrbaren Untersatz und ohne Geld. Aber sie hatte bereits festgestellt, dass Michaels Haut samtweich war und in seinem Blick nichts Bedrohliches lag. Sie konnte ihn jetzt nicht sehen, da er sich im Laden befand. Aber als sie ihn angeblickt hatte, hatte sie sich vielleicht etwas weniger einsam gefühlt. Sie öffnete die Tür des Vans.

Zwischen dem Laderaum und den Vordersitzen befand sich eine feste Zwischenwand, und an den Seiten waren keine Fenster. Sie suchte nach einer Decke, aber es lagen nur ein paar Planen und ein paar zusammengelegte Kartons herum. Steph umfasste ihren Leib und kletterte unbeholfen in den Van, dann schloss sie die Tür hinter sich.

Es war am Tag, nachdem das holländische Paar da gewesen war, dass mir der Sommerflieder im Garten auffiel. Ich musste ihn schon vorher gesehen haben, denn es waren vier riesige Büsche. Wie also hatte ich sie übersehen können? Aber erst an diesem Nachmittag nahm ich sie wirklich wahr. Vielleicht hatten sie bis dahin einfach darauf gewartet, dass ich ihnen Aufmerksamkeit schenkte. Vielleicht, weil ich Mutter erwähnt hatte und das Wetter an diesem Tag freundlicher war. Oder vielleicht war einfach die Zeit des Sommerflieders gekommen. Ich hatte mich bereits mit dem Gedanken angefreundet, dass alles zu seiner Zeit geschieht.

Jedenfalls hatte ich mir nach dem Mittagessen ein bisschen Ruhe gegönnt, denn der unerwartete Besuch am Tag zuvor hatte mich sehr ermüdet. Ich war gegen drei aufgestanden und blickte von meinem Schlafzimmerfenster hinunter in den Garten. Die Sonne schien, und es wehte ein frischer Wind, und da waren sie, vier riesige Sommerfliederbüsche, die mir mit ihren scheußlichen welken Blüten zuwinkten.

Und sofort befand ich mich wieder in der Oakfield Avenue an jenem Tag vor achtzehn Jahren, in Mutters Zimmer, dem Schlafzimmer hinter der Küche im Erdgeschoss, das sie nach Vaters Tod bezogen hatte. Sie lag in ihrem Bett, auf der Seite, und wartete darauf, dass ihr der Hintern abgewischt wurde.

Wie üblich sagte sie nichts und blickte drein, als könne sie kein Wässerchen trüben. Ich versuchte, an ihrem Hinterteil vorbeizusehen und nicht über ihr Gesicht nachzudenken. Ja, ich glaube, ich versuchte, einfach nicht da zu sein, denn ich schaute durch ihr Schlafzimmerfenster hinaus in unseren Garten und betrachtete diesen Sommerflieder. Damals war es auch Februar, und ich erinnere mich, dass ich plötzlich dachte, dieser Sommerflieder dort draußen in unserem Garten sollte nicht ungestraft davonkommen. Er sollte mir nicht länger mit seinen welken Blüten zuwinken dürfen, die so aussahen wie Mutters lange, spitze Kackhäufchen (ein Wort, das ich nicht mag, aber mir fällt nichts Besseres ein). Ich dachte an den vergangenen Sommer, und es schien irgendwie ungerecht zu sein, dass diese Pflanze die unzuverlässige Erinnerung an eine kurze Saison, an einen einzigen Monat, in dem die Schmetterlinge auf ihren violetten Blüten herumflatterten, mit dem unerträglichen Aussehen, das sie jetzt und den größten Teil des Jahres hatte, erkaufte. Mit spitzen Fingern hielt ich Mutters große Unterhose, die ich gerade unter ihr weggezogen hatte, und die Einlage, die diese schreckliche, wabbelige, schokoladenfarbene Wurst enthielt, die sie in der Nacht herausgedrückt hatte und deren Form und Farbe genau dem im Wind schwankenden Sommerflieder entsprachen. Der Raum war erfüllt von unserem Schweigen und von dem gewohnten Geruch nach Essig und Lavendel, vermischt mit Schmutz und diesem besonderen menschlichen Dreck. Draußen winkte der Sommerflieder mit seinen mit den Kackhäufchen alter Damen besetzten Zweigen, und ich blickte auf Mutters Gabe in meiner Hand und dachte, o Gott, wie viele noch davon? So viele, wie mir vom Sommerflieder her zuwinken? Wie viele weitere erbärmliche, kleine Tage würden mit einem so erbärmlichen Morgen beginnen, an dem ich durch ein Fenster auf verwelkte Blüten schaue? Vielleicht hätte es gereicht, wenn ich damals einfach hinausgegangen wäre und zu Vaters alter Säge gegriffen hätte. Vielleicht hätte das die Stimmung vertrieben, in die mich an diesem Tag der Sommerflieder vor Mutters Schlafzimmerfenster versetzt hatte. Wer weiß, ob das wilde Beschneiden der Sträucher nicht ausgereicht hätte. Damit wäre die Sache dann erledigt gewesen, und was später am Tag geschah, wäre nicht passiert, und das Leben wäre noch viel länger auf die gleiche Weise weitergegangen. Und wissen Sie, wenn ich die Situation jetzt abwäge, bin ich trotz allem froh, dass ich es nicht getan habe, bin froh darüber, welch neue und überraschende Wende die Dinge genommen haben. Aber vor achtzehn Jahren sah ich noch nicht so klar wie heute.

Und so wurde mir also hier, an diesem Freitagnachmittag achtzehn Jahre später, als ich hinunter auf diese vier Sommerfliederbüsche blickte, plötzlich klar, was zu tun war. In einem Nebengebäude im Hof fand ich eine Säge, eine Axt und ein Brecheisen, Gummistiefel, Handschuhe und eine Wachsjacke und machte mich an die Arbeit. Dabei ist Beschneiden für das, was ich mit diesem Sommerflieder machte, nicht das richtige Wort. Es kostete mich all meine Kraft. Es war dunkel, als ich fertig war, und ich war ziemlich verkratzt, hatte mir wer weiß wie viele Muskeln gezerrt, und ich glaube nicht, dass ich je zuvor so müde war, aber ich hatte alle vier mit ihren schmutzigen braunen Wurzeln ausgerissen.

Es war nicht persönlich gemeint, aber Steve von Corsham Breakdown weigerte sich, den Van von dem Kleintransporter abzukoppeln, bevor Michael ihm nicht die hundert Pfund bezahlt hatte. Nein, es war nicht persönlich gemeint. Steve war nur vorsichtig, weil er nach einer Stunde Fahrt mit diesem schweigsamen, reglosen Beifahrer – schweigsam, abgesehen von kurzen Antworten auf Steves Versuche, mit ihm zu plaudern, und reglos, abgesehen davon, dass er den Rucksack auf seinem Schoß umklammerte und wieder losließ – zu der Ansicht gelangt war, dass dieser Typ, trotz seiner sauberen, anständigen Kleidung, möglicherweise verrückt und/oder pleite war. Es war kurz vor fünf, als Steve auf der steilen Straße, die durch die Snow-Hill-Siedlung hinaufführte, unter Schwierigkeiten an die Seite fuhr und seine Bedingungen darlegte. Nicht persönlich gemeint, aber ich muss dein Geld sehen, Kumpel. Mir wär's egal, aber der Boss besteht darauf, o.k.? Man kommt doch jederzeit an einen Geldautomaten ran, oder? Ist doch genug Zeit, dorthin zu gehen und das Geld zu holen.

Mr. David schloss um halb sechs, an einem ruhigen Tag manchmal auch früher. Michael machte sich mit seinem Rucksack zur London Road und Mr. Davids Laden in der Walcot Street auf. Steve ging in die entgegengesetzte Richtung den Hügel hinauf zu den Fairfield Stores, wo er eine Zeitung, eine Pastete, eine Tüte Chips, ein Galaxy und eine Cola kaufte. Als er wieder ins Führerhaus steigen wollte, um dort auf Michael zu warten, hörte er das Klopfen, das aus dem Van drang.

Als Michael mit dem jetzt leeren Rucksack über der Schulter zurückkehrte, saß Steph auf dem Beifahrersitz des Kleintransporters, nahm einen Schluck aus der Coladose und lachte mit Steve, der sich nun darin bestätigt sah, dass Michael verrückt war.

»He!«, rief er, als Michael sich dem Fenster auf der Fahrerseite näherte. »Du hast mir nichts davon gesagt, dass deine verdammte Freundin da hinten drin ist. Sie hätte erfrieren können. Gefährlich und außerdem verboten. Hätte uns teuer zu stehen kommen können!«

Michael starrte in das Führerhaus, nach seinem Besuch bei Mr. David zu niedergeschlagen für eine so spontane Regung wie Überraschung. Steph blickte ihn mit einer Mischung aus Trotz und flehentlicher Bitte an.

»Ich brauchte ein bisschen Ruhe«, sagte sie. »Im Van. Es macht dir doch nichts, oder? Ihm macht es nichts«, fügte sie hinzu und nickte in Richtung Steve.

Steve tätschelte ihr Knie und sagte: »Ist dir ein bisschen wärmer jetzt, oder, Süße?«

Dann wandte er sich an Michael. »Du musst besser auf sie aufpassen. Hast du die Kohle?« Als Michael das Geld abzählte, fuhr Steve fort: »Du hättest es sagen sollen. Sie hätte hier vorne zwischen uns sitzen können. Der Platz reicht für drei. Sogar für dreieinhalb!«

Michael starrte ihn wortlos an. Steve sah wieder zu Steph hinüber und sagte sich, dass es ihn nichts anging. Das Mädchen schien ganz zufrieden mit diesem Typen zu sein. Vielleicht war sie ja auch verrückt.

Steph lachte und gab die Coladose zurück. »Ich geb dir gleich dreieinhalb! Ich hab dir doch gesagt, dass ich geschlafen habe. Im Moment würde ich überall schlafen. Danke für die Cola. Und das Aufwärmen.« Sie schlüpfte mit größerer Leichtigkeit aus dem Führerhaus, als man es bei ihrem Umfang für möglich gehalten hätte.

»Und das Mitnehmen!« Sie kam zu Michael herum. Steve stopfte die Scheine in die Tasche seiner Jeans und ließ den Motor an. »Der Van gehört dir«, sagte er und nickte über die Schulter zurück. »Hab ihn abgekoppelt, als ich das Klopfen deiner Freundin hörte.« Mit einem leichten Bedauern winkte er Steph zu und fuhr dann davon.

Sie beobachteten, wie der Kleintransporter am Ende der Straße hielt, blinkte und sich dann in den Strom der Wagen einreihte, die aus der Stadt herausfuhren. Hinter den schwarzen Zweigen der Fernsehantennen von Snow Hill hatte sich der Himmel rosa gefärbt. Die Straßenlaternen warfen bereits einen orangefarbenen Schein über Satellitenschüsseln und Dachziegel. Der Verkehrslärm, der von der London Road herüberdrang, übertönte die Rufe einer Gruppe von Kindern auf Fahrrädern, die am Rinnstein entlang den Snow Hill hocheierten und an der Straßenecke Beleidigungen und Abschiedsgrüße austauschten. Die Dämmerung verwischte das Weiß, Rot und Blau der Kleider von Mädchen mit Hunden und Sportkarren, die auf dem Bürgersteig an ihnen vorbeigingen, sie stahl ihre Farben und ließ sie in der grau werdenden Winterluft des Nachmittags verblassen.

Steph sagte: »Ich friere. Ich friere mich noch tot, wenn ich hier draußen stehen bleibe.« Sie legte ihre Hand in Michaels. »Merkst du das? Mir ist eiskalt.« Er nickte, doch umschloss er ihre Hand nicht mit der seinen, ließ sie aber auch nicht los. Leute gingen nach Hause, verschwanden in den gräulichen Schatten der Mauern. In den Küchen der Siedlung, in denen Frauen ihre Taschen fallen ließen und Toast machten und

Wasserkessel aufsetzten, gingen Neonröhren an; das kränkliche blaue Flimmern unbeachteter Fernseher in Räumen, in denen die Vorhänge noch nicht zugezogen waren, ließ Michael und Steph auf dem kalten Bürgersteig eine Botschaft zukommen, eine Botschaft über andere Leute, Leute, die sich unterschieden von den beiden, die dort standen, während der Himmel immer dunkler wurde, Leute, die ein Zuhause hatten. Und als Michael sich einen Moment später schweigend umdrehte und den Hügel hinauf zu seiner eigenen Wohnung am Ende der Maynard Terrace ging, zog Steph sich das T-Shirt über den gewölbten Bauch und ging mit, denn sie wusste, dass der Ausdruck von Schwäche in seinen Augen und seine Unfähigkeit, ihre Hand loszulassen, das Einzige waren, was sie von ihm als Einladung erwarten durfte.

Michael öffnete die Wohnungstür und knipste die trübe Deckenbeleuchtung im Wohnzimmer an. Er ließ seinen Rucksack fallen, der zu seinen Füßen landete und umfiel, und sank dann auf ein kleines, wenig stabil aussehendes Sofa. Es schien völlig aus Schaumstoffblöcken zu bestehen, die mit einem braunen Material bezogen waren, denn als er es sich darin bequem machte, bewegten sie sich hinter seinem Rücken wie rechteckige Felsen bei einem leichten Erdbeben hin und her. Abgesehen von einem niedrigen Tisch auf dünnen schwarzen Beinen, der zwischen dem Sofa und einem quadratischen Kamin mit einem kalten Gasofen stand, gab es kaum Möbel: zwei Klappstühle aus Metall, die vor einem kleinen runden Tisch in einer Ecke standen, und auf jeder Seite des Sofas ein niedriger Korbhocker, der eine mit einem leeren Kerzenhalter und einer Schachtel Streichhölzer, der andere mit einer blassblauen Lampe. Die drei Regalbretter neben dem Kamin waren mit umgekippten Büchern, Zeitungen, einer verwelkten Pflanze in einem Plastikübertopf und einigen Schuhkartons gefüllt. Auf dem untersten Brett standen eine Reihe kleiner Gegenstände aus Messing, einige Teller und Krüge sowie drei oder vier leere Vasen. Die Anordnung wirkte eher so, als würden die Dinge dort aufbewahrt und nicht zur Schau gestellt, als messe die Person, die sie dort hingestellt hatte, ihnen keinen dekorativen Wert bei.

Steph, für die das Aussehen von Dingen wichtig war, schaute sich eine Weile um und fragte sich, welche Aussagekraft dieses Zimmer hatte. Sie hatte viel über Räume nachgedacht. Sie hatte sie so detailliert geplant wie einige Mädchen ihre Hochzeit planten, und so wie mutmaßliche Bräute in Gedanken die »perfekte märchenhafte Kulisse« mit dem Bräutigam und einer ganzen Entourage von Gästen und Bediensteten füllen, die jedoch alle gesichtslos bleiben, so hatte Steph sich Zimmer ausgedacht, die sie sich nicht leisten konnte, in Häusern, die nicht existierten, wo sie sich vorstellte, mit einer Familie zu leben, die sie nicht hatte. Ihre Mutter war zu ihrem Freund gezogen, als Steph fünfzehn war, und die einzigen Wohnungen, in denen Steph tatsächlich gelebt hatte, waren solche, die, egal wie lange Steph dort wohnte, anderen Leuten gehörten. Selbst als sie vom Jobben ein bisschen Geld für einen Teppich oder ein Bild oder ein paar Kissen übrig gehabt hatte, Dinge, die, wie sie meinte, ihre Anwesenheit wenn nicht feiern, so doch zumindest rechtfertigen würden, lebte sie doch immer noch an Orten, deren Oberflächen sie nicht glätten konnte und zu deren Tiefen sie keinen Zugang hatte. Ihr war nur nebelhaft bewusst, dass sie sich nach einer Art Zugehörigkeit sehnte, und da sie sich dieses Sehnen nur halb eingestand, glaubte sie nicht daran, dass sie es verdiente, davon erlöst zu werden. Sie war schließlich davon überzeugt, dass es ihr Fehler war und dass etwas Tiefgreifenderes als ein anderer Farbanstrich oder neue Kissen notwendig waren, etwas jenseits von materiellen Bestrebungen und Aufwendungen und einem Farbgefühl, sogar jenseits der Intensität ihres Bedürfnisses. Steph beobachtete den Mann, der zusammengesunken unter dem mitleidslosen Licht auf dem Sofa saß, und verstand, warum ihr das Zimmer vertraut vorkam. Seine vergeblichen Versuche, sich ein gemütliches Zuhause zu schaffen, verrieten die gleiche Sehnsucht und vielleicht den gleichen Mangel an Überzeugung, ein Recht darauf zu haben.

Sie stand in der Tür, unsicher, was sie sagen oder tun sollte. Eine Bemerkung darüber, wie kalt es war? Er saß nun vornübergebeugt, den Kopf fast auf den Knien, und machte keine Anstalten, den Gasofen anzuwerfen. Wie ungastlich war er? Sie fragte sich, ob er sich überhaupt ihrer Gegenwart bewusst war. Sie sollte etwas Amüsantes oder Sarkastisches sagen, etwas über die Kälte oder den salzigen Geruch oder darüber, dass es keinen Lampenschirm und keine richtigen Vorhänge gab, etwas, das ihn zum Lachen brachte und das Eis brach. Doch das Spiegelbild im Fenster zeigte ihr, dass sie unsicher in der Tür stand, zu schwer für die freien Metallstühle und zu unbeholfen für freche Bemerkungen. Sie zog das T-Shirt herunter und wusste nicht, wohin mit sich, spürte aber, dass sie zu einnehmend war und dass sie nicht hier hereinpasste; obwohl die Wände neutral gemustert und beige waren, harmonierte sie nicht mit ihnen. Genau in diesem Moment ertönte über ihnen das Bellen eines Hundes, der sehr groß zu sein schien, gefolgt von einem stampfenden Geräusch, das von den Füßen des Nachbarn von oben stammte, oder von Geschossen, die den Hund verfehlten und auf dem Boden landeten. Von weiter her drangen Verkehrsgeräusche und gelegentlich Stimmen von der Straße durch das schwarze Fensterglas in die Stille des Raumes.

»Hast du eine Toilette?«, fragte sie. Michael hob den Kopf und nickte in Richtung der Tür, vor der sie stand. Sie ging hinaus in den winzigen Flur und schloss die Tür hinter sich. Zumindest hatte er ihr nun quasi die Erlaubnis gegeben, die Toilette zu suchen, und so konnte sie auch die anderen Türen öffnen, um zu sehen, in was für einer Art Wohnung sie sich befand. Eine winzige, praktisch leere Küche. Nur ein Schlafzimmer, wie sie erwartet hatte, und der Geruch kam von dort, was sie wunderte, da der Mann selbst angenehm sauber war. Ein eiskaltes Badezimmer, nicht unbedingt sauber, aber auch nicht schmutzig. Entweder hielt er es einigermaßen in Ordnung, oder er benutzte es nicht. Aber das musste er wohl, denn er war wirklich sauber und sogar rasiert. Es war schade um das Schlafzimmer, nicht dass sie es teilen würde, wie die Dinge im Moment liefen. Aber sich aufzuwärmen würde schon genügen. Oder fast genügen, denn wenn sie es richtig bedachte, war sie auch völlig ausgehungert.

Als sie in das Zimmer zurückkam, hatte sich die Kälte noch weiter ausgebreitet und machte das Elend grausam spürbar. Michael saß vornübergebeugt und weinte. Steph ließ sich neben ihn fallen und zog ihm die Hände weg. Er wandte sein verzerrtes Gesicht ab und versuchte, seinen Kopf in der Sofalehne zu vergraben. Sie sah sich um, und ihr wurde klar, dass sie für eine Weile nicht mit ihm würde reden können, selbst wenn sie wüsste, was sie sagen sollte. Inzwischen hatte er die Beine hochgezogen und umklammerte seine Knie, so als wolle er irgendwo tief in seinem Inneren eine große, übervolle Senkgrube des Schmerzes verschließen. Sein Schluchzen klang nicht so, als ob es ihm Erleichterung verschaffte, und löste bei Steph das Bedürfnis aus, ebenfalls zu weinen. Ihr war so kalt. Wenn es ihnen warm wäre, würden sie vielleicht immer noch weinen wollen, aber schlechter konnten sie sich nicht mehr fühlen. Sie stand auf und drehte am Regler oben auf dem Gasofen. Sie spielte ein wenig daran herum, und schließlich schoss eine blaue Flamme hinter den Chromgittern hoch und füllte das Zimmer mit dem Geruch brennenden Staubs. Michael setzte sich auf, öffnete den Mund und schluckte.

»Wir können den Ofen nicht anmachen, kostet ein Vermögen.«

»Wir müssen aber hier heizen, oder? Sonst erfrieren wir noch.«

Michael holte tief Luft. Er sollte ihr erklären, dass er den Ofen nie anmachte. Er sollte von Ken erzählen, der gegenüber wohnte, davon, dass es bei Ken immer warm war und dass Ken immer zu Hause war. Wie Ken zufrieden damit zu sein schien, für ein bisschen Gesellschaft seine Wärme und das warme Wasser zu teilen, selbst wenn es selten vorkam, dass er und Michael zu einer Unterhaltung in der Lage waren. Er sollte die Sache mit dem Geld erklären, den Geldstrafen, dem Wiederaufbau des Marktstandes, dem Strom, den Fernsehgebühren. Er sollte von Mr. David erzählen und den plötzlich gesunkenen Preisen, davon, dass er nur zweihundertfünfzig für die Figuren bekommen hatte, nur die Hälfte des versprochenen Betrags, und dass die Hälfte davon bereits draufgegangen war, um den Van abschleppen zu lassen, der noch repariert werden musste. Aber Reden war zu anstrengend, ebenso wie der Versuch, diese Frau loszuwerden. Was wollte sie von ihm?

»Hast du Geld?« Sie schien zu warten. Natürlich. Sie hatte gesehen, wie er dem Mann in dem Kleintransporter Geld hingeblättert hatte, und sie musste bemerkt haben, dass er ihm nicht alles gegeben hatte. Michael beugte sich wieder vor und legte die Hände vors Gesicht. Er spürte die erste Wärme des Ofens an seinen Handrücken. Steph, die ihn genau beobachtete, hob den Rucksack vom Boden, öffnete ihn und nahm zwei zerknitterte Zeitschriften heraus. Michael blickte hoch, sagte aber kein Wort, während sie die Zeitschriften ausschüttelte, als ob Geldscheine in ihnen stecken könnten. Dann blickte sie erneut in den leeren Rucksack, stopfte die Zeitschriften hinein und ließ ihn wieder auf den Boden fallen.

»Hast du *etwa keins?* Komm schon, rück ein bisschen Geld raus, und ich gehe und hole uns was zu essen. Los.« Sie sprach mit einer seltsamen Mischung aus Autorität und Ungeduld, wie jemand, der viel älter war, als sie zu sein schien. Wie jemand, der viel älter war als er selbst, dachte Michael, der zum ersten Mal ihr Gesicht genau betrachtete. Als ob sie seine Mutter oder jemand Ähnliches sei, dabei musste sie zwanzig Jahre jünger sein. Er holte einen Zehner aus der Tasche.

»Gib mir noch einen. Mach schon. Zwanzig sind besser. Du kriegst das Wechselgeld wieder.« Als sie den zweiten Geldschein faltete, sagte sie: »Ich könnte ein Bad vertragen. Ich nehme nicht an, dass es warmes Wasser gibt, oder? Während

ich weg bin, kannst du das warme Wasser anstellen, o.k.? Und mach den Ofen nicht aus.«
Michael räusperte sich, um ihr zu widersprechen, ließ sich dann jedoch auf dem Sofa zurücksinken.
»Verdammt kalt draußen«, sagte Steph und stand unschlüssig herum. Würde er sich nicht bereit erklären, statt ihrer zu gehen?
Sie schwiegen, während Michael den Streifen rosa Haut zwischen Stephs T-Shirt und ihrem Rock betrachtete. Unbeholfen stand er auf.
»Nimm die hier«, stieß er hervor und zog seine Jacke aus, so als sei ihm gerade eingefallen, wozu sie diente. Er hielt sie ihr hin und sagte: »Sie ist warm.« Dann ging er zum Sofa zurück.
Es war besser als nichts. Steph schlüpfte in die Jacke und lächelte auf die Weise, wie alle Frauen es tun, wenn sie in Gegenwart eines anderen etwas Neues anprobieren. Ihr runder Bauch passte sogar in die Jacke hinein. Sie knöpfte sie zu, steckte die Hände in die Taschen und schaute hoch, doch Michael hatte die Augen geschlossen, das Gesicht verzerrt zum Weinen. Oben bellte der Hund und wurde wieder angeschrien.
»Wie heißt du?«, fragte sie und spielte mit den beiden Zehnpfundscheinen in der Tasche.
Michael blinzelte. »Michael.«
»Ich heiße Steph.«
Vielleicht lag es daran, dass sie ihre Namen ausgetauscht hatten, doch als die Tür sich hinter ihr schloss, war Michael seltsam zuversichtlich, dass sie nicht mit seiner Jacke und den zwanzig Pfund verschwinden würde, und Steph war sich sicher, dass er nicht mehr weinen würde, wenn sie zurückkam.

An diesem Abend kehrte der Winter zurück. Es war dunkel, als ich vom Garten ins Haus trat, und ich wusste, dass die Sonne an diesem Nachmittag nur die Illusion von Frühling vermittelt hatte. Alles tat mir weh, und mir war kalt, weil ich so lange draußen gewesen war. Die Anstrengung hatte mich, solange ich arbeitete, warm gehalten, doch sobald ich aufhörte, spürte ich, wie die Kälte sich meiner bemächtigte. Ich ließ mir in meinem herrlichen weißen und grünen und gelben Badezimmer ein warmes Bad ein, lag in der Wanne und genoss es in dem Wissen, dass im Wohnzimmer das Kaminfeuer, das ich eben angezündet hatte, für mich brennen würde, wenn ich hinunterkam. Einen Moment lang dachte ich daran, dass es unbeaufsichtigt brannte, aber ich machte mir keine Sorgen. Es war so ein wohltuender Anblick, das Feuer im Wohnzimmer. Ich wusste, dass keine Funken sprühen und den Teppich verbrennen würden. Ein Feuer kann sehr tröstlich sein.

Nach dem Bad saß Jean in ihrem Alpaka-Morgenmantel und dem seidenen Pyjama vor dem Kamin. Nachdem ihr Gesicht am Nachmittag dem Wind ausgesetzt gewesen war, brannte es nun von der Wärme des Wassers und dem Prickeln des weichen Schaums. Unter dem Pyjama, der über ihre Schultern, ihre Brüste und ihren Bauch glitt, wenn sie atmete, spürte ihr Körper jede Berührung der weichen Seide, doch fühlte er sich nach der anstrengenden Arbeit im Garten steif an. Der Muskelkater in Armen und Beinen ließ in Jean ein leichtes Gefühl des Triumphs aufkommen, und sie war sich weniger des Alters ihrer Knochen als ihrer Kraft bewusst, so als sei sie ein Schulmädchen, das seine Muskeln vor einem

Weitsprung dehnt. Doch obwohl sich ihre Haut beruhigt hatte, war es ihr irgendwie immer noch kalt, und sie wusste nicht recht, ob sie sich nun besser als gewöhnlich fühlte oder krank werden würde. Besser, beschloss sie, seelisch und körperlich. Besser, ja mehr als das: Es war, als habe sie gerade die Entdeckung gemacht, dass sie tatsächlich einen Körper besaß, und ihr Körper, der selbst nur ein ganz klein wenig Mitleid mit sich hatte, sonnte sich in der neuen Aufmerksamkeit. Der Körper könnte ihr ebenfalls sagen, dachte sie, dass sie eigentlich sehr, sehr hungrig war, etwas, das er ihr seit vielen Jahren nicht mehr gesagt hatte oder das sie ihn zumindest nicht hatte sagen hören. Vielleicht sollte sie einfach ein bisschen genauer hinhören, denn sie hatte das Gefühl, dass sie seit ihrer Ankunft eher ein wenig dünner geworden war. Als Jean begonnen hatte, den etwas milderen Umgang mit ihren körperlichen Bedürfnissen zu genießen, hatte sie sich mit einer neuen Sanftheit betrachtet. Die Stimme, die sie gewöhnlich zur Selbstkasteiung anhielt, war leiser geworden. Wenn sie am Nachmittag das Bedürfnis verspürte, sich auszuruhen, dann tat sie das, und das Wort »faul« kam ihr nur selten in den Sinn. Und sie erinnerte sich nun, dass sie sich an dem Tag, an dem der lockerere Umgang mit sich selbst begonnen hatte und den sie nun den Kleiderschrank-Tag nannte, sich selbst das kleine halbherzige Versprechen gegeben hatte, dass sie versuchen würde, die neuen Kleider ein wenig überzeugender auszufüllen. Sie war immer noch ein bisschen zu schmal für sie. Nun wurde ihr klar, dass, wenn sie sich ihrem neuen Leben richtig anpassen wollte, die Zeit gekommen war, ihrer Ernährung so viel Aufmerksamkeit zu schenken, als müsse sie immer noch wachsen.

Zunächst jedoch verlangten ihre fröstelnden Glieder nach einem Drink. Sie hatte an ihrem ersten oder zweiten Tag ohne Bedauern oder Überraschung festgestellt, dass die Karaffen im Esszimmer leer waren. Es wäre ihr lieber gewesen, ihren ersten Kellerbesuch bei Tageslicht und wenn sie sich weniger müde fühlte zu unternehmen, aber sie stand auf, holte den Schlüssel, öffnete die niedrige, getäfelte Tür in der Ecke des Esszimmers und stieg die Stufen zum Keller hinab.

Das plötzliche fluoreszierende Licht und der starke unterirdische Geruch ließen Jean innehalten. Vom Fuß der Treppe aus sah sie zu beiden Seiten des Kellers eine Reihe getünchter, bogenförmiger Erker, in denen mit Flaschen gefüllte Metallregale standen. In der Nähe der Treppe stand ein alter Eichentisch. Sie sah ihn sich genau an. Er war wie fast alles andere im Haus alt, unvollkommen und schön, und obwohl das Holz, das so lange nicht poliert worden war, nun ausgemergelt aussah, konnte Jean sich vorstellen, wie dieser Tisch in vielen Häusern, die nicht viel bescheidener waren als dieses, stolz als Esstisch verwendet wurde. Auf dem Tisch fand sie eine kleine Taschenlampe, eine Kerze in einem Metallständer, ein in Leder gebundenes Buch und eine Reihe von Korkenziehern, von denen einer unerklärlicherweise an einem Ende mit einer Bürste versehen war. Es gab auch ein irgendwie beunruhigendes kleines, rundes Schneidewerkzeug, das aussah, als diene es dazu, Fingerspitzen zu entfernen. An der Wand hinter dem Tisch hing an einem Haken eine lange Metallzange. Jean fühlte sich sofort eingeschüchtert, als sei sie zufällig auf Instrumente einer schmerzvollen und anstößigen religiösen Zeremonie von freimaurerischer, halb-chirurgischer Abstrusität gestoßen. Sie schlurfte über den Steinfußboden, schaute in die Regale und las Etiketten, die ihr nichts sagten, außer wie unwissend sie war: Léoville-Poyferré, Batailley, Domaine de Chevalier. Die Form der Flaschen änderte sich. Sie las Chambolle-Musigny, Vosne-Romanée und seufzte. Die Champagnerflaschen ließen sich leicht an ihren Korken erkennen, aber sie wollte jetzt keinen Champagner. Einige sehr verdächtig aussehende Flaschen auf den untersten Regalen hatten überhaupt kein Etikett mehr. Sie hatten nur eine Nummer und waren mit weißer Farbe beschmiert, was vermutlich beim Streichen des Kellers passiert war. Sie ging an ihnen vorbei, denn sie würde sich hüten, solch gefährlich alte Flaschen ohne Etikett zu öffnen. Jean las Namen, die sie nicht aussprechen konnte, und ärgerte sich, dass das Ganze unnötig kompliziert war. Ein schöner Rotwein oder ein Glas Portwein oder Sherry war alles, was sie wollte. Es war absurd, sich von den vielen ausländischen Namen einschüchtern zu lassen, aber das Problem war nicht einfach, dass es Namen von Orten waren, an denen sie noch nie gewesen war, und von Weinen, die sie nie getrunken hatte. Sie zeugten von Eigenschaften, die sie nicht besaß. Beständigkeit und Kultiviertheit, ganz zu schweigen von einer langen Ahnenreihe, waren kaum die Merkmale ihres bisherigen Lebens gewesen, dachte sie, verfiel einen Moment lang in alte Gewohnheiten und vergaß fast, dass sie nicht mehr die alte Jean war. Sie zog eine andere Flasche heraus, von deren Sorte es mindestens zwölf in dem Regal gab. Über den Worten »Château Palmer 1982« gab es ein Bild des Schlosses, und Jean seufzte, diesmal erleichtert. Schließlich doch noch ein Name, den sie lesen konnte, ein netter, gewöhnlicher englischer Name. Sie erinnerte sich, dass es in der Oakfield

Avenue eine Familie Palmer gegeben hatte. Und das Schloss auf dem Etikett war, wenn man es recht betrachtete, nur ein Haus. Oder eher nicht einfach ein Haus wie in der Oakfield Avenue, sondern ein Haus wie dieses, Walden. Ihr Haus. Der Gedanke machte sie zuversichtlich. Sie betrachtete das Bild und stellte sich die schweren französischen Möbel hinter den hohen Wohnzimmerfenstern vor. Oben gab es vielleicht ein hübsches Boudoir mit einem weiteren Fenster, das Blick nach hinten hinaus auf eine Terrasse und Gärten und Weinberge bot. Sie drehte die Flasche, so als sei auf der anderen Seite die Rückansicht des Hauses abgebildet, und drehte sie weiter, bis sie wieder die Zeichnung vor sich sah. Wer lebte wohl in diesem Schloss? Sicherlich eine Frau. Madame, eine Frau in Jeans Alter, würde sich am Frisiertisch unter dem Fenster ihrem Haar widmen und es im Nacken zu einem einfachen, eleganten Knoten aufstecken. Ich werde meins wachsen lassen, dachte Jean und fuhr sich durchs Haar, dessen Spitzen noch immer vom Baden feucht waren. Sie würde es sogar wachsen lassen müssen, wenn sie es richtig bedachte, da sie ja nicht mehr in die Stadt fahren würde. Das Etikett zog erneut ihre Aufmerksamkeit auf sich. Was für ein wunderbarer Ort. An einem Sommermorgen würden die Kastanienbäume, von denen Jean sich sicher war, dass sie den Hof säumten, auch wenn sie auf dem Bild nicht mehr zu sehen waren, leicht im Wind rascheln. Ein sanftes Vibrieren, das die Lockrufe der Tauben mit sich trug. Madame würde sie durch das offene Fenster hören, während sie die letzte lange Nadel in ihr Haar steckte, und dann würde sie aufblicken und wen sehen? Ihren Sohn, vielleicht. Ja, zweifellos ihren Sohn, in einiger Entfernung, wie er nachdenklich durch die

Weinberge streifte und die Reben begutachtete. An seiner schrägen Kopfhaltung, mit der er die Reihen entlangging, um dann stehen zu bleiben und hoch zum Himmel zu schauen, würde Madame erkennen, dass er sich ein wenig sorgte und überlegte, ob das Wetter so blieb. Würde die Sonne bis zum letzten Tag vor der Ernte weiterscheinen? Jean lächelte, drehte sich dann um, nahm sich einen Korkenzieher und ging die Kellertreppe hoch. Das Etikett hatte ihr alles gesagt, was sie über den Wein wissen musste, wie immer er auch schmecken mochte.

Sie war nicht schlecht, diese erste Flasche Wein. Sie entspannte zumindest meine alten Gliedmaßen. Der Wein war schwer, und man würde ihn, wie ich vermute, als trocken bezeichnen. Je mehr ich davon trank, desto besser schmeckte er mir, und er passte gut zu meinem Abendessen. Denn nach dem ersten Glas am Kamin begann ich wieder an Essen zu denken. Ich bin keine Köchin oder war es damals nicht, ich habe all das seitdem gelernt. Bis dahin hatte ich mich nicht um den Herd gekümmert. Ich aß nur Cornflakes oder Sandwiches, oder ich benutzte die Mikrowelle für Rühreier oder Suppe, wenn ich etwas Warmes wollte. Ich machte mir keine Gedanken darüber. Aber an jenem Abend brauchte ich etwas mehr. Ich holte den Schlüssel für einen der beiden großen Gefrierschränke im Anrichteraum und fand Speck, Würstchen und Butter. Gleichzeitig fielen mir ein oder zwei andere verlockend aussehende Dinge auf. Für einen anderen Tag, dachte ich, Michael schon halb erwartend. Ich hatte außerdem Eier und Tomaten und Brot. Der Herd parierte. Er war nicht schwer zu handhaben. Es gab eine ausgezeichnete

Pfanne für ein großes Pfannengericht, und ich nippte an meinem Wein, während ich kochte und die Küche sich mit dem wunderbarsten Duft füllte. Wie es ihnen missfallen hätte, den Besitzern! Alles: der Geruch von Speck und Würstchen, der mit Fett bespritzte Herd und die Missachtung der Anweisungen, wo ich essen durfte. Ich nahm mein Essen auf einem Tablett mit, aß beim Kamin im Wohnzimmer und trank zu etwas Käse die Flasche Wein leer. Dann fühlte ich mich ziemlich schläfrig, machte mir richtig guten Kaffee (ihren) und entsorgte mein Glas mit Pulverkaffee, während ich darauf wartete, dass das Wasser kochte. Ich wollte wach bleiben, denn nach diesem Weinetikett und allem, was das Schloss mir erzählt hatte, hatte ich über die Wichtigkeit von Bildern nachgedacht. Vor allem von Fotos.

Beim Staubwischen hatte ich mir überall im Haus die Fotos angesehen. Im Wohnzimmer gab es zwei Tische voller Fotografien in silbernen Rahmen, und weitere waren im Haus verstreut. Ich sammelte sie alle ein und trug sie zum Kamin, um sie mir genauer anzusehen. Die Hochzeitsfotos interessierten mich nicht. Ich war mir ziemlich sicher, dass die Besitzer darauf abgebildet waren, und die Frau, blond und um einiges jünger als er, sah groß und kräftig genug aus, um in meine Kleider zu passen, soweit ich das nach dem, wie sie in ihrem cremefarbenen, schweren, nicht traditionell weißen Hochzeitskleid aussah, beurteilen konnte. Sie hatte nicht einmal einen richtigen Chiffonschleier, nur einen gewöhnlichen Schleier mit einem kleinen Stirnreif. Der Mann wirkte ziemlich massig, wie es typisch ist für viele englische Männer, die sich oft schlecht halten, und sie lächelten einander an, wirkten sicher, elegant und mit sich selbst zufrieden. Ich glaube, ich meine reich. Sie schauten überhaupt nicht in die Kamera. Ich verbrannte das Bild.

Es gab andere von ihm und ihr, einzeln und zusammen, mit älteren Leuten, Eltern oder Verwandten, wie ich annahm, und einige mit Freunden. Sie schienen häufig Urlaub zu machen. Auf manchen waren sie sonnengebräunt, hielten Skier in der Hand oder saßen an Tischen, und ihr Haar änderte sich, in Länge und Farbe, aber es sah immer gestylt aus. Auch diese Bilder warf ich ins Feuer. Aber es gab noch andere: richtige Porträts von älteren Leuten und Schnappschüsse von ihnen an Stränden, als sie noch blasshäutige Kinder mit zusammengekniffenen Augen in zu weiten Badeanzügen waren, Eimer hochhielten und auf Felsen balancierten. Und dann waren sie älter, bei ihrer eigenen Hochzeit oder am Tag der Taufe ihrer Kinder, und es gab Schwarz-Weiß-Fotos von Männern in Uniform, die hoffnungsvoll und auf eine Weise ernst dreinblickten, wie man es heute nicht mehr sieht. Es war traurig, aber ich verbrannte auch sie alle. Ich gebe zu, dass ich zögerte, aber es wäre falsch gewesen, sentimental zu werden. Sie waren fehl am Platz. Die Zeit für ihre Geschichten war endgültig vorbei. Sie gehörten nicht hierher, zu mir und all den anderen Dingen, den Vasen und Schüsseln und Büchern und Schmuckstücken und kleinen Schachteln. Diese Leute hatten nichts mit diesem Haus zu tun, oder mit mir oder meinem Sohn. Jetzt war die Zeit für unsere Geschichten gekommen.

MÄRZ

Hi Omi! Ich hab mein Zeug abgeholt. Schade, dass du nicht da warst, du warst bestimmt bei der Arbeit. Du hast dich vielleicht gefragt, wo ich war. Also, Jace und ich, wir haben uns getrennt. Keine Sorge, ich werde dir nicht zur Last fallen. Ich hab was, wo ich wohnen kann! Mit Jace und mir hat es einfach nicht geklappt. Ich wohne jetzt bei Michael, er ist nur ein Freund, er ist wirklich nett, viel älter als ich, ich schicke dir die Adresse. Du brauchst dir jedenfalls keine Sorgen zu machen, aber du bist ja nicht der Typ, der sich Sorgen macht! Diesmal werde ich es schon schaffen. Hoffentlich klappt alles. Ich habe 10 Pfund aus der Schublade genommen. Ich zahle sie dir zurück, das verspreche ich, Omi. Tut mir Leid, dass ich dir in der Vergangenheit Kummer gemacht habe. Das liegt hoffentlich jetzt alles hinter mir.

Alles Liebe, Steph xxxxx

P.S. Hab auch eine Pfanne, 2 Decken und ein Handtuch mitgenommen. Sie sahen aus, als hätten sie ausgedient. Wenn du Geld dafür haben willst, bezahle ich sie.

An den ersten Tagen nach Stephs Ankunft war Michael morgens weggegangen, bevor sie richtig wach war. Ihre Anwesenheit machte ihn offensichtlich verlegen. Und dann stand Steph eines Tages auf und machte ihm einen Toast, und als er in der Küche stand und ihn aß, sagte er ihr, sozusagen im Gegenzug – Informationen gegen Frühstück –, dass er weggehen und versuchen würde, einen Deal zu machen. An diesem Tag putzte Steph die Wohnung gründlich und war auf dem Sofa eingeschlafen, als Michael am Nachmittag zurückkam. Er machte ihr eine Tasse Tee und schnupperte, denn die Luft war erfüllt von den Gerüchen aus Plastikflaschen, die auf dem Abtropfbrett standen, mit Namen wie Zitruskavalkade und Bergnebel.

Ein paar Tage später sah er angespannt aus, als er nach Hause kam. Als Steph ihn fragte, was los sei, blickte er leicht verwirrt drein. Aber er schaffte es, ihr von Ken zu erzählen, dem es schlechter ging und der vielleicht in ein Heim musste. Michael war soeben bei ihm gewesen.

»Oh, er hat keine Familie? Armer alter Mann«, sagte Steph, während sie Teebeutel in Tassen gab und Milch herausholte, so wie die leicht mitfühlende, beschäftigte Ehefrau, die sie im Fernsehen gesehen hatte.

»Er ist nicht alt, nur behindert. Er war im Golfkrieg. Wurde nach seiner Rückkehr geschieden. Sieht seine Kinder nie, und seine Frau hat jetzt einen anderen. Er hat ein Emphysem, an das andere kann ich mich nicht erinnern, und er kann kaum laufen. Es geht ihm sehr schlecht.« Er machte eine Pause, denn es kostete ihn Mühe, so viele Worte auf einmal von sich zu geben. »Wurde ausgezeichnet – er hat viele Orden. Das ist so ungefähr alles, was er hat, der arme Kerl.«

»Er hat dich. Er hat einen Freund.«
Michael runzelte die Stirn. Er hatte sich nie als Kens Freund betrachtet, obwohl es ihn, während er redete, leicht überrascht hatte zu erkennen, wie leid Ken ihm tat und wie viel er über ihn wusste, wo ihm doch nie aufgefallen war, wirklich mitfühlend oder neugierig gewesen zu sein. Er seufzte, nahm einen Schluck von dem Tee, den Steph ihm eingegossen hatte, und kämpfte in Gedanken mit einer weiteren Überraschung: der seltsamen Tatsache, dass Steph ihn gefragt hatte, was los sei. Ihm war nicht klar gewesen, dass sein Gesicht seine Gefühle verraten könnte. Noch weniger hatte er damit gerechnet, dass da jemand sein könnte, der seinen Gesichtsausdruck sah und dem er nicht gleichgültig war. Aber wenn er nachmittags zu seiner Wohnung zurückging, fragte er sich nicht mehr, ob Steph wohl noch da sei. Er betrachtete es einfach als selbstverständlich.
»Hm, ja«, sagte er. »Danke für den Tee. Und dass du gefragt hast.«
»Gerne«, sagte sie. Das war das erste Mal, dass sie sich anlächelten. Danach taten sie es oft und genossen zuerst das Neue daran und schließlich die Gewohnheit.
Steph hatte einige bunte Lichter geklaut, die sie am Regal über dem Gasofen befestigte. Aber das Sofa war für sie beide zu klein. Abends streckte sich Steph darauf aus. Teller mit den Resten des Imbisses standen auf dem Boden um sie herum, und Michael saß, gegen das Sofa gelehnt, die langen Beine angewinkelt, auf dem Boden vor dem Ofen, der jetzt immer an war. Eine Weile redeten sie gewöhnlich überhaupt nicht. Ihr Schweigen war nachdenklich. Dann, mit vollem Bauch in der Wärme, beim weichen Schein der bunten Lichter und dem

traulichen Flackern der Kerzen, die Steph angezündet hatte, redeten sie, ohne das Gesicht des anderen sehen zu können. Michael erzählte Steph die Geschichte von seiner fünfzehnjährigen Mutter und dem Kinderheim. Nach einigen Augenblicken, als er mit dem kurzen, wahren Teil fertig war, zögerte er. Etwa vom sechsten Lebensjahr an hatte er gelernt, dass man die hässlichen Fakten ausschmücken musste. Im Kinderheim hatte es kaum jemanden gegeben, dessen Mutter nicht eine Ballerina oder Prinzessin war, dessen Vater nicht U-Boot-Kommandant gewesen war oder mit bloßen Händen Tiger getötet hatte. Michael hatte sich seine Geschichte vor so langer Zeit ausgedacht, dass er sich mehr als ihr Hüter denn als ihr Autor fühlte. Die Version des Erwachsenen war jetzt ein sorgfältig ausgeschmücktes Artefakt, das nur gelegentlich eines neuen Schliffs bedurfte. Es hatte nie eine große Rolle gespielt, dass er die Geschichte erfunden hatte. Meistens erinnerte er sich kaum daran, dass er es getan hatte. Wenn er wollte, konnte er sie Steph herunterleiern. Im Lauf der Jahre hatte sie sich leicht verändert und lautete nun wie folgt: *Die meisten Papiere sind verloren gegangen. Was ich genau weiß, ist, dass mein Vater berühmt war. Er war verheiratet, und meine Mutter war so jung, und natürlich hatten sie keine Chance. Es brach beiden das Herz.* An dieser Stelle wurde Michael gewöhnlich gefragt, wer der berühmte Vater war. *Natürlich wäre seine Karriere beendet gewesen, wenn die Geschichte herausgekommen wäre. Ich meine, das ist Jahre her, es war eine andere Welt. Deswegen weigerte meine Mutter sich, seinen Namen mit auf die Geburtsurkunde zu setzen, obwohl er sie darum bat. Doch in gehobenen Kreisen, und ich meine wirklich gehobenen, ist meine Existenz ein offenes Geheimnis. Aber das ist alles Vergangenheit. Hey, so was passiert eben. Und das Leben geht weiter.*

Stattdessen erzählte er Steph: »Als ich acht war, mussten meine Mandeln raus. Sie machten es damals bei vielen Kindern, ständig schnitten sie den Leuten die Mandeln raus.«

Steph sagte: »Eklig, hör auf!«, und wand sich. »Ich hab gerade gegessen.«

»Vier von uns wurden ins Kinderkrankenhaus geschickt. Wir dachten, es wäre schlimmer als das Kinderheim, war es aber nicht. Der Doktor erzählte mir, sie würden mir eine Narkose geben und den schlechten Teil meines Inneren herausnehmen, und anschließend würde ich Wackelpeter und Eis bekommen und mich besser fühlen ohne diesen schlechten Teil. Nun, ich war total überrascht, dass sie davon *wussten*, weil vorher nie jemand etwas darüber gesagt hatte, deswegen dachte ich, nur ich und sonst keiner hätte so was oder wüsste, wie es ist, einen schlechten Teil zu haben, und ich war wirklich froh, dass es kein Geheimnis war und sie ihn wegmachen würden. Nur, das taten sie nicht. Anschließend war alles wund, aber das meine ich nicht. Vielleicht zehn Tage später spürte ich, dass der schlechte Teil immer noch da war, verstehst du? Ich fühlte mich innerlich immer noch schlecht, aber ich habe nichts gesagt, weil sie mir in den Hals schauten und sagten, alles sei in Ordnung.«

»Du hast es niemandem gesagt?«

»Nein. Ich dachte einfach, dass es an mir lag. Ich hätte es beinahe Schwester Beth erzählt. Sie war meine Lieblingsschwester. Sie kam oft, um nach mir zu sehen und mich zu fragen, wie es mir ging. Manchmal setzte sie sich auf einen Stuhl und nahm mich auf den Schoß. Einmal habe ich mich einfach an ihre Schulter gelehnt und bin ewig so sitzen geblieben. Die anderen drei Jungen, denen man gleichzeitig mit mir die Mandeln rausgenommen hatte, gingen zurück, aber ich blieb, weil ich noch nicht wieder gesund war, wie sie sagten. Ich war wochenlang auf der Kinderstation, im Schlafanzug und Bademantel. Wir haben Puzzles gelegt. Und die Eltern von diesem anderen Jungen brachten ihm diese Eisenbahn – mit Anhängern und Güterwagen und Zeugs, das da hineinpasste und so. Unmengen davon. Die meiste Zeit lag ich aber einfach auf meinem Bett.«

»Was ist dann passiert?«

»Weiß nicht, wirklich, kann mich nicht erinnern. Es muss mir besser gegangen sein. Also, Schwester Beth, die hatte keine eigenen Kinder, und ich muss ihr Leid getan haben. Sie muss alles geplant haben. Sie wollte mich als Pflegekind nehmen. Sie fragten mich, ob ich bei ihr wohnen wolle, und ich sagte Ja. Ich dachte, es würde wunderbar sein. Ich fühlte mich schlecht, außer wenn Schwester Beth auf der Station war. Ich dachte, es würde wunderbar werden.«

Einen Moment lang war nur das Seufzen des Gasofens zu hören. »Dann bist du dahin gekommen?«, fragte Steph.

»O ja. Ich musste ihren Mann kennen lernen und all das. Er war o.k., freundlich, hieß Barry und wollte, dass ich ihn Dad nenne. An dem Tag, als sie mich auf der Station abholten, weinte Schwester Beth und drückte mich die ganze Zeit an sich. Ich war bei ihnen, bis ich vierzehn war. Dann schickten sie mich zurück.«

»Warum? Es klingt, als seien sie nett gewesen.«

»O ja, waren sie auch. War nicht ihr Fehler, lag an mir. Es hat einfach nicht funktioniert.«

»Warum nicht?«

Michael streckte sich. »War einfach so. Ich war wohl irgendwie anders als sie. Also – ich wollte Schauspieler werden. Ich wollte immer Schauspieler werden, das haben sie nicht verstanden«, sagte er abschließend.

»Tut mir Leid. Ehrlich.«

»Ist o.k. Ich bin sowieso keiner geworden, oder? Es hat eben nicht geklappt. Klappt nie.« Er saß an der üblichen Stelle, gegen das Sofa gelehnt, und nun neigte er den Kopf ein klein wenig in ihre Richtung. Es war kein eindeutiges Zeichen, aber Steph streckte die Hand aus und strich ihm übers Haar, einmal.

Michael schniefte und holte tief Luft. »Und was ist mit dir?«, fragte er.

»Mit mir? Oh – ich bin eine Überlebenskünstlerin«, sagte Steph ohne nachzudenken. »Nichts kann mich aufhalten. Ich bin Kunststudentin. Ich muss nur eine Pause einlegen, aus offensichtlichen Gründen.« Sie blickte auf ihren gewölbten Bauch herab. »Ich mache aber weiter. Bestimmt. Wenn ich wieder auf dem Damm bin«, behauptete sie. Aber es war sinnlos. Sie konnte es selbst nicht glauben, starrte in den Gasofen und dachte daran, wie sie einst Jace mit all diesem Überlebensgelabere beeindruckt hatte. Das war zu der Zeit gewesen, als sie gerade ans Bath City College gegangen war, mit zweiundzwanzig, um ihren Abschluss in Kunst zu machen. Jace hatte eine Berufsausbildung im Baubereich gemacht und kam einen Tag pro Woche zur Fortbildung ins College. Als sie Jace gesagt hatte, sie sei eine Überlebenskünstlerin, hatte sie es auch so gemeint. Und was hatte ihr das gebracht?

»Oh, das ist alles Quatsch«, seufzte sie. »Ich hab absolut keine Ahnung.«
»Ich weiß«, sagte Michael selbstzufrieden. »Du bist genauso ein hoffnungsloser Fall wie ich.«
»Unverschämtheit! Wer hat dich gefragt?«
»Also, auf jeden Fall nicht der Vater deines Kindes. Wo ist er?«
»Was geht dich das an?«
»Vielleicht nichts.«
Oder vielleicht doch, dachte Steph. Sie wagte es nicht, ihn zu fragen, ob er wollte, dass sie ging. Sie war jetzt seit Wochen hier, und je länger etwas andauerte, desto eher bedeutete es doch wohl, dass es in Ordnung war. Sie hatten eine Art Routine entwickelt. Sie machte sauber und ging mit dem Geld einkaufen, das Michael, morgens bevor er wegging, auf die Arbeitsfläche in der Küche legte. Anfangs gab sie es viel zu schnell aus, und einmal hatte er sich darüber beklagt, aber abgesehen davon hatten sie nicht ein Wort über ihr Arrangement gesprochen, auch nicht darüber, wie lange es dauern sollte. Normalerweise legte sie sich nachmittags hin und ruhte sich aus, und wenn sie aufwachte, war Michael zurück. Neuerdings kochte er oft. Er hatte gesagt, die Fertiggerichte seien zu teuer. Und am Ende jedes Abends sagten sie einander Gute Nacht, und Michael ging in sein Schlafzimmer, und sie machte ihr Bett auf dem Sofa mit Decken und Michaels Mantel.
»Wir sind nicht mehr zusammen, okay? Wenn es das ist, was du meinst«, sagte sie.
»Okay. Dann ist das ja kein Problem.«
Ein paar Abende später erklärte Steph, was mit Jace los ge-

wesen war. Sie erzählte auch ein wenig davon, wie es mit ein oder zwei anderen gewesen war, einschließlich dem Vater ihres ersten Kindes.

»Er hieß Lee. Wir waren viel zu jung, wussten nicht, was wir taten. Ich ging von der Schule ab und bekam sie. Ich nannte sie Stacey. Ich wollte sie behalten, aber wo hätte ich mit ihr hin sollen? Ich hab's nicht auf die Reihe gekriegt, also haben sie sie mir weggenommen.«

»Hattest du keine Familie, die dir hätte helfen können? Was ist mit deiner Mum und so?«

»Sie hat mir gesagt, ich solle sie adoptieren lassen. Sie haben mir alle zugesetzt, haben gesagt, dass ich das Leben noch vor mir habe und dass es ihr mit einer Mum und einem Dad, die sich um sie kümmern könnten, besser gehen würde. Sie haben gesagt, ich wäre bald darüber hinweg.«

»Manchmal passt die Großmutter auf, wenn man so früh ein Kind kriegt.«

»Ja, stimmt. Aber meine Mutter bekam selbst ein Kind, mit meinem Stiefvater. Meinem zweiten Stiefvater. Meine Großmutter wollte es auch nicht tun. Sie ist nicht diese Art von Oma. Lebt ihr eigenes Leben.« Nach einer Pause fügte sie hinzu: »Außerdem komme ich mit keinem von ihnen wirklich gut zurecht. Sie sind manchmal ziemlich schwierig. Ich denke aber immer noch an Stacey, fast jeden Tag.«

»Und was hast du danach gemacht?«

Steph zuckte die Schultern. »Das Übliche – hab rumgegammelt, mal dieses und jenes gemacht, bei Freunden gewohnt, manchmal bei meiner Oma, sie hat mich immer mal wieder aufgenommen, nachdem Mum nach Colchester gezogen war, aber ungerne. Manchmal hatte ich Jobs, Einzelhandel,

Geschäfte und so was. Ich war aber immer gut in Kunst. Schließlich hab ich's gepackt, ging aufs College, traf Jace und wurde wieder schwanger. Verdammt, zum zweiten Mal, ich lern es nie. Hab dir doch gesagt, dass ich keine Ahnung habe, oder?«

»Na ja, niemand ist perfekt.« Und das schien zu reichen. Er kritisierte sie nicht und sagte ihr auch nicht, was sie stattdessen hätte tun sollen. Michael schien nicht einmal zu erwarten, dass sie vorgab, sich von all den Fehlschlägen nicht unterkriegen zu lassen. Bei diesem Gedanken kamen ihr die Tränen.

»Ich behalte dieses Baby aber. Auf keinen Fall gebe ich dieses Baby her, okay?«

Michael schwieg. Als Steph es sich später in der plötzlichen Stille, die dem Klicken beim Ausschalten des Gasofens folgte, auf dem Sofa bequem machte, umgeben von dem Geruch des Curry, der im Dunkeln stärker zu sein schien und selbst die warme, stickige Luft unter Omas Decken verpestete, schlang sie die Arme um sich und hoffte, dass alles in Ordnung wäre. Denn sie wusste wirklich nicht, woran sie war oder woran sie sein wollte. Michael hatte nie versucht, etwas mit ihr anzufangen, und obwohl sie glaubte, dass sie sich geschmeichelt gefühlt hätte, hätten die Umstände die Sache schwierig gemacht. Sie wurde immer voluminöser. Sie fragte sich, ob Michael zu den Männern gehörte, die sich durch eine Schwangerschaft angewidert fühlten. Bei einigen war das so, wie sie gehört hatte. Tatsächlich war es bei Jace so gewesen, zumindest was sie betraf, obwohl nicht allein aufgrund ihres Aussehens. Sie legte die Hände auf den Leib. Es gefiel ihr, so rund zu werden und sich so wichtig zu fühlen, und sie hatte das

Gefühl, dass Michael sie gerne ansah. War er vielleicht altmodisch, ein richtiger Gentleman, der für Kost und Logis keine Gegenleistung verlangte? Oder vielleicht war er schwul. Die schmutzigen Suppendosen, die sie aus seinem Schlafzimmer entfernt hatte, zeugten zweifellos von echt männlicher Schlampigkeit. Aber die Tatsache, dass er kochte, dass er beinahe Schauspieler geworden wäre, und die verdächtige Anzahl von Büchern in der Wohnung deuteten auf etwas anderes hin. Wie auch immer, Steph war dankbar, dass er sie weder gefragt noch den Anschein erweckt hatte, sich selbst zu fragen, wann sie wieder verschwand. Im Dunklen klopfte sie mit den Fingerspitzen einen Rhythmus auf ihren Bauch und flüsterte ihrem Baby zu, dass alles gut werden würde.

Ich hatte den Auftrag, die Post durchzusehen, die offensichtliche Wegwerfpost wie Kataloge und so weiter in den Abfall zu werfen und alles andere im Schreibtisch in der Bibliothek zu lassen. Die Besitzer hätten alles geregelt, sagte Shelley. Sie hätten allen wichtigen Leuten, Banken und so, ihre Nachsendeadresse gegeben, so dass alles, was ins Haus kam, entweder weggeschmissen werden oder warten konnte. Ich hatte keinen Gedanken daran verschwendet. Ich habe in genug Häusern gearbeitet und bin, was die Vorkehrungen anderer Leute betrifft, nicht neugierig, aber allmählich dachte ich, wie dreist es war, mir solche Umstände zu machen. Warum hatten sie sich nicht alles nachsenden lassen? Oder einen Packen vorgedruckter Etiketten mit einer Nachsendeadresse dagelassen, die ich einfach auf die Sachen kleben und sie dann, wenn ich daran dachte, dem Postboten zurückgeben konnte? Ja, ich dachte, warum korrespondieren sie nicht via

Internet oder E-Mail oder wie immer man das nennt? Es ärgerte mich, überhaupt darüber nachdenken zu müssen.
Tatsächlich war der einzige Grund, warum ich nicht die gesamte Post in den Abfalleimer in der Küche warf, der, dass ich inzwischen auf meinen eigenen Brief wartete. Die Post kam früh. Ich hielt nach dem Postauto Ausschau, bevor ich noch richtig wach war, und wenn ich den Plumps hörte und die Briefumschläge durch die Tür flatterten, war ich, noch im Schlafanzug und völlig ungekämmt, sofort unten. Mein Haar war jetzt ziemlich lang, und ich brauchte eine Weile, um zu lernen, damit zurechtzukommen. Ich vergaß häufig, es zu bürsten und es nachts zusammenzubinden, und obwohl ich Spangen fand, um es am Tag hochzustecken, brauchte ich einige Zeit, die Sache zu meistern. Aber es gab ja niemanden, der mich sah, noch nicht. Täglich prüfte ich jeden einzelnen Umschlag, aber mein Brief kam und kam nicht. Es war schrecklich, jeden Tag so aufgeregt aufzuwachen, sicher zu sein, dass es heute passieren musste, die Post zu holen, einen Umschlag nach dem anderen zu lesen und dann festzustellen, dass ich einen weiteren Tag warten, eine weitere Nacht hoffen musste. Mit jedem Tag, an dem der Brief nicht kam, war ich mehr und mehr überzeugt, dass er am nächsten Tag kommen musste. Und als das nicht geschah, fragte ich mich, wo ich mit all der Wut und der Enttäuschung, die ich spürte, hin sollte. Wo sollte ich sie lassen? Denn es schien jemand einen Fehler gemacht zu haben, dass mein Brief nicht ankam.
Aber selbst an jenen schlechten Tagen war ich, wenn es Abend wurde, ganz ruhig, denn sobald ich mit der Durchsicht der Briefumschläge fertig war, hatte das Haus eine beruhigende, wohltuende Wirkung auf mich. Es war, als atmete

ich eine Art Weihrauch ein, den Glauben, dass, da der Brief heute nicht gekommen war, der Tag, an dem er eintreffen würde, näher rückte. Wenn es dann dunkel war und ich mich mit meinem Tablett und der Flasche vor dem Kamin niedergelassen hatte – Wein zum Abendessen, hatte ich entdeckt, machte das Kochen lohnenswert –, schienen Geist und Körper im Gleichgewicht zu sein. Ich war erfüllt von einem Optimismus, der im Verlauf des Tages nach und nach, praktisch mit jedem Herzschlag, von mir Besitz ergriffen hatte. So wuchs, wenn der Tag vorüberging, die Hoffnung auf den nächsten; noch nicht, noch nicht, noch nicht, tickte es wie eine Uhr in mir, aber bald.

Das Geld ging aus. Nach der Autobatterie, dem Strom, der Miete, einem kleinen Teil für die Geldstrafen (nicht genug), Gas und Lebensmitteln war kaum noch etwas übrig. Michael hatte einige Sachen gekauft und verkauft und ein bisschen verdient, aber es war nicht genug übrig für das nächste Geschäft. Er sagte es Steph eines Morgens, während sie ihren Toast aßen, Tränen der Entschuldigung in den Augen. Aber er hielt ihrem Blick stand. Und er rückte auch nicht von ihr weg, als sie plötzlich aufstand, ihm die Arme um den Hals legte und seinen Kopf an ihre Schulter bettete. Stattdessen legte er die Arme um sie, sanft, um das Baby nicht zu drücken, aber auch, weil er nicht sicher war, ob es ihm erlaubt war. Er hielt sie weiter fest, aber er weinte nicht. Er atmete einfach den Duft von Shampoo und weiblicher Haut ein und staunte über diese neue Erfahrung und das Privileg, ihr nahe zu sein.

Sie machte sich langsam von ihm los und sagte: »Okay. Wir

haben also ein Problem. Wir müssen etwas unternehmen, oder?«

Sie setzte sich wieder. Sie war so winzig, wirklich. Abgesehen von ihrem Bauch war sie winzig, und er wunderte sich, dass so viel Mut in ein so kleines Gefäß zu passen schien.

»Okay. Werden wir, ja«, sagte er und probierte aus, wie Zuversicht klang.

Es war Stephs Idee. Es war etwas, das sie sich vor Jahren ausgedacht, aber nie ausprobiert hatte, und sie hielt es für viel cleverer als Michaels Eskapaden mit Kirchenschätzen oder seine kleinen Deals mit Standbesitzern auf dem Walcot-Markt.

»Das Zeugs aus den Kirchen, das musst du doch verkaufen, oder? Wenn du mich fragst«, sagte sie, »das ist der Punkt, an dem du scheiterst. Für meine Idee sind zwei nötig, also du und ich zusammen.« Michael lächelte.

»Worum geht es denn?«, fragte er und spielte mit den Toastkrümeln auf seinem Teller. Sie erwiderte sein Lächeln, räumte den Tisch ab, holte den Rucksack, der unter den Regalen an der Wand lehnte, und setzte sich wieder. »Du nimmst den Rucksack, leer, okay?« Sie reichte ihn ihm. »Also, *du* hast den Rucksack, ich habe nichts. Wir gehen in ein Geschäft, aber getrennt, ja? Ein großes Geschäft, ein Kaufhaus oder so was, Hauptsache, da sind viele Leute drin, und es gibt mehr als ein Stockwerk. Also ich gehe und nehme etwas von der Stange, okay, und ich probiere es an, und dann kaufe ich es und bezahle es …«

»Du *bezahlst* es? Ich dachte, du hast gesagt …«

»Hör zu. Ich bezahle dafür, okay? Du hast mir ein bisschen Bargeld gegeben, ja, und ich gehe und bezahle, und sie packen es in eine Tüte, und ich krieg eine Quittung und all das, okay?«

»Ja, hm«, sagte Michael unsicher.

»Jetzt kommt's: Ich treffe dich irgendwo im Geschäft, weit entfernt von der Kasse und der Umkleidekabine, auf einem anderen Stockwerk oder so, oder im Café oder sonst wo, und ich gebe dir das Ding, das ich gekauft habe, du steckst es in den Rucksack und gehst, verstanden?«

Michael nickte. Er würde es gleich verstehen. Wahrscheinlich.

»Aber ich hab noch die Tüte und alles, ja? Dann gehe ich und hole das Gleiche, was ich gekauft habe, noch einmal, nehme es von der Stange und stecke es in die Tüte, okay? Ich tue so, als probiere ich etwas anderes an oder so. Dann gehe ich also mit dem zweiten Teil in der Tüte zum Ausgang und – okay – piep, piep, piep geht der Alarm an der Tür los. Okay? Also dann bin ich ganz überrascht und zeige ihnen die Quittung, die Quittung, weißt du, über das, was ich gekauft habe und mit dem du schon aus dem Geschäft rausgegangen bist. Und dann sagen sie, dass es ihnen schrecklich Leid tut und so, dass sie dieses Sicherheitsetikett nicht abgenommen haben. Sie nehmen es also ab, und weg bin ich, verstehst du?«

»Aber dann hast du zwei Sachen, die du nicht wolltest, oder? Für Zeugs aus Geschäften kriegt man schlecht was, es gibt eine Reihe von Pubs, aber es ist schwierig. Ich habe die Kontakte nicht. Ich hab mich spezialisiert, verstehst du, auf altes Zeugs. Es ist schwer. Du wirst es kaum glauben.«

»Nein, nein, nein – *hör zu*. Erstens nehmen wir nur Zeugs, das wir haben *wollen*. Ich brauche zum Beispiel einen Trainingsanzug und du einen Pullover. Spielt keine Rolle, was es ist, solange es in den Rucksack passt und wir es in einem großen Geschäft wie M & S, Jolly's, Boots oder wo auch immer bekommen. Und zweitens, ja, wir haben zwei davon, also bringe ich am nächsten Tag eins davon zurück, sage, dass es nicht passt, und kriege das Geld zurück. Verstehst du? Wir kriegen alles, was wir brauchen, und außerdem unser Geld zurück.«

Michael runzelte die Stirn. »Aber du hast trotzdem bezahlt. Und was ist mit Essen und dem Gas und der Miete?« Sein Mund zuckte vor Angst, und sein Hals legte sich von der Anstrengung, die aufsteigenden Tränen der Panik zurückzuhalten, in Falten. »Da sind die verdammten Geldstrafen und alles. Und was, wenn wir geschnappt werden? Ich würde sitzen bei meinen Vorstrafen. Sofort, ohne Fragen. Wir brauchen *Geld*, kein Zeugs. Wie kommen wir zu *Geld?«*

»Schau mal«, sagte Steph, nahm wieder den Rucksack und zog die beiden Zeitschriften heraus.

Wenn Michael unbeeindruckt war, musste es daran liegen, dass er die Großartigkeit des Ganzen noch nicht richtig verstanden hatte. »Angenommen ich *kaufe* eine von diesen, bezahle sie und kriege eine Quittung, okay? Ich stecke sie hier hinein, und du gehst. Einfach so. Dann nehme ich eine andere vom Regal«, sie fuchtelte mit der anderen Zeitschrift herum, »und dann will ich gehen, und der Alarm geht los. Ich gehe einfach, schau, ich habe die Quittung. Also lassen sie mich mit der Zeitschrift gehen, und am nächsten Tag komme ich wieder und sage, oh, sie gefällt mir nicht, ich bringe sie zurück, kann ich mein Geld wiederhaben? Und dann hast du erstens das, was du willst, und zweitens kriegst du dein Geld zurück, kannst losgehen und etwas anderes holen, das du haben möchtest, umsonst. Verstehst du *nun?*«

Michael schüttelte den Kopf. »An den Zeitschriften sind diese Plastikdinger aber nicht.« Er schwieg einen Moment lang, und Steph stöhnte auf. »Und außerdem kannst du eine Zeitschrift nicht zurückgeben und sagen, dass sie dir nicht gefällt.«

Steph seufzte, und um nicht etwas Unfreundliches zu sagen, schlug sie die Zeitschrift auf. »Was ist die *Lady* eigentlich für ein Mist?« Oh Gott, sie dachte, er sei *tatsächlich* schwul. »Was ist das, doch kein Porno, oder? Oh, es sind lauter Anzeigen.« Sie blätterte die Zeitschrift durch. »He, schau mal. Wir könnten uns einen Job suchen«, sagte sie und begann zu lesen. »Es gibt Jobs für Paare, die sich um Häuser kümmern. Mit Unterkunft *und* Lohn. Wir könnten so etwas machen«, sagte sie leichthin.

»Man braucht Referenzen«, sagte Michael.

Aber Steph hörte ihm nicht zu. Sie zeigte auf eine Anzeige. »Verdammt! Verdammt, das bist du, Michael. Hör mal. Das *musst* du sein.«

56 Maynard Terrace
Bath
9. Mai

Sehr geehrte gnädige Frau,
ich schreibe Ihnen diesen Brief auf eine Anzeige in der *Lady* hin, die Ihren Sohn betrifft. Meine Mutter konnte mich nicht behalten, und so wurde ich weggegeben. Ich habe braune Augen, bin 1,87 m groß, habe dunkles Haar und würde Sie gerne treffen. Wenn Sie meine

Mutter sind, gibt es offensichtlich viele Dinge zu bereden, um festzustellen, ob Sie es sind, aber es klingt so, es passt alles zusammen. Ich wollte schon immer etwas über meine Familie wissen, vor allem über meinen Vater, wer er wirklich war usw. Aufgrund der Situation weiß ich nicht, ob er noch lebt. Vielleicht können Sie mir, zusätzlich zu den Dingen über sich selbst, etwas über ihn erzählen.

Mit freundlichen Grüßen

Michael Hunter

P.S. Das ist der Name, den man mir im Heim gegeben hat, da man mir sagte, Sie hätten keinen für mich gehabt (wenn Sie es gewesen sind), oder vielleicht wurde er einfach nicht weitergegeben.

P.P.S. Ich habe auch nicht sehr viele Papiere. Ich hoffe, wir brauchen sie nicht, um die Wahrheit herauszufinden.

Steph schrieb den Brief nach Michaels Entwurf, während seine Gedanken zwischen dem Möglichen und dem Unmöglichen hin- und herschwankten, beginnend mit der Vorstellung, dass jemand, der seine Mutter sein könnte, in einem »Landhaus« lebte. Er versuchte gar nicht erst, Steph in ihrer plötzlichen, verrückten Überzeugung zu bremsen, dass seine Mutter gefunden worden war, indem er darauf hinwies, dass er zwar tatsächlich braune Augen hatte, aber 1961 und nicht 1955 geboren war. Es erschien ihm lieblos, sie zu enttäuschen. Außerdem, was war, wenn es nur ein Fehler, ein Druckfehler, ein Versehen war? Nur wegen eines Druckfeh-

lers könnte er es versäumen, seine eigene Mutter zu finden. Es konnte nichts schaden, der Sache nachzugehen.
Jean antwortete umgehend. Sie lud Michael ein, am folgenden Freitag, dem 15. März, um vier Uhr zum Tee zu kommen. »Ich gehe nicht aus dem Haus und hoffe, dass es dir keine Umstände bereitet, hierher zu kommen. Das Haus ist leicht zu finden.« Es folgte eine Wegbeschreibung.
In den Tagen zwischen dem Eintreffen von Jeans Brief und seinem Besuch war Michael mit der bloßen Tatsache beschäftigt, dass man seit etwa 1971 nichts mehr von seiner Mutter gehört hatte, bis es ihm fast plausibel erschien, dass sie ihren Namen geändert hatte, von den Drogen losgekommen war, einen reichen Mann geheiratet hatte, in einem Landhaus lebte und sich beim Geburtsjahr ihres Sohnes um sechs Jahre vertan hatte. Als dann der Tag des Besuchs heranrückte, war er bereit, ihr zu vergeben, die Fehler des drogensüchtigen und immer wieder rückfälligen Teenagers, der ihn zu Welt gebracht hatte und dann verschwunden war, einfach zu übersehen.

Ich gebe zu, dass mir nach Erhalt dieses Briefes nicht ganz wohl in meiner Haut war. Und erst nachdem ich ihm geantwortet hatte, wurde mir klar, dass es ein Fehler gewesen war, ihn für vier Uhr einzuladen, weil ich dann fast den ganzen Tag würde warten müssen und nervös und beunruhigt wäre. Deswegen nahm ich mir ganz bewusst an diesem Tag eine Menge vor, um meine Ruhelosigkeit zu überspielen und ihm einen herzlichen Empfang zu bereiten. Es begann mit dem Essen. Das unmittelbare Problem, was ich ihm zu essen anbieten sollte, wurde, fast noch bevor ich mir dessen bewusst war, zu einer Manie, ihn zu füttern, die ich nur als Mutterinstinkt deuten kann. Und obwohl es anfangs wohl kaum ein natürliches Gefühl war (schließlich war die letzte Person, die ich mit Nahrung versorgt hatte, Mutter gewesen), gab ich ihm doch nach. Bis zu diesem Zeitpunkt hatte ich mir nie über das Gedanken gemacht, was ich nun als ordentliches Kochen betrachte, obwohl ich mich seit dem Tag, an dem ich den Sommerflieder herausgerissen hatte, mehr als je zuvor auf das Abendessen freute. Ich hatte mehr gegessen, und alles schmeckte besser. Ich glaube, dass ich, ähnlich wie ich nun dem Baden, Anziehen und Schlafen neue Aufmerksamkeit schenkte, die Fürsorge, die ich mir zukommen ließ, genoss. Ich glaube, diese Dinge beginnen bei einem selbst. Erst nachdem ich angefangen hatte, es mir selbst gemütlich zu machen (in jeder Hinsicht), war ich geneigt oder dazu befähigt, wie man es auch nennen könnte, für jemand anderen zu sorgen. Arme Mutter. Natürlich habe ich in gewisser Weise für sie gesorgt, so gut ich es wohl damals konnte, hatte die Art nachgeahmt, wie sie sich um mich gekümmert hatte, als ich noch ein Kind war. Meine Fürsorge war so funktional und lustlos wie ihre. Nicht dass das mein Fehler war. Ich war nicht ich selbst. Das Ganze begann jedenfalls damit, dass ich die Zeit vor Michaels Ankunft füllen musste. Da ich zuerst vorhatte, ihm Tee anzubieten, wenn er kam, buk ich einen Kuchen, und als ich in der Küche stand und alles mit der Hand zubereitete, versuchte ich, mich zu erinnern, wann ich zuletzt einen gemacht hatte. Es muss für meinen Vater gewesen sein. Er mochte Kuchen, alles, was süß war. Mir ging das Kuchenbacken leicht von der Hand, sagte er. Ich hatte das völlig vergessen, und es war schön, wieder daran zu denken. Nicht dass ich viele Kuchen gebacken hätte, nicht einmal für ihn, auf jeden Fall nicht so viele, wie ich wollte, denn obwohl Mutter nicht buk, ärgerte es sie, wenn ich zu viele Dinge machte, die er mochte. Sie sagte, es sei schlecht für ihn, aber die Wahrheit war, dass sie es hasste, wenn er sich freute. Wenn sie sah, dass er glücklich war, vor allem wenn der Anlass dafür irgendetwas mit mir zu tun hatte, dann hatte sie, glaube ich, das Gefühl, man hätte sie um etwas gebracht, das eigentlich ihr zustand.

Während der Kuchen im Ofen war (es war ein Sandkuchen, und ich benutzte den E-Herd, um sicher zu sein, dass die Temperatur stimmte; der Gasherd hat seine Vorteile, aber bei Sandkuchen würde ich ihm nicht trauen), wurde mir klar, dass das erst der Anfang war. Denn wenn beim Tee alles gut lief, würde er bleiben, und ich musste für ein Abendessen sorgen, und ich glaubte nicht, dass mein übliches Pfannengericht das Richtige war. Ich sah im Gefrierschrank nach und fand Filetsteaks, dicke Bohnen und Stangenbohnen und geräucherten Lachs, Erdbeeren und Himbeeren aus dem Garten und Eis. Mir fielen so viele Möglichkeiten ein, und ich glaube, ich gestattete mir eine Vorfreude, die schon an Gier grenzte. Natürlich fand ich keine Pommes frites oder Kroketten, aber ich hatte ein paar Kartoffeln, aus denen ich, wie ich mir vorstellte, etwas zaubern konnte. Deswegen nahm ich die Kochbücher zur Hand, denn ich erinnerte mich daran, wie Delia einmal etwas aus ein paar Kartoffeln, Sahne und Knoblauch zubereitet hatte. Schließlich musste ich mich gewaltsam von den Büchern losreißen. Diese Bilder! Ganz zu schweigen von den wunderbar klingenden Rezepten, den Ratschlägen und all den Dingen, die man lernen konnte. Ich war so aufgeregt bei der Vorstellung, diese Bücher einmal richtig zu lesen, und legte sogar den *Larousse Gastronomique* neben mein Bett. Aber ich hatte jetzt so viel zu tun. In der Küche hing Knoblauch, den ich bis zu diesem Tag nicht angerührt hatte. Ich fand sogar ein oder zwei brauchbare Zwiebeln in der Speisekammer, als ich Olivenöl, Essig, Senf und Ähnliches holte, und draußen in den Rabatten gab es Thymian, Rosmarin und Salbei in Hülle und Fülle sowie einen Lorbeerbaum. Es versetzte mich in Erstaunen, dass all diese guten Dinge, genau wie die köstlichen Rezepte in den Kochbüchern, einfach *vorhanden* waren und darauf warteten, dass ich sie bemerkte und Verwendung für sie hatte. Lauter stille Geschenke.

Die Frau, die die Tür öffnete, war nicht Michaels Mutter. Und doch spürte Michael, selbst als er ausrechnete, dass sie mindestens zehn Jahre zu alt war, dass sie etwas Ungewöhnliches an sich hatte.

»Ich bin's«, war alles, was er sagte. Sie verzog das Gesicht, und er nahm sie in die Arme. Er mochte ihren warmen, an Zitrone erinnernden Geruch und den Duft ihres sauberen Haars, das wie ein weißer Strauch sein Gesicht kitzelte. Als sie sich voneinander lösten, studierte Michael ihr Gesicht, um Ähnlichkeiten mit sich selbst festzustellen, und er fand sie in ihren schmalen, blauen Augen. Äußerlich waren sie anders als seine, aber er entdeckte in ihnen einen flehentlichen Ausdruck. Obwohl ihr Mund lächelte und aufgeregt höflich konventionelle Worte bildete – ob er das Haus schnell gefunden habe, er müsse sofort hereinkommen und sich setzen –, flehten ihre Augen ihn an, zu ihr zu gehören. Würdevoll appellierten sie an ihn, sie nicht zu enttäuschen, warnten ihn vielleicht auch, dass sie es nicht würde ertragen können, wenn er leugnen sollte, dass sie ihm irgendetwas bedeuten könnte. Michael erkannte dieses Flehen. Er erwiderte ihren Blick und schwieg. Plötzlich glaubte er zu wissen, dass keiner von ihnen den dumpfen Schmerz, niemandem etwas zu bedeuten, endlos oder auch nur noch viel länger ertragen konnte, und die wortlose Anerkennung dieser Tatsache verband sie.

Ich möchte meinen ersten Eindruck von ihm beschreiben. Da er dies nie lesen wird, kann ich es ungeniert tun, nicht wahr? Ich hatte natürlich Angst, dass er mit allen möglichen Dokumenten, vielleicht sogar Fotos auftauchen könnte, die bewiesen, dass ich nicht seine Mutter war. Und selbst wenn er das nicht tat, hatte er sicher Informationen über seine natürlichen Eltern, die nicht dem entsprachen, was ich vorweisen konnte. Ich stellte mir vor, dass er beispielsweise sagen würde: »Also erzähl mir etwas über die Zeit, als mein Vater in Australien war. Er ging doch nach Australien, oder?« Oder noch schlimmer, *meine* Zeit in Australien. Ich meine, angenommen, seine richtige Mutter war dort aufgewachsen oder er wusste, dass sie in dieses Land gereist war, nachdem sie ihn zur Welt gebracht hatte, oder so? Wenn die Fragen zu gefährlich wurden, konnte ich ja behaupten, ein bisschen an altersbedingtem Gedächtnisschwund zu leiden, aber nur bis zu einem gewissen Punkt. Bei all diesen Sorgen, die ich verzweifelt zu verbergen suchte, wäre es mir fast entgangen, wie er aussah, als ich die Tür öffnete. Ich hatte solche Angst, dass er mich einfach voller Abscheu anstarren, mich des Betrugs oder dergleichen beschuldigen und wieder gehen würde. Aber mir fiel sofort auf, wie groß er war. Und dass er gut aussah, auch wenn er sehr dünn war. Das bemerkte ich, als er mich umarmte. Ich konnte seinen Hunger beinahe riechen und war sofort froh, dass ich mir für seinen Besuch so viele Gedanken übers Essen gemacht hatte. Es war, als hätte ich instinktiv gewusst, was er brauchte, so wie man es immer von Müttern annimmt. Aber das Auffallendste an Michael war, dass er so erschöpft aussah. Ich meine seelisch. Seine Blicke schweiften herum, nahmen mich, das Haus und alles in sich auf. Dann blickte er mich an und sah mir unverwandt in die Augen. Er blickte mich voller Sanftmut an, doch über seinen Augen lag auch eine Art Film, der sie zu hell erscheinen ließ, so als würden sie, wenn auch nicht sehr erfolgreich, eine schreckliche, tiefe Müdigkeit verbergen. Wäre es zu weit hergeholt, wenn ich behaupten würde, dass ich direkt in die Müdigkeit seiner Seele schaute? Ich weiß es nicht. Der Punkt war, dass er mich hineinsehen ließ, denn er wandte den Blick nicht ab.

Natürlich hätte ich mir keine Sorgen zu machen brauchen. Er stellte keine unangenehmen Fragen. Während wir Tee tranken, schaute er sich noch ein bisschen um und machte mir Komplimente wegen des wunderschönen Raums und der hübschen Dinge, die ich hatte. Und dann bat er mich, so reizend und schlicht: »Erzähl mir alles über dich. Ich weiß überhaupt nichts von dir. Niemand hat mir je etwas von dir erzählt, nicht einmal deinen Namen.«

Also tat ich es. Der Nachmittag ging in den Abend über. Und er erzählte mir auch alles über sein Leben, bis wir nicht alles, aber das, was wir über einander wissen mussten, erfahren hatten. Ich könnte nicht genau sagen, wann es mir oder ihm bewusst wurde (er sagte mir viel später, dass er es auch gespürt hatte), aber schon nach kurzer Zeit wusste ich, dass ich mich sicher fühlen konnte, ein Gefühl, das ich nie zuvor gehabt hatte, dem ich jedoch vertraute. Ich wusste, dass nichts, was Michael je sagen würde, mich enttäuschen könnte, mich keine seiner Fragen verletzen würde. Und er würde alles akzeptieren, was ich sagte. Zusammen würden er und ich den Weg zu unserer Geschichte finden. Wie auch immer sie aussehen mochte, es würde eine gemeinsam entdeckte, geformte und gehegte Geschichte sein. Und auf diese Weise würden wir uns sicher fühlen. Zum Beispiel freute er sich (ich hatte es mir natürlich alles im Voraus ausgedacht), dass sein Vater und ich es ernst miteinander gemeint hatten, dass er jedoch aus geschäftlichen Gründen zu einer Verlobung mit der Tochter eines mächtigen Geschäftspartners seines Vaters gezwungen worden war. Ich hatte natürlich kein Geld gehabt und war weggelaufen, um mein Baby zu bekommen. Er wusste nicht einmal, dass ich schwanger war, und hätte mich sicher geheiratet, hätte er es gewusst, aber ich wollte ihm nicht im Weg stehen. Als er sich schließlich damit abgefunden hatte, dass ich verschwunden war, heiratete er seine Erbin und ging ins Ausland. Die beiden Familienunternehmen fusionierten und waren äußerst erfolgreich. Aber er vergaß mich nie, und vor fünf Jahren erhielt ich den Brief eines Anwalts, in dem stand, dass er gestorben war und mir dieses Haus samt Inventar hinterlassen hatte.

Gute Geschichten vereinen Menschen. Michael hatte auch eine gute. Und wenn er seine auch erfunden hatte, na und? Wir konstruieren unsere Geschichte, um zu verstehen, was wir nun sind, das ist alles. Es ist eine völlig legitime Art und

Weise, Dinge zu erklären. Historiker tun das ständig. Nachdem ich also gehört hatte, wie Michael seinen schrecklichen Pflegeeltern davongerannt war und einen Job bei einem kleinen Theater bekommen hatte, nachdem ich von seiner frühen Karriere auf der Bühne erfahren hatte und davon, wie er tragischerweise seine erste große Rolle in einem Film wegen seiner Blackouts aufgeben musste, fühlten wir uns ganz wohl miteinander.

Es war schon nach sieben, als wir uns mit dem Gefühl erhoben, dass diese Geschichten ihren Zweck, uns zu vereinen, erfüllt hatten und nun ad acta gelegt werden konnten. Wenn ich jetzt darüber nachdenke, glaube ich nicht, dass wir sie wieder erwähnten, es sei denn flüchtig, nebenbei, wenn es uns Freude bereitete, wie zum Beispiel, als ich auf das Aquarell vom Comer See deutete und sagte: Oh, dein Vater liebte Italien. Oder, oh, du hältst den Kartoffelschäler genau wie ich. Albern und liebevoll. Aber ich greife vor, all das kam später. Wir gingen in die Küche, um uns um das Abendessen zu kümmern. Dabei redeten wir weiter, und Michael trug das Teetablett, so als seien wir schon aufeinander eingespielt. Wie selbstverständlich räumte Michael die Spülmaschine ein, während ich alles Nötige aus dem Kühlschrank holte. Bei all der Aufregung, mich auf Michaels Besuch vorzubereiten, hatte ich den Wein vergessen. Also schickte ich Michael in den Keller, um welchen zu holen. Wir tranken Champagner, und nicht gerade in Maßen.

Sie stießen miteinander an, wie Kinder, die etwas im Schilde führen, lächelnd und mit Verschwörermiene. Michael hatte die Flasche unfachmännisch geöffnet und eingeschenkt, sagte, es sei ein hervorragender Jahrgang, doch beim ersten Schluck verzog er, überrascht von dem trockenen, prickelnden Getränk, das ihm Mund und Nase füllte, das Gesicht. Jean lachte, erleichtert, dass er über Wein nicht mehr wusste als das, was auf dem Etikett stand. Er war es genauso wenig wie sie gewöhnt, Champagner zu trinken, kannte genauso wenig wie sie die Vergnügungen der Reichen.

»Es ist ein Pol Roger«, sagte er und versuchte, etwas von seiner Autorität zurückzugewinnen. Er nahm noch einen Schluck, um den Schmerz, ausgelacht zu werden, hinunterzuschlucken.

Er konnte noch nicht zugeben, dass alles, was er über Wein wusste, aus einem Buch mit dem Titel *Reisen mit meinem Korkenzieher* stammte, verfasst von einem gewissen Anthony Bouvery Hope, wer immer das sein mochte. Er hatte das Buch nicht wieder loswerden können, nicht einmal für zehn Pence. Also hatte er es behalten. »Wusstest du, dass Pol Roger«, sagte er, »Winston Churchills Lieblingschampagner war? Weißt du, als Churchill starb …«

»Roger! Roger Palmer. Wie lustig! Roger Palmer lebte in der Oakfield Avenue, als Mutter und ich dort wohnten. Meine Mutter, weißt du …« Jean schüttelte den Kopf und nippte an ihrem Glas. Über dieses Thema brauchte sie sich schließlich nicht auszulassen. Sie nahm noch hastig einen Schluck und sagte: »Das war vor Jahren, es spielt keine Rolle. Roger war ein netter Mann, er tat mir vor langer Zeit einmal einen Gefallen. Aber wir sollten auch etwas von diesem leckeren Palmer zum Steak trinken. Château Palmer – ein herrlicher Wein. Du gehst hinunter und holst ihn, während ich hier weitermache. Du findest ihn auf der rechten Seite.«

Michael kehrte mit zwei Flaschen Château Palmer aus dem Keller zurück. »Er ist zu kalt, um ihn jetzt zu trinken«, sagte er ein wenig wichtigtuerisch. »Er sollte wärmer sein. Rotwein muss Zimmertemperatur haben.«

Jean nickte. Er hatte Recht. Ihr war aufgefallen, dass sie die letzten ein, zwei Gläser mehr genoss als das erste, nachdem die geöffnete Flasche eine Weile auf der Kaminplatte gestanden hatte.

»Und die Flaschen passen nicht in die Mikrowelle«, sagte Michael bedauernd. »Was sollen wir tun? Den Wein in einen Krug gießen?«

»Ich weiß was«, sagte Jean mit einer Zuversicht und Bestimmtheit, die sie selbst ein wenig überraschte, »wir stellen sie in heißes Wasser.«

Michael holte einen großen Topf vom Regal, an das Jean nur herankam, wenn sie sich auf einen Stuhl stellte. Er platzierte die beiden ungeöffneten Flaschen hinein, füllte den Topf mit warmem Wasser und stellte ihn auf den Rand des Herdes. Dann füllte er erneut ihre Gläser mit Champagner, und während Jean in ihrer Schürze in der Küche herumhantierte, saß er in einem hochlehnigen Stuhl neben dem Herd, um Jean zuzuschauen und ein Auge auf die leise aneinander stoßenden Weinflaschen zu haben. Jean arbeitete ruhig und konzentriert, empfand Michaels Blick auf sich wie einen Segen. Sie schaute beim Zwiebelschneiden hoch und lächelte ihn an. Er saß entspannt da und trank seinen Champagner. Sie hob das Glas und trank, und Michael folgte ihrem Beispiel. Sie schwiegen. Für den Augenblick waren die Möglichkeiten von Geschichten, die sich in Worte fassen ließen, erschöpft, aber sie konnten einander still zuprosten und das ungewohnte

Vergnügen feiern, einen guten Champagner zu trinken und gemeinsam zu Hause zu sein.

Steph hatte ihre Sauce Bolognese nach einem Rezept auf der Spaghettipackung gemacht. Jedenfalls ungefähr. Sie musste Pflanzenöl statt Olivenöl verwenden, hatte keinen Knoblauch und keine Kräuter und verwendete statt des Hackfleischs ein paar übrig gebliebene klein geschnittene Frankfurter, aber mit einer Extra-Zwiebel und etwas Ketchup statt Tomatenpüree war sie mit dem Resultat zufrieden. Im Unterschied zu Michael hatte sie nicht so nah am Wasser gebaut, und nachdem er weggegangen war, empfand sie in den ersten Stunden zwar seine Abwesenheit, sagte sich aber, dass sie ihn nicht besonders vermisste. Während sie wie üblich die Wohnung putzte und aufräumte, an diesem Nachmittag mit neuer, ungewohnter Energie, und sogar Michaels Bettbezug gewechselt hatte, fragte sie sich zuweilen, wo er gerade war und was er wohl tat. Er war um zwei Uhr zu einer Fahrt aufgebrochen, die höchstens eine Stunde dauern sollte. Die Extrazeit war für den Fall gedacht, dass der Van wieder den Geist aufgab, und Steph stellte sich abwechselnd vor, wie Michael unter der Motorhaube herumexperimentierte oder versuchte, per Anhalter zu fahren. Oder sie stellte sich vor, wie er in seinem Wagen auf einem Parkplatz in der Nähe der so vornehm klingenden Adresse saß und die Zeit totschlug, bevor er zur Tür ging und zum ersten Mal seine Mutter sah. Sie stellte sich seine Angst vor. Sie überlegte, was sie ihm zur Aufmunterung sagen würde, und malte sich aus, wie sie ihn mit einer Geste oder einem Lächeln beruhigen würde, wenn sie bei ihm wäre. Dann wünschte sie sich, er hätte ein Handy, damit er sie anrufen könnte. Sie wollte wissen, ob er pünktlich dort angelangt war und ruhig darauf wartete, dass es vier Uhr wurde, aber noch mehr als das wollte sie ihn sagen hören, dass er einfach Lust gehabt hatte, ihre Stimme zu hören. Es wäre wahrscheinlich einfacher für ihn, ihr etwas Nettes durchs Telefon zu sagen als direkt. Er würde so etwas vermutlich mühelos herausbringen, wenn er ein Handy zur Verfügung hätte. Und sie natürlich auch. Aber sie hatte keines.

Dann stellte sie sich vor, dass er einen Unfall gehabt hatte. Sie sah den übel zugerichteten, auf dem Dach liegenden Wagen vor sich, sah, wie Blut aus Michaels Mund strömte und wie seine Lippen versuchten, ihren Namen zu bilden. Er würde sterben, eingeschlossen in dem Wagen, und sie hätte ihn nie sagen gehört, dass er ihre Stimme hören wollte. Er hatte sie für immer verlassen und hatte es niemals gesagt. Steph weinte. Sie wünschte, dass er ein Handy hätte, dass sie eins hätte. Sie wünschte sich, sie hätte gehört, wie er es sagte. Sie wünschte, er hätte sie nicht alleine gelassen. Wenn er heute Abend zurückkam, würde sie es ihm sagen. Er würde zurückkommen. Es war dumm, es sich zu wünschen. Sie ließ sich auf das Sofa fallen und schluchzte. Seltsam, denn sie war nicht das erste Mal alleine, und sie weinte sonst nicht so schnell.

An diesem verhangenen und regnerischen Nachmittag wurde es früher dunkel, und während es draußen Abend wurde, hatte Steph das Gefühl, dass hier in der Wohnung die Zeit stehen blieb. Michaels Abwesenheit hatte die Uhren angehalten; die Angst um ihn und um sich selbst würde bis zu seiner Rückkehr allen Raum einnehmen. Sie hatte eigentlich Lebensmittel einkaufen wollen, empfand dann aber einen geradezu abergläubischen Widerwillen, nach draußen zu den Läden zu gehen. Sie versuchte sich einzureden, dass es an der Dunkelheit und an dem Wetter lag. Dann überlegte sie, dass ihr der Gedanke missfiel, dass Michael vor ihr zurückkommen und eine leere Wohnung vorfinden könnte, obwohl das in der Vergangenheit sicher unzählige Male geschehen war. Und außerdem konnte er kaum um Viertel vor fünf wieder in Bath sein, wenn er erst um vier Uhr eine Autostunde von hier zum Tee erwartet wurde. Es sei denn, ihm war ein Unglück passiert. Das brachte sie erneut so durcheinander, dass sie eine Weile mit dem hektischen Saubermachen im Wohnzimmer aufhörte. Sie stellte sich vor das Fenster, blickte zum Himmel hoch, die Arme über dem Leib gekreuzt, während sie sich neue und grausige Katastrophen ausmalte, die ihm widerfahren sein könnten. Schließlich trat sie vom Fenster weg und akzeptierte, dass sie ihn einfach wieder bei sich haben wollte.

Aber sie war wirklich keine Heulsuse. Vielleicht lag es an dem Baby, dass sie dieses Verlangen erneut verspürte. Was immer es war, sie musste aufhören, über Michael und die überraschende und schreckliche Entdeckung, dass sie ihn vermisste, nachzudenken. Und in diesem Moment hatte sie sich einen Ruck gegeben und war in die Küche gegangen, um mit einem Drittel der üblichen Zutaten die Sauce Bolognese zu bereiten, damit etwas Schönes auf ihn wartete, wenn er endlich nach Hause kam.

Es war, wie ich glaube, wiederum irgendein Instinkt, der mich veranlasst hatte, ein Bett in Michaels Zimmer zu beziehen, lange bevor ich ihn kennen lernte oder überhaupt von seiner Existenz träumte. Es sind die kleinen praktischen Dinge, die Dinge, denen wir Aufmerksamkeit widmen, die so oft die unterschwelligen Wünsche enthüllen, Wünsche, die so groß sind, dass sie verborgen bleiben müssen, wenn das Leben in irgendeiner erkennbaren Form weitergehen soll. Ich verstehe jetzt, dass mein Leben nie bedeutend genug war für große Gefühle. Ich habe sie unterdrückt, denn ich wusste, dass in meinem Leben kein Platz war für so große Sehnsüchte oder eine so große Hoffnung und Wut, wie ich sie hätte fühlen können. Ich halte meine Gefühle im Zaum und lebe sie aus in Form der kleinen Alltäglichkeiten: dem Bettenmachen, dem Kochen, der Gartenarbeit. Und dem Anzünden von Feuer.

An jenem Tag im Januar, als ich die beste weiße Bettwäsche mit fliederfarbener Paspelierung für dieses Zimmer auswählte und das Bett machte, konnte ich nicht wissen, dass Michael es in jener allerersten Nacht brauchen würde. Aber es kam gar nicht in Frage, dass er so spät und nachdem er so viel Wein getrunken hatte nach Bath zurückfuhr. In einem der anderen Schränke in meinem eigenen Ankleidezimmer fand ich einen Männerschlafanzug, einen Bademantel und Hausschuhe sowie Rasier- und Waschzeug. Michael fragte nicht, wo diese Dinge herkamen. Er akzeptierte sie als seine eigenen. Ich erinnere mich, dass er mir, als er am nächsten Morgen wieder wegfuhr, weder dafür noch für irgendetwas anderes überschwänglich dankte. Nicht dass er unhöflich war, gewiss nicht. Er nahm es nur irgendwie als selbstverständlich, dass im Haus seiner Mutter sein Zimmer und alles, was er für die Nacht brauchte, vorhanden war. Er verabschiedete sich etwas zerstreut nach dem Frühstück – mit neuen Kleidungsstücken, die alle weitaus besser waren als die, in denen er gekommen war –, aber auch das machte mir nichts. Und ich machte mir auch keine Sorgen darüber, dass wir keinen weiteren Besuch verabredet hatten. Ohne dass es ausgesprochen wurde, wussten wir, dass von nun an seine Abwesenheit und nicht seine Anwesenheit in diesem Haus vorübergehend sein würde. Außerdem, welcher Sohn verhält sich wie ein Gast oder denkt, seine Mutter müsse wissen, wann er wiederkommt? Er nimmt zu Recht an, dass sie da sein wird, wenn er zurückkehrt, und alles, was eine Mutter wissen muss, ist, dass er dies tut. Aber darüber hinaus wusste ich, dass es bald sein würde.

Michael fand Steph zusammengekauert und völlig erschöpft auf dem Sofa vor. Sie war in ihre Decken gehüllt und nur halb angezogen und nach einer Nacht, in der sich Heulkrämpfe und Zittern und kurze Phasen erschöpften Schlafs abgewechselt hatten, steif vor Kälte und Müdigkeit. Ihr Gesicht sah entsetzlich aus, das Make-up war verschmiert. Strähnen ihres blonden Haars klebten dunkel an ihrem Kopf, wo ihre nervösen Hände sie mit Tränen, Schweiß und Schleim glatt gestrichen hatten.
»Steph? Was ist los? Verdammt, was ist los?«
Mit verzerrtem Gesicht schüttelte Steph langsam den Kopf. »Du … du bist nicht zurückgekommen … du … Ich dachte … Ich dachte, du wärst … Ich dachte, du würdest nie …«
Sie hatte die Augen fest geschlossen, so dass sie nicht sah, sondern lediglich spürte, wie Michael seine Arme um sie legte und sie an sich zog. Sie hörte sein verständnisloses und entsetztes Stöhnen, hörte, wie er immer wieder ihren Namen

sagte, während er sie in die Arme schloss und festhielt. Als er sie, an sich gepresst, hin und her wiegte, wurde sie ruhiger.

»Du bist nicht zurückgekommen, du Bastard ... du verdammter Bastard, ich dachte, du wärst verschwunden. Du warst zum *Tee* verabredet, hast nicht gesagt, dass du die ganze *Nacht* wegbleibst ... du hättest *tot* sein können ...« Sie versuchte, Luft zu holen, begann jedoch zu würgen. Michael hielt sie noch fester, verwirrt, dass irgendjemand sich darüber Gedanken gemacht hatte, wo er steckte, und vor Sorge um ihn völlig verzweifelt war. Es war ihm nicht in den Sinn gekommen, sie darüber zu informieren, dass er über Nacht wegbleiben würde. Nicht dass er dazu in der Lage gewesen wäre, es sei denn, wie er sich voller Schuldgefühle eingestand, er hätte Ken angerufen, der vielleicht in seinem Rollstuhl hätte herüberfahren und an die Tür klopfen können. Aber daran hatte Michael nicht gedacht. Und er fühlte sich von zwei erstaunlichen Gefühlen überwältigt: dankbarer Freude, dass sie vor Sorge um ihn weinen konnte, und starken Gewissensbissen, dass sie wegen ihm gelitten hatte. Er stellte auch fest, dass er eine Erektion hatte. Er hielt Steph eng an sich gepresst, streichelte ihr Haar und flüsterte ihren Namen.

»Mir ist verdammt kalt«, sagte sie. »Der Ofen ist ausgegangen, und ich hatte keine Münzen.«

Michael stand auf, fütterte den Zähler, stellte den Ofen an, kehrte zu ihr zurück und zog sie wieder fest an sich. Nach einer Weile holte sie tief Luft, dann noch einmal. Auf dem Boden lagen mehrere zerknüllte Taschentücher. Michael griff nach einem, hob es auf und trocknete ihre Tränen. Sie nahm es und putzte sich die Nase, lehnte dann den Kopf an seine Brust, weinte aber nicht.

»Wird dir schon ein bisschen wärmer?«

»Ja, ich glaub schon.«

»Es tut mir wirklich Leid ...«

»Ich dachte, du wärst einfach weggegangen. Einfach verschwunden.«

»Nein. Nein, nein, das würde ich nie ... nie. Niemals. Ehrlich, das würde ich nie.« Er drückte sie noch fester an sich und streichelte mit einer Hand ihre Schulter. Ihr Sweatshirt war am Hals ziemlich weit, und seine Hand berührte ihre Haut und glitt unter den Rand des Stoffes. Die Wärme und Weichheit, die er spürte, schienen ihn mit noch anderen Gefühlen zu durchströmen. Sie war nicht nur warme Haut unter seinen Fingern, sondern wurde zu etwas, das man schmecken und riechen konnte. Sie war beinahe ein Klang, den er in seinem Kopf vernahm, der jede Zelle und jeden Pulsschlag mit einer unglaublichen Musik füllte, die sein Körper erkannte und zu der er sich bewegen wollte. Er zog ihr das Sweatshirt von der Schulter und vergrub das Gesicht an ihrem Hals, küsste sie, atmete sie ein, und plötzlich mutig geworden, ließ er seine Hand nach unten gleiten und legte sie behutsam auf eine ihrer Brüste. Steph ließ ihre Hand an seinem Oberschenkel hochwandern. Ob seine Angst größer als seine Erregung, seine Verlegenheit größer als seine Begeisterung war, wusste er nicht. Als ihre Hand weiter nach oben wanderte, umfasste Michael die runde Brust. Sie hätte aus Brot bestehen können, soweit er das durch das dicke Sweatshirt hindurch fühlen konnte, aber er war unsicher, ob er sich weiterwagen durfte, und es erfasste ihn so etwas wie Panik, dass alles aufhören würde. Sie hatte die Hand von seinem Oberschenkel genommen und schob seine Finger weg. Er würde explodieren, bestimmt, wenn jetzt alles aufhörte. Steph schob seine Hand unter ihr Sweatshirt, und als er ihre nackte Brust berührte, rang sie nach Luft.

»Entschuldigung!«, stieß Michael hervor und zog die Hand weg.

Sie legte sie sanft wieder auf ihre Brust und küsste ihn, stieß die Zunge in seinen Mund. Erst als sie aufstand und ihn mitzog, fiel ihm wieder ein, dass sie schwanger war. Er starrte auf ihren gewölbten Leib, versuchte vergeblich, seine Erektion zu verbergen, wusste nicht, was er sagen oder tun sollte, und noch weniger, was sie wollte.

Lächelnd legte sie ihm beide Arme um den Nacken und flüsterte: »Michael. Michael, es ist alles in Ordnung. Komm, es ist alles in Ordnung«, und dann schwiegen sie. Michael zog ihr das Sweatshirt über den Kopf, betrachtete die weißen, blaugeäderten, schweren Brüste, hob sie mit beiden Händen an und umfasste sie, während seine Finger mit den braunen Nippeln spielten. Er betrachtete ihr Gesicht, um zu erforschen, ob er es richtig machte, ob das, was seine Hände mit ihren Brüsten taten, wirklich das sein könnte, was sie wollte. Es schien so zu sein. Er nahm eine Brustwarze in den Mund, und Steph stöhnte und streichelte seinen Kopf. Es war unfassbar, und er konnte es kaum glauben, aber sie zog nun den Reißverschluss seiner Hose herunter. Er hatte Angst. Natürlich hatte er mit Frauen geschlafen, vielleicht mit einem halben Dutzend, und mit einer von ihnen mehrere Monate lang, aber das war eine Ewigkeit her. Und nie mit einer, die schwanger war. Er wusste nicht, wie und ob das überhaupt möglich war. Wenn er ihr wehtat, oder dem Baby?

»Komm«, flüsterte Steph. »Es ist in Ordnung. Komm ins Bett. Es ist alles in Ordnung.«
Michael ließ sich in sein Schlafzimmer führen und ausziehen. Dann zog er Steph aus. Sie war wunderschön. Als er ihren nackten, gerundeten Körper sah, keimte Hoffnung in ihm auf, dass es genauso leicht sein würde, in sie einzudringen, wie es jetzt unausweichlich war, und das war es auch. Sie sorgte dafür. Es war leichter, als er es für möglich gehalten hätte, und außerdem unendlich viel schöner. Sie legte sich auf die Seite und ließ ihn ihren Körper mit Händen und Mund überall dort, wo er es gerade wollte, erkunden. Als er begriff, dass er nicht nur ihre Erlaubnis hatte, sondern dass sie genauso gierig war wie er, wurde er kühner, und als er schließlich ihre Beine auseinander schob und sie so feucht war, dass er meinte, vor Verlangen nach ihr sterben zu müssen, griff sie nach unten und zog ihn in sich hinein. Sie zeigte ihm, wie er in sie hineingleiten und sich in ihr bewegen musste. Er genoss die Art, wie sie ihn führte, und folgte ihren Anweisungen. Später erinnerte er sich immer daran, wie seine Lust ihr ebenso zu gefallen schien wie ihre eigene, von der sie wusste, wie sie sie von ihm bekommen konnte. Sie zeigte ihm das Wie, aber er war es, der ihr Genuss bereitete. Er berührte sie, stieß und glitt in sie hinein, wartete, zog sich wieder zurück und berührte sie erneut, als sie ihn wieder zwischen ihre Beine zog. Solange sie es wollte, glitt er in sie hinein und aus ihr heraus, immer wieder, sanft und dann heftig, bis er, während sie die Beine um seine Taille schlang, spürte, wie sie ihn fest an sich zog und sich über ihm versteifte, nach Luft rang und vor Glück fluchte. Er, dem längst die Worte fehlten, hatte ihr Genuss bereitet.

Erschöpft und voller Erstaunen lagen sie den Rest des Morgens und bis in den Nachmittag hinein beisammen. Im Schlafzimmer war es kalt. Unter der Bettdecke war es ihnen gerade warm genug, wenn sie sich nicht bewegten, doch die Gesichter einander zugewandt, lachten sie, weil ihre Nasen, wenn sie sich berührten, so kalt waren. Über ihnen bellte der Hund, und Füße stampften. Sie dösten. Stunden vergingen, und die Dunkelheit brach herein. Die Tageszeit hatte keinerlei Bedeutung für sie. Michael begehrte sie erneut, und anschließend fiel Steph in einen tiefen Schlaf, während Michael dalag, zur Decke hochschaute und versuchte, seinen Platz in diesem neuen Plan der Dinge zu finden.

Er hatte das Gefühl, aus der leeren Vergangenheit, an die er bereits dachte wie ein Freigelassener an das Gefängnis, wie durch einen Torbogen zu treten. Dagegen verblasste fast die Tatsache, dass er seine Mutter gefunden hatte, doch dies war auch Teil des Ganzen, denn es kennzeichnete den Beginn seines Lebens als eines Menschen, der Familie hatte. Er drehte sich um und blickte in Stephs schlafendes Gesicht. Ihre großen Augen wirkten kleiner, wenn sie schlief. Die Haut der Augenlider war dünn und bläulich und erinnerte Michael an einen kleinen Vogel. Im Schlaf waren ihre Lippen entspannt und wirkten fülliger. Sie waren noch immer feucht. Sein Blick glitt hinunter zu der Wölbung ihres Bauches unter der Decke, zur Linie ihrer gespreizten Beine. Vorsichtig ließ er die Hand über ihren Bauch gleiten, wobei er sie kaum berührte. Er konnte die Distanz, die ihr Schlaf zwischen ihnen schuf, kaum ertragen, aber er hätte nicht im Traum daran gedacht, sie zu wecken. Es gab keine Eile. Sie hatten einander. Und bald würde das Baby da sein, und sie würden alle zusammengehören. Das verkündete eine Stimme in seinem Kopf.

Als Steph aufwachte, sah sie noch müder aus als zuvor, und sie hatte Kopfschmerzen. Als sie Michael sagte, dass sie kaum etwas gegessen habe, seit er das Haus verlassen hatte, ging er in die Küche, wo er ihre zu einem festen Brei vermanschten Frankfurter-Spaghetti fand. Er brachte ihr Tee und Kekse und war ein wenig bestürzt, dass er kein Aspirin mehr hatte. Dann sagte Steph, dass sie baden wolle, und er stellte den Boiler an. Das warme Wasser reichte nur für ein Bad pro Stunde, deswegen wusch er sich mit kaltem Wasser und zog sich an. Später ging er wieder ins Badezimmer und ließ Wasser für sie einlaufen, holte ein sauberes Handtuch und legte ein altes auf den Fußboden, denn ihm war der Gedanke gekommen, dass der nasse Boden gefährlich sein könnte. Was, wenn sie ausrutschte, während er draußen war? Er erklärte es ihr ganz ernst und bat sie, vorsichtig zu sein und auf das Handtuch auf dem Fußboden zu treten. Gegen seine Kissen gelehnt, trank Steph ihren Tee, hörte ihm zu und nickte ziemlich verblüfft. Michael hätte laut lachen können, so sehr freute er sich, Steph zu verwöhnen. Er hatte ihr immer noch nicht von Jean erzählt, und sie hatte ihn nicht danach gefragt. Alles war so schnell geschehen, und selbst jetzt hatte er es eilig, Aspirin für sie zu holen. Plötzlich war er so beschäftigt, das Leben war so erfüllt.

»Du hast jedenfalls gute Laune«, sagte Steph, über ihre Teetasse gebeugt.

»Ja, stimmt, und ich schätze, du auch«, sagte er. »Du hast die Sahne abgeschöpft, nicht?« Sie lachte.

Er kam mit Paracetamol zurück, denn der Apotheker hatte

ihm erklärt, die seien für schwangere Frauen besser als Aspirin, und zwei oder drei Plastiktüten mit Lebensmitteln einschließlich einem Hühnchen und einer Flasche Wein. Steph saß auf dem Sofa vor dem Ofen, barfuß und nur mit Schlafanzug und einem seiner Sweater bekleidet, und kämmte sich das Haar, das nass über das um ihre Schultern gebreitete Handtuch hing. Sie sah fast schüchtern zu ihm hoch, denn sie wollte, dass er auf ihr Haar aufmerksam wurde. Er sollte es schön finden, wenn es frisch gewaschen war.

»Ist dir hier warm genug?«, fragte Michael. Steph lächelte und nickte, drehte den Kopf und fuhr fort, sich zu kämmen, während er ihr zuschaute.

Eine Weile lang schwiegen sie, und Stille breitete sich im gesamten Raum aus und hüllte sie ein.

Dann sagte Steph: »Es ist hier wie in einer kleinen Kirche.« Es stimmte. Das kleine Zimmer, dunkel bis auf das Feuer, die bunten Lichter und die Kerzen, schien ihr Zusammensein zu segnen. Michael streckte sich auf dem Fußboden vor dem Ofen aus und sagte, er wisse, was sie meine.

Er hatte einmal eine solche Kapelle gesehen. Man hatte ihn vor Jahren überredet, mit drei anderen Burschen, die oft in den Pub kamen, in dem er gearbeitet hatte, nach Spanien zu fahren. Am ersten Abend waren sie in eine Bar gegangen, und die anderen drei hatten Mädchen mit ins Apartment genommen. Sie waren so betrunken, dass sie sich paarweise verdrückten, erzählte Michael, während Steph langsam die Bürste durch ihr Haar zog. »Sie haben einfach herumgevögelt, überall, voreinander, es war ihnen egal, vier im Schlafzimmer, zwei im Wohnzimmer. Ich wusste nicht, wo ich hinsehen sollte.« Er hatte die Nacht auf dem betonierten Balkon verbracht und war am nächsten Morgen mit Mückenstichen an Lippen und Augen aufgewacht. Als die anderen am Nachmittag aus der Versenkung auftauchten, amüsierten sie sich königlich. Michael hatte sie danach kaum noch gesehen. Er verbrachte die Woche alleine, entstellt und elend, und ging den anderen aus dem Weg. Er mochte nicht zum Pool oder zum Strand gehen und nahm stattdessen Busse landeinwärts, stieg in Hügeldörfern aus und wanderte zur stillen Verwunderung von alten Menschen und Kindern, die ihn von ihren Sitzplätzen im Schatten aus beobachteten, in der Hitze herum. Um der Sonne zu entgehen, kaufte er sich in Cafés, die nur aus ein paar weißen Plastikstühlen und einem Sonnenschirm bestanden, etwas zu trinken, oder er ging in Kirchen. Ihm gefielen die Backsteinböden, die von heruntergefallenem Putz staubig waren, die grünen Flecken, wo durch die Ritzen der weiß getünchten Wände Feuchtigkeit drang, die kitschigen Madonnen, an denen die Farbe abblätterte. Er wusste, dass diese Kirchen geschmacklos und abseitig und die Landheiligen, die hier verehrt wurden, unbedeutend waren, aber er hatte den Eindruck, dass die Plastikchrysanthemen, der Flitterkram und die bunten Lichter ihnen etwas Kostbares, Stimmiges verliehen.

»Wenn es hier drin wie in einer Kirche ist, dann sind wir beide Heilige«, sagte er.

»Eher Sünder«, bemerkte Steph mit Genugtuung.

Sie begannen sich wohl zu fühlen. Eine der Kerzen war heruntergebrannt. Steph konnte die Streichhölzer nicht finden, um eine neue anzuzünden, und Michael fand sie in der Brusttasche ihres Schlafanzuges oder gab vor, sie dort zu finden. Er machte sich daran, das Hühnchen zu braten, und als Steph vorschlug, gleichzeitig die Kartoffeln zu backen, da der Ofen ja bereits an war, fand er sie einfach großartig. Er öffnete den Wein, und gemeinsam leerten sie die Flasche. Bald darauf hatten sie mal wieder kein Gas mehr. Michael hatte sein letztes Geld für Lebensmittel ausgegeben, also gingen sie ins Bett. Wie erschöpfte junge Hunde, die aus schierer Müdigkeit ihre ausgelassene Neugier auf später verschieben, ließen sie sich ins Bett fallen, bis Steph es ihm erlaubte, sie scheinbar spielerisch zu erkunden und wiederzufinden. Dann lagen sie ruhig nebeneinander, während Michael ihren gewölbten Bauch streichelte und sie fragte, wie es sei, schwanger zu sein. Wollte sie ein Mädchen oder einen Jungen? Er küsste ihren Bauch. Sprach sie mit dem Baby?

»Das sollst du«, sagte er. »Ich habe es irgendwo gelesen. Du sollst mit ihm reden.«

»Du verwechselst das mit Pflanzen«, sagte Steph schläfrig. »Aber ich tu es manchmal. Hallo, Baby«, flüsterte sie, um es zu beweisen. »Warum sprichst du nicht mit ihm, Michael? Sag hallo. Denn wenn es ein Junge wird«, fügte sie nervös hinzu, »habe ich an Michael gedacht.«

Michael drehte sich verwundert zu ihr um, versuchte, in ihrem Gesicht zu lesen, ob sie es ernst meinte. Aber das flackernde Licht des stummen Fernsehers tanzte über ihre Gesichtszüge, und er konnte es nicht sagen. »Du willst es Michael *nennen?«*

Steph nickte. »Deswegen wäre es gut, wenn du es kennen lernst. Es sollte wissen, nach wem es benannt ist. Oder es könnte Michaela heißen, wenn es ein Mädchen wird.« Sie sprach es Michael-ah aus.

»Michael-ah«, wiederholte er.

»Sprich mit ihm, nun komm schon. Erzähl ihm was Schönes.«
Wieder küsste und streichelte er ihren Bauch, und als seine Lippen die straffe Haut berührten und er den Verlauf ihrer Schwangerschaftsstreifen spürte, erfüllte das Gefühl der Intimität ihn mit einer überwältigenden Freude. Er flüsterte etwas, das Steph nicht hören konnte, und ihr wurde klar, dass es nicht für sie bestimmt war. Sie konnte sich nicht länger gegen den Schlaf wehren. Als Michael sah, dass sie sich zurechtkuschelte, schaltete er den Fernseher aus. Sie schloss die Augen und erinnerte sich plötzlich, dass Michael noch kein Wort über seine Mutter gesagt hatte.
»Deine Mutter! Du hast nichts von ihr erzählt! War es in Ordnung? Ich meine, das Treffen mit ihr? Ich kann nicht glauben, dass du nichts gesagt hast. Sie ist deine Mutter, oder? Wie war's?«
Michael lächelte im Dunkeln. Er schlief auch schon fast. »Oh, o ja, es war toll. Sie ist meine Mutter. Es war toll. Warte, bis du sie kennen lernst. Ich erzähle dir morgen von ihr. Wir haben morgen viel Zeit.«
Steph wachte auf, weil das Baby sie viel härter als gewöhnlich getreten hatte. Es tat nicht eigentlich weh. Sie lag wach, bis es wieder passierte. Es war irgendwie *ernst*, kein bisschen spielerisch. Es musste ein Junge sein, bestimmt ein Fußballer. Sie musste sowieso aufs Klo, und als sie aufstand, spürte sie einen Schmerz in ihrem Rücken. Als sie zum Bett zurückging, bewegte das Baby sich wieder, und sie stöhnte, eher überrascht als vor Schmerzen, leise auf. Sie legte sich ins Bett und wäre beinahe wieder eingeschlafen. Ein wenig später, sie war nicht sicher, wie viel später, vielleicht eine halbe Stunde, spürte sie

einen weiteren Tritt und war noch überraschter. War es möglich? Steph starrte in die Dunkelheit und versuchte, sich zu erinnern, wie damals die Geburt gewesen war. Doch es gelang ihr nicht. Es war zu lange her, und sie war so jung gewesen. Es war beinahe so, als handele es sich um etwas Dramatisches und leicht Skandalöses, das jemand anderem passiert war. Etwas, das man ihr erzählt oder das sie in einem Film gesehen hatte. Aber obwohl sie versuchte, es zu verdrängen, ihr Körper wühlte in alten Erinnerungen, die ihr im Blut lagen und nun ihre Nerven und Muskeln in Aufruhr versetzten. Dies waren Wehen, keine Tritte. Die letzte war stärker gewesen, eher wie eine Zwinge, die sich ihr um die Mitte legte, und nicht wie der Fuß des Babys, der sie von innen trat. Sie wartete. Zwanzig Minuten später setzte die nächste Wehe ein und ergriff und schüttelte ihren Körper, noch nicht schmerzhaft, doch mit sich abzeichnender Heftigkeit. Der Kampf, das Kind herauszustoßen, hatte begonnen. Aber Steph hatte das schon einmal erlebt. Es würde noch ewig dauern, Stunden und Stunden. Zeit genug, wie sie hoffte, um Michael mit der Idee vertraut zu machen. Es war jedoch bestimmt ein bisschen zu früh, dachte sie und versuchte nachzurechnen. Ihrem Umfang nach und aus dem zu schließen, was sie von ihrer Beziehung zu Jace noch wusste, hatte sie gedacht, sie hätte mindestens noch sechs Wochen oder so. Aber ob es zu früh kam oder ob sie einfach falsch gerechnet hatte, sie musste Michael nicht nur an den Gedanken gewöhnen, dass sie ein Baby bekam, sondern auch daran, dass sie es jetzt bekam, hier bekam. Sie bekam es zu Hause oder vielmehr an dem Ort, den sie im Moment als ihr Zuhause bezeichnete. Plötzlich spürte Steph, wie ihre Zuversicht dahinschwand, denn

nach all dem, was heute geschehen war, würde es mit Michael vielleicht schwieriger sein, als wenn er so geblieben wäre, wie er am Anfang gewesen war, tolerant, ihr gegenüber jedoch gleichgültig. Aber er hatte sich als ein so lieber Mensch entpuppt. Wenn die Sache mit dem Handtuch auf dem Badezimmerfußboden ein Zeichen dafür war, wie behutsam er mit ihr und dem Baby umgehen würde, geriet er vielleicht in Panik und brachte sie zur Notaufnahme.
Sie musste lächeln, wenn sie sich das vorstellte. Michael mit verstörtem Blick, und jeder hielt ihn für den besorgten Vater. Aber so würde es nicht passieren, denn sie würde sich einfach weigern. Sie ginge nicht ins Krankenhaus. Sobald sie Michael erklärt hatte, dass sie es hier haben musste, würde alles in Ordnung sein, beruhigte sie sich und fühlte sich einen Moment lang seltsam stark. Irgendwie ließ eine Geburt andere Dinge unwichtig werden. Sie würde sich durchsetzen. Dann brachte der Gedanke an Michael die Erinnerung daran zurück, wie er vor wenigen Stunden in ihr gewesen war, und sie fand, dass das wirklich das Schönste war, an das sie denken konnte, während sie auf die nächste Wehe wartete. Sollte das nicht die Wehen beschleunigen? Plötzlich war Steph sich sicher, dass es so war. Als sie mit Stacey schwanger und in der Klinik war, hatte eine andere Frau im Warteraum gesagt, dass sie schon über die Zeit sei und diese Warterei satt habe, und jemand anders hatte gesagt, sie solle nach Hause gehen und sich mit ihrem Freund amüsieren, das würde die Geburt beschleunigen, hundertprozentig. Eine weitere Wehe, die diesmal bis in den Rücken hinein spürbar war, unterbrach ihre Gedanken. Michael bewegte sich, drehte sich um und streckte den Arm nach ihr aus.

»Michael?« Ihre ruhige Zuversicht schwand dahin. Ihr Herz, erfüllt von der gleichen Angst, die sie empfunden hatte, als Michael nicht nach Hause gekommen war, schlug nun heftig. Vielleicht würde sie nicht aufgrund von Michaels Vorsicht und Fürsorge im Krankenhaus landen. Vielleicht irrte sie sich erneut, und es würde sich herausstellen, dass er genauso war wie alle anderen. Es wäre nichts Ungewöhnliches, wenn er nicht bei ihr bleiben wollte, im Gegenteil, es wäre ein verdammtes Wunder, wenn er blieb. Jetzt, nachdem er Sex mit ihr gehabt hatte, würde er sie wahrscheinlich einfach im Krankenhaus abliefern und sie die Sache alleine durchstehen lassen. Und sie würden ihr das Baby wegnehmen, bevor sie es richtig gesehen hatte. Oder vielleicht ließ er sie einfach hier allein. Er würde sie verlassen und zu seiner Mutter zurückkehren. Es war so gut wie sicher, dass er nicht bleiben würde. Keiner würde das machen. Sie spürte eine weitere Wehe, länger und aggressiver.

»Michael? Oh, Michael!«, schrie sie auf und brach in Tränen aus.

Aber nicht ganz so schnell. Nicht um halb drei Uhr morgens am Tag darauf. Doch obwohl ich überrascht war, hatte ich keine Angst, als ich den Van im Hof hörte. Irgendwie wusste ich, dass er es sein würde, und wenn er um halb drei in der Früh kam, musste es sich um eine Krise handeln. Ich erinnere mich, dass ich meinen Morgenmantel anzog, hinunter zur Tür ging und sie, Sekunden nachdem Michael geklopft hatte, öffnete. Ein Blick in sein Gesicht bestätigte, dass es sich tatsächlich um eine Krise handelte. Er sah schlimmer aus als sie, so wie in Panik geratene Väter seit jeher aussehen. Und sie war ein lustiges kleines Ding! Sie lächelte sogar, schüttelte mir die Hand, sagte: »Schön, Sie kennen zu lernen«, wie ein Kind, das pflichtbewusst seine guten Manieren zeigt, obwohl sie vornübergebeugt war und sich den Bauch hielt, das kleine Gesicht schmerzverzerrt. Die Augen waren riesig. Ihre Beine gaben unter dem Gewicht von Michaels Jacke und all den Decken, die er um sie gelegt hatte, nach. Er hatte keine Ahnung gehabt, was er für sie tun sollte. Sie warm zu halten war alles, was ihm eingefallen war, außer natürlich, sie hierher zu bringen. Sie nach Hause zu bringen.

Als ich sie im Licht der Eingangshalle sah, wusste ich sofort, was los war. Mit den guten Manieren des armen Dings war es in diesem Moment vorbei. Sie gab das außergewöhnlichste grunzende Geräusch von sich, gefolgt von etwas, das dem Brüllen eines Tieres glich. Dann weinte sie verängstigt, wie ein kleines Mädchen. Ich sah dann den nassen Fleck vorne auf ihren Kleidern unterhalb des Bauches. Obwohl ich noch nie in meinem Leben in einer solchen Situation gewesen war, war ich ziemlich ruhig, zumindest zu diesem Zeitpunkt. Ich dachte schnell nach. Sie war warm eingehüllt, aber dennoch halb erfroren, und Michael zitterte vor Kälte und Angst. Er konnte zuerst kaum sprechen, aber ich brachte ihn dazu, mir zu erzählen, dass die Heizung in seinem Van nicht funktionierte und dass er Probleme gehabt hatte, das Haus im Dunkeln und in seiner Nervosität wiederzufinden. Dann sagte sie, dass es etwa vor vier Stunden angefangen habe. Ich erinnere mich, dass ich sagte, er habe genau das Richtige getan, und dass alles gut gehen werde, jetzt wo sie hier seien, und ich sah, dass Michael mir glaubte. Ja, beide glaubten mir. Steph sah so dankbar aus. Mir wurde klar, dass sie eine ältere, gutherzige

Person brauchte, die ihr sagte, dass alles gut werden würde. Nun, es schien, dass ich diese Person sein sollte, also nahm ich sie in die Arme und wiederholte es noch einmal, und dann glaubte ich es auch.

Sie konnte sich kaum noch auf den Beinen halten. Sie musste sich hinlegen oder hinhocken oder wie immer sie es heutzutage tun (ich hatte Artikel darüber gelesen und festgestellt, dass sich alles geändert hatte). Aber nicht in ihrem Schlafzimmer, dort war es zu kalt. Die Heizung war über Nacht abgestellt und würde erst um sieben Uhr wieder anspringen. Zudem schien es nicht der richtige Moment zu sein, am Zeitschalter herumzuspielen. Und ich bezweifelte, dass sie es die Treppe hoch schaffte. Ich nahm sie mit in die Küche, und sie legte sich sofort vor den Herd und keuchte. Michael und ich sahen einander an.

»Ich setze Wasser auf«, sagte ich, und er sah erleichtert aus.

»Ja! Ja, das macht man so, oder? Heißes Wasser, man braucht immer heißes Wasser, nicht wahr?« Eigentlich hatte ich keine Ahnung, wozu Leute, die Babys kriegten, heißes Wasser brauchten. Ich hatte an eine Tasse Tee gedacht, um uns alle zu beruhigen. Aber ich wusste, dass Steph nicht länger auf dem harten Fußboden liegen konnte, und schickte Michael nach oben, um Kissen und Bettzeug zu holen. Es freute ihn, dass er etwas tun konnte, und natürlich machte ich uns dann doch einen Tee. Stephanie war froh darüber und er auch, also war es schließlich doch das Richtige. Dann ließ ich die beiden alleine und ging nach oben, um mich umzuziehen. Ich hatte das Gefühl, mich für eine Art Schlacht zu rüsten. Es war eine Schande, dass ich keine alten, für diese Situation geeigneten Kleidungsstücke hatte, die man gewöhnlich für schmutzige

Arbeiten im Haus trägt. Ich wusste, dass ich die Flecken nie wieder herauskriegen würde.
Schon nach kürzester Zeit fror Stephanie nicht mehr. Sie stöhnte, schaukelte und richtete sich auf, wenn der Schmerz sie durchfuhr. Ihr wurde sogar entsetzlich heiß. Wenn die Wehen kamen, verzog sich ihr Mund vor lauter Anstrengung zu einem fürchterlichen Grinsen. Ihre Lippen waren spröde vor Trockenheit, und ihre Wangen waren hochrot. Es war schrecklich harte Arbeit. Sie hatte große Schmerzen, und es war furchtbar, mit anzusehen, wie der Schmerz immer länger andauerte und die Ruhepausen immer kürzer wurden. Sie schwitzte, bis ihr Haar völlig nass war. Michael tupfte ihr das Gesicht mit einem kalten Tuch ab und wich nicht von ihrer Seite. Sie sagte ihm, er solle ihr den Rücken reiben, oder sie krallte sich mit beiden Händen an seinem Arm fest und zischte, dieses schreckliche Grinsen im Gesicht. Und ich konnte einfach nur dastehen, fühlte mich hilflos und inkompetent. Ich hatte keine Ahnung, wie viel schlimmer es noch werden würde, deswegen hatte auch ich Angst, versuchte jedoch, dies zu verbergen. Ich holte mehr Bettzeug und einige Handtücher, die wir, wie ich dachte, irgendwann bestimmt gebrauchen würden. Ich machte noch mehr Tee, aber Stephanie spuckte ihren kurze Zeit später wieder aus. Nach etwa eineinhalb Stunden konnte ich es nicht länger ertragen und wurde selber furchtbar aufgeregt. Obwohl ich wusste, dass es nicht in Frage kam, sagte ich, dass wir sie ins Krankenhaus bringen sollten. Ich war so beunruhigt wegen der Schmerzen, die sie ertragen musste, dass ich nicht mehr klar denken konnte. Denn einen Krankenwagen oder einen Arzt hierher zu bestellen (Michael war in diesem Zustand nicht in der Lage zu

fahren) und Fremde ins Haus zu lassen hieß, alles, was wichtig war, aufs Spiel zu setzen. Wer weiß, wohin die Einmischung der Behörden geführt hätte. Da wäre die Sache mit den Adressen und Namen gewesen, und irgendwie hätte dann die Agentur davon erfahren und schließlich der Hausbesitzer. Nicht dass ich damals darüber nachgedacht hätte. Ich wollte nur das Beste für Steph, wollte, dass etwas gegen dieses Gejammere unternommen wurde. Ich konnte nicht klar denken, aber Gott sei Dank war Michael dazu in der Lage. Er war es, der sagte, dass es dazu zu spät sei, und dann wurde Steph noch nervöser und schrie und fluchte, dass sie sich nicht von der Stelle rühren würde. Und so ging die Sache noch zweieinhalb Stunden weiter. Dann wand sie sich und schrie, jemand solle ihr helfen, und kurz danach brüllte sie, das Baby würde kommen.

Aber es schien immer noch eine Ewigkeit zu dauern. Sie keuchte, halb liegend, halb sitzend, und forderte Michael auf, sie von hinten festzuhalten. Sie presste und presste. Ich glaube nicht, dass ich je zuvor mit angesehen habe, wie sich jemand so anstrengt. Dann schrie sie mich an, als sei sie wirklich wütend, ich solle nachsehen, ob es bereits komme, und ich hatte keine andere Wahl, als hinzusehen. Und da war es, dieses von Äderchen durchsetzte, fremd aussehende Wesen, das mit Schleim und Blut bedeckt zwischen ihren Beinen hervorquoll. Außerdem kamen nach und nach übel riechende, nasse Häufchen irgendwo hinter ihr heraus. Ich hatte keine Ahnung, dass das passieren konnte. Ich machte Steph sauber. Ihr wird es nichts ausmachen, dass ich so ins Detail gehe, das heißt, sie wird es nie wissen. Ich schreibe es alles auf, weil es so außergewöhnlich war, so *real.* Es klingt so gewöhnlich, »ein Baby kriegen«, und mir war bis zu dieser Nacht nicht klar, wie *außer*gewöhnlich es ist. Mir kam der Gedanke, dass die einzige Geburt, mit der ich je etwas zu tun gehabt hatte, meine eigene gewesen sein musste. Und dann dachte ich plötzlich, dass die Geburt einfach das rätselhafteste, großartigste Zusammenspiel zwischen zwei Menschen ist. Nichts im Leben einer Mutter oder eines Kindes erfordert jemals wieder einen solchen Kampf und eine solche Gegenseitigkeit und möglicherweise auch Vergebung. Wenn man also bei einer anderen Geburt zuschaut, verändert es einen. Die Heftigkeit meiner Gefühle für dieses Kind und für seine Eltern begann beim Anblick seines kahlen, blauen Kopfes, als seine Mutter es aus ihrem Körper in meine Arme herauspresste – und sie hat nie nachgelassen.

Jean trat aus der Küche in die kalte, rosafarbene Morgendämmerung, schloss leise die Tür hinter sich und ließ Steph und Michael alleine, die einander und ihre Tochter hielten und auf einem Haufen blutdurchtränkten Bettzeugs auf dem Küchenboden hockten. Die Nacht war kalt und windstill gewesen, und nun lag Frost auf den Gartenmauern und den kahlen Ästen der Bäume. Die Sonnenstrahlen fielen schräg durch die Zweige und auf das Gras. Jean machte ein paar Schritte auf den Garten zu, schlang die Arme um sich, atmete den kalten, wässrigen Geruch der fast frühlingshaften Erde ein und lauschte dem Krächzen der Saatkrähen in den Baumwipfeln. Trotz der Kälte blieb sie eine Weile draußen. Sie brauchte ein wenig Zeit für sich selbst. Sie brauchte einen Moment, um sich von dem Schrecken zu erholen, davon, dass das Baby schließlich eilig herausgeschlüpft war, mit zuckenden

Gliedern und einem runzligen, zerknitterten Gesicht, und von der erschreckenden Stille. Gott, die Stille. Und dann, als sie versucht hatte, ein Handtuch um den nassen Körper und den hin und her wackelnden Kopf zu legen, kamen das Prusten und der Schrei, Stephs Antwortschrei und Michaels Keuchen. Steph lag nun erschöpft da, wusste aber, was zu tun war, und gemeinsam hatten Jean und Michael es nach ihren Anweisungen geschafft, mit einem Stück Schnur die Nabelschnur abzubinden. Michael, der das Stück Schnur hochhielt, hatte behauptet, dass das warme Wasser hierfür bestimmt war, und darauf bestanden, die Schnur erst zu kochen. Steph lag da und wartete, das Baby auf ihrem Bauch, während er die Schnur festband, aber schließlich war es Jean gewesen, die ihm die Schere aus den zitternden Händen genommen und die Nabelschnur durchschnitten hatte. Dann hatte sie leise vorgeschlagen, dass das Baby vielleicht saugen wollte, und obwohl die Idee für Steph neu zu sein schien, hatte sie das Kind an ihre Brust gelegt. Jean war auf die klebrigen Klumpen, die bald danach aus Steph herausrutschten, nicht vorbereitet gewesen, doch Steph selbst hatte es ohne Überraschung beobachtet. Vermutlich war es nur die Nachgeburt und ganz natürlich. Jean hielt auf dem Weg inne und blickte zum Haus zurück. Es würde bald mehr zu tun geben. Sie hatte nun den breiten Krater am Ende des Gartens erreicht, wo sie die vier Buddleias mitsamt den Wurzeln herausgerissen hatte, und sie erinnerte sich plötzlich, dass sie einmal etwas darüber gelesen oder gesehen hatte, wie die Nachgeburt vergraben wurde. Waren es Indianer, ein Stamm Rothäute, die sie in der Erde vergruben, am Fuß eines Baumes, oder die an dieser Stelle einen Baum pflanzten? Das sollte, wie sie sich erinnerte, den Anspruch des neugeborenen Kindes auf dieses bestimmte Fleckchen Erde symbolisieren, das von diesem Zeitpunkt an der Ort war, zu dem es und all seine Nachkommen gehörten. Jean fand es plötzlich passend, wunderbar, poetisch. Sie hoffte, Michael und Steph würden es ebenso sehen, und eilte zurück, um es ihnen zu erzählen.

Als sie in die Küche zurückkam, saß Steph mit dem Baby in dem großen Windsor-Stuhl, eingewickelt in ein Federbett, beide waren fast eingeschlafen. Michael, der am Tisch saß und darauf wartete, dass das Wasser kochte, hatte den Kopf auf die Arme gelegt. Steph schaute hoch.

»Ich dachte«, begann Jean und deutete auf die Blutlache auf dem Fußboden, »ich dachte …« Aber es war ihr nicht möglich, das Wort »Nachgeburt« auszusprechen und schon gar nicht zu erklären, dass man sie vergraben könnte. Steph starrte verlegen auf die Stelle, auf die Jean zeigte. Eine plötzliche, lähmende Schüchternheit hatte von ihnen beiden Besitz ergriffen.

Kaum verwunderlich, dachte Jean, da sie sich schließlich vor wenigen Stunden zum ersten Mal gesehen hatten. Die durch Stephs Wehen und Jeans Rolle als Hebamme erzwungene Intimität schwand nun dahin, und sie betrachteten einander ein wenig misstrauisch. Jean kam sich plötzlich töricht vor. Sie stellte sich vor, wie es in der heiteren Stille der Küche klingen würde, wenn sie von einer kleinen Zeremonie mit der Nachgeburt erzählte, eine Sache, die die Indianer taten, wobei sie jedoch nicht einmal genau wusste, was sie taten. Wie verrückt und, schlimmer noch, bedeutungslos würden die Worte klingen, während jene, die nicht bedeutungslos waren, dass nämlich diese Zeremonie sie alle aneinander und

an diesen Ort binden würde, anmaßend und unaussprechbar waren.
»Ja, tut mir Leid«, sagte Steph, entschlossen, ihre Verlegenheit zu überwinden. »Wir hätten zuerst ein paar alte Zeitungen oder so was auf den Boden legen sollen. Hab nicht dran gedacht. Ich bin voll damit, unten. Ich brauche ein Bad. Und die hier auch.« Sie lächelte und beugte ihren Kopf zu dem Baby vor. »Und ich bin verdammt wund.«
Jean war voller Mitgefühl und auch erleichtert, ihre Rolle wiederzufinden, so als habe Steph ihr gerade das Drehbuch gereicht. Großmutter, Schwiegermutter, unentbehrlich, hier, um zu helfen. »Oh, natürlich! Du musst völlig erschöpft sein, du Ärmste. Du bist so ein tüchtiges Mädchen. Nun«, sagte sie ruhig, »möchtest du direkt ein Bad nehmen oder zuerst schlafen? Michael wird euch beide nach oben bringen, nicht wahr, Michael? Ich kümmere mich darum«, fügte sie hinzu und nickte in Richtung Fußboden, »und dann mache ich Frühstück. Du hast bestimmt auch Hunger. Und dann werden wir uns einfach einen schönen ruhigen Tag machen. Nichts als Ruhe für dich, junge Dame.«
Sie wunderte sich über sich selbst, denn sie hatte nicht nur den richtigen Ton gefunden, sondern wusste auch, was von nun an ihre Aufgabe war. Denn sie war Michaels Mutter, und aus dieser Rolle erwuchs alles andere. Sie redete bereits, als ob sie nie etwas anderes getan habe, als für häusliches Wohlbehagen zu sorgen. Es schien wie ein kleiner Triumph, der dem großen Triumph dieses Tages hinzugefügt werden konnte. Jean seufzte vor Glück, weil sie wusste, was sie als Nächstes tun sollte.
»Sie ist eine großartige Köchin«, erzählte Michael Steph, als

er ihr auf die Füße half. Vor lauter Müdigkeit waren sie beide fast ein wenig bekümmert. Jean beobachtete, wie die drei hinausgingen, und suchte dann nach Gummihandschuhen und einem Eimer. Wie einfach und klar alles geworden war. Michaels und Stephs Badezimmer lag zur anderen Seite des Hauses. Während Michael seine Tochter und die junge Mutter in weichem, warmem Wasser badete und nach sauberen, schönen Kleidungsstücken suchte, die er ihnen später anziehen konnte, würde sie reichlich Zeit haben, alles in einem Loch im Garten zu vergraben. Es würde eine privatere und prosaischere Angelegenheit sein, als sie es sich vorgestellt hatte: nur sie und der blutige Inhalt eines blauen Plastikeimers. Doch bevor sie zurückkehren und das Frühstück machen musste, würde sie genug Zeit haben, sich über die umgegrabene Erde zu beugen, ein paar Worte zu flüstern (die richtigen würden ihr schon einfallen) und zu beobachten, wie die Erde die leuchtenden Spuren der Geburt ihrer Enkelin aufsog; und diese Stelle würde für immer eine besondere Anziehungskraft besitzen.

»Steph dachte an Michael-ah«, sagte Michael, der im Stuhl am Fenster saß, schüchtern. Er und Jean hatten Tabletts mit dem Frühstück mit nach oben in das Schlafzimmer gebracht, das nun ihm und Steph gehörte. Jean, die auf der anderen Seite des Bettes saß, dachte darüber nach, während sie ihren Kaffee trank. Stephs Kopf ruhte auf mehreren Kissen, und sie hatte die Augen geschlossen. Sie lag im größten und bequemsten Bett ihres Lebens, und Michael-ah, die in neuen Babykleidern steckte, die Jean und Michael im Kinderzimmer gefunden hatten, lag schläfrig in ihren Armen und nuckelte ruhig und zufrieden. Ihre Hand war von einem zu langen Ärmel verdeckt, der umgeschlagen worden war. Sie hatten den kleinsten Strampelanzug mit einem Etikett, auf dem »Neugeborenes« stand, ausgewählt, aber er war viel zu groß. Michael zog den Ärmel zurück, damit er die winzige, geballte Faust sehen konnte, die das Baby in die Luft reckte, so als sei Winken ein notwendiger Teil des Nuckelns. Drei Teddybären und ein weißer Babyschal lagen auf dem Bett neben dem Tablett mit Stephs leerem Teller.

»Michael-ah. Oder Mich*ae*la, vielleicht?«, murmelte Jean. Michael sah verlegen aus, und Jean fuhr schnell fort: »Es ist ein hübscher Name. Er erinnert mich an Miranda, er hat die gleiche Silbenzahl. Ich glaube, er bedeutet Wunder.«

In das warme Schweigen hinein ertönte Stephs schläfrige Stimme. »Miranda. Das gefällt mir besser. Ein Wunder. Michael, würde es dir was ausmachen, wenn wir sie Miranda nennen?«

Michael lächelte. »Sie ist ein verdammtes Wunder«, sagte er. »Also Miranda«, gähnte er.

Jean ging auf Zehenspitzen hinaus und in ihr eigenes Zimmer, denn sie wusste, dass sie gleich in Tränen ausbrechen würde, so geehrt fühlte sie sich, den Namen des Babys ausgewählt zu haben. Sie schliefen, bis der Tag vorüber war, alle, außer Miranda, die von Zeit zu Zeit wach wurde, die Haut ihrer Mutter an ihrem Gesicht spürte, still deren Brustwarze suchte und fand, sie in den Mund nahm und daran sog.

Natürlich lief nicht alles ganz glatt. Man sollte annehmen, dass wir, nachdem wir uns alle gefunden hatten und das Baby ohne Komplikationen auf die Welt gekommen war, nur noch unser Leben in unserem neuen Haus beginnen mussten. Und dazu hätte es kein besseres Haus geben können, das wusste ich bereits, und sie waren so froh, hier zu sein. Ich glaube nicht, dass wir es jemals richtig diskutiert haben, für uns alle war es einfach klar, dass wir von nun an hier leben würden. Alles (oder fast alles), was wir brauchten, war hier, was ihnen fast wie ein Wunder erschien. Ich glaube, ich hatte aufgehört, darüber zu staunen, wie das Haus uns weiterhin mit dem versorgte, was wir brauchten, angefangen mit der Zeit und der Möglichkeit, wir selbst zu sein. Oder vielleicht hatte ich angefangen, das Verdienst ein wenig mir selbst zuzuschreiben, so als arbeiteten das Haus und ich zusammen oder als hätten wir begonnen, wirklich zusammenzugehören. So ähnlich hatte ich mich gefühlt, als die beiden holländischen Studenten aufgetaucht waren. Es war Teil von mir geworden. Das Haus und mein Leben waren nun wie Dinge, die ich mit den Händen formen konnte, wie das Arrangieren von Blumen oder wie Malen, etwas, das ich schuf und von dem ich gleichzeitig ein Teil war. Steph und Michael hatten schließlich das gleiche Gefühl. Aber zunächst war es das Wichtigste, dass sie blieben. Jedes andere Arrangement wäre unnatürlich gewesen. Sie erzählten mir nicht viel über die Wohnung, in der sie gelebt hatten, aber sie hatten offensichtlich keine Eile, dorthin zurückzukehren. Es dauerte mindestens eine Woche, bevor Michael mit seinem Van wegfuhr und mit ihren restlichen Sachen zurückkam, die irgendwie nicht zu unserer Lebensweise passten. Ich glaube nicht, dass wir irgendetwas davon behielten, außer ein paar von Michaels Büchern.

Nein, es war das Baby, das mir von Anfang an Sorgen machte, auf eine quälende Weise, die, wie ich mir selbst sagte, von meiner Unerfahrenheit herrührte. Und da ich es für Unerfahrenheit hielt, sagte ich natürlich nichts, denn ich wollte keine Zweifel daran aufkommen lassen, dass ich tatsächlich ein Kind geboren hatte. Ich meine, ich weiß nicht, was sie zu diesem Zeitpunkt von meiner Geschichte hielten, aber es schien nur höflich zu sein, an dem, was sie glauben wollten, nicht zu rütteln. Ich weiß, dass Neugeborene unglaublich klein erscheinen, aber Miranda war winzig. Ich mochte es nicht sagen, und ihre Größe schien ihren Eltern keine Sorgen zu bereiten, aber mich beschäftigte sie die ganze Zeit. Am Tag nach der Geburt ging es Steph noch schlecht, weshalb ich mich anbot, Mirandas Windeln zu wechseln – Gott sei Dank gab es genug davon im Kinderzimmer –, und ich schlich mich mit ihr nach unten und packte sie auf die Küchenwaage. Das war schwierig! Zuerst wog ich die größte Schüssel und legte Miranda dann dort hinein, was ihr *nicht* gefiel. Sie zappelte so heftig, dass ich mir sagte, die Anzeige könne nicht genau sein. Nur gut vier Pfund! Trotzdem sagte ich nichts. Steph war selbst sehr schmal, vielleicht geriet das Baby einfach nach ihr. Und es schien, dass Miranda zu früh gekommen war, also konnte man nicht erwarten, dass sie kräftig war. Solange wir sie gut fütterten und für sie sorgten, brauchten wir uns wohl keine Sorgen zu machen. Babys wachsen, nicht wahr. Tatsächlich ist das eigentlich alles, was sie tun. Steph stillte sie. Es war ihr jedoch nicht angeboren. Es ermüdete sie, und sie wurde sehr böse, und ich erinnere mich, dass sie oft in Tränen aufgelöst war. Mit der brüllenden Miranda im Arm nörgelte sie mit Michael oder mir herum, wir sollten Babymilch oder so was holen. *Im Kinderzimmer müssen doch Flaschen sein. Da ist doch* alles. *Können wir ihr nicht die Flasche geben?* Wir mussten ihr sagen, dass es keine gab. Miranda würde sich daran gewöhnen, gestillt zu werden, da war ich mir sicher. Immerhin war Stillen das Natürliche und bestimmt auch besser für Miranda. Sie hatte ja noch nie die Flasche bekommen, oder? Warum sollte es für sie dann leichter sein, als auf natürliche Art und Weise genährt zu werden? Es schien ein vernünftiges Argument zu sein, und ich glaubte wirklich daran. Und Michael, wie ich sehen konnte, auch. Wir konnten nicht vorschlagen, Babymilch und Flaschen zu kaufen. Wir glaubten beide fest daran, Steph nach besten Kräften unterstützen zu müssen, damit sie das Baby selbst nähren konnte.

Geld. Natürlich hatte es hauptsächlich mit Geld zu tun, obwohl wir uns damals selbst einredeten, dass wir es aus edleren Gründen taten.

Miranda trübte Stephs Nächte und Tage, indem sie sie fast stündlich aufweckte, an ihr saugte, bis sie blutete, und die Milch teilweise wieder erbrach. Sie wand sich und stöhnte in ihren Armen, wenn sie nicht an ihrer Brust hing. Stephs rechte Brust schwoll an und wurde so rot und wund, dass Steph es kaum ertragen konnte, wenn sie mit etwas, und sei es nur dem Badewasser, in Berührung kam. Schließlich wurde die Brust so hart, dass Steph, vor Schmerzen in Tränen aufgelöst, die einschießende Milch aus ihr herauspressen musste. Sie war vermischt mit Blut und dem Serum der gereizten Brustwarze, so dass sie sie Miranda auch nicht mit einem Löffel geben konnte. Ihre Temperatur stieg. Sie bekam Fieber und erwachte aus wilden, angsterfüllten Träumen. Ihre Hitze übertrug sich auf das Baby, das nicht zu wissen schien, ob es schrie, weil ihm Stephs Milch fehlte oder weil es sich davor ekelte. Steph lag auf dem weichen Bett oder saß stundenlang in der Badewanne in kaltem Wasser, um die Schmerzen in ihren Brüsten und das Brennen ihrer Austrittswunde, wie sie es nannte, zu lindern. Sie konnte nur daliegen und hoffen, dass die brennende Hitze, wenn schon nicht aufhören, sie wenigstens völlig verzehren würde. In verblüffend kurzen Abständen nahm sie Michael oder Jean das Baby ab, presste es an ihre Brust und litt. Später erschien es ihr, als ob sie in jenen Wochen nicht nur beim Baden oder wenn Miranda sie übel zurichtete, geschrien hätte, sondern wann immer sie wach war, selbst wenn sie aß oder das Wasser trank, das ihr allzu ängstlich und oft gebracht wurde. Mirandas Schlafphasen waren kurze Momente, in denen sie sich erschöpft von dem ausruhte, was ihre persönliche Kampagne gegen die Ungerechtigkeit zu sein schien, dass sie auf der Welt war. Sie erwachte danach mit neuer Wut und gestärkt für den Kampf. Steph fühlte sich von ihrer Heftigkeit eingeschüchtert und gleichzeitig von der Pflicht beherrscht, sie zu beruhigen, und manchmal weinte sie aus Scham über ihre eigene Unzulänglichkeit. Keiner verstand sie. Jeans Heiterkeit und Michaels Zähigkeit waren irrelevant, lediglich Stimmungen, die sie vor dem Hintergrund der Tage und Nächte nur vage wahrnahm, wenn sie mit Tabletts und Gläsern hereinkamen und ihr wieder das Baby brachten. Sie kümmerten sich, so gut sie konnten, um die praktischen Dinge, aber es brachte Steph keine Erleichterung. Miranda schrie und verweigerte die Nahrung, oder sie schrie und saugte dann mitleidslos an ihrer Brust und spuckte später die meiste Milch, die sie ihrer weinenden Mutter abgerungen hatte, wieder aus. Nicht einmal schlug jemand vor, einen Arzt zu rufen.

Als Stephs Fieber sank und ihre wunde Brustwarze schrumpfte und heilte, begann sie wieder zu essen. Sie war immer noch wund von der Geburt, und das Gehen fiel ihr immer noch schwer, aber sie kam zu den Mahlzeiten in den Kleidern, die Jean in den Schrank in ihrem Schlafzimmer gehängt hatte, herunter. Michael hatte ihre wenigen alten Sachen aus der Wohnung hierher gebracht, aber sie stellte fest, dass sie es nicht ertragen konnte, sie anzusehen. Und so wählte Jean aus ihrer eigenen Sammlung die jugendlichsten Hosen und Shirts aus, die zwar nicht modisch, aber bequem waren. Nichts passte ihr richtig. Steph war es egal.
Michael und Jean lächelten einander an, als sie eines Tages früh und ein wenig linkisch zum Frühstück in die Küche kam. Sie fassten es als Höflichkeitsbezeugung auf. Vielleicht war Freundlichkeit ihnen allen zur Gewohnheit geworden, denn Steph verdarb ihnen die Freude nicht, indem sie erklärte, dass sie nicht ihre Gesellschaft, sondern einfach noch etwas mehr zu essen brauchte. Der Geruch von gebratenem Speck hatte sie nach unten gelockt, und sie hatte sich gesagt, es sei leichter, eine zweite Portion oder einen zusätzlichen Toast und Butter zu bekommen, wenn sie näher an der Quelle war.
Auf Jeans wunderschönen Tabletts voller Blumen und Servietten und Silber hatte die Quantität des Essens ein wenig abgenommen.

APRIL

Das Leben nahm seinen Gang. An guten Tagen, die nun häufiger waren, gab es lange Phasen der Ruhe, ja sogar Augenblicke der Schönheit. Das Wetter wurde besser, und auf dem Rasen und überall im Garten schossen Blumenzwiebeln aus der Erde. Jean brachte riesige Sträuße Tulpen und Osterglocken herein und betrachtete sie zum ersten Mal in ihrem Leben voller Erstaunen. Wie hatte sie nur all die Jahre ohne sie leben können, fragte sie sich. Ihre Farben, ihr durchdringender, sehnsuchtsvoller Duft, der schlüpfrige Saft und die Staubgefäße, so unerträglich nackt in die Luft gereckt, dass man glauben konnte, sie würden irgendeine Melodie hören, zu zart für schwerfällige menschliche Ohren. Sie überlegte mit den anderen, welche Vasen sie verwenden und wo sie sie hinstellen sollte, und es freute sie, als Michael eines Tages sagte, dass er nichts einzuwenden habe. Was immer sie für richtig halte, es sei in Ordnung, was ihn anbelangte. Seine leicht zerstreute Gleichgültigkeit war für sie ein Zeichen der Zuneigung. Sie fühlte sich aufgewertet. Die Tatsache, dass er sie irgendwie als selbstverständlich hinnahm, bestätigte ihr nicht nur ihre Vertrautheit, sondern auch, dass er sich in ihrer Beziehung sicher fühlte, und vielleicht hatte sie ja wirklich etwas Liebenswertes an sich, etwas, das nur ein Sohn sehen konnte. Sie summte vor sich hin, als sie die Stängel zurechtstutzte und in Vasen stellte, um zu zeigen, dass ihre Verschönerungsbemühungen Spaß machten und sie nicht aufgeregt oder ängstlich war.

Die meisten Blumen stellte sie ins Wohnzimmer für Steph, die sagte, dass sie sie vielleicht irgendwann mal malen würde. An Tagen, an denen Miranda sich nicht dagegen wehrte zu schlafen (was sie immer öfter tat, ja sie zeigte sogar eine leichte Teilnahmslosigkeit, wenn sie wach war, was alle als Anzeichen dafür ansahen, dass sie zufrieden und entspannt war), ließ Steph sich nachmittags auf dem Sofa im Wohnzimmer nieder, während Jean und Michael sich mit kleinen Aufgaben beschäftigten, die ihnen Freude zu machen schienen. Jean war meistens in der Küche, während Michael eher im Garten oder in den Nebengebäuden nach Beschäftigung suchte.

An einem Morgen Anfang des Monats klingelte das Telefon, als sie beim Frühstück saßen. Ein Mann, der sich selbst als Stan vorstellte, erzählte Jean müde, dass er gegen Ende der Woche einen der Jungs vorbeischicken könne, um den Rasen zu mähen. Wenn es ihr passe, fügte er hinzu, wie vereinbart worden sei.

»Ach du meine Güte, Vereinbarung? Welche Vereinbarung? *Diese* Woche …« Jean drehte sich um und sah, dass Michael und Steph aufrecht und beunruhigt dasaßen.

»Ma'am? Die Vereinbarung wegen des Rasens. Man hat mir gesagt, Sie wüssten davon. Wir möchten *Ihnen* überhaupt keine Unannehmlichkeiten bereiten«, sagte Stan und ließ anklingen, dass es für ihn allerdings mit Unannehmlichkeiten verbunden war.

»Der Rasen? Nun, ich, ich weiß nicht. Wie – ich meine, ich bin nicht sicher …«
»Die Vereinbarung, Madam, haben sie Ihnen nichts davon gesagt? Sie sagten, da wäre jemand, der Bescheid wisse.« Als Jean schwieg, fuhr er noch müder fort: »Madam, ich bebaue das Land neben Ihrem. Mr. Standish-Cave überlässt mir das Heu von den Wiesen zu beiden Seiten seiner Auffahrt, und dafür mäht einer meiner Jungs seinen Rasen, wenn er weg ist. Ist für uns beide von Vorteil, nur dass ich im Moment keine Hand entbehren kann. Deswegen verspreche ich nicht, dass wir jede Woche kommen werden, aber höchstwahrscheinlich kann ich Darren am Donnerstag entbehren.«
Es folgte Schweigen. Auf der Liste des Besitzers hatte etwas über den Rasen gestanden, aber Jean konnte sich nicht erinnern, was es war. Bis zu diesem Moment hatte sie keinen Gedanken an den Rasen verschwendet. Sie hatte nur festgestellt, dass das Gras zu lang war. Es war dumm von ihr, natürlich musste der Rasen gemäht werden. Aber nicht von einem Fremden. Sie sagte: »Nun, wenn Sie schlecht jemanden entbehren können, kein Problem. Ich bin sicher, wir schaffen das schon ohne Hilfe, das bisschen Rasenmähen.«
»Es gibt eine Menge Rasenflächen, Madam. Sie haben doch wohl nicht vor, den Traktor selbst zu fahren, oder?«
»Nein, natürlich nicht, aber wir, ich …« Sie sah Michael an. »Ich habe einen Besucher hier. Ich bin sicher, er wird das gerne übernehmen. Dann bräuchten wir Sie nicht zu bemühen.«
Stan klang jetzt fröhlicher. »Das ist wirklich eine Erleichterung. Es macht mir nichts aus, es zu machen, verstehen Sie, aber es ist schwer, es dazwischenzuschieben, wenn es auf den Sommer zugeht. Wenn Ihr Besucher sich dazu in der Lage

fühlt, umso besser, und sagen Sie ihm vielen Dank. Nur«, sagte er, »würde es Ihnen was ausmachen, Madam, Mr. Standish-Cave – nun ja, nichts davon zu sagen? Die Sache ist, ich stünde dann in seiner Schuld, nicht wahr? Verstehen Sie mich, Madam. Ich meine, ich *würde* es tun, nur wenn Sie mir sagen, dass es nicht nötig ist … Und es ist ja schließlich nur ein bisschen Heu, oder?« Er lachte.

»Sie haben Recht«, sagte Jean. »Sie haben völlig Recht, es ist nicht der Rede wert. Auf Wiederhören.«

Nachdem sie den Hörer aufgelegt hatte, herrschte einen Moment lang angespanntes Schweigen. Dann sagte Steph: »Na ja, kein Problem. Das war leicht, oder?« Sie legte Miranda an die andere Brust. »Wir brauchen niemand anders, oder?«

Jean griff nach der Kaffeekanne und schenkte Steph noch eine Tasse Kaffee ein. »Du musst viel trinken. Michael, ich glaube, der Schlüssel für den Rasenmäher ist in dem Glas auf der Fensterbank.«

Michael mähte an diesem Tag den Rasen. Vergnügt tuckerte er mit dem Traktor herum und lernte, wie er genau im richtigen Moment die Kurve nehmen musste, damit die Klinge die Ränder des Rasens erwischte, ohne die Pflanzen in den Beeten abzumähen. Der Duft des geschnittenen Grases lockte Jean und Steph nach draußen, und Michael sagte sich, dass er später den Holztisch und die Stühle, die in der Nähe der Küchentür standen, schrubben würde, damit sie dort sitzen könnten, wenn es warm genug war.

In den nächsten Wochen war er damit beschäftigt, das ganze Grundstück zu erkunden, den Zustand der Fensterriegel, Türschlösser und der Möbel zu prüfen. Er untersuchte sogar das Dach, reinigte die verstopften Regenrinnen und verbrachte zwei Tage damit, feuchte, wurmige Blätter zu entfernen. Dabei trug er riesige Gartenhandschuhe. Er reinigte und ölte Gartengeräte. Noch nie hatte er ein Haus gesehen, in dem hinter den Kulissen so viele Arrangements für die Behaglichkeit getroffen worden waren wie hier; es war wie ein Theater. Er fand heraus, welche Maschinen und Leitungen zum Funktionieren des Ganzen wichtig waren, beschäftigte sich mit dem Boiler, dem Klärbehälter, dem Wasserenthärter, den Rohrleitungen und dem Küchenherd. Im Geiste machte er Pläne für den nächsten Tag, die Woche darauf und den nächsten Monat. Er entlüftete die Heizkörper, zersägte ein paar Baumstämme am Waldrand. Als er an Steph und Miranda dachte, nahm er sich vor, sich demnächst um den Swimmingpool zu kümmern.

Doch bei all dem verhielt er sich weniger wie ein Eigentümer, sondern eher wie ein respektvoller und diskreter Wohnungsinhaber. Er nahm es im Gefühl seiner Sohnespflicht, der Pflicht des erwachsenen Sohnes, seiner rüstigen, aber älter werdenden Mutter gegenüber auf sich, ihr bei solch einem großen Haus zu helfen, einen Teil der Aufgaben auf seinen Schultern, den Schultern eines noch jungen Mannes zu tragen. Jean beobachtete ihn und empfand immer mehr Stolz, dass sie solch ruhige und unbeirrbare Ergebenheit in ihm weckte und er dies auf eine Weise zum Ausdruck brachte, die sie sehr angemessen und männlich fand.

Aber paradoxerweise wurden, als sich die guten Tage häuften, die schlechten als umso schlimmer empfunden. Es gab Tage, an denen Jean aufwachte und so starkes Herzklopfen spürte, dass sie das Gefühl hatte, kurz vor einer bevorstehenden

Kollision aus dem Traum gescheucht worden zu sein. Ohne etwas zu sagen, begann sie, ihren Gang zum Gefrierfach zu fürchten, da die Ausbeute immer mickriger wurde. Sie empfand Schuldgefühle über ihre anfängliche Verschwendung von Rindfleisch, Lachs und Wild, die einst in Hülle und Fülle vorhanden gewesen waren. Ihre Großzügigkeit und der große Wert, den sie darauf legte, jeden gut mit Essen zu versorgen, waren, wie sie jetzt erkannte, schlechtes Haushalten gewesen. Eines Morgens, als sie eine Packung Würstchen aus dem Gefrierfach geholt hatte, traf sie Steph in der Küche.

»Oh, hallo«, sagte Steph und machte die Kühlschranktür zu. In der einen Hand hielt sie eine Packung Schinken, in der anderen die Butterdose. »Ich sterbe vor Hunger. Brauche unbedingt ein Schinkenbrot.« Sie legte alles auf den Tisch und holte ein Backblech (das falsche, wie Jean feststellte, denn es wurde nicht für Schinken verwendet) aus der Schublade heraus. Jean beobachtete sie, wie sie fünf Schinkenscheiben aus der Packung zog und auf das Blech legte.

»Aber du hast doch bereits Schinken zum Frühstück gehabt. Vor zwei Stunden«, bemerkte Jean in leicht gereiztem Ton. »Das ist alles, was noch übrig ist.«

»Ich *weiß*«, erwiderte Steph und richtete ihren matten Blick auf Jean. »Ist das nicht grauenhaft, ich bin so hungrig. Ich werde noch wie eine Tonne. Liegt wohl am Stillen, ich bin wirklich die ganze Zeit hungrig.« Sie lächelte müde. Jean sah zu, wie Steph das Blech mit dem Schinken, der für das Frühstück des nächsten Tages vorgesehen war, in den Herd schob. Sie versuchte mit einem tiefen Seufzer den Groll hinunterzuschlucken, den sie wegen der Beschlagnahmung ihres Herds empfand. Ihr Herd, ihre Küche, ihr Backblech (wenn auch das falsche).

Steph warf gerade einen Blick in den Brotkasten. »Das Brot ist auch aus«, sagte sie und griff nach dem Anschnitt eines Brotlaibs, der noch übrig geblieben war. Sie schnüffelte daran. »Muss sowieso aufgegessen werden.«

»Steph …« Im Gefrierfach lagen jetzt nur noch zwei oder drei Brotlaibe. Jean zögerte. Es lag ihr etwas Unfreundliches, typisch Schwiegermütterliches auf der Zunge. Schließlich gab es noch Mehl im Küchenschrank und Trockenhefe. Eine Zeit lang würden sie damit noch über die Runden kommen.

»Weißt du, was ich gerade gedacht habe?«, meinte Steph, während sie das Brot in Scheiben schnitt. »Ich dachte, Mirandas Zimmer könnte …« Sie warf Jean einen entschuldigenden Blick zu. »Ich finde, es ist hübsch und alles – aber es ist vielleicht etwas zu streng? Etwas altmodisch? Die Holztäfelung ist recht dunkel, oder?« Als Jean schwieg, fuhr sie fort: »Ich will damit sagen, die Täfelung ist in Ordnung. Aber ich habe mir immer gewünscht, die Wand des Kinderzimmers zu bemalen, weißt du, Bilder auf die Wand zu malen. Vielleicht im Cartoon-Stil. In Lebensgröße, und eine Szenerie wie zum Beispiel ein Schloss, ein Wald oder ein Berg oder Ähnliches.« Sie fuchtelte mit den Händen in der Luft herum. Sie schien nicht zu bemerken, dass Jean die Stille nicht mit einer begeisterten Reaktion füllte. »In einer Zeitschrift habe ich mal einen Aladin gesehen. Ich würde lediglich etwa acht bis zehn Farben benötigen, und die Pinsel. Ich könnte es wirklich hübsch ausmalen. Ich will damit sagen, ich bin kein Profi, aber ich mache keinen Blödsinn und könnte es wirklich gut machen. Gibt es hier irgendwo Farben?« Sie ging an den

Wandschränken entlang und öffnete sie, bis sie Tomatenketchup gefunden hatte. Jean fand, dass Ketchup jeden guten Schinken ruinierte. Steph drückte zwei lange rote Würste aus der Plastikflasche auf die Brotscheiben. Dann stellte sie die Flasche so ungestüm auf den Tisch, dass Ketchup-Tropfen, die immer noch am Verschluss hingen, auf die Arbeitsplatte platschten, die Jean erst vor kurzem sauber gemacht hatte. »Obwohl es keine Rolle spielt, ob Farbe da ist oder nicht, denn sie kostet ja nicht viel. Ich meine, wenn ich sie selbst besorgen könnte, würde ich es tun, aber im Augenblick verdiene ich ja nichts, nicht wahr? So bald wie möglich würde ich es dir zurückzahlen, jeden Penny.«

Du lieber Himmel. Acht verschiedene Farben, Pinsel, die Wände des Kinderzimmers mit Cartoons bemalen? Jean öffnete den Mund, brachte aber keinen Ton hervor. War Steph denn blind? Sah sie denn nicht, dass Jean mit sechs eingefrorenen Würsten vor ihr stand, die ihre Finger taub werden ließen, und sich den Kopf zerbrach, ob sie sie mit Reis oder sonst etwas gestreckt zum Abendessen auftischen konnte? Jean verstaute die Würste im Kühlschrank und setzte sich an den Küchentisch. Wie konnte sie Steph mit ihrem vertrauensvollen Blick, Steph, die das Gemüt eines Kindes hatte und in Seelenruhe alles verspeiste, was nicht niet- und nagelfest war, erklären, dass sie nicht wusste, wie sie das Geld für die Farben auftreiben sollte? Sie musste unbedingt ein paar Dinge klarstellen.

Aber alles, was Jean sagte, war Folgendes: »O ja, wie reizend. Ich kann es mir richtig vorstellen. Ich frage mich, was Miranda denken würde – sie würde begeistert sein, nicht wahr?« Sie wusste nicht, wie sie ihr klar machen sollte, dass gar nicht daran zu denken war, Farbe zu besorgen, da kaum mehr Geld vorhanden war, um Lebensmittel zu kaufen, wie sie ihr nahe legen sollte, dass sie alle sich daran gewöhnen mussten, mit weniger Essen auszukommen. Sie schaffte es auch nicht, ihr zu erklären, dass, selbst wenn sie das Geld hätten, Steph oder Michael aus dem Haus gehen mussten, um die Einkäufe zu erledigen, da sie selbst nicht den Mut dazu besaß.

Aber sie brachte es nicht übers Herz, all dies darzulegen, denn wenn sie es tat, bedeutete das, dass sie ihr Leben so nicht weiterführen konnten. Und wie konnte sie so etwas vorbringen, wo doch das gemeinsame Leben für sie alle jetzt eine schiere Notwendigkeit war? Jean schützte sie alle, indem sie nichts sagte. Die Dinge würden sich irgendwie von selbst regeln. Und in der Zwischenzeit stimmte es in gewisser Weise immer noch, dass Stephs Idee, die Wand des Kinderzimmers zu bemalen, hübsch klang, ob sie sich nun die Farben leisten konnten oder nicht. Und da es nie geschehen würde, musste Jean auch nichts Unfreundliches sagen, von wegen dass sie die Eichenholztäfelung aus dem 17. Jahrhundert nicht antasten dürfe. Es konnte nichts schaden, dass sie wiederholte: »Sie wäre entzückt, nicht wahr?«

Steph legte nun Schinkenscheiben aufs Brot und murmelte, sie hätte angenommen, sie wären etwas knuspriger, nachdem sie sie so lange im Herd gelassen hatte, aber sie sei zu hungrig, um noch länger zu warten. Jean stützte die Ellbogen auf den Tisch und versuchte ernsthaft darüber nachzudenken, was sie ihnen heute Abend zu den Würsten servieren könnte. Sie wusste, dass sie durch die Beschäftigung mit diesem unmittelbaren, aber vergleichsweise kleinen Problem vorübergehend das große, unlösbare verdrängte. Sie konnten nicht für

immer vom Inhalt der Gefrierfächer leben, aber in der Zwischenzeit, bis es unausweichlich wurde zu entscheiden, was dagegen getan werden konnte, waren da ein paar Zwiebeln und eine Dose Tomaten. Jeans Miene hellte sich auf. Und vielleicht fand Michael noch etwas im Garten. Er hatte bereits in dem großen, von einer Mauer umgebenen Garten, den Jean noch nie gründlich erkundet hatte, ein paar Kartoffeln gefunden. Sie würde ihn bitten, dort nochmals zu graben, es gab immer noch ein paar. Alles würde gut werden.
Steph hatte ihr Sandwich bald verspeist, und Jean untersuchte gerade eine Sammlung von Krügen mit getrockneten Kräutern, als Michael hereinkam und eine Wolke kalter Luft mit sich brachte. Er steuerte auf die Heizung, studierte den Temperaturregler und stöhnte. »Das habe ich mir fast gedacht.« Dann straffte er sich und wandte sich ihnen zu. »Ich war gerade draußen und habe den Tank geprüft, er ist praktisch leer. Wir haben kein Öl mehr.«
In diesem Augenblick hörten sie über sich ein klägliches Wimmern. »Das hört sich nach Hunger an«, erklärte Steph und seufzte. Ihre Verzweiflung über das Stillen ihrer Tochter war abgeebbt, und an ihre Stelle war eine Art zufriedener Mattheit getreten, die für sie alle besser zu ertragen war. Aber sie täuschte sich, dachte Jean, über das Wimmern. Miranda weinte sehr selten und war niemals hungrig. Es war kein Schrei des Hungers, sondern der Verzweiflung und der Verwirrung, und das Weinen wurde lauter. In diesem Moment brach Jean in Tränen aus, vergrub das Gesicht in den Händen und schluchzte fast so laut, dass sie Mirandas Gebrüll übertönte.

Fast hätte ich meinen Wunsch nach einem Baum begraben, da ich wusste, dass schlichtweg kein Geld für solche Dinge vorhanden war, aber als Steph verkündete, dass sie Farbe für die Wände des Kinderzimmers haben wollte, dachte ich bei mir, dass ich mir meinen Baum so sehr wünschte, und warum sollte ich ihn nicht haben? Ich wollte eine Magnolie, damit ich sie an der Stelle einpflanzen konnte, wo ich die Nachgeburt vergraben hatte, hatte mich aber mit dem bloßen Wunsch begnügt und mich nicht vor Sehnsucht danach verzehrt. Alte Gewohnheit. Aber warum sollte ich ihn nicht auch bekommen? Ich wollte diesen Baum wirklich haben. Doch ich äußerte es nicht, da wir am gleichen Tag das Problem mit dem Öl lösen mussten. Das war wichtiger als alles andere. Die Dinge spitzten sich zu, und ich musste mich der Tatsache stellen, dass sogar hier das Leben nur mit einem bestimmten Beitrag von außen funktionieren kann. Das Öl war ein Schock für mich, das gebe ich zu.

Michael war wunderbar. Er schickte Steph hoch, damit sie Miranda stillt. Dann setzte er sich in aller Ruhe zu mir, bis ich fähig war zu reden. Schließlich brachte er mich zu dem Eingeständnis, nicht wirklich die Eigentümerin des Hauses zu sein, etwas, das ich noch nie ausgesprochen hatte. Ich glaube nicht, dass er sehr überrascht war. Aber wir beide empfanden so viel Widerwillen gegenüber dieser Tatsache, dass wir, ohne es aussprechen zu müssen, beide beschlossen, die praktischen Probleme mit dem Öl und unserer finanziellen Lage unverzüglich zu regeln und uns später nur dann darauf zu beziehen, wenn es absolut unumgänglich war. Ich erzählte ihm, was in den Notizen der Besitzer stand, nämlich, dass der Tank voll sei und nicht nachgefüllt werden müsste. Aber

Michael brachte es sofort auf den Punkt, er ist gut in solchen Dingen: Es hätte gereicht, wenn ich allein hier gewesen wäre, denn dann hätte ich nicht Tag für Tag alle Zimmer des Hauses geheizt. Das war natürlich einleuchtend, und normalerweise wäre ich auch darauf gekommen.
Und natürlich wusste ich nicht, wie wir an Öl kommen sollten. Dann erkundigte er sich, ob es vielleicht irgendwo Papiere über das Haus gab, die uns Aufschluss geben konnten. Was zum Beispiel geschah mit der Post? Ich erklärte ihm, dass ich immer als Erste die Post in Empfang genommen hatte, bevor er oder Steph sie zu Gesicht bekommen hätten, und sie entsprechend den Anweisungen im Schreibtisch der Bibliothek verstaut hatte. Aber dann erinnerte ich mich an den Tag, an dem ich das Arbeitszimmer im ersten Stock entdeckt hatte, und ich erklärte Michael, dass dort jede Menge Papiere in einem Aktenschrank aufbewahrt wurden. Er nahm mir das Problem aus der Hand, beruhigte mich, ich solle mir keine Sorgen machen, er werde sich um alles kümmern. Er und Steph zusammen, fügte er hinzu, und ich spürte, dass er ihre Hilfe brauchte. Also gab ich ihm den Schlüssel zu dem Arbeitszimmer und wusste, dass ich ihm vertrauen konnte. Und natürlich hielt er sich an sein Versprechen. Auch Steph. Sie ist ein kluges Mädchen, es ist leicht, ein solches Mädchen zu unterschätzen. Sie kümmerten sich um die Geldangelegenheiten. Bis ich anfing, hierher zu kommen, um auf der Schreibmaschine all dies niederzuschreiben, hatte ich keinen Grund, das Arbeitszimmer zu betreten. Sie haben es mir erspart, mich um solche Dinge zu kümmern.
Ich glaube, ich konnte noch nie gut mit Geld umgehen, wenn ich nur an die Sache mit Vaters Standuhr denke. Ich

ertappte mich bei dem Wunsch, dass jemand wie Michael mir damals geholfen hätte, Vaters Uhr zu verkaufen. Natürlich hätte es Michael nicht gewesen sein können. Ich selbst war ja damals erst sechzehn. Ich meine jemanden, der damals älter als ich gewesen wäre, der gewusst hätte, was zu tun war. Mutter war nicht von Nutzen, was nicht heißen soll, dass ich sie je um Rat gefragt hätte. Wir hatten unsere jeweilige Position in Bezug auf mein Studium geklärt, und ich wusste, sie würde keinen Finger rühren, damit ich zur Uni gehen könnte. Von da an war sie in jeder Hinsicht nicht mehr von Nutzen. Nach Vaters Tod weigerte sich Mutter einfach, künftig von irgendwelchem Nutzen zu sein. Sie weigerte sich sogar aufzustehen. Ich glaube, anfangs hauptsächlich deshalb, um sicher zu sein, dass ich nicht aufs College ging oder irgendwo anders hin. Ich kann nicht sagen, ob sie damals wirklich krank war, aber sie verließ das Bett nicht mehr. Man bemerke: nicht *ihr* Bett. Sie konnte es nicht ertragen, in dem Bett zu liegen, das sie mit ihm geteilt hatte (ich dachte bei mir, nun, vermutlich konnte sie es auch nicht ertragen, solange er lebte), also bezog sie das Zimmer auf der Rückseite des Hauses, hinter der Küche, das die früheren Eigentümer für einen Untermieter eingerichtet hatten. Von irgendwoher war noch Geld da, das Vater ihr hinterlassen hatte, und es wurde in ein Badezimmer investiert. Aber über die Uhr durfte ich selbst bestimmen.

Ich ging zu Hapgood's in der High Street, einem Geschäft, in dem Schmuck und Uhren verkauft oder repariert wurden, also dachte ich, dass sie über meine Uhr Bescheid wüssten, auch wenn meine eine Antiquität war und hier meistens moderne verkauft wurden. Mr. Hapgood war ungefähr dreißig, schätze ich. Er hatte ein breites Gesicht, sah nicht aus wie ein Erwachsener, trotzdem hielt ich ihn für alt. Er hatte sandfarbenes Haar, spitze kleine Zähne, behutsame Hände und war freundlich. Er fragte mich, wie eine junge Dame wie ich zu einer alten Standuhr käme. Seit Vaters Beerdigung waren erst zwei Wochen vergangen, und die Frage brachte mich zum Weinen. Mr. Hapgood führte mich hinter den Ladentisch, in einen Raum im hinteren Teil des Geschäfts. Dieser war ziemlich düster, abgesehen von den Plätzen an den zwei langen Bänken, die vom milden Licht zweier Wandleuchten angestrahlt wurden. Es roch hier nach Öl. Er bat mich, auf einem abgewetzten Ledersofa Platz zu nehmen. Im Zimmer standen alle möglichen Kisten mit Metallteilen und Zahnrädern und spitzen Werkzeugen herum. Mr. Hapgood bot mir eine Tasse Tee an und versprach mir, die Uhr zu prüfen, wenn ich ihm meine Adresse gab. Ich war sehr dankbar.

Steph und Michael schlossen sich in das Arbeitszimmer ein und ließen Miranda, die soeben gestillt worden war, bei Jean in der Küche. Die beiden waren jetzt allein und übernahmen mit der Autorität der Jugend die Verantwortung für die offensichtlich überforderte alte Dame. Michael konnte kaum zugeben, dass er die kleine Krise, die Jeans Zusammenbruch heraufbeschworen hatte, genoss, aber die Vorstellung, dass man sich jetzt auf ihn und Steph verließ, hatte etwas Verbindendes. Steph spürte innerlich ein wunderbares Prickeln, denn es war neu für sie, als Teil der Lösung betrachtet zu werden und nicht als das Problem selbst. Im Aktenschrank fand Michael unter »Lieferanten« Quittungen und Einzelheiten über die vierteljährliche Abrechnung des Öllieferanten.

»Es könnte nicht einfacher sein! Rufen Sie einfach an, um bei Bedarf Öl zu bestellen. Als geschätzter Kunde mit direktem Abrechnungskonto unterliegen Sie keinen Preisschwankungen. Und einmal pro Jahr bekommen Sie von uns eine Gesamtabrechnung und können sich für eine Teil- oder Gesamtzahlung der Rechnung entscheiden.«

Es klang einfach, aber würden Sie eine telefonische Bestellung von Michael akzeptieren? Konnte einfach irgendjemand dort anrufen und Öl bestellen?

»Sag einfach, du seist hier das Mädchen für alles«, schlug Steph vor, runzelte aber dabei die Stirn. Vielleicht funktionierte es, vielleicht auch nicht. Was war, wenn der Öllieferant nur mit dem Kunden direkt verhandeln wollte? Es gab Quittungen, die fünf Jahre zurücklagen, also kannte die Firma vermutlich Mr. Standish-Cave, wenn auch vielleicht nur als Telefonstimme. »Nein, besser nicht. Nein, du wirst sagen müssen, du seist Mr. Wie-auch-immer.«

»Nun, das ist ja kein Problem, oder?«, meinte Michael. »Ich kann doch Stimmen nachahmen, erinnerst du dich?«

»Ja, ich weiß«, erwiderte Steph vernichtend, »aber dazu musst du erst wissen, was für eine Stimme er hat, oder?«

»Er wird vornehm reden, das ist alles. Nicht wahr?«

Steph blickte noch vernichtender und sagte: »Aber das ist nicht das einzige Problem. Wie sieht es mit der Unterschrift aus? Vielleicht wollen sie, wenn sie liefern, eine Unterschrift.«

Sie studierten die Unterschrift, bis sie entschlossen sagte: »Nein, es ist zu riskant. Wir müssen uns Bargeld beschaffen und damit das Öl bezahlen. Was würde es kosten? Wir könnten etwas von dem Zeug hier verkaufen, oder?«

»Jean würde das nicht gefallen. Sie möchte all ihre Sachen um sich haben. Auf jeden Fall brauchen wir das Öl jetzt, heute.«

»Okay, aber diese Bürogeräte hier braucht sie nicht. Wir könnten für den Anfang einen Teil davon verschachern. Zumindest die kleineren.« Sie deutete mit dem Kopf auf das Faxgerät und den Anrufbeantworter, beide nicht angeschlossen, und ging hinüber, um sie in Augenschein zu nehmen. Michael beobachtete sie teilnahmslos, hatte nichts Besseres vorzuschlagen.

»Michael«, sagte sie und studierte den Anrufbeantworter, »es ist ein Band eingelegt. Wetten, dass darauf die Stimme von Wie-immer-er-heißt drauf ist?«

Innerhalb einer halben Stunde hatte Michael es geschafft, Oliver Standish-Cave recht passabel nachzuahmen. Dessen Stimme auf dem Band klang, was nicht überraschend war, stark nach teurem Internat, dabei aber auch überraschend angenehm. Seine Ansage war kurz: *»Hallo, hier ist das Büro in Walden Manor, 01249 588671. Bitte hinterlassen Sie nach dem Pfeifton eine Nachricht, und wir rufen Sie so bald wie möglich zurück!«* Das war alles, was Michael zur Verfügung hatte, aber mit Stephs Hilfe fand er schnell die Vokale und die korrekte Tonlage, die der autoritär klingenden Stimme des Mannes gerecht wurden. Steph versuchte es ebenfalls, bis sie sich beide vor Lachen kugelten. Steph hatte Angst, dass sie sich vor Lachen in die Hose machen könnte. Als sie Michael dies sagte, erwiderte er: »O wie entsetzlich, um Himmels willen, Weib, beherrsche dich«, mit Oliver Standish-Caves Stimme, und erneut schütteten sie sich aus vor Lachen.

»Aber selbst wenn du wegen des Öls anrufst«, sagte Steph,

»müssen wir etwas unterschreiben, wenn es angeliefert wird, oder? Irgendwann müssen wir sowieso etwas unterschreiben.« Der Gedanke an die Unterschrift ernüchterte sie erneut. Als sie weiter im Aktenschrank herumkramten, förderten sie mehr Beispiele der riesigen, schwungvollen Unterschrift des Hausbesitzers auf Quittungen und Fotokopien von Briefen zutage.

»Gib's mir«, forderte Steph entschlossen. »Ich hab doch 'ne künstlerische Ader, erinnerst du dich?«

Und so entstand die gefälschte Unterschrift. Steph entdeckte, dass der Trick nicht nur darin bestand, die Form der Unterschrift nachzuahmen, sondern darin, schnell zu schreiben. Oliver Standish-Cave hatte vor langer Zeit darauf verzichtet, mit erkennbaren Buchstaben zu unterschreiben. Steph hatte wenig Probleme mit den doppelten Bögen seiner ersten beiden Initialen und dem riesigen protzigen C, das sie einschloss. Dann brauchte sie nur noch an der richtigen Stelle die lange Wellenlinie seines restlichen Namens zu platzieren. Es sah aus wie ein kleines wogendes Feld, und aus dem kleinen Klecks für das »i« von Standish wurde ein Vogel, der sich in den Himmel darüber schwang. Sie saß am Schreibtisch und übte, nahm ein Blatt Papier nach dem anderen, während Michael weiterhin im Aktenschrank wühlte. Von Zeit zu Zeit warfen sie sich einen Blick zu. Ihre jeweilige Beschäftigung schuf stille Hochstimmung.

»Ich glaube, ich hab's jetzt«, sagte Steph schließlich und hielt ein Blatt Papier hoch, damit Michael es begutachten konnte. Er schüttelte ungläubig den Kopf, offensichtlich beeindruckt, und sie wurde rot vor Stolz. »Los, Michael, ruf sie an. Sag ihnen, du seist nicht da, wenn sie das Öl liefern, und sie sollen die Quittung durch die Tür schieben. Dann kannst du sie mit Unterschrift zurücksenden.«

Michaels Mund war trocken, und sein Herz schlug zum Zerspringen. Einen Augenblick lang fühlte er sich entwurzelt, in sein altes Leben zurückversetzt, im Begriff, irgendein Nicht-Michael aus Crockfords Kleriker-Verzeichnis zu werden, Panik erfasste ihn. Er überlegte, ob er Steph bitten sollte, das Zimmer zu verlassen, während er sprach, für den Fall, dass er es nicht fertig brachte. Was, wenn seine Oliver-Stimme versagte oder wenn er die Nerven verlor und den Hörer auf die Gabel knallte? Was, wenn er in Tränen ausbrach oder lachte? Aber er wollte, dass sie blieb und ihn beobachtete, denn er tat es für sie. Es war für sie, für sie alle, denn jetzt waren sie zusammen, Steph, Jean, ja sogar Miranda, und er spürte es auch in seinem Inneren, merkte, wie sie alle miteinander verschmolzen. Er stellte die Ähnlichkeit fest, nicht die Unterschiede. Sie wurden sich so ähnlich, was die Wärme anbetraf, die kleinen liebevollen Aufmerksamkeiten, die sie einander zuteil werden ließen, dass sie manchmal fast nicht mehr zu unterscheiden waren, verschmolzen in einem vertrauensvollen Konglomerat der Bedürfnisse. Sogar Miranda, wie sie wach und regungslos in ihrem Moseskörbchen lag, erinnerte ihn an Jeans lächelnde Dankesworte, wenn er Holz für den Kamin ins Haus brachte oder eine Dichtung reparierte, und er spürte es in Stephs schwachen Armen um seinen Hals und auch, wenn sein Mund ihre Haut berührte. Vielleicht war eine Familie so, eine Art großer, gesunder Organismus, der aus kleineren bestand, die nicht alles selbst meistern mussten oder lediglich zu ihrem eigenen Heil. Nichts Bedeutendes, das er jetzt tat oder dachte oder fühlte, konnte in Abwesenheit dieser anderen Menschen geschehen. Steph wusste das vermutlich bereits, wie sie irgendwie auch andere Dinge wusste, die er ihr nicht sagte, und so blieb sie im Zimmer, als er den Hörer abnahm und wählte. Sie schien auch zu begreifen, dass der lustige Teil vorbei war. Sie trat ans Fenster und blickte auf den Garten hinunter, so dass er ihr Gesicht nicht sehen konnte. Sie wandte sich nur einmal nach ihm um und flüsterte: »Sag ihnen, wir haben kein Öl mehr, und es ist dringend.«

Als er da stand und darauf wartete, dass am anderen Ende der Leitung abgenommen wurde, beobachtete er den Lichtschein, der sich um ihren Kopf gebildet hatte. Heute war ihr Haar geglättet und hochgesteckt, und sie hatte den Kopf vorgebeugt und die Stirn gegen die Scheibe gelehnt. Wie war es möglich, dass so eine Kleinigkeit, Tageslicht, das durch ein Fenster auf die einfache Linie ihres Nackens fiel, ihn dazu bewegen konnte, sich zu schwören, dass er sie nie verlassen würde? Michael starrte sie an, sah die Rückseite ihres Ohrrings. Er hatte keine Ahnung, wie dieser von vorne aussah (er vermutete, er sollte es wissen), aber jetzt zwang er sich, sich das kleinste Detail auf der Rückseite des Metallclips einzuprägen, das an ihr Ohrläppchen gepresste Gold. Es war köstlich für ihn, dass er auf unbemerkte Weise, die etwas Verbotenes an sich hatte, die *Rückseite* ihres Ohrs kannte. Es war so, als ob er die Erlaubnis erhalten hätte, hinter die Bühne zu gehen, diskret und verstohlen, um zu entdecken, dass die Tücken und Tricks eines Schauspiels noch aufregender waren als das, was die Zuschauer sahen. Er nahm den Ohrring und das Ohr in sich auf, konnte ihn fast körperlich spüren, als ob es sein Ohrläppchen wäre, an dem der kleine Ohrring baumelte, oder

seine eigenen Zähne, die am Ohrläppchen knabberten. Er stellte sich die Haut unter ihrem Haar vor, aus der ihr hunderte und hunderttausende von hellen Strähnen sprossen. Wie viele? Und warum? Warum wuchsen sie so, wenn nicht, um in langen Locken herunterzuhängen, die sie hochnehmen, bürsten und lose feststecken konnte, wodurch ihr weicher Hals entblößt wurde, dessen Schönheit ihm den Atem raubte? Es war lediglich Haar und Haut und Kopfhaut, schließlich bestand sie aus den gleichen Dingen wie alle Menschen auf der Erde. Er stellte sich die zarte weiße Schale unter der Kopfhaut vor, rund und hart, und unter dem Knochenhelm das warme gewundene Hirn, das ihr ermöglichte zu denken, zu reden, sich zu bewegen und zu lachen. Sie verkörperte Normalität und war doch ein Wunder. Plötzlich hörte er eine Stimme aus dem Hörer.
»Ja, hallo?«

Steph blieb am Fenster stehen.
»Hallo. Ja. Wir brauchen Öl. Dringend. Ich fürchte, wir haben keines mehr. Ja, die Kältewelle, sie hat uns überrumpelt. Ja, hier spricht Standish-Cave, Walden Manor. Das ist richtig.«
Michael ging alles durch: Tank auffüllen, ungefähr 3 000 Liter, Quittung bitte durch die Tür schieben, und dann versicherte er eilfertig, dass sie bis sechs Uhr warten könnten. Dann dankte er seiner Gesprächspartnerin am anderen Ende der Leitung, dass sie ihnen aus der Klemme geholfen hatte.
Kurz bevor er auflegen wollte, sagte die Frau: »Und wie geht es Ihrer Frau?«
»Oh, oh. Meiner Frau? Oh, sie ist … hm …« Michael warf

Steph, die sich gerade umdrehte und ihn anlächelte und sich dabei eine Locke um den Finger wickelte, einen verzweifelten Blick zu. Michael sagte: »Oh, ihr geht es prima, danke. Sehr gut.«
»Freut mich, das zu hören. Sagen Sie ihr, dass ich nach ihr gefragt habe.«

Die Männer waren Betrüger, von jeher. Stand irgendwo bei Shakespeare, kann mich aber nicht erinnern, wo. Vater wüsste es. Und er hatte nur zur Hälfte Recht, denn die Frauen sind um keinen Deut besser. Ich habe die Erkenntnis gewonnen, dass jeder betrügt, um das zu bekommen, was er will, sofern es keine andere Möglichkeit für ihn gibt. In dieser Hinsicht besteht kein Unterschied zwischen mir, Michael und Steph oder Mr. Hapgood (aber in anderer, entscheidender Hinsicht sind die Unterschiede groß). Und die Leute, die denken, o nein, sie könnten nie und nimmer das tun, was wir getan haben, nun, vielleicht haben sie es einfach nie nötig gehabt, und es fehlt ihnen an Phantasie zu erkennen, dass sie sich eines Tages in der gleichen Lage befinden könnten und keine andere Wahl hätten. Sie würden es vermutlich auch tun. Menschen, die auf ein anderes Gleis geraten sind, die irgendwie auf einfachere Weise das bekommen haben, was sie benötigten, unterscheiden sich nicht von uns. Nein, das ist falsch, sie sind schon anders. Sie haben mehr Glück, das ist es. Sie sind nicht besser.
Mr. Hapgood hat Folgendes getan. Am Nachmittag des nächsten Tages, nachdem ich aus der Schule gekommen war, kam er vorbei, um sich die Uhr anzuschauen. Ich hielt es für höflich, ihm eine Tasse Tee anzubieten, er hatte mir ja am

Tag zuvor auch eine angeboten, und während ich den Tee zubereitete, begutachtete er die Uhr von allen Seiten. Während der Tee zog, kam er in die Küche und lehnte sich gegen die Spüle. Er müsste sich mit jemandem besprechen, einem »Kollegen«, sagte er, aber es sei zweifellos eine schöne Uhr. Ich schenkte eine dritte Tasse ein und brachte sie Mutter ans Bett, und als ich wieder bei ihm war, wollte er alles über sie wissen, und ich fing wieder an zu weinen. Er sagte, er könne alles gut verstehen, da seine Mutter in der gleichen Lage sei, genauso krank. Er sagte, wir sollten es uns im Wohnzimmer gemütlich machen, denn das Leben könne sehr schwierig sein und wir benötigten beide ein paar Streicheleinheiten. Ich glaube, er hatte tatsächlich Recht damit.

Am nächsten Tag kehrten Michael und Steph ins Arbeitszimmer zurück und brachten den Stapel ungeöffneter Post, der sich im Schreibtisch der Bibliothek aufgetürmt hatte, mit. Sie studierten die Bankauszüge, die ihnen zeigten, dass die Standish-Caves ihren Lebensunterhalt während ihrer Abwesenheit nicht über das Haushaltskonto Nr. 1 finanzierten. Pro Monat gingen zwölfhundert Pfund ein, und das Konto hatte ein Guthaben von etwas mehr als sechstausend Pfund. Die Außenstände beliefen sich auf weit weniger. Es gab Belastungen für Strom, Wasser, Telefon und Öl und eine Gemeindeabgabe. Jean Wades Monatsgehalt war die einzige regelmäßige Zahlung. Sie vermuteten, dass die Auszüge für andere Konten, die die Hausbesitzer unterhielten, durch die Bank direkt an sie gesandt wurden.

Sie glaubten, langsam durchzublicken. Steph fand spezielle Briefbögen von Walden Manor. Im Aktenschrank entdeckten sie alte Briefe von Oliver Standish-Cave an seine Bank, so dass sie den Stil genau kopieren konnten. Michael spannte einen Briefbogen in die Schreibmaschine, und gemeinsam setzten sie einen Brief an die Bank auf. Steph verlor alle Maßstäbe und wollte die Konten abräumen.

»Aber sechstausend Pfund sind ein *Vermögen*. Wenn wir sie auf Jeans Konto überweisen, haben wir Grund zum Lachen, oder?«

»Und was dann? Angenommen, die Bank findet das etwas seltsam und stellt Nachforschungen an? Wir müssen etwas Unauffälliges tun, etwas, das ihnen entgeht, worauf sie nicht aufmerksam werden. Nur eine kleine Summe, die niemandem auffällt, und dann immer so weiter, verstehst du? Schau, Jean bekommt vierhundert pro Monat. Wir machen sechs daraus, das macht einen großen Unterschied.«

Das Klappern der Tasten klang keck und ungesetzlich, und sie konnten sich nur mühsam das Lachen verkneifen. Der Extrabetrag würde durchaus einen Unterschied ausmachen, aber keinen zu großen. Und Jeans nächste Zahlung war auf jeden Fall nicht vor drei Wochen fällig, überlegte Michael, als er zusah, wie Steph den Brief unterschrieb. Ihr Lachen klang etwas zu triumphierend, sie hatte nicht wirklich begriffen, dass das Problem zwar leichter geworden, aber noch nicht gelöst war. Sie würden sich noch etwas anderes einfallen lassen müssen.

Michael sah erneut die Post durch. Unter den übrigen ungeöffneten Briefen befanden sich Kreditkartenbelege, die bewiesen, dass es eine Kreditkarte gab, die zuletzt kurz vor Weihnachten benutzt worden war. Aber die Belege enthielten keine Angaben über die Kartennummer oder das

Auslaufdatum, und diese waren unabdingbar, erklärte Steph, damit sie telefonische Bestellungen aufgeben konnten. Sie hatte aufgehört zu lachen.

»Wenn wir nur die Karte hätten«, sagte Michael.

»Oder ein Scheckheft«, erklärte Steph und sah sich um, als ob irgendwo eines herumliegen könnte. Dann hörten sie Jeans leise Schritte auf der Treppe, Jean steuerte auf die Küche zu. Sie würde den Kessel aufsetzen und bald wieder hochkommen, um die schlafende Miranda zu holen. Dann würde sie sie beide rufen, damit sie zum Tee kämen, vielleicht hatte sie Scones oder sogar einen Kuchen gebacken, obwohl das in letzter Zeit seltener vorkam. Vielleicht gab es auch nur Toast. Nachdem sie gestern explodiert war, schien sie sich wieder auf ihre eigene gemächliche Art zu bewegen, vielleicht sogar noch etwas langsamer, hatte Steph gestern Abend bemerkt. Sie und Michael hatten einander versprochen weiterzumachen.

Er würde Jean wegen des Geldes nicht enttäuschen, könnte es nicht. Denn Michael dachte, dass ihr langsamerer Schritt nicht unbedingt etwas mit dem Älterwerden zu tun hatte; ihr Gang schien etwas mit der fehlenden Anspannung zu tun zu haben. Vielleicht hatte Jean aufgehört zu kämpfen. Und es war seltsam, dachte er, während er sich an seine Verzweiflung erinnerte, als er nicht gewusst hatte, wie er seine Geldstrafen bezahlen sollte, dass jetzt alles mehr Sinn machte und das Leben für sie drei weniger anstrengend geworden war. Nicht dass der Kampf, genug zum Leben zu haben, nachgelassen hatte, aber es bestand keine Notwendigkeit mehr, dem schleichenden Gefühl der Nutzlosigkeit des Ganzen zu entkommen. Die Frage »Lohnt es sich?« stellte sich nicht mehr. Jeans

Schritte drückten Frieden mit sich aus, genauso wie die Arbeit ihrer Hände, ihr konzentrierter Blick, wenn sie Kochbücher studierte. Sie war gelassen, aber immer noch die meiste Zeit geschäftig, und ihre selbst zugewiesenen Pflichten im Haus zehrten zweifellos an ihrer Energie. Gegen sieben Uhr abends sank sie in den großen Küchenstuhl, erschöpft, und Michael reichte ihr ein Glas Sherry, und sie sagte immer, das sei gerade das, was sie benötige. Aber Michael hatte den Eindruck, dass sie ihre Energie frei und willig aufwendete. Sie hatte kein Bedürfnis, Energie zu speichern, ein wenig davon in Reserve zu halten, um für den Tag des Kampfs gerüstet zu sein. Er erkannte sich in ihr wieder, wie er in seiner eiskalten Wohnung gesessen hatte, und erinnerte sich an die harten Kämpfe zwischen ihm und dem quälenden Gefühl in seinem Kopf, das ihm gesagt hatte, dass sich nichts bessern würde. Es war jetzt ein Bild aus der Vergangenheit, das unbeachtet in der alten Dachstube seines Lebens lag, der Zeit vor Stephs Auftauchen angehörte. Aber wenn er jetzt Steph anblickte und darüber nachdachte, wusste er, dass die gleichen Stimmen auch sie gequält hatten. Keiner von ihnen durfte je wieder Energie daran verschwenden, den Gedanken fern zu halten, dass nichts, was sie taten, je etwas verbesserte.
Steph und Michael durchstöberten weiter die Schreibtischschubladen und den Aktenschrank. Jeans Schritte schlurften wieder durch die Diele und verharrten dann. Sie lauschten der Stille. Jean musste in der Diele stehen geblieben sein, vielleicht, um die hohe Vase mit Narzissen auf der geschnitzten Truhe gegenüber den Stühlen zu betrachten. Vielleicht sortierte sie gelblich gewordene Stängel und welke Blüten aus, die es nicht mehr verdienten, in der Vase zu stehen, und

arrangierte die frischeren, damit keine Lücken entstanden. Sie würde dabei vor sich hin summen. Nun hörten sie das leichte Knarren der Treppe, als sie hochging. Das Geräusch verstummte, als sie oben erneut kurz stehen blieb. Sie würde jetzt wohl nach links gehen, zu ihrem Zimmer, um die Schuhe zu wechseln (manchmal schlüpfte sie vor dem Tee in ihre Pantoffeln), oder sie wandte sich nach rechts, wie sie es heute tatsächlich tat, und ging an dem breiten Treppenabsatz entlang. Sie kam nicht, was sie auch nicht erwarteten, ins Arbeitszimmer, sondern ging an der geschlossenen Tür vorbei, direkt zum Kinderzimmer. Michael und Steph lächelten sich an. Gleich würden sie hören, wie sie leise auf Miranda einredete und ihre Windeln wechselte, und auf dem Rückweg würde sie sie auffordern, zum Tee runterzukommen. Und sie würden alle gemeinsam hinuntergehen. Aber als Nächstes hörten sie einen ungläubigen Schrei, der sie beide erstarren ließ.

Vielleicht wäre es leichter gewesen, betrunken zu sein. In gewisser Weise fühlte ich mich so, in dem Sinne, dass ich nicht mehr weiß, was in den Tagen geschehen ist, nachdem ich Miranda tot aufgefunden hatte. Ich erinnere mich nur an Bruchstücke, und obwohl ich nicht weiß, wie lange es brauchte, weiß ich, dass Steph Miranda viel zu lange bei sich behielt und dass sich ab dem Zeitpunkt, da Michael sie überreden konnte, sie loszulassen, damit wir sie begraben konnten, schreckliche Dinge ereigneten.

Ich möchte, dass Sie wissen, dass das Kind nicht vernachlässigt wurde, woran auch immer es gestorben sein mag. Ich hoffe, das ist klar. Glauben Sie ja nicht, es hätte mich nicht

aufgewühlt, keinen Arzt zu bekommen. Irgendetwas musste ja wohl mit ihr nicht gestimmt haben, vielleicht das Herz. Ich denke gerade daran, wie sie manchmal die Stirn runzelte, wenn sie ruhig dalag; sie war so ruhig, dass es mir jetzt so vorkommt, als habe sie auf den Schlag ihres kleinen Herzens gelauscht. Ich denke, es war ihr Herz. Es ist schwierig, dies zu akzeptieren, aber wenn das der Fall war, dann war es wohl besser, sie sanft einschlafen zu lassen, unbehelligt von fremden Händen. Schließlich, was wissen die Ärzte schon?
Ich bereitete sie eigenhändig vor. Es gibt keinen Schmerz, der dem vergleichbar wäre, einen Toten zu waschen und anzukleiden, denn es ist unerträglich, dass man so etwas mit einem Körper anstellen muss, der einem so viel bedeutet und der jetzt so verändert ist, und genauso unerträglich ist es, solche notwendigen Verrichtungen nicht auszuführen oder sie anderen zu überlassen. Ich benutzte eine stark duftende Seife, die meiner Meinung nach wenigstens eine Weile den Geruch erträglich machte, aber ihre Haut begann bereits faltig zu werden und sich abzulösen, auch wenn ich noch so behutsam war, und ich hatte Angst, sie zu verletzen. Ich flüsterte, dass es mir Leid tue, ist das nicht irre? Manchmal heißt es, Tote würden gar nicht tot aussehen, sähen aus, als schliefen sie. Miranda sah nicht aus, als ob sie schliefe. Miranda lag tot in meinen Armen, war gestorben. Wie sonst hätte ich erwägen können, sie draußen zu begraben? Ich bestäubte sie mit Talkumpuder, bis ich bemerkte, dass es mich an ungelöschten Kalk erinnerte. Ich wickelte sie in zwei große, weiße Seidentücher. Sie bedeckten sie ganz, winzig wie sie war. Sie war kaum gewachsen. Ich überlegte, dass sie sogar noch kleiner aussah als an dem Tag ihrer Geburt, obwohl das manchmal

passiert, wenn die Menschen sterben, sie sehen aus, als ob sie von etwas entleert worden seien. Ich erinnere mich, dass ich dachte, die Seide würde weich auf ihrer Haut sein, ein weiterer dummer Gedanke, aber diese Dinge fallen einem unter solchen Umständen ein.

Als Nächstes wickelte ich ihren weißen Schal fest um sie, damit ihre Mutter nicht ihre leblosen Glieder fühlen würde. Ich wollte sie zuerst richtig anziehen, mit Mütze und Strickschuhen und allem, aber ich konnte es nicht, beim besten Willen nicht. Ihre Hände und Füße waren zu steif. Dann legte ich sie in einen Kopfkissenbezug. Da hatte ich plötzlich einen guten Einfall; in den Schlafzimmern gab es viele Lavendelduftsäckchen. Ich sammelte sie alle ein, riss sie auf und stopfte den getrockneten Lavendel in den Kissenbezug, so dass sie inmitten von Blüten begraben würde. So würden wir durch den Lavendelduft etwas abgelenkt werden und könnten kurzfristig vergessen, in welchem Zustand sie sich befand. Dann umwand ich sie mit weißen Bändern, bis sie vollständig eingewickelt war.

Inzwischen war es Michael gelungen, zu Steph vorzudringen und sie aus einer Art Betäubung und Dumpfheit zu ziehen, in die der Tod ihres Babys sie geworfen hatte, und ich wollte nicht, dass sie sah, welche Farbe das Gesicht Mirandas angenommen hatte (ich glaube nicht, dass sie es wirklich schon gesehen hatte).

Die leere Stelle im Garten wurde also nicht mit einem Baum bepflanzt. Wir betteten Miranda hier zu Grabe, an der gleichen Stelle, an der wir Stephs Nachgeburt vergraben hatten. Ich erinnere mich kaum, was gesagt wurde. Michael hatte in der Bibliothek Gedichtbände gefunden, und er schien zu wissen, was zu sagen war. Ich bin sicher, es war alles schön, ich erinnere mich an Bruchstücke, aber natürlich war es nicht genug. Eine Beerdigung soll doch alles erklären, nicht wahr? Um das Ganze zum Abschluss zu bringen? Aber nicht einmal mein reizender Michael konnte die richtigen Worte finden, um auszudrücken, dass das kleine Ding tot war und in kalter Erde begraben wurde, während wir ohne sie ins warme Haus zurückkehrten. Steph konnte nicht überredet werden, mit uns zu kommen. Also knöpfte Michael ihren Mantel zu und ließ sie gewähren. Sie blieb bis lange nach Einbruch der Dunkelheit draußen.

Es folgten mehrere Tage, an denen wir weder zusammen sein konnten, noch es ertragen konnten, nicht zu wissen, wo genau sich die anderen aufhielten. Wir konnten nicht an einem Ort bleiben und fanden keine Zufluchtstätten. Ich versuchte, die Dinge zu erledigen, die getan werden mussten, genau wie Michael und sogar Steph. Aber wir waren immer schnell erschöpft und wollten uns hinlegen, fanden dann aber keine Ruhe und stießen wieder aufeinander, wenn wir durchs Haus gingen oder im Garten spazierten. Wir konnten nicht über Miranda reden, noch ihre Schreie in unseren Köpfen zum Schweigen bringen. Natürlich spreche ich für mich, und es gab Zeiten, da ich kaum wahrnahm, was die beiden anderen taten. Aber soweit ich es beurteilen kann, ging es uns allen gleich.

Wenn es überhaupt einen Trost gab, dann bestand er in der Gewissheit, dass uns unser Kind zumindest nicht weggenommen worden war. Sie war tot, aber niemand hatte eingreifen können. So waren wir alle noch zusammen, wir alle, einschließlich Mirandas. Obwohl sie natürlich tot und begraben und gestorben war, lag sie doch zumindest nicht weit von uns, war zu Hause.

Stephs Tage verschmolzen ineinander, ein grausamer Spiegel der Zeit nach Mirandas Geburt. Irgendwo sickerte Tageslicht neben den Dingen durch, die sie bemerkte, während Michael sie durch den Alltag zerrte und schubste, durch banale Alltagsverrichtungen wie Anziehen, Essen und Baden. Dazwischen war ihr Kopf leer, ihre leeren Arme waren steif und schmerzten, ihre Beine waren schwer und zu schwach, um sie weit zu tragen. Sie konnte nicht sagen, ob ihr Körper oder ihr Geist mehr schmerzte. Es war, als ob der Verlust ihres Kindes sie hätte erstarren lassen. Sie fühlte sich, als sei sie knochenlos, eine fließende Materie, die nur dafür existierte, Schmerz aufzusaugen. Als ihre Brüste mit Mirandas Milch wehtaten, wusste sie, dass sie sich in eine Art effizient funktionierendes Leidenssystem verwandelt hatte. Tag und Nacht produzierte sie Rohmaterial in Form von Wellen vollkommenen Kummers, die in ihrem Körper vor- und zurückfluteten, sich brachen, sie durchlöcherten und pfählten. Ihre Brüste hoben sich, verhärteten sich und füllten sich, leerten sich wieder und hingen schlaff herunter, durchliefen endlose, zahllose Milchgezeiten.

Tagsüber ging sie im Haus herum, ignorierte das Gewicht ihrer Beine, bis sie ihre Schwere nicht mehr wahrnahm. Michael wies ihr kleine Aufgaben zu, einen Gartenrechen wegräumen oder Kleider vom Schlafzimmer in die Waschküche tragen; manchmal konnte sie solche Aufgaben erfüllen, und manchmal vergaß sie sie mittendrin. Eines Tages entdeckte sie auf dem Fensterbrett auf halber Treppe zwei Hemden,

Socken und einen leeren Becher, den sie, als sie vorher die Treppe hinuntergegangen war, hatte liegen lassen. Sie verbrachte viel Zeit draußen, nicht weit entfernt von Michael, aber auch nicht mit ihm, während er sein Möglichstes tat, den Gemüsegarten in Schuss zu halten. Sie war unempfänglich für den Sonnenschein, der sich von Zeit zu Zeit durch die Wolken stahl und die Luft mit dem Geruch der warmen, umgegrabenen Erde erfüllte. Sie ging die Wege entlang, am Poolpavillon und an den Nebengebäuden vorbei. Plötzlich blieb sie dann stehen und betrachtete irgendetwas, aber es war schwer zu beurteilen, ob sie überhaupt etwas wahrnahm.

Eines Tages, als sie neben dem abgedeckten Pool stand, blieb Jean, die mit ein paar Stangen Rhabarber vom ummauerten Garten zurückschlurfte, stehen und bemerkte, wie Steph das türkisblaue Rechteck betrachtete. Wäre der Pool aufgedeckt und gefüllt gewesen, würde sie sich wohl darin ertränken, oder stellte sie sich gerade vor, wie Miranda an einem strahlenden Sommertag fröhlich im Wasser herumplantschen würde? Steph straffte sich, steuerte auf das Tor im Zaun am Rand des Rasens zu und ging hinaus auf die Koppel. Jean lenkte ihre Schritte auf das Haus zu und betrachtete stirnrunzelnd das Bündel in ihrer Hand. Zum Abendessen würde es die restlichen Kartoffeln und eine Zwiebel geben. Danach Rhabarber. Es schien kaum eine Rolle zu spielen; der Gang zum Garten und zurück hatte sie so sehr erschöpft, dass sie mit dem Gedanken spielte, sich ins Bett zu legen. Da Jean sich diesen Gedanken widmete, bemerkte sie nicht, dass Steph bereits die Koppel überquert hatte und jetzt schnellen Schrittes den Fahrweg hinunter zur Straße ging.

Während Steph sich immer weiter vom Haus entfernte,

wünschte sie sich, sie könnte aufhören zu denken. Es wäre eine Erleichterung, nicht mehr denken zu müssen, frei zu sein von den tausenden von quälenden und widersprüchlichen Erinnerungen der letzten Monate: Jeans Haus und wie sie in jener Nacht hier eingetroffen war, die Geburt von Miranda und davor Michael und die Wohnung, dann Miranda, die grauenhaften ersten Wochen. Das Wunder, langsam wieder ins Leben zurückzukehren, das sich über mehrere Tage vollzogen hatte, die Erkenntnis, dass ihre Tochter ihr nicht weggenommen würde, dass sie jetzt an diesem wunderbaren Ort mit ihr lebte, mit Michael und Michaels Mutter. Und obwohl sie ihre neuen, angenehmen Lebensumstände behaglich eingelullt hatten, hatte sie immer noch an Jace gedacht, und irgendwo in der Ferne war in ihren Gedanken sogar Stacey aufgetaucht, das College, ihre Bilder und ihre Großmutter. Aber als ihr all dies jetzt in den Sinn kam, überlegte sie, ob sie sich nicht, auch wenn sie gelernt hatte, ihr altes Leben nicht mehr zu fürchten, doch eines Hauchs von Ungläubigkeit bewusst gewesen war. Denn wie konnte sie zuerst das eine Leben führen und es dann für ein anderes aufgeben, wie die gleiche kleine Einzelheit auf zwei verschiedenen Bildern, ein Krug, ein Stück Spitze, eine Tulpe, die ein Künstler zweimal auf verschiedene Leinwände arrangiert und gemalt hatte, aus irgendeinem sentimentalen Grund oder nur aus Zufall oder Faulheit? In diesem Sinne war sie gewissermaßen lediglich der Krug oder die Blume oder der Becher, die jemandem in die Hand gefallen waren. Vielleicht war es ihre Schuld. Vielleicht widerfuhr ihr das, weil sie kontinuierlich damit einverstanden gewesen war, aufgelesen und in eine Umgebung gebracht zu werden, die ihr vielleicht gefiel oder missfiel, aber über die sie weder im einen noch im anderen Fall Macht hatte. Sie konnte sogar, wie es dieses Mal der Fall war, von ihrem Glück überzeugt sein, aber ihre Unfähigkeit, etwas zu ändern, blieb bestehen. Sie war entschlossen gewesen, sich Miranda nicht wegnehmen zu lassen, und hatte ihre Machtlosigkeit in dieser Hinsicht erleben müssen.

Als sie ihres Weges ging, streifte sie auch diesen Gedanken ab, zusammen mit allen anderen Gedanken der Vergangenheit. Sie verabschiedeten sich mit Leichtigkeit, wie Besucher, die vorbeigekommen waren, um sie daran zu erinnern, dass sie vielleicht einst von Wichtigkeit waren, aber jetzt nicht bleiben würden. Sie ging weiter und erwartete irgendwie, dass etwas anderes mit ihr geschehen würde. Neues müsste auf sie zukommen, irgendwelche Dinge, die als Nächstes wichtig sein würden, Dinge, zwischen die sie gestellt würde, auf deren Leinwand sie einen Raum einnähme. Sie öffnete ihren Geist und forderte neue Gedanken auf, hereinzuströmen und ihn auszufüllen. Sie ging weiter, aber kein neuer Gedanke stellte sich ein.

Sie trug eine Hose und Stiefel und stellte fest, dass beide zu groß waren, während das Hemd (wessen, um Himmels willen?) etwas über der Brust spannte. Ihre Kleider hatten den Geruch nach Haus und Brot, oder war das der Geruch ihrer Milch? Und die Kleider vermittelten auch nicht mehr den Eindruck, ihre zu sein, als die Gefühle, die sie erzeugten, die Naht der Hose scheuerte etwas über ihren Hüftknochen, das Hemd spannte über der Brust, aber plötzlich schienen weder ihre Kleider noch sie selbst zu irgendwelchen Erinnerungen der letzten drei Monate zu gehören. Sie mochte das Gefühl der Neutralität und ging immer weiter.

Vielleicht war es das Geräusch des vorbeiströmenden Verkehrs, das sie hörte, als sie näher kam, aber irgendwann hatte Steph den Eindruck, dass der lange Fahrweg fast unmerklich begonnen hatte, mehr zu der Straße zu gehören als zu Walden Manor, das seine Steinarme mehr als eine halbe Meile hinter ihr ausgestreckt hatte. Es war nicht einfach Neugier, was sie ihre Schritte in Richtung Dorf lenken ließ, aber als sie um die Kurve gebogen war, merkte sie nach weiteren zwanzig Minuten Fußmarsch entlang der geräuschvollen Straße, dass sie unwillkürlich ihre Schritte verlangsamte, um sich genau umzusehen. Die meisten Häuser waren alt, und die Steinhäuser entlang der kurvenreichen Hauptstraße waren dicht zusammengedrängt. Viele davon hatten eine doppelte Fassade und Treppen, die zu den Türen hinaufführten. Einige besaßen Fensterkästen, andere ein Bed-&-Breakfast-Schild im Fenster. Entlang des Trottoirs waren Bäume gepflanzt. Der Hauptverkehr spielte sich auf der oberen Straße ab, von der Steph gekommen war, so dass das Dorf von Verkehrslärm verschont blieb. In der Mitte öffnete sich die Straße und verlief um ein kleines Dreieck aus Gras, das von Geländern und blühenden Blumenbeeten umgeben war. Dort stand ein Steindenkmal, dessen steinerne Stufen und dessen Inschrift so abgenutzt waren, dass auch der ganze Pomp verblasst war. Auf der einen Seite des Dreiecks befand sich eine Bushaltestelle, auf der anderen Seite der Straße stand ein Doppelhaus, von dem der Putz abblätterte, mit einem Schild, auf dem »Pfarrhaus« stand. Die Kirche lag dahinter, an einer Straße, die seitlich neben dem Haus begann. Neben dem Pfarrhaus, stark zurückgesetzt, befand sich ein größeres, älteres Haus, das einzige mit einem Fahrweg und einem Vorgarten voller

Bäume. Auf einer Schiefertafel an der Mauer stand »Das alte Pfarrhaus«. Daneben befanden sich zwei leere Cottages, eine verschlossene Werkstatt, ein moderner, hellgrün gestrichener Laden mit orangefarbenen, sternförmigen Angebotsplakaten an den breiten, flachen Fenstern, einem Mülleimer und einem Schild, das verkündete, dass hier Lotterielose verkauft wurden. Natürlich war alles sehr hübsch, das konnte Steph sehen, aber leer und sinnlos, wenn man nicht hier lebte. Vielleicht sogar selbst wenn man hier lebte, überlegte sie, als sie plötzlich ein vertrautes Gefühl quälte. Sie hatte großes Verlangen nach Schokolade, oder Crisps. Nach irgendetwas, aber sie hatte kein Geld.

Während die Glocke anschlug, trat Steph ein und wurde umfangen von den Gerüchen von Käse, Kuchen, Zeitungen und nicht mehr ganz frischem Gemüse. Außer dem schrecklichen Summen des Neonlichts und der Kühlschränke und der fast hörbaren Erwartung, dass sie etwas kaufen sollte. Hinter einem Tresen drückte ein Mann mit großen gelben Händen auf die Knöpfe einer Rechenmaschine, die auf einem offenen Hauptbuch lag. Er nickte ihr über seine Brille zu, ohne zu lächeln. Steph verzog einen Mundwinkel, wandte ihm den Rücken zu und ließ den Blick über ein Regal mit Keksen, Fliegensprays und Geburtstagskarten wandern. Der Mann konzentrierte sich wieder auf seine Rechenmaschine, und Steph ging an Regalen mit Shampoos und Dosensuppen entlang. Wenn sie nach den Crisps griff, ginge das nicht ohne Geräusch, die Kekspackungen waren zu groß, und die Süßigkeiten befanden sich direkt unter seiner Nase. Es gab eine hohe, frei stehende Reihe von Regalen, die den Laden teilte, aber an einer Wand oben war ein runder Spiegel angebracht, der dem

Besitzer einen Überblick bot. Und auf den Regalen dieser Abteilung befanden sich ohnehin nur Glühbirnen, Seifenpulver und Alufolie. Wenn nicht jemand auftauchte und ihn ablenkte, hatte sie keine Chance. Sie wandte sich um, blickte durch die Tür auf das Dreieck aus grünem Gras und wünschte sich sehnlichst, jemand käme mit einer langen Einkaufsliste herein.

»Wenn Sie ein Zelt oder einen Rasenmäher brauchen, haben Sie Glück«, sagte der Mann aus der Ferne. »Gestern sind vier hereingekommen.« Steph wandte sich um und lächelte zaghaft, überlegte krampfhaft, was er damit meinte.

»Kleine Geräte, vier neue. Der Preis für das Zelt ist sehr günstig. Der Kerl sagte, er habe es nur einmal benutzt, wollte es verkaufen, weil die Frau anscheinend keinen Spaß am Camping hatte. Er gibt es zu diesem günstigen Preis her, weil er es einfach los sein will.« Der Mann deutete jetzt auf die Tür, und Steph stellte fest, dass er auf handgeschriebene Postkarten deutete, die auf die obere Hälfte geklebt waren. Sie wandte sich um und betrachtete sie, tat so, als sei sie daran interessiert. Ein Zelt oder ein Rasenmäher interessierten sie den Teufel, aber wenn sie sich ein paar Minuten damit aufhielt, die Anzeigen zu studieren, würde vielleicht etwas passieren. Vielleicht läutete das Telefon, oder er ging in den hinteren Teil des Ladens oder sonst etwas.

»Der Preis für das Zelt ist unglaublich. Er wollte die Karte vierzehn Tage lang hängen lassen, ich sagte jedoch, das brauche er nicht. Zu diesem Preis ist es in einer Woche weg, sagte ich, nehmen Sie erst einmal nur eine Anzeige für eine Woche. Zu diesem Preis genügt eine. Am liebsten hätte ich es selbst genommen.«

Steph lächelte wieder und drehte sich um. An der Postkarte hing ein Foto des Zelts, das wirklich nicht umwerfend war. Darunter las Steph auf einer anderen Karte:

> GESUCHT wird ein Babysitter, kein Tbc, für Charlie, vier Monate. Lebhaftes Baby. Nichtraucherin bevorzugt. Sollte freundlich sein. Beginn: SOFORT. Kontakt unter Bell Cottage, Green Lane (telefonisch nach 18 Uhr erreichbar unter der Nummer 583622).

Der Mann blickte erneut hoch, als die Glocke anschlug, und stellte fest, dass die blasse junge Frau gegangen war, ohne etwas zu kaufen. Er seufzte und wandte sich wieder seinem Hauptbuch zu. Sie hatte nicht gerade so ausgesehen, als wolle sie das Zelt kaufen, aber er verlor allmählich die Hoffnung, dass er es je loskriegen würde.

Bell Cottage war ein kleines Haus mit doppelter Fassade, das sich in einer engeren Straße befand, die parallel zur Hauptstraße verlief, an der der Laden lag. Steph fand es durch Herumsuchen. Die Schilder der meisten Straßen, die von der Hauptstraße abgingen, waren gleichzeitig die Namen der Straßen, zu denen sie führten, und es schien im alten Ortsteil nicht mehr als ein Dutzend davon zu geben. Die Tür wurde von einer schwarzhaarigen, barfüßigen Frau geöffnet, die sie wortlos anstarrte. Steph fand, dass sie zu alt aussah, um Mutter eines Babys zu sein.

»Hallo … ich habe gerade überlegt, ob …«

»Ich wollte gerade weggehen.«

»Oh. Oh, ich habe gerade überlegt«, sagte Steph, davon überzeugt, dass sie sich im Haus geirrt hatte, »ob dies das Haus ist, in dem der Job ausgeschrieben wurde. Ich meine, als Babysitter.«

Die Frau zögerte einen Augenblick, ohne zu lächeln. »Oh, nun, ich muss weg, sobald er aufwacht. Aber Sie können genauso gut reinkommen«, sagte sie, drehte sich um, stapfte ins Haus und schien offensichtlich zu erwarten, dass Steph ihr folgte.

Die schmale Diele war in einer stumpfen, blassen Farbe gestrichen und auf beiden Seiten schwarz gespritzt worden. Der Geruch erinnerte Steph an etwas Erdiges, Kaltes, nicht allzu Sauberes, wie Schlamm oder bestimmte Käsesorten. An einer Wand war eine Garderobe angebracht, an der Mäntel und Jacken hingen. Darunter waren Stiefel und Schuhe, Regenschirme, ein Sturzhelm, Spazierstöcke, eine Reitgerte und ein Schlittschuh bunt durcheinander gewürfelt. Auf dem Boden neben einem niedrigen Hocker, auf dem sich Zeitungen stapelten, lag ein Telefonbuch, auf das mehrere Milchflaschen und ein Fotoapparat platziert worden waren. Daneben stand ein Kinderwagen, dessen Plastikregendach abgenommen und an die Wand gelehnt worden war. Auch das Telefon stand auf der Erde, ebenso eine Schale mit Löffel, die noch Spuren der bräunlichen Frühstücksflocken aufwies, zwei oder drei Tüten und eine offene Aktentasche, aus der Papiere quollen.

Steph folgte der Frau, vorbei an der Treppe, in die Küche. Sie sagte, ohne zu fragen: »Kaffee«, und zauberte irgendwo einen Kessel hervor, füllte ihn und machte den Herd an. Steph überlegte, wohin sie sich setzen sollte, und beschloss, stehen zu bleiben. Es gab keinen Platz, der nicht mit irgendwelchen Dingen belegt war. Die Arbeitsplatten und der Tisch waren überladen mit Krügen, Töpfen, Utensilien, kleinen Flaschen,

Windeln und einem Schnuller, zwei Radios, einem Toaster, dem Kessel, einem Sterilisator für Babyfläschchen sowie verschiedenen Schalen, die etwas enthielten oder nicht: Steph registrierte darin wie Papier aussehenden Knoblauch, Federn, Bananen, Kassetten, ein paar Zitronen im Netz, Gummibänder, ein Sortiment von Haarklemmen, Schlüssel, Münzen, Papierfetzen, ausgeschnittene Coupons, getrocknete Gartenknollen. Nur ein winziger Raum war freigehalten für etwas, das sich gewöhnlich in einer Küche abspielte, wie Kochen oder Essen. Auf einer Pinnwand steckten Fragmente von Karten, Listen, Homeservice-Speisekarten, Umschlägen und Postkarten von Stränden. Auf einer schwarzen Tafel standen mit Kreide die Worte: Tüten Kaffee Tischtuch Milchtabs O. Bleichmittel. Die Herdplatte wies dunkelorange Spritzer auf, der Grill darüber war bedeckt mit einem Stück Alufolie, das nach saurem, käsigem Gummi roch. Zwei der Wandschränke hatten keine Türen. Die Fußbodenfliesen, auf denen weder das Katzenklo noch Fressnäpfe, ausgebreitete Zeitungen oder Brotkrumen verteilt waren, waren einheitlich schmutzig. Auf dem Fenstersims hinter der Spüle standen ein paar Krüge mit braunem Wasser und vergessenen Kräutern, noch mehr Milchflaschen und ein Berg Schnuller auf einer Untertasse.

»Ich bin Sally«, sagte die Frau. »Charlie schläft nebenan, ich zeige ihn Ihnen in einer Minute, aber ich werde wahnsinnig, wenn er wieder aufwacht. Er ist schwer zu bändigen.« Sie seufzte. »Ich glaube, das sollte ich nicht sagen, denn ich könnte Sie damit abschrecken. Ich will damit ausdrücken, er macht Fortschritte. Aber er ist leider kein guter Esser. Ich arbeite jetzt wieder, und er trinkt immer noch aus der Flasche.«

»Oh«, bemerkte Steph.

Sally wandte sich um, und als sie das Wasser, das noch nicht gekocht hatte, in die Becher goss, sagte sie schnell: »Nun, immerhin habe ich jetzt meine Titten wieder. Nicht dass sie mir groß was nützen würden.«

Steph gab ein kleines Geräusch von sich, das als Lachen oder Überraschung gedeutet werden konnte. Das war das Problem bei gebildeten Leuten. An einem bestimmten Punkt ihres Lebens gelang es ihnen einfach irgendwie, jegliches Schamgefühl abzustreifen. Oder vielleicht waren sie auch schon ohne es geboren worden. Wie immer es auch sein mochte, sie belasteten einen doppelt damit, da man gegen sein eigenes zu kämpfen hatte und ihres noch obendrein bekam. Sie erzählten einem Dinge, auf die man nichts erwidern konnte. Was sollte sie sagen? *Oh, das hör ich gern*?

»So.« Sally goss Milch in zwei Becher mit Instantkaffee. Noch etwas, wonach sie Steph nicht gefragt hatte. Dann fegte sie ein Babyjäckchen, einen Geldbeutel, ein paar Schlüssel und ein halbes Croissant von einem Stuhl, damit Steph darauf Platz nehmen konnte. Sie bot ihr auch keinen Zucker an. »Vor Wochen schon hatte ich jemanden engagiert, aber sie rief knapp eine Woche, bevor sie anfangen sollte, an, um mir mitzuteilen, dass sie nicht kommen würde. Hat vermutlich ein besseres Angebot erhalten. Also sitze ich in der Klemme, denn ich muss nächste Woche wieder ganztags arbeiten.« Sie lehnte sich gegen die Arbeitsplatte und schlürfte ihren Kaffee. »Wenn ich niemanden von hier bekomme, muss ich das Mädchen nehmen, das mir eine Agentur anbietet, und die verlangt ein Vermögen. Wie heißen Sie übrigens? Sie sind doch von hier, oder?« Sie lächelte auf eine Weise, die Steph

verriet, dass sie sich daran gemahnen musste zu lächeln, weil das von ihr erwartet wurde.
»Ja, ich lebe jetzt hier. Ich heiße Stephanie, bin dreiundzwanzig Jahre alt, und ich habe … eine Menge Erfahrung mit Kindern.«
»Ja, aber wie sieht's mit Babys aus? Er ist erst vier Monate alt. Haben Sie Erfahrung mit Babys?«
»O ja«, erwiderte Steph. Sie nahm einen Schluck Kaffee und versuchte, die Worte für die Geschichte, die sie sich ausgedacht hatte, zu finden. »Ich habe das Baby meiner Schwester betreut, da sie es selber nicht konnte. Sie hatte nach der Geburt eine Depression. Sie wissen ja, postnatales Syndrom. Also kümmerte ich mich um alles, mehr oder weniger, alles, was erledigt werden musste. Sie war kaum mehr zu etwas fähig.« Dann fuhr sie fort, damit die Frau nicht annehmen sollte, dass sie sich beklagte: »Es hat mir wirklich Spaß gemacht, ich hatte ein geschicktes Händchen, wie mir alle versicherten. Ihr Mann arbeitete zu der Zeit auswärts, so war ich allein verantwortlich, hielt die Stellung. Dann sind sie weggezogen.« Sie hielt inne. »Nach Amerika, denn ihr Mann war Amerikaner.«
Das sollte die Frage nach Referenzen eine Zeit lang auf Eis legen. Sie fühlte sich leicht inspiriert.
»Und so lebe ich jetzt hier mit … mit meiner Tante, ich lebe bei meiner Tante.« Sie hatte den Satz »mein Freund und die Mutter meines Freundes« auf dem Weg zu Sallys Haus geprobt und fand, dass es zu flapsig und unzuverlässig klang und sie als eine Schmarotzerin erscheinen lassen mochte. Und zudem trug sie keinen Ring; angenommen, diese Frau, die einen Babysitter suchte, war eine religiöse Fanatikerin

oder dergleichen, die etwas gegen Paare hatte, die unverheiratet zusammenlebten? Eine Nichte, die ihrer Tante half, klang seriös. »Ich wohne bei ihr in Waldon Manor und helfe ihr im Haus, sie hat sich in letzter Zeit nicht so wohl gefühlt.« Es war vielleicht riskant, den Namen anzugeben, aber sie hatte ganz genau die Wirkung, die es haben würde, bedacht.
Sally riss die Augen auf und formte mit den Lippen ein »oooh«. »Walden Manor? Oh. Ich weiß, ja, ich glaube, ich weiß, wo es liegt. Abseits der Straße nach Bath, das Anwesen, das durch ›Keine Durchfahrt, privat‹ gekennzeichnet ist? Das Haus habe ich nie gesehen.«
»Man kann es von der Straße aus nicht sehen. Es befindet sich mehr als eine halbe Meile von der Straße entfernt.«
Sally seufzte. »Hier gibt es wirklich eine ganze Menge hübscher Häuser. Aber ich wusste nicht, dass Walden Manor Ihrer Tante ... Tatsächlich«, sie blickte sich düster in der Küche um, »kenne ich wirklich nicht viele Leute. Ich bin noch nicht so lange hier, wir sind erst hierher gezogen, nachdem ich schwanger war. Ich stellte mir vor, dass es hier Spielgruppen und alle möglichen Gemeindeeinrichtungen geben würde. Aber alle unter siebzig arbeiten ganztags, in Bath oder Chippenham.«
Steph gab einen verständnisvollen Laut von sich. »Sie haben aber auch ein hübsches Haus«, log sie tapfer.
»O ja, danke, nun, es ist hübsch, oder könnte es sein. Habe nicht viel dafür getan, da ich zu erschöpft war.« Sie machte eine Geste mit der Hand, in der sie den Becher hielt. »Wie Sie sehen können.«
Steph sagte: »Auf jeden Fall geht es ihr jetzt viel besser, Sie wissen, meiner Tante, aber sie ist beruhigt, wenn ich bei ihr

bin, also bleibe ich, aber da jetzt für mich weniger zu tun ist, dachte ich, es wäre prima, wenn ich etwas anderes fände.« Sie lächelte angemessen.
»Ihre … hm … Tante, ich meine, ist sie nicht … Sie scheinen nicht … lebt sie schon lange dort? Ist das Haus schon seit jeher in der Familie?«
Steph strahlte, da sie plötzlich begriffen hatte, und sagte, indem sie die Stimme leicht senkte: »In der Familie? O nein. Keineswegs. Hören Sie, wenn ich es Ihnen sage, versprechen Sie mir dann, es niemandem weiterzusagen? Kein Wort zu irgendjemandem?«
Sally runzelte die Stirn. »Natürlich.«
»Sie will nämlich nicht, dass jeder an ihre Tür klopft, verstehen Sie?« Steph hielt inne. »Sie hat in der Lotterie gewonnen«, sagte sie schließlich. »Den Jackpot. Aber sie möchte nicht, dass sich das herumspricht, denn sie liebt das nicht, ist eine ganz normale Person, die kein Aufsehen mag. Sie hatte immer von einem Haus auf dem Land geträumt, also machte sie sich auf die Suche und fand dieses Haus, nun, ich denke, es ist etwas zu groß für sie, aber ich kann ihr das nicht sagen. Ich will damit betonen, sie kann tun, was sie will.«
Sally nickte respektvoll. »Ich verspreche es, kein Wort kommt über meine Lippen. Ich wusste nicht einmal, dass das Haus zum Verkauf angeboten wurde.«
»Oh. O nein, es wurde auch gar nicht *inseriert.*«
»Nein, die großen Häuser werden nicht immer inseriert, es geht alles über Mundpropaganda.« Sie seufzte. »Wir bekommen nicht viele Villen rein. Auch wenn wir von Zeit zu Zeit Farmen angeboten bekommen, dann habe ich natürlich keinen Zugang dazu. Anscheinend wollen die Farmer nur mit

einem Mann verhandeln, können es nicht ertragen, dass eine Frau solche Dinge abwickelt. Meine Firma passt sich dem an, es spielt keine Rolle, was ich dazu meine. Der Seniorpartner meint: ›In dieser Branche geht es in erster Linie darum, das Vertrauen des Kunden zu gewinnen, erst dann kommt die *political correctness.*‹« Sally stieß diese Worte voller Sarkasmus hervor.

Steph räusperte sich. Sie hatte das Gefühl, kein einziges Wort verstanden zu haben. »Was meine Tante angeht – Sie sagen es ja nicht weiter, nicht wahr, denn sie liebt kein Aufsehen, sie ist eine sehr zurückhaltende Person. Nicht unfreundlich oder so, aber sie will die Leute erst langsam kennen lernen, verhält sich bei allem so. Man kann es verstehen. Aber Sie sagen es doch nicht weiter, nicht wahr? Ich meine, ich sage es Ihnen nur, damit Sie Bescheid wissen. Über mich, wegen des Jobs.«

»Nein, nein, natürlich sage ich kein Wort«, versicherte Sally auf eine Weise, die Steph zu der Überlegung brachte, ob sie sich überhaupt genug für die Geschichte interessierte, um sich daran zu erinnern, geschweige denn, sie weiterzuerzählen. Doch dann verdrängte Sally ihre bitteren Gedanken über den Seniorpartner und fragte: »Aber das ist das Problem. Sie – ich meine, weshalb wollen Sie einen Babysitting-Job? Es ist doch bestimmt nicht wegen des Geldes, oder?«

Steph blickte sie durchdringend an. »Meine Tante ist ungeheuer großzügig, tut viel für mich, aber ich habe ihr erklärt, dass ich mir nicht jeden Pfennig von ihr bezahlen lassen würde. Nun, okay, in gewisser Weise benötige ich das Geld nicht unbedingt, aber ich will einen Teil meines Geldes selber verdienen, verstehen Sie, was ich meine?«

Sally war damit beschäftigt, einen absplitternden Fingernagel mit den Zähnen abzuknabbern, aber Steph überlegte, dass sie vermutlich trotzdem zuhörte. »Wenn ich etwas eigenes Geld verdiene, kann ich sie überraschen, wissen Sie? Kann auch meinen Beitrag leisten. Kann ihr ab und zu einen Blumenstrauß kaufen oder dergleichen. Das ist Unabhängigkeit.«

»Unabhängigkeit«, sagte Sally abweisend und warf ihren Fingernagel auf den Boden. Sie schnaubte und blickte Steph in die Augen. »Ich bin unabhängig. Nicht dass es unbedingt erstrebenswert wäre, das dürfen Sie mir glauben.«

Sie tat es wieder. Was sollte Steph auf eine solche Bemerkung erwidern? Sie gab ein, wie sie hoffte, interessiertes Murmeln von sich und hoffte, Sally würde sie nicht völlig vom Thema abbringen.

»Ich bin Anwältin«, bemerkte Sally matt.

»Oh, tatsächlich. Ich will eigentlich sagen, dass Sie nicht denken sollen, ich sei unzuverlässig, da ich ja nicht unbedingt auf das Geld angewiesen bin.«

»Unzuverlässig?« Sally lächelte erneut beklommen. »Oh, nein, das habe ich nicht gedacht. Nein, ich kann nichts Unzuverlässiges an Ihnen entdecken, und ich kenne mich da aus. Ich müsste nicht wieder Vollzeit arbeiten, wenn Charlies Vater nicht ein *Weltmeister* der Unzuverlässigkeit wäre.« Sie wandte sich um und kippte den Rest ihres Kaffees die Spüle hinunter. »Er wollte sich ebenfalls als Anwalt qualifizieren. Ich meine wörtlich, er wollte, Vergangenheit.«

Steph wusste, Sally wartete darauf, dass sie weiterfragte.

»Also … wollen Sie sagen, dass … er es nicht mehr tut?«

Sally seufzte so dramatisch, dass Steph sich irgendwie für das verantwortlich fühlte, was Sally ihr als Nächstes enthüllen würde. »O nein, *nein*«, sagte sie leicht sarkastisch. »O nein, er fand, dass der Beruf des Anwalts nicht genug für ihn wäre.« Sie seufzte erneut. »Er hat alles Mögliche versucht. Erst wollte er Priester werden, nahm aber dann wieder Abstand davon, denn damit würde er seinem Dad nacheifern. Also versuchte er andere Dinge, unternahm viele Reisen. Oh, er will im Grunde die Welt retten. Die Juristerei war das Letzte, womit er sich während seiner Ehemann-und-Vater-Phase beschäftigte, weil er sich dazu verpflichtet fühlte. Aber er hat auch das aufgegeben, da es ihm nicht zusagte.«

»Wollen Sie damit sagen, dass er überhaupt nicht hier ist?«

»Nein, er ist zur Zeit in Nepal. Das soll nicht heißen, dass er mich im Stich gelassen hätte, o nein, mein lieber Gatte tut nie etwas, das man ihm vorwerfen könnte. Er tut nur die Dinge, die er seiner Meinung nach tun *sollte*, gibt nie zu, dass es das ist, was er *will*. So kann er nicht kritisiert werden, weil er nur das tut, was ihm sein Gewissen als richtig diktiert.«

»Oh.«

»Stephanie, lassen Sie sich nicht überreden, Kinder zu kriegen. Das habe ich nämlich getan.«

»Oh. Nein, tu ich nicht.«

»Er gehört zu den extremen Typen. Überredet mich dazu, schwanger zu werden, und genau in dem Augenblick, da ich denke, dieses Mal meint er es ernst, wird er *endgültig* erwachsen, entwickelt ein anderes Bewusstsein über Privilegien, Osten und Westen und all das. So hat er gewissermaßen in dem Augenblick von Charlies Geburt der Juristerei den Rücken gekehrt und wollte, dass wir alle nach Nepal reisen, um uns um Leprakranke zu kümmern. Ich war entschieden dagegen.«

»Aber er ist trotzdem abgereist?«

»Ja. Jetzt arbeitet er dort für ein verdammtes Hilfswerk und natürlich alles ehrenamtlich, so habe ich also keine Wahl. Nicht nur dass er keinen Pfennig zu unserem Lebensunterhalt beiträgt, hinzu kommt, dass ich diejenige bin, die für uns alle sorgt. Er wartet immer noch darauf, dass wir nachkommen, glaubt, ich gebe nach und folge ihm. Und wissen Sie was? Ich werde es nicht tun. Das Entscheidende daran ist, und Sie sollten gut zuhören, Stephanie, denn es ist erstaunlich, wie häufig das vorkommt, dass er glaubt, da ich das Baby habe, sollte es mir egal sein, wohin ich gehe oder was ich tue. Weil ich jetzt Mutter bin. Er findet es egoistisch, dass ich in einem reichen Land als Anwältin arbeite, da ich doch einen *Beitrag* für die Dritte Welt leisten könnte. Er wirft mir vor, ich trage zur weltweiten Ungleichheit bei, da ich in Chippenham Eigentumsübertragungen und Testamente bearbeite. Ich und egoistisch.«

Sallys Stimme war immer lauter geworden, um das missgelaunte Protestgeschrei aus einem anderen Zimmer zu übertönen. Fast brüllend sagte sie jetzt: »Nun, weltweiter *Quatsch*. Aber es ist erstaunlich, wie viele Menschen der Meinung sind, dass ich mit ihm hätte gehen sollen. Sein Dad zum Beispiel gibt so Sprüche von sich wie: ›In guten wie in schlechten Zeiten.‹ O Mist, jetzt ist er wach geworden. Dann können Sie ihn ja auch gleich kennen lernen.«

Charlie, der in Decken eingehüllt im Esszimmer auf dem gepolsterten Boden eines Laufstalls lag, rutschte unruhig hin und her. Auf dem Tisch mitten im Raum stand eine Säuglingstragetasche. Sally nahm den um sich tretenden Kleinen auf den Arm. »Er liegt lieber im Laufstall«, sagte sie müde. »Ich weiß nicht warum. Er mag die Tragetasche nicht.«

Steph sah sich um. Vom dunkelgrünen Teppich stieg noch immer der Geruch nach Salz, Pfeffer und altem Fleisch hoch, aber in jeder anderen Hinsicht hatte Charlie sich hier breit gemacht. Sowohl der Kaminsims als auch das hohe, glänzende Sideboard, das für den Raum zu groß war, waren mit Babykrimskrams übersät. Eine Tischhälfte nahmen eine Wickelmatte, Windeln und ein Berg ungebügelter Babykleider ein. Auf dem Sideboard und den vier Stühlen lagen Unmengen von Babybüchern und Plastikspielzeug herum, und eine ganze Kolonie von Kuscheltieren lehnte an der Wand auf einer Seite des kalten, grün gefliesten Kamins. Steph entdeckte einen Teddy, der genauso aussah wie einer in Mirandas Kinderzimmer, und spürte einen Kloß im Hals. Sie öffnete den Mund, sagte aber nichts und unterdrückte ein Keuchen, und dann war der Moment vorüber, verdrängt von einem Gefühl der Sicherheit. Denn nichts anderes in diesem chaotischen Haus, nicht Charlies merkwürdige Mutter mit ihrer reservierten, aber unangenehmen Art, zu viel zu erzählen, und schon gar nicht Charlies ängstliches, brüllendes Gesicht rief auch nur die leiseste schmerzvolle oder wie auch immer geartete Erinnerung wach. Steph war es fremd, dieses überladene, voll gestopfte und unordentliche Haus, in dem sich so viel angesammelt hatte, dass es schien, als sei es ein Aufbewahrungsort für Sallys Gedanken, Pläne, das ganze *Zeugs* in Sallys Kopf. Es war ein Ort, an dem unzählige Fragmente und Schichten, aus denen ihr Leben bestand, irgendwie Gestalt angenommen hatten, in all dem Welle für Welle angespülten Müll, den sie benutzte, stehen ließ, fallen ließ, kaputtmachte, verlor oder in Ehren hielt, ohne Erklärung, ohne Entschuldigung oder, wie es schien, ohne besonderes Interesse. Charlie war vielleicht nur ein weiteres Stück in ihrer Sammlung. Die Vorstellung, dass das Leben einer einzigen Person scheinbar völlig beiläufig eine solch unglaubliche, überwältigende Unordnung hervorbringen konnte, war Steph neu.

Sally hatte Charlie auf die Wickelmatte gelegt und von seiner nassen Windel befreit. Sein Anblick schirmte Steph noch weiter gegen jede Verbindung zu Miranda ab. Charlie hatte das übliche schmollende, affenähnliche Babygesicht. Miranda hingegen hatte damenhaft und leicht besorgt ausgesehen. Und Charlie konnte keinen Moment still liegen. Seine gekrümmten, zappelnden Arme und Beine wirkten wie die Glieder eines schlecht ausgestopften Spielzeugs, während Miranda hin und wieder ohne Überzeugung mit ihren dürren, von Jean als zart bezeichneten Ärmchen und Beinchen herumgewedelt hatte. Steph machte einen Satz nach vorn, reichte Sally ein Tuch, um das Baby abzuwischen, und nahm ihr dann flink die durchweichte Windel ab. »Der Abfalleimer ist unter der Spüle«, sagte Sally matt. Als Steph ins Zimmer zurückkam, spazierte Sally mit dem wütenden, über die Schulter gelegten Baby herum. Zum ersten Mal, seit sie hier war, sah Steph in Sallys Gesicht nicht nur Ungeduld und Widerwillen, sondern völlige Erschöpfung.

»Ich soll heute Nachmittag zu einem Meeting kommen. Sie können es nicht lassen. Eigentlich muss ich erst nächste Woche wieder zurück sein, aber oh, könnte ich nicht vielleicht nur eben mal kurz vorbeikommen, um dieses oder jenes zu besprechen? Ich hab gesagt, okay, aber ich müsste ihn mitbringen, und sie sagten, o wirklich, na ja, mit ein bisschen Glück wird er gerade schlafen.« Sie legte ihn über die andere Schulter und blies ihm sanft ins Ohr, doch ohne Erfolg. »Er würde wahrscheinlich schlafen, wenn ich ihm jetzt die Flasche gäbe, aber er wehrt sich immer dagegen, und es dauert ewig, wenn ich es also tue, werde ich viel zu spät dran sein, und *das* wird nicht besonders gut ankommen.«

»Wissen Sie was, gehen Sie nur«, sagte Steph. »Warum gehen Sie nicht zu Ihrem Meeting und lassen ihn hier bei mir? Machen Sie schon, ich kümmere mich um die Flasche. Kommen Sie, ich nehme ihn.«

»Was? O nein, ich glaube nicht, ich meine, ich fände es schön, wenn Sie den Job annehmen, aber Sie sind doch gerade erst ... Ich meine, wir ... wir kennen uns gar nicht richtig, nicht wahr?«

Steph lächelte und nickte verständnisvoll. »Oh, ich *weiß*. Ich hab keine Referenzen oder so – aber sehen Sie, ich würde mich riesig über den Job freuen, und Sie könnten Hilfe gebrauchen, oder nicht? Wissen Sie was, wenn Sie nicht sicher sind, kann ich ja mitkommen und im Wagen auf ihn aufpassen, während Sie bei dem Meeting sind. Wenn Sie nicht sicher sind, ob Sie ihn bei mir lassen können.«

Sally dachte nach, straffte dann die Schultern und musterte Steph einen Moment lang. »Nein«, sagte sie bestimmt, »nein, ich hab mich entschieden. Wenn Sie den Job machen, werde ich ihn sowieso hier lassen müssen, oder? Ich weiß, dass ich Ihnen vertrauen kann, Steph. Ich spüre es. Und es ist sehr, sehr nett von Ihnen, mir das anzubieten.«

Sie reichte ihr Charlie und sah zu, wie Steph ihn in die Arme nahm. »Hallo, Schätzchen, hallo, Charlie. Ich bin Steph, okay? Was bist du doch für ein süßer kleiner Kerl. So ein liebes Baby«, sagte sie leise und wiegte ihn mit sanfter Zuversicht. Sie blickte zu Sally hoch. »Er ist niedlich«, hauchte sie.

»Gehen Sie nur. Wir kommen schon zurecht. Ich gebe ihm die Flasche.«

Zum ersten Mal schenkte Sally ihr ein von Herzen kommendes Lächeln. »O Gott, wirklich? Es ist alles schon fertig, muss nur noch in die Mikrowelle. Ich bin in etwa eineinhalb Stunden zurück«, sagte sie plötzlich voller Energie, »wenn das für Sie nicht zu spät ist. Ich meine, Sie *nehmen* doch den Job? Ich habe nicht erwartet ... oh, *großartig*.«

»Gehen Sie nur«, sagte Steph gelassen. »Und wir beide, junger Mann, werden gut miteinander auskommen, während Mummy bei ihrem Treffen ist, oder?«

»Er wird Theater machen. Sie müssen wissen, er hasst die Flasche. Sie müssen ihn zwingen. Sie steht im Kühlschrank. Zwölf Sekunden auf sechs«, sagte Sally, als sie zur Tür hinausging. »Und Sie dürfen nicht ... wissen Sie, wie ...,«

»Ich lasse sie noch etwa eine halbe Minute stehen und schüttle sie gut und halte sie an meinen Handrücken, um zu prüfen, ob sie nicht zu heiß ist. Ich weiß«, sagte Steph mehr an Charlie als an Sally gerichtet. »Oder nicht, Charlie? Ich weiß.«

Als sich die Vordertür hinter Sally geschlossen hatte, wartete Steph einen Moment lang, schraubte dann den Verschluss der Flasche auf und kippte die nach Plastik riechende Milch in die Spüle. Im Wohnzimmer räumte sie einen Katzenkorb mit einer Sonnenbrille darin und einen Stapel Zeitschriften vom Sofa. Dann machte sie es sich bequem und legte sich Charlie auf den Bauch. Sie öffnete das Hemd, lehnte sich zurück und starrte an die rissige Decke. Tränen liefen ihr die Wangen hinab, als er an ihrer Brust saugte. Sie spürte, wie die Fingerspitzen seiner gierigen kleinen Hand sich in die Haut ihrer Brust pressten und sie wieder losließen, während er fast schneller, als er sie hinunterschlucken konnte, Milch aus ihrer schier berstenden Brustwarze sog.

Michael lauschte, um sicherzugehen, dass im Haus alles ruhig war. Dann zog er eine Decke mit Schottenmuster von einem der Sofas in der Bibliothek, nahm sie mit in den Hauswirtschaftsraum und breitete sie auf dem Boden aus. Dic Waschmaschine war mit Wäsche gefüllt, aber sie hatten kein Waschpulver mehr, und so gab es keinen Grund, dass irgendjemand hier hereinkommen würde. Er glaubte, sich sicher sein zu können, dass Jean ihn nicht stören würde, selbst wenn sie aufwachte.

Sie hatten erst nach halb vier zu Mittag gegessen. Keiner von ihnen hatte Stephs Abwesenheit erwähnt. Beide hatten es vorgezogen anzunehmen, sie ruhe sich aus, und hatten deswegen auch nichts gesagt. Auf diese Weise schlossen sie die Möglichkeit aus, dass Stephs Abwesenheit irgendeine Bedeutung hatte. Denn solange eine Sache ungesagt blieb, konnte man sie als ungeschehen betrachten. Solange sie die Aufmerksamkeit nicht darauf lenkten, würde es nicht wahr sein, dass ihr Arrangement dutzende kleiner Haarrisse aufwies, die unter der Last des Schmerzes und der Armut bald zu großen Rissen werden würden. Aus Angst, sie könnten die Unregelmäßigkeit ihrer Mahlzeiten ernst nehmen, erwähnten sie nicht einmal, wie spät sie zu Mittag aßen. Seit Mirandas Tod waren sie alle spät aufgestanden und hatten zwischen ihren Nickerchen mühevoll versucht, in irgendetwas eine Art von Sinn zu finden. Zu erwähnen, dass ihre Pünktlichkeit nachließ, hätte vielleicht angedeutet, dass sie diesen Sinn nicht finden konnten, oder sogar, dass ihr Arrangement aus den

Fugen geraten könnte. Und welche Rolle spielte es schon, um welche Zeit sie zu Mittag aßen? Es war schließlich nur eine *Zeit*, angegeben von irgendeiner Uhr, und in diesen Tagen schien die Zeit, abgesehen davon, dass sie zu viel davon zu haben schienen, sie ebenso wenig zu brauchen, wie sie sie brauchten. Auf das Mittagessen zu warten hatte sich jedoch nicht gelohnt. Eine Suppe, die von Tag zu Tag merkwürdiger und dünner geworden war. Dies war ihre vierte Wiederaufbereitung, und da von dem Geschmack der ursprünglichen Brühe, die mit dem letzten Brühwürfel gemacht worden war, kaum noch etwas geblieben war, hatte Jean heute ein wenig Angostura und eine kleine Dose Makkaroni hinzugefügt. Erschöpft von der Anstrengung vorzugeben, die Suppe sei essbar, hatte Jean ihre nicht aufgegessen und zugestimmt, sich für den Rest des Nachmittags hinzulegen.

Michael schlich barfuß durchs Haus, während sie oben schlief, vertrauensvoll, aber nichtsahnend. Er war sich des ersten angenehmen Gefühls seit Mirandas Tod bewusst, der Gewissheit, dass das, woran er nun leise und ohne ihr Wissen arbeitete, seiner Mutter gefallen würde. Zuerst holte er aus der Bibliothek eine Reihe ledergebundener Werke mit dem Titel »Die Geschichte Schottlands während der Regierungszeit von Königin Mary und König James VI.« von 1752 und legte sie auf die Decke. Dann holte er ein Tintenfass aus Messing und zwei Sèvres-Tintenfässer vom Schreibtisch in der Bibliothek sowie zwei Fächer aus Seide und Elfenbein aus einer Glasvitrine, die sechs oder sieben weitere enthielt, und packte alles neben die Bücher. Das reichte, was die Bibliothek betraf. Jean würde es nicht bemerken. Im Esszimmer öffnete er den Eckschrank, der einen Teil des Silbers enthielt. Er nahm einen Schöpflöffel, einen Zuckerstreuer, vier Salzfässchen und Löffel und veränderte den Abstand zwischen den Dingen, die noch übrig waren – noch einige Dutzend –, damit der Verlust nicht auffiel. Aus dem Sideboard nahm er eine Suppenterrine und einen Schöpflöffel aus Porzellan sowie zwei oder drei Tischtücher, ließ jedoch die blau-weiß bemalten Stücke, die sich obendrauf befanden, stehen.

Wieder im Wirtschaftsraum überlegte er, was all diese Sachen wohl einbringen würden. Selbst bei Mr. Davids Preisen müssten sie mindestens dreihundert Pfund wert sein. Tatsächlich war es vielleicht sogar besser, die Bücher zu einem richtigen Händler zu bringen. Der Gedanke, es tatsächlich abzulehnen, Mr. David irgendetwas von dem, was er nehmen wollte, zu verkaufen, war neu und wunderbar. Vielleicht würde er das ja tun. Er konnte es sich leisten, er brauchte wirklich nur ein paar Hundert, damit sie über die Runden kamen. Michael spürte, wie Stolz in ihm hochstieg. Er würde für sie sorgen. Selbst wenn er Miranda nicht hatte retten können, jetzt würde er für sie sorgen. Er dachte daran, wie er morgen mit frischer Milch, Brot, Fleisch, Eiern, Gemüse und Obst zurückkommen würde. Dann stellte er sich vor, wie Jean vor Freude über das ganze Gesicht strahlte, wenn sie einen ihrer Kuchen aus dem Ofen nahm, und sagte sich, dass er nicht vergessen dürfe, Butter, Zucker, Mehl, Sirup und Trockenobst mitzubringen. Und Schokolade für Steph. Seit Mirandas Tod hatte sie kaum noch Appetit, aber Schokolade würde sie vielleicht in Versuchung führen.

Vorsichtig wickelte er seine Beute in Staubtücher und Zeitungen, die er von einem Stapel in einem der Schuppen genommen hatte, packte sie hinten in den Van und legte die

Decke darüber. Morgen würde er als Erstes nach Bath fahren. Wenn er ganz früh losfuhr, war er vielleicht sogar schon zurück, bevor Jean und Steph aufstanden. Dann würde er ihnen Frühstück machen, und sie würden vom Duft des durchwachsenen Specks, des Toasts und des Kaffees aufwachen. Das kleine Lächeln, das den ganzen Nachmittag Michaels Mund umspielt hatte, wurde breiter. Er schloss die Türen des Vans und drehte sich um. Der Nachmittag ging langsam zu Ende, aber der Abend war noch nicht gekommen. Die Luft war erfüllt vom erdigen, stärker werdenden Duft dieses Frühlingstages. Er schlenderte aus dem Hof hinaus, angelockt vom roten Schein der Sonne, die Meilen entfernt, weit jenseits der Grundstücksgrenze, hinter den Hügeln unterging. Er folgte der Auffahrt, die zur Vorderseite des Hauses eine Kurve machte und dann eine halbe Meile lang gerade zu der unsichtbaren Straße hinführte. Steph kam ihm entgegen, schien ihn jedoch nicht gesehen zu haben. Sie hielt die Arme steif an der Seite, wobei ihre Hände offensichtlich ihre Jackentaschen zur Erde hinunterdrückten, und ihr Kopf war gesenkt. Dann schaute sie hoch, und Michael schien es – so wie sie den Kopf hob und kaum merklich ihr Haar schüttelte –, als freue sie sich, ihn zu sehen, auch für sie vielleicht das erste Gefühl der Freude seit dem Tod ihres Babys. Mit einem Mal verwarf er den Gedanken an das morgige große Überraschungsfrühstück. Er wollte Steph in das Geheimnis einweihen. Es wäre viel besser, wenn sie es gemeinsam taten. Er lief ihr entgegen. Sie würde sich so freuen, wenn er ihr von seinem Plan erzählte. Er würde sie morgen im Van mitnehmen, und sie würden die Sache gemeinsam erledigen. Er würde sie in alles mit einbeziehen, sie sogar Mr. David vorstellen.

»Steph! Steph, hör mal! Ich hab eine Idee gehabt, es ist alles vorbereitet, ich hab alles getan, es kann losgehen.« Er hielt inne und rang nach Luft. Ihm war übel und schwindlig, denn er hatte so lange nicht mehr richtig gegessen.

Steph sah nicht sonderlich interessiert aus. »So?«

»Ich hab Zeugs aus dem Haus genommen, nicht viel, nichts, was wir vermissen werden, aber es ist 'ne Ecke wert.« Er nahm ihren Arm und führte sie, während er sprach, auf das Haus zu, so als wäre sie nicht sowieso in diese Richtung gegangen. »Hör zu. Die Sachen sind im Wagen. Ich hab alles vorbereitet. Morgen fahren wir zu meinem Kontaktmann, du weißt schon, ich hab diesen Kontaktmann.«

»Mr. David. Der, der dich übers Ohr haut.«

»Ja, aber dies ist besseres Zeugs. Lässt sich besser verkaufen. Es ist nicht das Beste, was man im Haus findet, also wird es kaum vermisst werden, okay, aber es sind schöne Sachen, und sie bringen Geld, okay? Genug, bis Jeans nächste Zahlung fällig wird, und vergiss nicht, wir werden dann zweihundert Pfund extra bekommen. Sechshundert statt vierhundert. Und wenn es sein muss, kann ich es immer wieder tun. Da sind noch Unmengen. Ich war nur in zwei Zimmern. Komm mit – wir fahren früh, bevor Jean aufsteht, kriegen Geld, gehen einkaufen und überraschen sie. Du kommst doch mit, oder?«

»Oh, Michael. Du und deine kleinen Geschäfte. Ich kann nicht mitkommen.«

»Warum nicht? Es wird nicht lange dauern. Wenn du dir Sorgen machst, Jean alleine zu lassen … Ich meine, wir können immer …« Er schwieg unvermittelt, keuchte, die Hände auf den Hüften.

»Willst du mich nicht mal fragen, wo ich war?«
Von Angst ergriffen blickte Michael sie an. Warum war er überhaupt nicht auf den Gedanken gekommen? Steph hatte vor, sie zu verlassen.
Und sie lächelte, lächelte auf eine Weise, wie sie es seit Wochen nicht mehr getan hatte, legte ihm die Hände auf die Schultern und stellte sich vor Aufregung auf die Zehenspitzen. »Ich kann nicht mitkommen. Ich kann morgen nicht mitkommen, weil ich bei der Arbeit sein werde. Weil ich einen Job habe.«

MAI

Eine Zeit lang war alles sehr schwierig. Wie gesagt, es gab eine Phase, in der ich mir nie sicher war, wie viele Tage vergangen waren. Und es spielte kaum eine Rolle, außer dass unsere Vorräte, die sowieso knapp waren, zur Neige gingen, ohne dass einer von uns es bemerkte. Oder vielleicht haben wir es bemerkt, es aber einfach nicht für wichtig gehalten. Das Einzige, was wir zu Genüge hatten, war Wein (obwohl auch der Keller um einiges leerer aussah als zu Beginn). Wein und unsere Traurigkeit. Die Traurigkeit war überall. Sie deckte uns zu, legte sich immer wieder in Schichten, die alle von der gleichen Farbe waren, über uns und um uns herum. Wir trugen Knäuel der Traurigkeit überall mit hin, wir hinterließen sie in jedem Raum, und dann eilte sie uns nach. Zugegeben, ich vernachlässigte die Hausarbeit, und nach einer Weile dachte ich, ich könnte sie wirklich sehen, diese Traurigkeit, die sich überall breit gemacht hatte. Sie sah inzwischen genauso aus wie die Staubschicht, die sich auf allen Flächen gebildet hatte.
Aber unsere Situation wurde besser. Alles begann am Tag, nachdem Steph nicht zum Mittagessen zu Hause gewesen war und Michael und ich schweigend vor unseren Schalen mit irgendeinem schrecklichen Zeug gesessen hatten, das wir

versuchten, Suppe zu nennen. Michaels Schweigen war wie alles an ihm liebenswürdig, und nach dem Essen scheuchte er mich zu einem Nickerchen nach oben. Am nächsten Morgen beschloss ich, im Bett zu bleiben. Michael brachte mir eine Tasse Tee und sagte, er werde später zurückkommen und ich solle mir keine Sorgen machen. Erst später am Tag fand ich heraus, dass beide, Michael und Steph, weggegangen waren. Ich weiß nicht einmal, ob ich mir Sorgen gemacht hätte, wenn ich davon gewusst hätte (selbst mir Sorgen zu machen begann schon mehr Energie zu erfordern, als ich aufbringen konnte). Wie dieser Tag verging, weiß ich bis heute nicht. Ich spürte schon längst nicht mehr, wie hungrig ich war, war mir aber irgendwie der Tatsache bewusst, dass dies der vierte oder vielleicht sogar fünfte Tag war, an dem wir wirklich nicht mehr genug zu essen hatten. Inzwischen aßen wir Rhabarber aus dem Garten, ohne Zucker, weil es keinen mehr gab, und kein Magen kann das unbegrenzt aushalten. Wir hatten keine Kartoffeln mehr und auch sonst kaum noch etwas, außer einer Dose Sardellen und ein paar getrockneten Kastanien. Und wir hatten kein Geld, um irgendetwas zu kaufen, bis mein nächstes Gehalt kam. Eine Zeit lang waren Michael und Steph ebenso wenig wie ich in der Lage gewesen, sich darüber Gedanken zu machen, aber jetzt durchwühlten sie, auf der Suche nach einer Lösung, immer wieder das Arbeitszimmer. Vor allem Michael wusste schließlich alles über die Investitionen und so weiter, aber es gab keine Möglichkeit, an Bargeld heranzukommen. Das führte also zu gar nichts, außer dass Michael und Steph sich stritten. Und das *hatte* mit dem Hunger zu tun, da war ich mir sicher.

Jedenfalls kam mir an diesem Tag der Gedanke, dass Michael

und Steph, wenn ich im Bett blieb, vielleicht kein schlechtes Gefühl hatten, sich das zu teilen, was noch übrig war. Vielleicht war ich das Problem. Ich zog sie mit herunter, ich war eine alte Frau, und es war Zeit abzutreten. Eigentlich eine trostlose Vorstellung, aber ich schwöre, der Gedanke, dass sie überleben würden, erfüllte mich selbst in diesem Moment mit Freude. Ich verspürte Hoffnung, selbst als ich dort lag (und, wie ich dachte, sterben würde), dass sie, wenn ich ihnen aus dem Weg war, eine Möglichkeit finden würden zurechtzukommen. Schließlich war ihnen die Sache mit dem Öl gut gelungen. Alles war reibungslos verlaufen, und Michael hatte es sogar problemlos geschafft, die Heizung wieder in Gang zu kriegen. Meine Gedanken wanderten hin und her. Ich dachte an all die Dinge, die wir getan hatten und tun wollten, bis ich nicht mehr genau wusste, was wirklich geschehen war und was nicht.

Als es dann schließlich Nachmittag wurde, schlief ich wieder ein und träumte vom Essen. Überraschenderweise ging es nicht so sehr um den Geschmack von etwas Essbarem, sondern darum zu sehen, wie es zubereitet wurde, und um den herrlichen Duft in einer guten Küche. Der Genuss solcher Empfindungen ist nicht einfach die Aussicht zu essen, sondern auch die Behaglichkeit eines wohlhabenden, geordneten Hauses, in dem es genug zu essen gibt und eine großzügige Person am Herd steht. Es macht mich wieder glücklich, daran zu denken, selbst jetzt. In diesem Traum sah und roch ich also etwas Essbares, und es stimmt nicht, dass ein Verhungernder von einem Festmahl träumt. Was ich roch, war Toast. Einfacher, herrlicher Toast. Und dann begriff ich, dass ich wach war und Michael am Fußende meines Bettes stand.

Mein erster Gedanke war: O mein Gott, der Tag ist schon wieder vorbei, und ich liege immer noch im Bett und habe überhaupt noch nichts geschafft.
Und da stand Michael und hielt ein Tablett in der Hand mit einer Kanne Tee, mit Toast und Rührei, das ich so gerne esse, blauen Weintrauben und Schokolade. Sehr teurer Schokolade. Und sein Gesichtsausdruck sagte mir, dass ich mir keine Sorgen zu machen brauchte. Er war irgendwie an Geld gekommen, sagte er, genug, um uns über die Runden zu bringen. Während ich aß (ich fürchte, ich schlang eher alles hinunter), saß er auf dem Stuhl beim Fenster. Er sagte nichts, blickte nur auf den Hof und die Auffahrt hinaus und weigerte sich, die Trauben zu probieren.
Ich bin nicht dumm. Ich war noch nicht mit dem Essen fertig, als ich ihn fragte, was er verkauft habe, um all dies zu besorgen. Muss eine Menge gewesen sein, sagte ich. Und um ihm zu zeigen, dass ich ihm nicht böse oder auch nur im Geringsten verärgert war, lächelte ich. Dann erzählte er mir von den Büchern und Fächern, dem Porzellan und all den anderen Dingen und war überrascht, wie gleichgültig mir das war. Ich war selbst überrascht. Ich sagte nur, dass es lediglich Gegenstände seien, nicht einmal in besonders gutem Zustand. Ich dachte insgeheim, dass ich jederzeit die Inventarliste fälschen konnte, wenn es nötig war (was ich nicht erwartete), bis mir einfiel, dass ich sie schon vor Monaten verbrannt hatte. Nicht einmal darüber musste ich mir Sorgen machen. Dann blickte er wieder aus dem Fenster und sagte, er sehe Steph und werde ihr entgegengehen. Das überraschte mich allerdings, denn ich wusste nicht, dass sie weggegangen war. Was ich Michael auch sagte. Er sah mich einfach nur an und

antwortete, dass er es mir erklären würde. Alles würde gut werden. Ich war mir nicht sicher, ob er das auch meinte. Aber ich fühlte mich bereits viel besser, und so stand ich auf und ging nach unten.

Als Michael an diesem Tag aus dem Fenster blickte, während Jean aß, sah er in der Ferne Steph so wie am Tag zuvor gegen den Wind gestemmt die Auffahrt hochkommen. Wieder hatte er das Gefühl, dass sie um Haaresbreite einer Gefahr entgangen war. Wie durch ein Wunder wurde sie in seine Obhut zurückgebracht, statt fortgetragen und zerstört zu werden. Sie war sich dessen aber nicht bewusst, war wie eine Schlafwandlerin, die über eine Autobahn schwebte. Er beobachtete sie mit wachsendem Zorn, spürte, dass er gefährlich unaufmerksam gewesen war. Wie hatte er es ihr erlauben können, überhaupt wegzugehen? Wenn Steph keine Gefahr spürte, dann war es an ihm, sie zu warnen, und heute morgen hätte er hartnäckiger sein müssen. Er hatte es fast vergessen: Als er heute morgen über die Risiken gesprochen hatte, die sie einging, schien sie nicht unbedingt anderer Meinung gewesen zu sein, sondern hatte ihm einfach nicht richtig zugehört.
Sie hatten in der Küche gesessen und Tee getrunken, und während er redete, saß sie einfach da und wartete. Und dann hatte sie, ohne jede Feindseligkeit, geduldig ihren Becher ausgespült und erklärt, dass sie gehen müsse, so als hätte er nie den Mund aufgemacht. Als Michael dann Wasser in die Kanne gegossen hatte, damit auch Jean noch ein bisschen Tee bekam, war er so wütend gewesen und hatte sich so elend gefühlt, dass seine Hände zitterten. Schließlich beruhigte er sich wieder, damit er Jean den Tee bringen konnte, ohne dass

sie merkte, in welchem Zustand er war. Er hätte sich nicht zu sorgen brauchen. Sie war so benommen gewesen – nur schläfrig, wie Michael sich einzureden versuchte –, dass sie ohnehin nichts bemerkt hätte. Als er wieder unten war, wurde ihm klar, dass er sich in den Griff bekommen musste, wenn er das, was er sich für heute vorgenommen hatte, auch durchführen wollte. Er hatte keine andere Wahl, als sich auf sein Vorhaben zu konzentrieren. Es war nicht möglich, sich mit so vielen Gefahren auf einmal auseinander zu setzen. Es reichte, dass er das Zeugs, das er bereits in den Wagen gestellt hatte, verkaufen und mit dem Geld, das er bekam, Lebensmittel kaufen musste. Tatsächlich erfüllte diese schwierige und mit Risiken verbundene Aufgabe ihn bereits mit der Art von Depression, die ihn früher eine Woche lang lahmgelegt hätte. Denn es *war* ein Risiko, mit dem nicht versicherten Wagen, für den er auch keine Steuern bezahlt hatte, nach Bath zu fahren, seine Ware an Mr. David zu verkaufen und dann mit einer großen Summe Bargeld öffentlich einkaufen zu gehen. Jede dieser Aktionen konnte schief gehen. Alles konnte schief gehen. Und wenn das passierte, wenn der Wagen entdeckt wurde, wenn Mr. David (dessen Laune man nie einschätzen konnte und der manchmal böswillig war) ihn aufs Kreuz legte, dann würde Michaels gesamtes neues Leben wie ein Kartenhaus in sich zusammenfallen.

Michael hatte sich nie allzu viele Gedanken über die Folgen seiner Handlungen gemacht, hatte lediglich versucht, ein unmittelbares Chaos zu verhindern. Er war nie davon überzeugt gewesen, dass seine Handlungen für jemand anderen wichtig genug sein könnten, um ihren Folgen irgendeine Bedeutung beizumessen. Das hatte sich geändert. Jetzt, da er wusste, dass es etwas Wertvolles gab, das er behalten wollte, hatte er auch riesige Angst, es zu verlieren. Er verstand, dass das, was er vorhatte, alles zerstören könnte, aber ihm war auch bewusst, dass er keine andere Wahl hatte. Die Tatsache, dass sie kein Geld mehr hatten, gefährdete ihrer aller Existenz. Er konnte sie vor dieser Gefahr nicht retten, ohne sie vorher anderen Risiken auszusetzen. Also musste er sich konzentrieren. Und es würde nicht seine Schuld sein, wenn Steph irgendwo dort draußen neue Gefahren heraufbeschwor, während er eine Gefahr abwehrte. Damit würde er sich als Nächstes beschäftigen.

Und als er dann sah, wie Steph angetrottet kam, den Kopf gesenkt (die Art, wie sie ging, verriet nie, in welcher Stimmung sie war; sie hatte – die Hände in den Taschen – immer den gleichen langsamen Gang), da dachte er, hier kommt sie, die nächste Sache. Sie befand sich immer noch auf dem Weg, der zwischen den Feldern hindurchführte. Sie dort, noch außerhalb der Grenzen des Gartens, ganz alleine zu sehen, entsetzte ihn. Er beobachtete sie vom Fenster aus und wartete, bis Jean mit dem Essen fertig war. Dann nahm er, bemüht, weder seine Eile noch seine Angst zu zeigen, das Tablett und versicherte Jean, dass alles in Ordnung sei. Er polterte die Treppe hinunter und rannte – mit wachsender Panik – nach draußen.

Steph mochte zu ihnen zurückkommen, aber er ließ sich nicht zum Narren halten. Sie versuchte, sich von ihm zu befreien. Was war nur los mit ihr? Warum musste sie nach draußen gehen, mit anderen Leuten verkehren? Was war nur mit *ihm* los, dass er das tolerierte? War sie blind? Solange sie ruhig lebten und unter sich blieben, bestand keine Notwendigkeit zu Heimlichkeiten, auf jeden Fall nicht zu etwas so Krassem wie direkten Lügen. Aber wenn andere Leute ihre

Nase hier hereinsteckten, wenn andere Leute sogar dazu ermutigt wurden, wie lange würde es dann wohl dauern, bis gewisse Dinge ans Tageslicht kamen? Wer wusste denn, was sie ihnen bereits erzählt hatte, diesen Leuten, für die sie »arbeitete«? Und wer waren sie überhaupt? Er vermutete, dass Steph, blind und vertrauensselig wie sie war, es nicht nur nicht richtig wusste, sondern nicht einmal die Wichtigkeit erkannte, es zu wissen.

Sie hatte kein Recht, alles zu verderben. Er ging ihr die Auffahrt hinunter entgegen. Das letzte Stück lief er, schreiend, und scheuchte damit einige Vögel aus den Bäumen am anderen Ende der Koppel. Steph hielt inne, schaute hoch und beobachtete, wie die Vögel aufstiegen und davonflogen. In diesem Moment wurde ihr bewusst, dass Michael sie innerhalb der nächsten zehn Sekunden erreichen und sie wahrscheinlich schlagen würde. Sie senkte den Kopf und wartete darauf, dass es geschah, damit es vorüber wäre. Sie wusste nicht, was sie davon halten sollte, aber irgendwie hatte es sie überrascht, dass er schließlich doch wie alle anderen war.

Außer Atem und halb schluchzend packte Michael sie am Arm. Seine Worte klangen wie ein leises Wehklagen. »Verdammt noch mal! Genügt dir das nicht! Genügt es dir nicht? Begreifst du nicht, dass du alles ruinierst? Sieh mich an! Was ist los mit dir?«

Aber Steph hob kaum den Kopf.

»Was ist los mit dir? Genügt es dir nicht, dass wir alle zusammen sind?«

Einen Moment lang versuchte Steph zurückzuweichen, sah ihn dann neugierig und traurig an und schrie: »Zusammen? Wir alle? Ja, klar, wir alle, bis auf Miranda.«

Sicherlich würde er sie nach einer Bemerkung wie dieser schlagen.

»Miranda ist *tot*«, sagte sie, »falls du es vergessen hast.«

Ganz sicher würde er sie jetzt schlagen. Aber Michael ließ sie los und fuhr sich mit der Hand übers Gesicht. »Oh, Steph, ich habe nur gemeint …«

Er wollte sie umarmen, ließ die Arme aber wieder sinken, als er ihr Gesicht sah. »Ach, verdammt. Hör mal, Steph, es ist … Ich weiß, ich weiß. Ehrlich.«

Schweigend setzte Steph ihren Weg fort. Michael folgte ihr. »Sieh mal«, sagte er, »nicht alles ist schlecht. Ich meine, ich hab das Geldproblem gelöst. Ich hab's getan. Wir kommen jetzt über die Runden. Komm schon.« Er zog sie am Arm und schloss zu ihr auf. Steph schüttelte ihn ab, ging jetzt aber wenigstens neben ihm.

»Steph, hör zu, du brauchst das nicht. Du brauchst das nicht, wir haben jetzt genug Geld«, sagte er. »Bitte. Bitte geh nicht wieder hin.«

»Aber es ist nicht nur das Geld.« Sie blieb wieder stehen, drehte sich zu ihm um und schüttelte den Kopf. »Es ist Charlie.« Weitere Erklärungen blieben ihr im Hals stecken. Sie verzog das Gesicht, denn sie las in Michaels Blick, dass er sie nicht schlagen würde, es nie vorgehabt hatte. Er hatte Angst, das war alles. Aber sie konnte nicht anders, nicht jetzt, da es Charlie gab. Sie wandte sich wieder von Michael ab und schluchzte.

»Warte doch ab, Michael! Warte doch, du wirst es schon verstehen!«

Dann stürzte sie an ihm vorbei und rannte zum Haus hin. Jean war bereits in der Küche und fragte sich, welches der drei

großen Fleischstücke sie zum Abendessen in den Ofen schieben sollte. Steph stürzte auf sie zu und schlang ihr die Arme um den Hals.
Michael blieb an der Tür stehen. Jean sah ihn, während sie Stephs Rücken tätschelte, über deren Schulter hinweg forschend an. Sie fühlte sich sowieso reichlich unsicher auf den Beinen, und Steph hätte sie beinahe umgestoßen, aber sie musste irgendwoher die Kraft nehmen. Sie atmete tief durch und sagte: »Oh, Michael, mein Schatz. Ich glaube, wir brauchen einen Drink. Kümmerst du dich darum? Dann setzen wir uns hin und reden über alles.«

Und dann war Charlie da. Plötzlich war er da. Von diesem Tag an gehörte er zu uns. Es war alles Stephs Werk. Cleveres Mädchen. Und sie war zu Recht stolz darauf. Für sie war es von Anfang an richtig gewesen, ohne dass sie darüber hätte nachdenken müssen. Es lag für sie klar auf der Hand. Die Notwendigkeit des Ganzen, meine ich. Wir brauchten Charlie einfach. Brauchen ihn immer noch. Als sie an diesem Tag in die Küche stürzte, sah ich in ihrem Blick, dass es da etwas sehr *Wichtiges* gab. Ich weiß nicht, wie ich es anders beschreiben soll. Sie brauchte etwas – was es war, wusste ich in diesem Moment natürlich nicht –, aber sie brauchte es wirklich. Ich kann noch immer nichts Ungewöhnliches an der Vorstellung finden, dass die Menschen das haben sollten, was sie brauchen, vor allem wenn sie den größten Teil ihres Lebens ohne es auskommen mussten.
An jenem Abend gelang es uns, Michael zu beruhigen. Es ist schon erstaunlich, wie viel zugänglicher die Leute sind, wenn sie etwas Anständiges gegessen haben. Wenn ich bedenke,

was wir früher gegessen haben, wundert es mich nicht mehr so sehr, dass Mutter ständig gereizt war! Die Mahlzeiten, die sie zubereitete, waren nicht nur wenig appetitanregend, sie schienen uns auch mehr zu schaden, als gut zu tun. Geschwächt und nervös standen wir vom Tisch auf. Anschließend wusch ich ab und räumte alles auf, aber es gelang mir nie, meine Enttäuschung wegzuwischen.

Während des Essens überzeugten also Steph und ich Michael von der Sache mit Charlie. Denn in dem Moment, in dem sie mir von ihrem Job erzählte, war mir alles so klar wie ihr. Sie erklärte es mir, als wir in der Küche die Kartoffeln schälten und die Bohnen putzten, während Michael im Keller war und etwas suchte, das zu unserem Fleisch passte. Ich bin immer noch ein bisschen stolz darauf, wie ich an diesem Abend alles in die Hand nahm, obwohl ich mich so schwach fühlte. Weil sie mich brauchten. Meine beiden jungen Leute waren vor Hunger und Müdigkeit und wegen dieser Sache mit Charlie ziemlich am Ende. Deswegen sorgte ich dafür, dass sie beide beschäftigt und voneinander getrennt waren, bis wir am Tisch saßen. Und die kleinen Aufgaben, die ich ihnen zuteilte, waren jene angenehmen Beschäftigungen, die einem das Warten erleichtern, wenn man hungrig ist, und ein Esszimmer langsam verwandeln, während das Essen zubereitet wird. Neue Kerzen in die Kerzenständer stecken, die wunderschönen Rotweingläser auf den Tisch stellen, das Silber herausholen (abends aßen wir immer im Esszimmer, aber an jenem Abend besonders festlich), den Wein dekantieren. Ich schickte Steph hinaus, um Blumen für den Tisch zu holen, und sie kam, Gott segne sie, mit Heckenblumen zurück: Butterblumen, Wiesenkerbel und Feuernelken. Sie sei sich nicht sicher gewesen, sagte sie, ob sie die Gartenblumen habe pflücken sollen. Ich erwähne das, um zu zeigen, was für eine Art Mädchen sie ist. Nicht habgierig. Nicht geneigt anzunehmen, dass sie alles umsonst haben kann. Aber wenn es sich um eine Frage der Notwendigkeit handelt, nun, dann ist das eine ganz andere Sache. Als wir uns schließlich an den Tisch setzten, war von den Spannungen kaum noch etwas zu spüren. Wir konnten eigentlich nur noch ans Essen denken. Und anschließend herrschte eine so heitere Atmosphäre. Es ist komisch, dass man sich an die Einzelheiten erinnert.

Ich habe darüber nachgedacht, seit ich mit dem Kochen begann, und glaube, dass sie in hohem Maße unterschätzt wird – die Wirkung, die Essen auf unsere Einstellungen hat. Dabei geht es nicht einfach darum, ob man Hunger hat oder nicht, sondern um die Dinge, die wir essen. An jenem Abend aßen wir große Portionen roten Fleischs. Ich briet Rinderfilet. Der Duft von solch herrlichem Fleisch gehört einfach in ein Haus wie dieses. Er machte uns zuversichtlich und gab uns das Gefühl, zu Hause zu sein, obwohl wir so hungrig waren, dass wir uns erst nach dem Essen richtig glücklich fühlten. Wir waren so hungrig, dass wir nicht warten konnten. Der köstliche Duft quälte uns, und so war unser Fleisch noch sehr, sehr blutig, als wir es aßen. Und ein solches Essen macht mutig, sogar leicht trotzig. Vielleicht liegt es an dem Blut oder dem Kauen, an etwas Metallischem, das die Luft schärft, wie eine Stahlklinge – aber dieses Rindfleisch hatte eine Wirkung, die ein anderes Gericht (zum Beispiel gedünsteter Lachs, der genauso nahrhaft und auch köstlich ist) nicht gehabt hätte. Nicht gerade ein Sommeressen, ein Rinderfilet, aber es war genau das, was wir alle brauchten, und es bot

unseren Zähnen einen kleinen Widerstand, bevor es in der Kehle zerschmolz, und war so nahrhaft und köstlich, und die Kartoffeln und das Gemüse so süß.
Ich war einer Meinung mit Steph, dass Michael sich unnötig Sorgen machte, denn natürlich kam es nicht in Frage, dass sie ihre Tage getrennt von uns verbringen würde. Sie würde nicht zu diesem Haus im Dorf gehen und den ganzen Tag dort bei dem Baby bleiben. Ich wusste es. Sie musste es mir nicht sagen. Sie würde Charlie hierher bringen. Seine Mutter hielt sie bereits nach einem Tag für eine Art Genie im Umgang mit Kindern. Ich begriff, dass Sally sich mit dem Gedanken anfreundete (Stephs Ausdrucksweise!), wieder arbeiten zu gehen, und dass Charlie schon die ganze Nacht durchgeschlafen hatte, das erste Mal in der Nacht nach Stephs allererstem Besuch. In Sallys Augen konnte Steph also nichts falsch machen, von Anfang an nicht. Sie würde sicherlich nichts dagegen haben, dass Steph ihn mit hierher brachte. Wenn man ihr von dem vielen Platz, dem Garten und dem Pool erzählte (wo Steph ihn natürlich nicht eine Sekunde lang aus den Augen lassen würde), konnte man sie sicher dafür gewinnen. Und wenn nicht, brauchte sie ja nichts davon zu wissen. Steph konnte ihn abends rechtzeitig zu Sallys Haus zurückbringen, wenn es sein musste. Eine Kleinigkeit.
Nach und nach übertrug sich unsere Zuversicht auch auf Michael, und als wir mit dem Essen fertig waren, war er so erfüllt davon, dass es schien, als habe er diese Zuversicht mit den Säften auf seinem Teller aufgesogen. Anschließend saßen wir mit einem Glas Brandy draußen, um von der Terrasse aus, die nach Westen hin liegt, den Sonnenuntergang zu beobachten. Es muss das erste Mal gewesen sein, dass wir dort zusam-

mensaßen, denn wir hatten nicht viele schöne Abende gehabt. Es war ein perfekter Abend, alles strahlte Zufriedenheit aus. Die Sonne sah wie eine unwirkliche, riesige brennende Orange aus, und die Rosa- und Blautöne am Himmel waren wie gemalt. Ein solch dunstiger Abendhimmel scheint weder Luft noch Farben zu halten, ist reines, fließendes Licht, das sich über die stille Landschaft ergießt. Steph sagte, es sehe aus wie ein Bild von Turner. Sie und Michael saßen jetzt aneinander geschmiegt da und waren sehr glücklich. Es tat uns allen gut, zusammenzusitzen und in die Ferne zu blicken, über die Grenzen unseres eigenen Landes hinaus.

Ich fragte mich nun, wovor wir solche Angst gehabt hatten. Es war wohl ein bisschen übertrieben gewesen, dass wir uns von allem fern gehalten und selbst Angst davor gehabt hatten, dass Michael einkaufen ging. Ich sagte es ihnen, und es stellte sich heraus, dass sie ähnliche Gedanken gehabt hatten. Schließlich war sein Ausflug nach Bath perfekt verlaufen, wie Michael sagte. Und Steph machte uns darauf aufmerksam, dass sie ins Dorf gegangen und nicht nur unbeschadet zu uns zurückgekommen sei, sondern uns auch noch einen kleinen Jungen mitgebracht hatte. Ich sagte, diese Heimlichtuerei gebe mir das Gefühl, etwas Schlechtes zu tun. Vielleicht mussten wir nicht ganz so vorsichtig sein. Zurückgezogen, ja, und diskret – wir würden nicht damit anfangen, jeden mit offenen Armen zu empfangen. Aber wenn wir vernünftig und umsichtig waren, gab es keinen Grund, nicht ein bisschen entspannter zu sein. Das Leben würde so weitergehen wie bisher. Es war Steph, die sagte, dass es sogar besser sein würde als früher. Und wir stimmten ihr zu.

Michael hatte Unmengen an Lebensmitteln mitgebracht,

und während der nächsten Tage wurden wir alle wieder kräftiger. Aber schon nach kürzester Zeit waren wir erneut mit dem hässlichen Geldproblem konfrontiert. Es war nicht mehr der Hunger, aber wir stellten fest, dass wir andere Dinge brauchten. Steph gab zu, dass sie ihre Kleider nicht mehr ertragen konnte (die Sachen aus meinem Kleiderschrank waren wirklich viel zu altmodisch für sie, und sie war es leid, sich Michaels Hemden zu leihen). Sie wollte sich etwas schneidern, sagte sie, und es würde nicht teuer sein. Dagegen ließ sich nichts einwenden. Steph ist jung, und diese Dinge spielen eine Rolle, vor allem wenn man so hübsch ist wie sie. Und ihre Figur hatte sich verändert. Sie brauchte weitere Sachen. Sie hatte gesehen, dass wir unglaublich viele Bettlaken aus echtem Leinen hatten, viel mehr, als wir jemals brauchten, und weißes Leinen wäre genau das Richtige für Sommerkleider. Und sie konnte sie selbst nähen. Sie bräuchte nicht einmal ein Schnittmuster, sagte sie, nur Garn, ein paar Knöpfe und eine Nähmaschine.

Wir suchten überall nach einer Nähmaschine, sogar auf dem Dachboden, konnten aber keine finden. Ich fand das merkwürdig, aber so war es eben. Und obwohl es uns finanziell viel besser ging, da Steph jetzt Geld verdiente und ich eine Gehaltserhöhung bekommen hatte, hatten wir noch immer nicht das nötige Kleingeld für Anschaffungen wie diese. Macht nichts, meinte Steph, aber wir wussten, dass sie enttäuscht war. Und es war so eine bescheidene Bitte. Also überraschten Michael und ich sie. Eines Tages, als sie dachte, er kaufe Lebensmittel ein, kam er mit einer Nähmaschine zurück. Ich hatte ihm gesagt, er solle einen hübschen kleinen, mit Brokat bezogenen Stuhl aus einem der anderen Schlafzimmer und ein paar Aquarelle von Venedig mitnehmen und sehen, was er dafür bekomme. Sie ist wunderbar, unsere Nähmaschine. Man kann mit ihr sogar sticken. Steph war entzückt und sagte, sie wolle lernen, wie sie CHARLIE in Großbuchstaben auf seine T-Shirts nähen könne, doch dazu kam sie nie. Aber sie machte sich daran, sich etwas aus den Leinenlaken zu nähen, während ich auf Charlie aufpasste. (Auch wenn Eigenlob stinkt, aber Charlie mochte mich von Anfang an, und auch wenn ich ihn nicht stillen konnte, fühlte er sich bei mir sehr wohl.) Steph arbeitete schnell und hatte schon nach ein, zwei Tagen eine schlafanzugähnliche Hose und einfache Tops, einen Wickelrock und ein paar Kleider fertig. Alles saß ganz locker, war sommerlich und elegant und so einfach geschnitten, dass sie sich leicht und anmutig darin bewegen konnte. Michael konnte sich nicht an ihr satt sehen. Aber sie trug ihre Leinenkleider immer nur hier, nie, wenn sie Charlie abholte oder zurückbrachte. Wenn sie nach draußen ging, trug sie eine Art Uniform – eine marineblaue Hose und geblümte Blusen.

Steph gewöhnte sich daran, dass Sally und Charlie, wenn sie dort ankam, ein bisschen verdrießlich und noch nicht ganz fertig waren. In der ersten Woche hatte sie, immer wenn sie das Haus betrat, einen Riegel Schokolade gegessen, den sie auf ihrem Weg dorthin im Dorfladen kaufte. (Schon bald sagte der Mann im Laden, dessen Name Bill war, jedes Mal, wenn er ihr die Schokolade und das Wechselgeld gab, »alles in Ordnung?«. Und da sie nun für ihn ein bekanntes Gesicht war, wurde sie auch nicht mehr eingeladen, das preisgünstige Zelt zu kaufen, das er noch immer nicht losgeworden war.)

Aber schon bald spürte Steph, dass ihr mit Schokolade voll gestopfter Mund ihr in Sallys Augen weniger Autorität verlieh, und wichtiger noch, ihr wurde klar, dass ihr Einfluss auf Sally der Schlüssel zum Erfolg sein würde. Deswegen ließ sie die Schokolade für später in ihrer Tasche und trat lächelnd ein, zog Charlie von Sallys Hüfte oder nahm ihn hoch, wenn Sally ihn, um sich fertig zu machen, irgendwo abgesetzt hatte. Ohne ein Wort zu sagen, füllte Steph den Teekessel, setzte ihn auf und suchte, was immer Sally, die schon völlig aus der Fassung war, gerade am dringendsten brauchte. Oft waren es ihre Schlüssel oder die Aktentasche, ihr Terminkalender, eine Strumpfhose, der zweite Schuh. An schlechten Tagen hatte sie vielleicht ihre erste Tasse Kaffee noch nicht getrunken, vermisste die wichtigen Papiere, an denen sie am Abend zuvor gearbeitet hatte, oder einen Tampon und einmal eine neue Flasche Shampoo (wobei die tropfnasse, nackte Sally sich offensichtlich darüber wunderte, dass die Flasche, die sie am Tag zuvor aufgebraucht und in der Dusche gelassen hatte, am nächsten Tag immer noch leer war). Dann scheuchte Steph sie nach oben (oder an Tagen, an denen Sally halbwegs fertig war, um sich pünktlich auf den Weg zu machen, zur Tür hinaus) und setzte sich auf einen Küchenstuhl, um Charlie zu füttern, immer bereit, ihn von der Brust zu nehmen und die Flasche in seinen staunenden Mund zu stopfen, wenn sie Sally fluchend die Treppe, die nicht mit Teppichboden ausgelegt war, herunterpoltern hörte. Wenn sich schließlich die Tür hinter ihr schloss, lächelte Steph noch so lange weiter, bis sie hörte, dass Sally ihren Wagen anließ und wegfuhr.

Und abends wartete sie, immer noch lächelnd, auf Sally, die

mit lautem Türenknallen hereinkam, schrie, dass sie *verdammt kaputt* sei, ihre Aktentasche, Handtasche, Schlüssel und gewöhnlich auch Plastiktüten mit Lebensmitteln irgendwo im Flur hinstellte oder ablegte und auf dem Weg in die Küche aus ihren Schuhen schlüpfte. Charlie war bereits gebadet und gefüttert und trug einen sauberen Schlafanzug. Steph stellte stets eine offensichtlich leer getrunkene Babyflasche neben sich auf den Tisch. Sie stand auf, drängte Sally, sich zu setzen, übergab ihr Charlie, machte ihr eine Tasse Kaffee und goss ihr auch, weil Sally sie gewöhnlich darum bat, ein Glas Wein ein. Wenn er nicht bereits schlief, war Charlie doch müde genug, um sich nichts daraus zu machen, dass die Ankunft seiner Mutter die Ruhe störte, und schlummerte zufrieden in ihren Armen ein.

Steph freute sich, dass sie am Ende des Tages nicht viel mehr zu sagen brauchte, als dass Charlie kein Problem gewesen sei. Sally schlürfte ihren Kaffee und ihren Wein und redete zwischendurch, als habe man sie stundenlang geknebelt. Das, was sie erzählte, waren für Steph verrückte und unverständliche Einzelheiten der Probleme, die Sally an diesem Tag gehabt hatte: mit Kollegen, Mandanten, Fußgängern, Idioten in Geschäften, aber auch mit Maschinen – vor allem Computern und Telefonen – sowie dem Verkehr und dem Wetter. Obwohl es keiner von beiden klar war, es war Stephs Schweigen, das Sally zu einem solchen Redeschwall anregte. Denn nur für den Fall, dass Stephs Schweigen etwas Wertendes haben könnte, füllte Sally es mit unerbittlichem Geplapper darüber, wie schrecklich das Leben war und wie sie es schaffte, die vielen Hindernisse zu überwinden. Es klang einfach wie ein leidenschaftlicher, anschaulicher Bericht ihres täglichen heroischen Kampfes mit einer Welt, die intelligenten, qualifizierten, allein erziehenden Müttern feindlich gegenüberstand. Doch dahinter stand auch, dass dies ein Kampf war, von dem eine einfache Tagesmutter wenig wusste und dem sie nicht gewachsen sein würde, folglich also auch keinen Grund hatte, überheblich zu sein. Und Sally spickte ihren herablassenden Bericht so mit Flüchen und beiläufigen persönlichen Enthüllungen, dass Steph sich jeder Möglichkeit zu einer Erwiderung beraubt sah. Aber ihr machte das immer weniger aus. Sally schien auch mit anderen Leuten auf diese Weise zu sprechen. Das wurde Steph klar, als Sally, nachdem sie ans Telefon gegangen und (offensichtlich als Antwort auf eine höfliche Frage nach ihrer Gesundheit) mehr über ihre Blasenentzündung von sich gegeben hatte, als es irgendjemanden interessieren konnte, wieder in die Küche gekommen war und berichtet hatte, es sei ihr Schwiegervater gewesen, das elende, verklemmte Arschloch.

Als wir das Haus auf der Suche nach einer Nähmaschine auf den Kopf stellten, fielen Michael die Silberrahmen, aus denen ich im Januar die Fotos gerissen hatte, in die Hände. Nachdem ich die Bilder verbrannt hatte, hatte ich die Rahmen beiseite gelegt und kaum noch an sie gedacht. Er sagte, wir bräuchten ein paar Familienfotos, und natürlich hatte er Recht. Er verkaufte also weitere alte Bücher und kaufte eine Digitalkamera. Ich wusste nicht, was »digital« bedeutete (weiß es noch immer nicht), aber Michael lachte und sagte, alles werde per Computer gemacht und er brauche nicht einmal einen Film! Er verbrachte ein paar sonnige Nachmittage damit, Fotos zu machen, und entwickelte sie dann im Arbeitszimmer. Ich hatte immer gedacht, man brauche dazu eine Dunkelkammer, doch Michael erklärte es mir. Er sagte, für ihn sei das Ganze auch neu, aber es sei erstaunlich, wie schnell man es lerne, wenn man sich eine Weile mit einem Computer befasse, und der Computer würde einem sowieso dauernd sagen, welchen Knopf man drücken müsse – aber die Einzelheiten sind mir entfallen. Ich werde die Sache nie verstehen. Er machte einige wunderschöne Fotos von Charlie und Steph, vom Garten und sogar ein paar gar nicht so schlechte von mir. Man bemerkt gar nicht, wie man sich verändert, bis man Fotos von sich sieht, nicht wahr? Zum Beispiel mein Haar! Es ist buschig, weiß und dicht geworden, aber ich glaube, das steht mir. Als ich auf diesen Fotos mein Haar sah, dachte ich wieder an jene Nacht im Keller und die Etiketten auf den Weinflaschen und begriff, wie weit ich in wenigen Monaten gekommen war. Steph hat auch einige Fotos von Michael gemacht, und so gibt es Aufnahmen von uns allen. Steph und ich hatten viel Spaß, als wir sie so zurechtschnitten, dass sie in die Rahmen passten, und überall im Haus aufhängten. Das beste von Charlie war jedoch so groß, dass es in keinen der Rahmen passte. Es hängt noch immer am Kühlschrank unter einem wie eine Karotte geformten Spielzeugmagneten, den Michael aus dem Gartencenter mitgebracht hat.

O ja, das Gartencenter. Nun, ich hatte wieder ernsthaft über einen Baum für Mirandas Grab nachgedacht. Das war übrigens auch so eine Sache. Es wurde leichter, über Miranda zu sprechen. Wir lernten, wie wir über sie reden konnten, sogar Steph, halfen einander und versuchten es immer wieder, selbst wenn es schmerzvoll und schwierig war. Nicht dass wir beiläufig oder ohne Sehnsucht von ihr sprechen können. Das gelingt uns bis heute nicht. Wenn ihr Name erwähnt wird, weint meist noch immer einer von uns. Aber es ist überhaupt keine Bitterkeit dabei. Wir haben gelernt, oft von ihr zu reden, immer liebevoll und mit einem Gefühl der Trauer, und eines Tages erzählte ich ihnen von meiner Idee mit dem Baum. Beide sagten in entschiedenem Ton, dass ich ihn haben sollte. Es gab ein ziemlich kitschiges Essservice aus der Zeit Eduards VIII., das keinem von uns gefiel, und wir waren uns einig, dass wir darauf verzichten konnten. Wir benutzten es nie, denn das dünne, einfache weiße Porzellan war uns lieber. Und so bekam ich meinen Baum. Ich schickte Michael mit genauen Anweisungen zum Gartencenter, und er kam mit einem sehr großen Magnolienbaum zurück, den wir gemeinsam einpflanzten.

Das Gartencenter hatte Michael sehr beeindruckt. Es stellte sich heraus, dass er noch nie in einem gewesen war (warum auch, wo er doch keinen Garten hatte?), und es war wie eine Offenbarung. All diese zarten Schößlinge, die nur darauf warteten, in die Erde gepflanzt zu werden und blühen zu dürfen. Er meinte, er habe Lust darauf, sein eigenes Gemüse anzubauen. Alles, was er brauchte, war vorhanden. Er musste nur noch die Sämlinge kaufen und in die Erde stecken. Ich sehe wieder sein strahlendes Gesicht vor mir. Er war bereits stolz auf seinen Garten, der zu diesem Zeitpunkt nur in seiner Vorstellung existierte. Er musste ihn noch anlegen, aber allein der Gedanke, uns im Sommer mit Obst und Gemüse zu versorgen, erfüllte ihn mit Stolz. Ich ermutigte ihn sofort. Deswegen wählte er einige weitere Dinge aus, auf die wir verzichten konnten (diesmal überließ ich ihm die Entschei-

dung – ich wusste, dass er vernünftig sein würde). Ich glaube, es waren weitere Möbel aus den Schlafzimmern. Er füllte den von einer Mauer umgebenen Garten Reihe für Reihe mit neuen, kleinen Pflanzen und kümmerte sich jeden Tag um sie. Er verwandte unendlich viel Zeit auf seine Pflanzen, mähte auch den Rasen und pflegte die Blumenbeete. Wir fühlten uns wie im Himmel. Nicht dass wir auf Wolken geschwebt hätten, wenn Sie verstehen, was ich meine, aber wir waren mit Dingen beschäftigt, die uns glücklich machten.
Ich glaube nicht, dass wir jemals Angst hatten, alles könnte vorübergehen, aber vielleicht erwarteten wir halbwegs, dass jemand kommen und versuchen würde, alles zu verderben. Ich weiß, dass wir äußerst schnell handelten, um Shelley davon abzuhalten.

Es wurde wärmer. Eines Morgens sagte Sally unnötigerweise zu Steph, sie solle Charlies Sonnencreme nicht vergessen, was Steph im Prinzip als Erlaubnis auffasste, Charlie im Kinderwagen mit nach draußen zu nehmen. An diesem Abend erzählte sie Sally, dass sie Charlie mit nach Walden genommen habe, um ihn »meiner Tante vorzustellen«. Sie erwähnte allerdings nicht, dass Charlie bis jetzt jeden Tag dort verbracht hatte. Am folgenden Tag sagte sie ihr, sie habe Charlie wieder dorthin mitgenommen, und er habe es genossen, die Auffahrt hochgeschoben zu werden. Und »mit den besten Wünschen von meiner Tante. Sie kann phantastisch backen« brachte sie Sally einen Zitronenkuchen mit. Danach füllte sie eine Vase mit Butterblumen und erklärte, sie wüchsen auf einer der Koppeln, und Charlie sei ganz bezaubert davon. Am folgenden Tag berichtete sie, wie »meine Tante« ihm aus seinen Kinderbüchern vorgelesen habe. Dann hatte Steph einen Geistesblitz.

Statt Charlie am nächsten Tag wieder mit nach Walden zu nehmen, ließ sie Michael, nachdem Sally weg war, zum Haus kommen. Zusammen machten sie das Haus gründlich sauber, wobei sie der Versuchung widerstanden, das meiste von Sallys altem Zeugs wegzuwerfen; stattdessen putzten sie darum herum und brachten etwas Ordnung in das Ganze. An diesem Abend erwarteten Sally nicht nur eine schweigsame, lächelnde Steph und ein gebadeter, gefütterter und gut gelaunter Charlie, sondern auch ein nach Kiefern duftendes, blitzblankes Haus. Es war immer noch voll gestopft, aber zumindest konnte Sally hereinkommen und ihre Sachen abstellen, ohne zuerst andere Dinge beiseite räumen und dann für die Dinge Platz schaffen zu müssen (indem sie wieder anderes beiseite schob), die sie aufgenommen hatte, um das, was sie mit nach Hause gebracht hatte, abstellen zu können. Die Ordnung schien sie leicht zu verwirren, doch sie war Steph dankbar. Sie bot ihr sogar ein Glas Wein an, doch Steph, die es nach Hause zog und die sich ziemlich sicher war, dass ihr der Côtes du Rhône, den Sally entkorkte, nicht schmecken würde, lehnte ab und schlich sich davon.

»Sally«, sagte Steph am nächsten Morgen, »Sie haben doch nichts dagegen, wenn ich Charlie nach Walden mitnehme, oder? Ich dachte, es wäre schön, ihn dort zu haben und das Haus nicht wieder in Unordnung zu bringen, jetzt wo alles so schön aufgeräumt ist.«

»Nein, Sie können ihn ruhig mitnehmen«, sagte Sally leicht abwesend und sah sich in der Küche um. Die Weinflasche, die sie am Abend zuvor geleert hatte, stand auf der Spüle.

»Aber er *wohnt* hier. Ich meine, ich bin wirklich dankbar, aber wir wollen doch nicht, dass alles so perfekt ist, dass man nichts anfassen darf, oder? Ich ziehe ihn doch schließlich nicht in so einer *scheißsterilen Umgebung* groß, oder?« Sie durchwühlte auf der Suche nach ihrem Autoschlüssel einen Korb mit Zwiebeln. »Vielleicht sollte ich eines Tages dort vorbeischauen, wissen Sie, einfach um zu sehen, dass er sich dort wohl fühlt. Ich würde sowieso gerne Ihre Tante kennen lernen.«

Steph hatte das erwartet. *Ich werde kontrollieren, wo er sich den ganzen Tag über aufhält und mit wem er zusammen ist*, ist das, was du eigentlich meinst, dachte sie. Jean hatte gesagt, dass jede halbwegs normale Mutter das würde tun wollen. »O ja, natürlich«, sagte sie. »Meine Tante hat auch schon gesagt, dass sie Sie gerne kennen lernen würde. Sie sagte, vielleicht könnten Sie uns einmal morgens auf dem Weg zur Arbeit mitnehmen und dort absetzen.«

»Ja, schon. Aber es liegt in die andere Richtung. Wir müssten eine halbe Stunde früher aufbrechen«, sagte Sally, deren Interesse sichtlich dahinschwand.

»Okay. Dann sag ich ihr, dass Sie morgen vorbeikommen, ja?«

»Wie? Ah ja, gut, sagen Sie ihr, dass das in Ordnung geht.«

»Bin froh, dass Sie den Frühjahrsputz auch mögen. Ist doch schön, wenn alles wieder heller aussieht, oder?«

»O ja, aber ich finde, jetzt, da es hier etwas besser aussieht, erscheint es mir fast schändlich, nicht etwas *häufiger* hier zu sein.«

»O nein, natürlich meinte ich nicht …« Ging denn alles daneben? Steph überlegte krampfhaft und lieferte ihr Meisterstück. »Es ist – nun, ich glaube, er sieht gern neue Gesichter, wissen Sie. Er mag mein Tantchen. Wissen Sie, man schenkt ihm dort jede Menge Aufmerksamkeit.«

»O ja, ja. Oh, *wo* sind meine Schlüssel? Steph, haben Sie irgendwo meine verdammten Schlüssel gesehen?«

»Da sind sie. Ich finde auf jeden Fall, dass ihm die Anregung wirklich gut tut. Wissen Sie, besonders wenn er Sie nicht oft sieht. Wenn er Sie nicht den ganzen Tag um sich hat, und er ist ja auch ein Einzelkind.«

Am nächsten Tag fuhr Sally sie nach Walden, fluchend, weil sie so früh losfahren musste. Jean kam ihnen auf dem Fahrweg entgegen, schüttelte Sally die Hand und lud sie ein, mit ins Haus zu kommen. Sally lehnte den angebotenen Kaffee ab, verbrachte fünf Minuten in der Küche, in der bereits eine Ecke in Charlies Spielecke verwandelt worden war, lächelte und sagte, sie müsse jetzt aber gehen. Jean brachte sie zum Auto und unterhielt sich liebenswürdig mit ihr. Als sie in die Küche zurückkehrte, tauschte sie mit Steph einen Blick. Jean stellte Teller zum Aufwärmen bereit und machte eine Kanne Kaffee, während Steph, Charlie auf einem Arm, den Tisch deckte. Sie warteten ein paar Minuten, für den Fall, dass Sally aus irgendeinem Grund zurückkehrte, dann riefen sie Michael, der oben wartete, und setzten sich an den Tisch, um das Frühstück einzunehmen, das Jean im Ofen bereitgestellt hatte. Genauso war es.

Ich bin erbärmlich abgeschweift, denn als ich ein paar Seiten zurückblätterte, entdeckte ich, dass ich die Geschichte mit Mr. Hapgood nicht zu Ende gebracht habe. Er nahm also die Uhr mit und verstaute sie in einem Hinterzimmer seines

Ladens. Er berichtete mir, er habe herausgefunden, dass es eine Vulliamy-Uhr von 1788 sei. Aber leider habe sie nur eine Nummer (169) und sei nicht mit der Signatur des Uhrmachers versehen, was bedeutete, dass diese nicht zu seinen besten Arbeiten zählte. Er zeigte mir, dass die Nummer 169 nicht auf der Rückseite eingraviert war, zusammen mit der Signatur, wie das bei den besten Werken der Fall sei, sondern einfach auf die Rückseite des Messinggewichts unten auf dem Pendel eingestanzt worden war, irgendwo ganz unauffällig. Wenn es eine wertvolle Uhr wäre, hätte der Uhrmacher seinen Namen darauf gesetzt, aber sie sei trotzdem ein schönes Stück und etwa 150 Pfund wert. Ich sagte, dass dies für eine Uhr ein sehr hoher Preis sei. Aber insgeheim dachte ich, dass es wohl nicht genug wäre, um drei Jahre lang die Universität zu besuchen. Ich hoffte, dass ich mich irrte. Obwohl sich Mutter etwas zusammengerissen hatte – sie war aufgestanden und hatte die Handwerker überwacht, die ihr unten das Bad installiert hatten –, schien es dennoch nicht der richtige Zeitpunkt zu sein, das Thema mit ihr zu besprechen, darüber zu reden, dass ich von zu Hause fortgehen würde. Habe ich schon erwähnt, dass es in diesem Haus immer schwierig war zu reden? Nach Vaters Tod wurde es auch nicht einfacher. Niemand blinzelte mir mehr verschwörerisch zu oder bedachte mich mit aufmunternden Blicken, wenn Mutter uns den Rücken kehrte. Also brachte ich das Thema nicht aufs Tapet.

Mr. Hapgood meinte, es sei sehr wichtig, den richtigen Käufer zu finden. Warum habe ich nicht nachgefragt, was das bedeutete? Ich weiß nicht, warum, aber es klang so, als ob ich bereits einen kennen sollte oder als ob es eine Art Käufer gäbe, die noch über die Tatsache hinaus, dass sie die Uhr wollten und den entsprechenden Preis zahlen konnten, in einem anderen Sinne »richtig« waren. Und er sagte, obwohl er eigentlich kein Antiquitätenhändler sei, hätte ich gut daran getan, mich an ihn zu wenden, denn er würde die Angelegenheit seriös abwickeln, würde auch keine überzogene Vermittlungsgebühr von mir verlangen. Ich habe auch nicht gefragt, was das bedeutete. Aber es würde wohl eine Zeit lang dauern, den »richtigen Käufer« zu finden, und er schlug vor, ich solle jede Woche ein- bis zweimal bei ihm vorbeischauen und mich erkundigen.

Und genau das tat ich dann. Ich muss irgendwo hinter dem Mond gelebt haben, was mich daran hinderte, klar zu erkennen, von Protesten meinerseits ganz zu schweigen, dass mir Mr. Hapgood im Hinterzimmer seines Ladens in der durch den Ölofen erzeugten einlullenden Wärme immer mehr Tee servierte als Fortschritte in Bezug auf einen Käufer, und bald mehr Streicheleinheiten als Tee, und nach einer Weile erklärte er mir, dass wir einander gut täten, uns trösteten und aufmunterten und es noch besser haben könnten. Bald waren seine Hände überall, und ich war verwirrt, dass er sich etwas ungeduldig zeigte, wenn ich Widerstand leistete, und gleichzeitig begeistert von mir zu sein schien. Er war sanft und hatte geschickte Hände. Als er eines Tages meine Hand nahm und in seine Hose schob und sie dort festhielt, war ich zumindest neugierig geworden. Und als er dann seine Hose aufknöpfte und mir alles zeigte, war ich fast genauso bereit wie er (wobei er seinen Penis wie eine Waffe schwenkte), aufs Ganze zu gehen. Das Ganze dauerte nicht lange und wurde stillschweigend erledigt. Außer dem Ächzen des alten Sofas vernahm man keinen Laut. Ich glaube, das Sofa bekam den Hauptteil ab; ich selbst war seltsam distanziert. Und dann sagte Mr. Hapgood, ich sollte jetzt besser gehen. Ich erinnere mich an den Geruch von rohen Kartoffeln, den ich für meinen hielt. Ich war so durcheinander, dass ich nur allzu bereit war, mich schleunigst aus dem Staub zu machen.

Heute würde man so etwas natürlich sexuellen Missbrauch nennen. Aber das, was er später tat, war noch bei weitem schlimmer.

In der dritten Maiwoche entriegelte Michael die Tür auf der Rückseite des niedrigen Steinpavillons neben dem Pool. Alte, abgestandene Luft strömte heraus, scharf und leicht feucht. Die weißen Baumwollvorhänge vor den Glastüren waren zugezogen. Im fahlen Licht durchquerte er den Raum und zog sie auf. Der Stoff war leicht zerschlissen. Ein paar tote Fliegen, die in Spinnweben zwischen den Falten der Vorhänge gefangen waren, purzelten bei der plötzlichen Bewegung auf den Boden. Er öffnete die Türen, trat auf die Steinterrasse, von der verblasste blaue Stufen hinab in den Pool führten, und ging bis zum Ende des Beckens. Langsam drehte er an dem Griff der waagrechten Welle, die sich an der Breitseite des Pools erstreckte, und kurbelte die Winterabdeckung zurück. Als Michael damit fertig war, kniete er nieder und tauchte die Hand ins Wasser. Es war ungeheuer kalt, und der Wasserstand war niedriger, als er erwartet hatte, aber er war überrascht, wie sauber es aussah.

Als er auf bloßen Füßen wieder in den Pavillon trat, bemerkte er, dass die Sonne bereits die Terracottafliesen erwärmte und der Geruch sich erwärmender Erde die Luft erfüllte. Michaels

Körper vibrierte, als er sie einatmete. Er mochte es, wie der Geruch von den Fußsohlen aus zu ihm hochstieg. Er war frisch und fruchtbar und ließ ihn an irdische Dinge denken, die alltäglich und praktisch waren, plätscherndes Wasser über Lehmerde, Schweiß auf den Armen von Bauarbeitern und die pralle Sonne auf Ziegeln und Fliesen. Doch der Geruch enthielt auch eine Spur Feuchtigkeit, eine Bedrohung durch die saure Erde, aus der er hochstieg; schwer und unaussprechlich alt, intensiv menschlich, aber gleichzeitig auch leblos. Und obwohl er nicht lebendig war, war er doch so intensiv erotisch, dass sich Michael zugleich belebt und entkräftet fühlte. Es war kein unangenehmes Gefühl. Er lächelte, wenn er an Steph dachte, stellte sie sich vor, wie sie sich ihres Stillbüstenhalters entledigt hatte und Charlie an ihrer Brust nuckeln ließ. Sie war in allen praktischen Einzelheiten der Kinderbetreuung und des Stillens kompetent und zuverlässig geworden, doch wenn Charlie an ihrer Brust lag, wurde ihre Aufmerksamkeit abgelenkt, und ihr Gesicht nahm einen Blick solch distanzierter, tiefer Verletzlichkeit an, dass Michael sich wie ein Voyeur fühlte. Wenn er sie beobachtete, war er unwillkürlich froh und erregt. Sie schien es nicht zu bemerken.

Aber im Augenblick war das Vordringlichste, den Pool funktionsfähig zu machen. Er hoffte, er würde ein Anleitungsheft finden, das ihm sagte, was zu tun war, aber wenn nicht, dann hatte er eine andere Idee. Er würde, natürlich mit der Stimme von Oliver Standish-Cave, einen Poolwartungsdienst anrufen müssen und jemanden herbestellen, der die Arbeit erledigte. Diese Vorstellung faszinierte ihn, er hatte bereits die spöttische Erbitterung eingeübt, die er in seine Stimme legen wollte, wenn er sagen würde, dass er sich damit nicht auskenne und hoffnungslos überfordert sei, dies selbst zu bewerkstelligen. Aber Jean und Steph hatten besorgte Gesichter gemacht, als er ihnen seinen Plan dargelegt hatte. Und er musste zugeben, dass es ungeheuer befriedigend wäre, eine solche Aufgabe, die ihm keineswegs vertraut war, selbst zu bewältigen. Er sah bereits die Bewunderung in ihren Blicken. Seit er hierher gekommen war, hatte er festgestellt, dass er nicht nur eine praktische Ader hatte, sondern dass es Spaß machte, so etwas zu erledigen. Er mochte es, wenn mehrere Projekte zu bewältigen waren. Obwohl er eigentlich gerne weitergeträumt hätte, sich vielleicht vorgestellt hätte, wie Steph und Charlie nackt im Wasser plantschten, wandte er seine Aufmerksamkeit wieder der aktuellen Aufgabe zu.

Der Großteil des Raumes war so eingerichtet, dass man gemütlich darin herumlümmeln konnte, und in einer Art verblasstem grünem Gartenstil möbliert worden, der Jean sicherlich gefallen würde. Steph würde ihn weniger mögen; vielleicht, wenn sie die Ausmalung des Kinderzimmers beendet hatte (heute Morgen hatte sie gesagt, dass sie bis zum Abend damit fertig würde, und sie war gerade oben damit beschäftigt, während Jean sich um Charlie kümmerte), hätte sie Lust darauf, hier etwas zu tun. Etwas mit Wasser wäre weitaus besser als diese weißen Wände mit Farnkrautdrucken, dachte er und betrachtete die Rattansofas mit ihren weißgrünen Kissen.

An einer Wand, in einer langen, weiß getünchten Küchenzeile, befand sich eine Spüle mit jeweils einer Arbeitsplatte auf jeder Seite. An der Wand darüber waren kleine Schränke mit Glasscheiben angebracht, die außer Eiskübeln und Gläsern nichts enthielten. Auf beiden Seiten der Schränke waren zwei identische Türen. Als er durch die eine trat, stieß er auf ein großes, vernachlässigtes Bad mit verrosteten Wasserhähnen und weißen Fliesen auf dem Boden und an den Wänden. Die andere Tür führte zu einem leeren Raum, der an eine Spülküche erinnerte. Hier war das Poolzubehör untergebracht. Auf einem Regal neben mehreren Kübeln und Tüten mit chemischen Reinigungsmitteln fand Michael, wonach er gesucht hatte: ein durchweichtes Notizbuch, auf dem stand »Poolwartungs-Checkliste«, und eine farbige Broschüre mit dem Titel *Genießen Sie Ihren Pool.* Er griff danach, kehrte zum grün-weißen Raum zurück, legte sich auf eines der Sofas und las.

Es stellte sich als recht kompliziert heraus, aber mit dem Buch in der Hand identifizierte Michael schließlich die Pumpe, die Filter, die Motoren und den Boiler. Er reinigte die Ventile und den Pumpenkopf, füllte die Filter mit Wasser, brachte die Filterpumpe in Gang und suchte nach lecken Stellen. Draußen brachte er die Körbe zum Abschöpfen der Wasseroberfläche wieder an und gab die in den Anweisungen vorgeschriebene Prise Chlor ins Wasser. Dann testete und regulierte er den Alkali- und Calcium-Gehalt. Er fühlte sich wie Einstein.

Als er die Pflastersteine um den Pool herum mit dem Schlauch abspritzte, hörte er einen Schrei von Jean. Er blickte auf und sah, wie sie über das Gras auf ihn zukam. Sie bewegte sich so schnell wie möglich, und wenn sie nicht Charlie auf dem Arm gehalten hätte, hätte sie ihm mit den Armen zugewunken. Ihre Haare hatten sich gelöst, und die paar Strähnen, die Charlies Fäusten entgangen waren, flatterten hinter ihr her. Ihre übliche Heiterkeit war verflogen, ihr Selbstvertrauen in sich zusammengefallen; sie brabbelte vor sich hin, war durcheinander. Michael hatte den Eindruck, dass sie kurz vor einem Nervenzusammenbruch stand. Charlie, der von ihrem Eilmarsch vom Haus hierher leicht durchgerüttelt worden war, hatte jetzt wieder genug Puste, um kräftig zu plärren. Michael ließ den Schlauch fallen, drehte den Hahn ab und ging über das Gras auf sie zu. Etwas brüsk nahm er ihr Charlie ab, was diesen noch mehr aus der Fassung brachte. Er wand sich in Michaels Armen, streckte die Arme nach Jean aus und wimmerte noch lauter. Er blickte nach allen Seiten, offensichtlich verwirrt, hielt nach Steph Ausschau und fing dann an zu brüllen. Seine braunen Ärmchen fuchtelten zornig auf und ab. Über ihm rief Jean etwas Unverständliches, aber Michael war zu sehr damit beschäftigt, den zappelnden Charlie besser in den Griff zu bekommen und sein Gesicht vor seinen fuchtelnden Fäusten zu schützen, um zu hören, was sie sagte.

Aber wie, gelang es ihm schließlich zu überlegen, wie war das jetzt wieder passiert? Noch vor zwei Minuten hatte er in aller Ruhe am Pool gearbeitet. Jean hatte er zuletzt vor etwa zwei Stunden gesehen. Sie hatte in der Küche Brot gebacken, während Charlie ihr von seinem Kindersitz aus zusah, wobei er glucksend seinen Hasen von Zeit zu Zeit auf den Boden fallen ließ. Steph war oben mit Malen beschäftigt; sie würde auf einer Leiter stehen und vor sich hin summen, zu weit entfernt, um zu hören, dass ihr Friede wiederum durch eine Katastrophe gestört worden war. Noch hatte er nicht verstanden, worum es eigentlich ging. Wie? Was war dieses Mal schief gegangen, und warum konnte man sie nicht in Ruhe lassen?

»Komm, setz dich. Hier ins Gras, und erzähl mir, was los ist«, sagte er so besänftigend wie möglich und zog sie auf den Boden. Er ließ Charlie behutsam herunter, und dieser, vermutlich zu verblüfft über die neue Umgebung, um sich zu beklagen, hörte auf zu brüllen und starrte zum Himmel hoch.
»Was ist denn los?«, fragte Michael. Er versuchte, ruhig zu klingen, aber seltsamerweise, stellte er fest, gelang es ihm nicht nur, den richtigen Tonfall zu finden, sondern es war wirklich seine Stimme, und ihm war wirklich so zumute, wie er klang. Jean brauchte das. Worum auch immer es sich handeln mochte, er würde es für sie in Ordnung bringen. Was gab es denn so Schlimmes?
Jean wiegte sich im Gras hin und her. »Ich habe gerade einen Anruf bekommen. Von der Agentur Town & Country, den Vermittlern von Haussittern.« Sie warf Michael einen gehetzten Blick zu. »Ich weiß nicht, was ich tun soll. Shelley wird gleich auftauchen, die Leiterin der Agentur. Sie sagte, sie sei auf dem Weg hierher. Ich konnte es ihr nicht verbieten!« Sie vergrub das Gesicht in den Händen und stöhnte. Charlie, der strampelnd im Gras lag, wimmerte.
»Oh, du lieber Himmel. Wann kommt sie?«
»Jetzt! In ungefähr einer Stunde. Sie rief vom Auto aus an – sie sagte, sie habe mir geschrieben, das Datum genannt und gefragt, ob es ein Problem damit gebe. Sie sagte: ›Nun, Jean, da Sie keinen Einwand erhoben haben, nahm ich an, es sei in Ordnung, und habe es jetzt so eingeplant.‹«
»Aber hat sie dir tatsächlich geschrieben und das Datum angegeben?«
Jean fing laut an zu schluchzen. »Ich weiß nicht. Du weißt doch, wie wir es halten. Wir kümmern uns nicht mehr um

die Post, denn sie ist ja nie an uns gerichtet. Ich weiß es nicht, ich habe sie einfach in die Schublade in der Bibliothek gesteckt und werfe kaum einen Blick darauf!«

»O Gott.« Michael erhob sich, blickte sich um, unfähig einen klaren Gedanken zu fassen.

»Michael, ich habe versucht, sie daran zu hindern, ich habe es wirklich versucht. Ich sagte ihr, ich wolle gerade weggehen, aber sie meinte, genau deswegen habe sie angerufen, um sicherzugehen, dass ich zu Hause sei. Oh, *Michael!*«

»Aber warum? Hast du sie gefragt, warum sie kommt?«

»Ich konnte es nicht. Wenn sie so entschlossen ist, so offiziell, traue ich mich nicht. Ich konnte ja schlecht von ihr verlangen, dass sie es mir erzählt. Aber ich sagte, oh, das haben Sie ja noch nie getan, mich besucht, wenn ich einen Auftrag ausgeführt habe, und sie erwiderte, die Firma habe neue Richtlinien herausgegeben, es stehe alles im Brief. O Michael, ich glaube ihr nicht. Sie weiß alles und kommt jetzt vorbei, um alles zu verderben. Sie wird alles kaputtmachen.«

»O nein, das wird sie nicht«, erwiderte Michael gelassen. Dann ging er ein paar Schritte, ließ Jean im Gras sitzen. Er musste nachdenken. Jean, die leise vor sich hin weinte, nahm ihr Haar, wand es um den Finger und steckte es auf dem Hinterkopf fest. Dann nahm sie Charlie hoch und wiegte ihn sanft hin und her, als seine Stimme sich zu einer halbherzigen, leisen Klage erhob.

Michael wandte sich ab, versuchte nachzudenken, ertappte sich dabei, wie er das Haus betrachtete, und überlegte einen kurzen Augenblick, ob es vielleicht seinen Blick erwiderte. Es veränderte sich als solches nie, aber er mochte es, wie es die sich verändernden Farben des Lichts wie ein durchsichtiges

Gewand trug und darunter doch immer gleich blieb, auch wenn sich die Hüllen gewisser Tages- oder Jahreszeiten änderten. Und obwohl sich die Stunden und Jahreszeiten veränderten, war wohl das Licht dieses Sommers das gleiche wie das vergangener Sommer, und auch im nächsten Sommer würde es nicht anders sein. Im Sommer, am frühen Nachmittag, würde das gleiche wärmende Licht die Wände bestrahlen, immer gleich.

Die Sonnenstrahlen huschten nun über die Dachziegel und brachen sich im Glas der oberen Fenster. Das Licht beleuchtete die Wand hinter der Glyzinie, deren Äste sich genauso erstarrt und bewegungslos wanden, wie sie es seit hunderten von Jahren taten. Vielleicht lag in den herunterhängenden Blättern ein Hauch von Selbstzufriedenheit darüber, dass die Blüten nächstes Jahr erneut blühen würden und jedes Jahr danach, und dass die Zeit ihre Farbe so unmerklich verblassen lassen würde, dass die Blüte ihre Purpurfarbe nur unmerklich einbüßen und sich voller Anmut in eine weiße Blüte verwandeln würde, als ob sie Staub angesetzt hätte. Und während die Glyzinie mit oder ohne Michaels Aufmerksamkeit blühen würde, hatte er das Gefühl, dass seine Bewunderung irgendwie erforderlich war; er hatte das Gefühl, als ob ihm irgendein wichtiger kleiner Schatz gezeigt worden wäre, der im Inneren des Hauses verborgen war, etwas Zerbrechliches und Vergängliches, das in dem Spiel von Licht und Schatten, Blumen, Blättern und Sommersonnenlicht auf Stein festgehalten wurde. Er durfte dieses Privileg nicht übersehen.

Es schien, dass dieses Haus mit derselben langsamen, ruhigen Andeutung, die die Glyzinie mit ihren Mauern verband, sie alle eingehüllt hatte – Jean, Steph, ihn selbst, ja sogar Charlie – und sie alle an das Haus gebunden und miteinander verbunden hatte, und es schien auch, dass die Sommer und Winter ganzer Jahrhunderte mit ihnen eingeschlossen und fest im selben Netz verfangen waren. Das Haus schien zu sagen: Bleib. Kämpf nicht und zieh nicht von hier weg. Alles, was je wichtig war oder sein könnte, befindet sich hier. Genau wie du ist es in dem Stein eingeschlossen, der sich unter jedem Pinselstrich der Bilder an der Wand befindet, auf jeder Seite jedes einzelnen Buches und in jedem Faden. Es wächst im Garten, wird im Sonnenlicht gewärmt und ruht in der Dunkelheit. Bleib.

Natürlich. Wie konnte er je daran zweifeln? Es war unerhört, auch nur daran zu denken, Heim, Familie und ein gemeinsames Leben aufzugeben, Dinge, die schließlich Millionen von Menschen ihnen überliefert hatten und als ihr rechtmäßiges Eigentum betrachteten. Er, Steph und Jean waren nicht so. Sie hatten nichts vorgetäuscht. Sie hatten diese Dinge für sich selbst herausfinden und hart darum kämpfen müssen. Und sie würden sie nicht aufgeben.

Michael kehrte übers Gras zurück und kauerte sich neben Jean nieder. Sie blickte zu ihm hoch, immer noch Panik im Blick.

»Michael?«

Michael sagte: »Shelley – sie kann nichts wissen. Wie auch? Erzähl mir genau, was sie gesagt hat.«

»Sie sagte, sie führten jetzt Besuche seitens der Firmenleitung ein. Ein freundliches Vorbeischauen, sagte sie, nur um sich davon zu überzeugen, dass es keine Probleme gibt.«

Sie fing wieder an zu weinen. Michael stand auf, nahm Charlie auf die Arme und half Jean aufzustehen.

»O Michael, was sollen wir nur tun?«

»Mach dir keine Sorgen. Wir tun, was wir tun müssen.« Er warf einen Blick zurück auf das Haus. »Es wird alles gut. Wir werden bleiben.«

Als Jean Shelleys Reifen auf dem Kies hörte, kam sie ihr aus dem rückwärtigen Teil des Hauses entgegen, strich sich die Haare glatt und war fest entschlossen, den Eindruck zu erwecken, dass sie wusste, wohin sie gehörte, und nie den Haupteingang benutzte. Sie glaubte, Shelley würde es bemerken und schätzen, dass die Anweisungen so brav befolgt wurden. Aber Shelley war voll und ganz damit beschäftigt, sich aus dem Wagen zu schälen. Sie bewegte sich, als trage sie eine Last, die sie insgeheim unzumutbar schwer fand. Als sie sich aufrichtete und sich selbst gemahnte, Haltung zu bewahren, nahm sie den Hof, die Ställe, die Nebengebäude und die Fassade des Hauses in sich auf. Anerkennend pfiff sie durch die Zähne.

»Oh – ohh. Nun, Jean, Sie haben es ja hier gut getroffen, nicht wahr?«, sagte sie und zog eine Grimasse. »Schauen Sie sich nur all das an. Genau so, wie Sie es mögen, würde ich sagen. Sehr nobel.«

Jean zuckte beim Klang von Shelleys Stimme, die von den Mauern des Hofs widerhallte, zusammen. Sie hatte ganz vergessen, wie durchdringend Shelleys Stimme war.

»Ich hatte keine Chance, es Ihnen zu sagen«, sagte sie, »am Telefon. Es sind Leute hier. Ich versuchte, es Ihnen am Telefon zu erklären, aber ich hatte keine Chance, und dann plötzlich hatten Sie aufgelegt. Der Cousin des Hausbesitzers ist hier.«

»Oh? *Davon* war keine Rede.« Shelley raffte sich auf. »Tatsächlich, Jean, dies wurde mit keinem Wort erwähnt. Und Sie sollten einmal pro Monat anrufen.«
»Nein, nun …«, stammelte Jean.
»Um deutlich zu werden, wir mögen das nicht.«
»Ja, aber …«
»Ich mag das nicht, Jean. Das gibt es nicht in dieser Firma. Sie werden dafür bezahlt, die alleinige Verantwortung zu tragen, und jetzt sagen Sie … oje.« In Shelleys Handtasche klingelte das Handy. Sie fummelte in der Tasche herum. Als sie es gefunden hatte, drückte sie mit Mühe die winzigen Tasten, für die ihre Finger viel zu plump waren.
»Es ist das Büro.« Shelley sandte einen Blick gen Himmel. Jean nutzte die Gelegenheit, sich etwas zu entfernen, während Shelley ins Handy brüllte. Das Läuten des Handys wurde von ihnen beiden als leichte Überlegenheit gegenüber der anderen gedeutet.
Shelley schaltete das Handy aus, wandte sich Jean zu und zog erneut eine Grimasse. »Tut mir Leid! Manchmal müssen sie mich anrufen. Technologie!«
Jean war stehen geblieben, um zwischen der Katzenminze und den Gänseblümchen in einem der Steintröge am Rand des Kieswegs Unkraut zu zupfen. Sie stopfte das kleine grüne Bündel in die Tasche ihres Kleids. Wie töricht von ihr. Hatte es etwa besitzergreifend gewirkt, dass sie das Unkraut gezupft hatte?
»Oh, kein Problem. Ich versichere Ihnen, es macht mir nichts aus.«
»Es war das Büro, sie brauchten meinen Rat bei einer bestimmten Entscheidung.«

»Verstehe. Wollen Sie hereinkommen?« Jean schickte sich an, Shelley zur Rückseite des Hauses zu führen.
»Wer, haben Sie gesagt, ist hier?«
»Der Cousin des Besitzers. Das macht keinen Unterschied. Ich tu nach wie vor meinen Job, kümmere mich um das Haus. Sie sind lediglich Verwandte, die ein paar Tage bleiben. Es macht mir nichts aus, dass sie hier sind. Im Grunde mag ich Gesellschaft.« Sie überlegte, ob sie zu viel sagte. Wo war nur Michael?
Genau in diesem Augenblick rief er nach ihnen, tauchte hinter ihnen auf, und sie wandten sich um und sahen, wie er von der Haustür auf sie zuschlenderte, die Arme über der Brust verschränkt. Er trug alte Khakishorts und ein weiches, flauschiges Hemd und Sandalen. Er hatte sich seinen zerbeulten Strohhut auf den Kopf gestülpt, dennoch war unübersehbar, dass er dringend einen Haarschnitt benötigte. Sein schwarzes Haar glänzte blauschwarz in der Sonne, und eine Strähne fiel ihm über die Augen. Mit einer Hand strich er das Haar zur Seite und lächelte freundlich und gelassen, kam auf sie zu und streckte die Hand aus.
»Hallo, wie geht's Ihnen? Hm – Michael Standish-Cave«, stellte er sich vor. Jean fand, dass er es zu umständlich tat. »Sie sind wohl die berühmte Shelley von der Agentur, vermute ich. Nett, dass Sie vorbeigekommen sind.«
»Ich … die Agentur, wir wussten nicht, dass während der vereinbarten Zeit noch andere Bewohner anwesend wären. Unser Kunde …«
»Oh, hm, ja, *anwesende Bewohner*«, wiederholte Michael, leicht amüsiert. »Der gute alte Oliver. Er hat die Situation gerettet, und dem Himmel sei Dank, das sage ich ganz unge-

niert. Ich bin übrigens sein Cousin. Wie man sieht, väterlicherseits.«

»Mr. Standish-Cave hatte uns nicht darauf aufmerksam gemacht, dass …«

»Nein, natürlich nicht, wir wussten es selbst nicht. Wir entschieden uns recht spontan, befürchte ich, Oliver meinte, wir sollen uns keinen Zwang antun. Wir sind nämlich zur Zeit am Umziehen. Ich wusste, dass Olivers Haus leer war, also rief ich ihn an. Ich gebe zu, dass ich mich darauf verlassen habe, dass er uns helfen würde, weiß nicht, was wir sonst getan hätten, ganz ehrlich. Er sagte, oh, fühl dich dort wie zu Hause, aber ruf um Himmels willen zuerst die Haussitterin an und informiere sie über dein Kommen, sonst bekommt sie einen Schock.«

Er wandte sich um und lachte Jean an, die ebenfalls anmutig lächelte. »Ich muss schon sagen, im Sommer ist man heilfroh, die Stadt hinter sich zu lassen. Und sie hat den Überfall der Standish-Caves erstaunlich gut verkraftet!« Er wandte sich Shelley zu. »Wissen Sie, sie macht ihren Job ganz ausgezeichnet.«

»Einen Überfall?«

Aber Michael hatte sich bereits in Bewegung gesetzt und ging den Weg zwischen den Rosenbeeten voraus, Jean blieb diskret zurück und ließ ihn gehen. Er beschleunigte jetzt seine Schritte, und hinter Jean ging Shelley mit ihrer schweren Schultertasche über einem Arm und einer damenhaften Aktenmappe unter dem anderen. Erneut klingelte das Handy, was Shelley mit einigen erbitterten Handbewegungen abwürgte. Jean wandte sich um und beobachtete sie. Sie trug heute ausgeschnittene, schwarze Schuhe mit Pfennigabsätzen, die den Eindruck vermittelten, dass ihre dicken Beine in Hufen endeten. Mit jedem Schritt versank ihr Fuß tief im Kies, so dass sie kleine Trippelschritte machte, als ob sie dadurch leichter würde. Sie sah aus wie eine Kuh, die versucht, auf Zehenspitzen zu gehen.

»Ein Überfall? Ich meine, Jean, sie … Wie viele sind denn hier?«

Michael machte kehrt und kam zurück, ohne seine Schritte zu verlangsamen. Er rief ihr zu: »Oh, es sind nur drei. Meine bessere Hälfte und Charlie, unser Sohn und Erbe, fünf Monate. Aber in einer Woche sind wir wieder verschwunden. Ihre Schuhe eignen sich aber nicht fürs Land, Sie Ärmste!«

Er blieb stehen, wartete, die Hände in die Hüften gestemmt, und grinste. »Natürlich wären wir nicht ohne ein Dach über dem Kopf in unserem neuen Haus geblieben. Aber es ist ein Drama, mit den Malern. Sie leben in einer anderen Welt, nicht wahr? Sind bereits drei Wochen im Rückstand. Und so landeten wir hier.« Er drängte Shelley durch die Hintertür in die Küche. »Sie sehen aus, als wäre Ihnen etwas warm«, strahlte er.

Jean füllte schweigend den Kessel und beobachtete Shelley aus dem Augenwinkel. Michael hatte Recht. Shelleys Kostüm bestand aus einem Stoff, der in der Sonne leicht changierte, es war ein helles Grün. Unter ihren Achseln fielen zwei breite dunkelgrüne Flecken ins Auge, die an Wassermelonen erinnerten. Mit klirrendem Armband hob sie eine Hand, um ihr krauses Haar zu glätten. Es klebte heute an ihrem Kopf wie feuchter Draht. Über ihr rundes Gesicht liefen kleine Rinnsale, wie bei einem schlecht gelagerten Käse. Jean verabscheute Shelley so sehr, dass sie ein tiefes, wenn auch unwürdiges Vergnügen dabei empfand, dass diese so verwüstet aussah. Tatsächlich war es mehr als das, erkannte Jean mit einem leichten Schock, als sie sich anschickte, Tee zu machen. Ihre Schadenfreude gründete nicht nur auf Shelleys verwüstetem Aussehen, sondern darauf, sie in der Rolle der Unterlegenen zu sehen. Michael hatte sich wie üblich mit dem Rücken zum Herd gestellt.

»Setzen Sie sich doch … hm, Kell… Shelley«, sagte er charmant und deutete auf einen Stuhl.

Shelley setzte sich verwirrt auf den Stuhl. Als sie aus dem Wagen gestiegen war, hatte sie keinerlei Unsicherheit empfunden. Das war jetzt anders. Natürlich konnte der Besitzer in seiner Abwesenheit in sein Haus einladen, wen immer er wollte, aber es hatte sie aus der Fassung gebracht. Er war zwar nicht verpflichtet, es zu tun, aber Mr. Standish-Cave hatte einfach nicht die Höflichkeit besessen, Town & Country zu informieren, dass sein Cousin mit Familie unvermittelt aufkreuzen würde – Shelley fühlte sich übergangen. »*Wissen Sie, sie macht ihren Job ganz ausgezeichnet.*« Das war eigentlich recht frech, denn es lag an ihr, nicht an ihm (Cousin oder nicht) zu beurteilen, wie gut Jean ihre Pflicht erfüllte. Dieser Cousin benahm sich fast so, als gehörte ihm das Haus, und obwohl es eigentlich allen klar zu sein schien, dass es nicht so war, war er vom Besitzer dazu aufgefordert worden, das Haus als das seine zu betrachten. Lief das aufs Gleiche hinaus? Es war verwirrend.

Shelley blickte zu ihm hoch, sein schlaksiger, entspannter Körper türmte sich vor ihr auf. Er bedachte sie mit seinem freundlichen Haushaltsvorstandsgrinsen. Natürlich war er freundlich, aber sie kannte diese Art von Freundlichkeit. Er war genauso statusbewusst wie sie, nur so lange freundlich, wie es ihn keine Anstrengung kostete. Sie wussten beide, wenn er von einem Augenblick zum anderen beschließen sollte, dass es ihn nicht länger amüsierte, ihr gegenüber charmant zu sein, konnte er jede Sekunde umschwenken und einen Ton anschlagen, wie er zwischen Arbeitgeber und Arbeitnehmer üblich war. Und »Besuch der Firma« oder nicht, Angestellte können nicht darauf bestehen, die Häuser ihrer Arbeitgeber zu besichtigen. Shelley verkniff den Mund und schnaubte durch die Nase. Jean war keine Hilfe. Entsprechend ihrem Wesen hantierte sie im Hintergrund, stellte Tassen und Unterteller auf den Tisch und lächelte ihr typisch verschlagenes Lächeln. Jean war entweder langsam und überlegen auf eine bescheidene Weise oder bescheiden auf eine langsame und überlegene Weise; Shelley hatte noch nie richtig durchschaut, was nun stimmte. Aber jetzt, nachdem sie Jean gründlich studiert hatte, konnte sie erkennen, dass sie sich verändert hatte. Shelley holte ihren Inhalator heraus und betätigte ihn mehrere Male.

Jean sagte: »So, Sie überprüfen jetzt also die Häuser. Das ist ja ganz neu, nicht wahr?«

»Es sind Besuche seitens der Firmenleitung«, korrigierte Shelley sie. »Sie haben Ihr Haar wachsen lassen, nicht wahr? Ich wusste doch, dass irgendetwas an Ihnen anders ist.«

Wie sie erwartet hatte, brachte dies Jean leicht in Verlegenheit. Sie war die Art von alter Jungfer, die es nicht liebte, irgendwelche Aufmerksamkeit zu erregen, schon gar nicht wenn es um ihr Aussehen ging, und Shelley gehörte zu den Menschen, die solche unerklärlichen, veralteten Vorlieben ignorierte. Trotzdem war *irgendetwas* an Jean anders. »Oder liegt es an Ihrem Kleid? Ist angenehm, wenn man die einzelnen Kleidungsstücke kombinieren kann. Das ist aber nicht von Marks, oder? Eine ungewöhnliche Farbe. Ich hätte Ihnen nicht zugetraut, dass Sie Gelb tragen.«

»Es ist kein Gelb«, erwiderte Jean, schwach vor Gekränktheit, »es ist Altgold.« Sie fasste sich an die Kehle. »Ich trage es nicht häufig, nur bei diesem Wetter …«

Genau in diesem Augenblick tat Michael von seinem Standort aus einen Sprung nach vorn. Mit einem durchdringenden Schrei »*Haaaaa*« rannte er auf sie zu und schlug hart mit der Hand auf den Tisch, wenige Zentimeter von Shelleys Ellbogen entfernt. Der Tisch schwankte. Shelley fasste sich an die Wangen, und einen Augenblick lang starrten ihn beide Frauen an. Sie rissen die Augen auf, und es fehlten ihnen die Worte.

»Das war ein Ohrenkneifer«, sagte er fröhlich. »Wollte gerade unter Ihren Ärmel kriechen, Shelley. Zum Glück habe ich ihn entdeckt!« Er klatschte in die Hände und kehrte zum Herd zurück.

»Ich glaube, die können ganz schön zwicken«, sagte Jean sanft. Sie lächelte. Schlauer Michael. Sie goss drei Tassen Tee ein und schob Shelley eine Tasse hin. »Hatte sich wohl in den Rosen versteckt.«

»Ich hasse die Scheißviecher, und Sie?«, fragte Michael im Plauderton.

»Ugh, *bäh«*, sagte Shelley in Jeans Richtung. Sie erkannte, dass sie sich nicht offen über seine Ausdrucksweise beklagen konnte. Stattdessen tat sie so, als habe sie ihn nicht gehört. Sie nippte an ihrem Tee, stellte allerdings voller Widerwillen fest, dass es Earl Grey war, und blickte misstrauisch auf den Krug Rosen auf dem Tisch. Die Blumen waren bereits verblüht, und Michaels überraschender Schlag auf den Tisch hatte bewirkt, dass einige der schweren Blüten noch mehr Blätter abgeworfen hatten. Die kärglichen Überreste der Rosen im Krug waren jetzt umgeben von einem Wall gerollter, rosafarbener und gelber samtener Blätter.

»Das ist das Problem mit Gartenblumen. Man bringt alles mögliche Getier ins Haus«, versicherte sie.

»Jean kümmert sich um die Blumen«, erklärte Michael. »Nicht wahr, Jean? Jean, haben Sie noch etwas von Ihrem Zimt- und Honigkuchen? Wissen Sie, sie macht den köstlichsten Zimt- und Honigkuchen der Welt.«

»Oh, tatsächlich? Bitte, nicht für mich«, erwiderte Shelley, »vielen Dank.« Sie hüstelte berufsmäßig, womit sie signalisierte, dass sie Michael ab jetzt ignorieren würde. Sie wusste nicht genau, wie sie zu ihm stand, aber sie war eine viel beschäftigte Frau, die einen Job ausüben musste, und sie würde sich nicht länger davon abhalten lassen. Sie räusperte sich erneut und griff nach ihrer Aktentasche.

»Jean, ich muss einen kurzen Fragebogen mit Ihnen durchgehen, es dauert nicht lange. Sie haben dabei die Gelegenheit, eventuelle Probleme oder Sorgen zu äußern.«

»Probleme und Sorgen? Aber ich hätte es Ihnen doch gesagt, wenn es welche gäbe«, bemerkte Jean milde. »Probleme und Sorgen?« Sie wiederholte die Worte voller Misstrauen. »Ich hab auf jeden Fall keine. Alles läuft prima.«

»Würde ich auch sagen!«, mischte Michael sich ein. Er hatte die Kuchendose mit Jeans Kuchen gefunden und schnitt ein großes Stück ab. »Kann ich Sie wirklich nicht in Versuchung

führen?«, bot er Shelley an, hob mit einer Hand den Kuchen hoch und deutete mit der anderen darauf.
Shelley lächelte und schüttelte den Kopf. Da sie sich heute Morgen während der Fahrt einen Schokoriegel gegönnt und sich damit das Mittagessen geschenkt hatte, verspürte sie jetzt Hunger, aber sie war der Meinung, es sah besser aus, wenn sie zwischen den Mahlzeiten alle Angebote ablehnte. Sie richtete den Blick erneut auf Jean und sagte: »Aber es kann nützlich sein, nicht wahr, Probleme und Sorgen sofort zu *erkennen?* Das ist gute Management-Praktik, klar und einfach.«
Sie hatte einen Stapel Papiere vor sich aufgehäuft. Daneben legte sie ihr Handy und ihr Notizbuch. Dann schraubte sie die Kappe ihres Füllers ab.
»Nun, zu Beginn war doch diese Teekanne, die zu Bruch ging, nicht wahr? Jean, Sie haben nie Einzelheiten berichtet, obwohl wir, wie ich mich erinnere, darum gebeten haben. Wenn Sie die Bestandsliste holen, können wir das klären und entsprechend handeln.« Sie lächelte berufsmäßig.
Jean spürte, wie Panik sie erfasste. »Ich habe die Scherben der Teekanne aufbewahrt«, sagte sie hoffnungslos.
»Das ist aber nicht genug«, sagte Shelley und füllte schnell einige Kästchen auf ihrem Formular aus. »Ich muss die Bestandsliste überarbeiten, wenn Sie also schnell Ihre Abschrift holen könnten.« Sie blickte hoch. »Sie haben sie doch, oder?«
»O ja, natürlich. Irgendwo, ich dachte, ich könnte …«
In der grauenhaften Stunde zwischen Shelleys Telefonanruf und ihrer Ankunft war keine Zeit geblieben, um sich darüber Gedanken zu machen, was sie sagen oder tun würden, wenn die Frage des Inventars aufs Tapet kam. Sie waren durch das Haus gewirbelt und hatten aufgeräumt, ihre Gruppenauf-

nahmen in Silberrahmen, die lustigen Bilder und Botschaften auf der Tür des Kühlschranks entfernt, hatten versucht, das Haus weniger bewohnt erscheinen zu lassen. Sie hatten beschlossen, dass Shelley unter keinen Umständen die Treppe hochgehen durfte, was auch immer geschehen mochte. Es würde schwierig sein, den Geruch frischer Farbe aus dem Kinderzimmer, der einem bereits auf dem Treppenabsatz in die Nase stieg, zu erklären; vorübergehende Gäste pflegen gewöhnlich nicht, das Haus umzugestalten, vor allem nicht wenn die Gastgeber abwesend sind. Aber Michael war dann ganz wichtigtuerisch geworden.

»Also gut, wenn es sein muss, werden wir es schon schaukeln«, erklärte er Jean. »Verhalte dich einfach ganz normal. Denk daran, du bist die Haussitterin, ich und Steph und Charlie sind Olivers Verwandte. Halte dir das immer vor Augen, und verhalte dich so, wie es eine Haussitterin tun würde. Dann wird alles gut!«

Das war ja alles sehr schön. Aber wie sollte sie das hinbekommen: sich wie eine normale Haussitterin verhalten, wenn sie ja tatsächlich eine Haussitterin *war*, nur eben eine, die ihre eigene Familie ins Haus gebracht, die Bestandsliste verbrannt, die Tiefkühltruhe ausgeräumt, ganze Abschnitte des Gartens verändert, die besten Räume bezogen, sich Kleidungsstücke angeeignet, Fotos zerrissen und Möbel und Artefakte verkauft hatte? Es klang recht unwirklich, wenn man es so betrachtete; es war keineswegs eine präzise Art, das zu beschreiben, was sie getan hatte, aber genauso würde es jemand wie Shelley sehen.

»Jean? Die Inventarliste? Sie wollen doch nicht sagen, dass Sie sie verloren haben, oder?«

Jean hatte das Gefühl, ihr Gehirn löse sich auf. Sie warf Michael einen Blick zu. Der grinste sie an. »Oh, mea culpa, muss ich zugeben. Der Tadel gebührt uns!«, erklärte er Shelley plötzlich. »Ich fürchte, wir haben hier alles auf den Kopf gestellt, nachdem wir so spontan aufgetaucht sind. Ich habe klar gemacht, dass Jean nicht hier ist, um hinter uns herzuräumen, nicht wahr, Jean, also ist hier nicht mehr alles so tadellos, wie es war. Als wir hier eintrafen, war alles in schönster Ordnung. Tut mir Leid!«
Er griff nach der Teekanne und füllte Shelleys halb volle Tasse nach. »Wissen Sie was, ich habe oben einen Stapel Papiere gesehen, nicht wahr, Jean? Ich werde nachsehen, ob die Liste darunter ist. Bin gleich wieder hier.« Freudestrahlend sauste er hinaus.
Als er draußen war, herrschte peinliche Stille zwischen den beiden Frauen. Jean erhob sich und trat ans Fenster. Ihr fiel absolut nichts ein, was sie sagen könnte. Verzweifelt suchte sie nach einer Bemerkung, die *typisch* für ihre Rolle war. »Diese Fenster hier sind hübsch, und draußen der Lavendel, der unten im Garten wächst«, stammelte sie. »Die Küche ist sehr gemütlich, finden Sie nicht auch?«
»Sie scheinen sich hier wie zu Hause zu fühlen«, bemerkte Shelley glatt.
»O nein, aber man bemerkt so etwas eben nach einer Weile«, sagte Jean und machte eine Kehrtwendung. Am liebsten hätte sie die Frau angeschrien. Oder umgebracht. »Ich meine die Blumen. Zum Beispiel das Geißblatt, das sich durch diesen Baum schlängelt.«
Shelley schenkte sich eine Bemerkung. Genau in diesem Augenblick tauchte Michael wieder auf, die scheu lächelnde

Steph im Schlepptau, die von Kopf bis Fuß in Weiß gekleidet war. Ihr Haar erinnerte an golden glänzende Getreidehalme, und Charlies Finger spielten damit. Der Kleine blickte sich um. Seine Haut hatte die gleiche Tönung wie Stephs, eine Mischung aus Gold und Milch, und ihre Gesichter hatten den gleichen durch erquickenden Schlaf entstandenen Schimmer. Einen Augenblick lang betrachtete Jean sie mit unverhohlener Bewunderung. Dann riss sie sich wieder zusammen.

»Hallo! Charlie will *hallo* sagen«, säuselte Steph. Sie trat einen Schritt vor und schwenkte Charlies Unterarm in der Luft. »Charlie sagt hallo!«

Shelley blieb nichts anderes übrig, als die Hand zu heben und mit einem milden, mütterlichen Lächeln zurückzuwinken. »Hallo, Charlie«, sagte sie. Jean tat es ihr nach.

»Habe leider nichts gefunden«, sagte Michael und kratzte sich am Kopf. »Verdammter Papierkram, nie ist das Zeug da, wo man es vermutet. Es liegt irgendwo rum, aber man muss es erst mal entdecken. Tut mir Leid!«

Aber Shelley hörte ihm nicht zu. Steph war mit Charlie auf dem Arm auf sie zugegangen. Der Kleine strahlte sie plötzlich an und streckte die Arme nach ihr aus. Er wurde auf Shelleys Schoß gesetzt, und diese vergaß alles um sich herum und geriet in einen Zustand verzückter Entrücktheit. Es war nicht klar, mit wem sie sprach, mit Charlie, seinen Eltern oder mit sich selbst, aber sie machte einen Kussmund und gab einen Schwall bewundernder Worte und Geräusche von sich. Charlie blickte zu ihr auf, unbeweglich und mit offenem Mund. Auf seiner Unterlippe hatte sich Speichel angesammelt, der jetzt auf ihre Hand tropfte. Sie schien es nicht einmal zu bemerken.

Charlie hatte uns gerettet. Ich hätte Shelley nie so eingeschätzt, dass ein Baby sie völlig entwaffnen könnte, aber als Charlie auf ihrem Schoß saß, wusste ich, dass wir nichts mehr zu befürchten hatten. Ich entschuldigte mich nochmals ordnungsgemäß wegen der Inventarliste, und Michael mischte sich ein und sagte, es sei seine Schuld; wir nervten Shelley mit der Liste so lange, bis sie sagte, es spiele keine Rolle. Sie hörte uns kaum zu. Charlie lächelte zu ihr hoch, lachte fröhlich, und sie war völlig damit beschäftigt, mit ihm zu reden und ihm seinen Hasen vor die Nase zu halten. Wir ließen sie nicht zum Nachdenken kommen, überschütteten sie buchstäblich – Charlie mit seinem Gekichere, ich mit einer Tasse Tee nach der anderen und Michael mit allerhand Geplänkel, um zu beweisen, was für ein dussliger, aber charmanter Kerl er war. Steph saß einfach da, strahlte und genoss die Komplimente über Charlie. Michael bot an, selbst die Inventarliste zu überprüfen, wenn er sie gefunden hätte, und sie direkt in Stockport darüber zu informieren, wenn etwas fehlte. Sie sagte, das wäre prima.

Ich vermute, Michael hatte sie überrumpelt, als er sagte, was für einen guten Job ich hier täte und dass er dies auch Oliver am Telefon gesagt habe. Das war eine schwierige Situation, da Shelley etwas erstaunt darüber war. Einen Augenblick lang fühlte ich Beklommenheit, dachte, dass wir zu weit gegangen waren. Aber es lag einfach daran, dass die Agentur die Anweisung erhalten hatte, keinen Kontakt mit »Oliver« (wie Shelley ihn jetzt auch nannte, obwohl sie ihn nie kennen gelernt hatte) aufzunehmen, es sei denn, es handle sich um einen Notfall. Offensichtlich wollte er nicht gestört werden. Oh, natürlich sei die Familie in Verbindung miteinander, sagte

Michael so unverfroren, dass ich fast rot geworden wäre. Als er sie schließlich dazu gebracht hatte, sich den Swimmingpool anzuschauen, erinnerte sich niemand mehr daran, dass sie eigentlich im Auftrag der Firma hier war, und sie hatte schon längst die Hoffnung aufgegeben, das Haus zu besichtigen. Aber es lag ihr inzwischen auch nichts mehr daran. Schließlich, hatte sie sich selbst eingeredet, stand das Haus ja noch.

Auch wenn ich nie ein Fan von Shelley gewesen bin, kann meiner Meinung nach der Agentur kein Vorwurf gemacht werden, es sei denn der, dass sie mich loswerden wollte, bevor ich dazu bereit war.

Charlie wurde gerade im richtigen Augenblick quengelig. Zuerst wurde er etwas griesgrämig, dann wand er sich in Shelleys Armen, bis Steph ihn hochnahm, sich wieder auf den Stuhl setzte und ihn an ihre üppige blau geäderte Brust legte. Shelley wandte sofort den Blick ab, beschämt, weil sie in Verlegenheit gebracht worden war. Sie war die Einzige, der das so ging.

»Noch Tee?«, fragte Jean, die Hand auf der Teekanne. Sie runzelte die Stirn. Dann warf sie einen Blick auf die Armbanduhr. »Sie haben noch eine lange Fahrt vor sich, nicht wahr?«, bemerkte sie freundlich.

»Ja, Sie Arme«, murmelte Steph und lächelte auf Charlie herunter, der schlabberte wie ein Welpe.

»Um diese Zeit schließe ich gewöhnlich alle Fenster«, fuhr Jean fort. »Wenn Sie mich also entschuldigen wollen …«

Shelley sagte schnell: »Oh, vielleicht sollte ich mit Ihnen kommen, bei einem normalen Besuch der Agentur würde ich das machen, das heißt, wenn nur der Haussitter anwesend wäre. Wenn es Ihnen nichts ausmacht, begleite ich Sie.«

»Oh, tun Sie das *nicht!* Wir würden uns in Grund und Boden schämen, nicht wahr?«, rief Michael mit lauter Stimme. »Wenn wir gewusst hätten, dass Sie kommen, wäre es etwas anderes. Wir hätten alles fein säuberlich aufgeräumt, damit Sie nicht sehen, was für Schweinchen wir sind. Sie verstehen das bestimmt. Wenn ein Baby im Haus ist, geht halt alles drunter und drüber. Aber es würde mich sehr *stören*, wenn Sie das sehen würden.«

»Oh, nun, natürlich will ich nicht aufdringlich sein, aber ...«

»Und Sie wissen doch, dass Jean großartig ist. Sie sorgt hier für Ordnung, damit wir nicht zu viel anrichten. Nicht, Jean?« Er warf ihr einen fast als anzüglich zu bezeichnenden Blick zu und wandte sich dann wieder Shelley zu. »Kommen Sie, ich zeige Ihnen den Pool«, kommandierte er und machte einen erneuten Anlauf, freundlich zu sein. »Ein bisschen frische Luft kann nicht schaden, bevor Sie nachher in den Wagen eingepfercht sind. Sie haben nicht zufällig einen Badeanzug dabei, wirklich zu schade, aber Sie könnten ja wenigstens ein bisschen herumplantschen.«

Shelley war hin- und hergerissen; einerseits zögerte sie, dem mit großen Schritten vor ihr hereilenden Michael nach draußen und Gott mochte wissen wohin zu folgen, und das noch in den falschen Schuhen, andererseits war sie froh, dass sie einen Grund hatte, nicht mehr mit ansehen zu müssen, wie Charlie gestillt wurde. »O ja, das wird gut tun, aber nur für eine Minute«, sagte sie. Dabei lächelte sie zaghaft. Michael war bereits an der Tür.

Fünfzehn Minuten später gingen sie alle hinaus, um sich von

ihr zu verabschieden. Charlie lag jetzt an Stephs anderer Brust, und Michael trug wieder seinen Strohhut schräg auf den Kopf gestülpt. Jean achtete darauf, einen gewissen Abstand zu ihnen einzuhalten. Als der Wagen davonfuhr, hob sie kurz die Hand und winkte höflich, aber desinteressiert. Sie blickten dem Auto so lange hinterher, bis es außer Sichtweite war. Sie standen immer noch da und lauschten, noch lange nachdem das Motorengeräusch in der Abendbrise untergegangen war. Die erneute Stille schien wieder ihnen zu gehören, nach Shelleys nachgeahmten Babylauten, ihrem prustenden Atem und ihrem Handy.
»Jetzt können wir feiern«, sagte Michael leise.

Nun, ich gebe es zu, dass wir danach etwas ausgelassen waren. Es war schon spät, als Steph Charlie nach Hause brachte. Michael fuhr sie bis zum Dorfrand, und von dort aus schob ihn Steph im Kinderwagen weiter. Sie wollte zu Fuß zu Sally gehen, da sie annahm, diese könnte schon zu Hause sein (aber sie war es nicht). Steph wusste, Sally würde ausflippen, wenn sie sähe, dass Charlie vorne im Van auf ihrem Schoß saß und nicht in einem ordentlichen Kindersitz, und zudem wusste Sally nichts von Michael. Begreifen Sie allmählich, welche Mühe wir uns gaben, alle zufrieden zu stellen?
Es war Stephs Zahltag, und als sie wieder in Michaels Van stieg, fuhren sie nach Corsham und kauften chinesisches Essen zum Mitnehmen. Die Süßen hatten sich abgesprochen, dass ich einen zu harten Tag gehabt hatte, um noch zu kochen. Sie kauften so viel ein, dass der Mann, der ihre Bestellung aufnahm, noch Cola, Shrimpcrackers, einen Kalender und Sojasauce kostenlos dazugab. Es war wie eine Art Aner-

kennung. Sie kehrten kichernd zurück. Dann sagte Michael, wir hätten etwas zu feiern, und holte vier Flaschen Champagner aus dem Keller hoch. Ich habe keine gute Erinnerung, was die Namen der Champagnersorten angeht, wir haben so viele ausprobiert. Aber Steph steckte eine Kerze in eine der leeren Flaschen, die wir an diesem Abend geköpft haben, und seither steht sie auf dem Tisch, also weiß ich, dass es ein 1988er Krug war, den Michael sehr spritzig fand. Die Mischung aus süß und sauer war jedoch nicht ideal, und ich glaube, diese Kombination und das Nachlassen der ganzen Anspannung bewirkten, dass mir an dem Abend plötzlich übel wurde. Ich möchte gern, dass Sie wissen, dass ich mich später nach Kräften bemühte, den Teppich wieder zu reinigen. Im Übrigen stammen die kreisrunden Flecken auf dem Esstisch auch von diesem Abend. Es herrschte solche Feierstimmung, dass wir nicht einmal bemerkten, wie viel Sojasauce an der Flasche herunterlief. Als wir es dann feststellten, schien es keine Rolle zu spielen. Schließlich ist es nur ein Tisch, sagte Michael, und ich erinnere mich, dass wir uns dann über Besitz im Allgemeinen unterhielten und darüber, dass die Gegenstände, die die Erinnerung an bestimmte Ereignisse in unserem Leben bergen, immer die sind, die am kostbarsten für uns sind. Über diesen Punkt waren wir uns alle einig.

JUNI

Ja, eine Zeit lang war es ein Leben wie in den bunten Blättern der Magazine. Da war zum Beispiel das Wetter. Ich glaube nicht, dass ich je zuvor so viel auf das Wetter geachtet habe. Hier werden die Jahreszeiten ganz anders wahrgenommen als in der Stadt, und als es wirklich Sommer wurde, hatte ich so etwas wie das Gespür einer Landfrau dafür entwickelt. Der Garten blühte natürlich üppig, etwas, das ich vorher, bevor ich eine richtige Blumenliebhaberin wurde und massenhaft Blumen ins Haus brachte, ohne großes Interesse wahrgenommen hätte. Meine Lektüre ging nun über Kochbücher hinaus. In der Bibliothek gab es dutzende von Büchern übers Gärtnern. Eines insbesondere enthielt Bilder und Beschreibungen praktisch jeder Pflanze, die in England wächst. Ich nahm es mit in den Garten und lernte die Namen aller Blumen, die hier wachsen. Ich stellte fest, dass ich die lateinischen Bezeichnungen genauso schnell wieder vergaß, wie ich sie gelernt hatte, aber sogar jetzt noch, im August, kann ich die gebräuchlichen Namen der Blumen, die im Juni blühten, aufsagen. Es gab natürlich einige, die ich bereits kannte: Tausendschönchen, die so dick und rund wie Kanonenkugeln waren, Schleifenblumen, Vergissmeinnicht und Goldlack, Katzenminze und Pfingstrosen, weiße und rote, und so viele!

Ich beobachtete, wie die Knospen der Pfingstrosen wie feuchte grüne Fäuste im Regen aufgingen, und als sie in voller Blüte standen, hingen sie wie aufgerollte Ballettröckchen an ihren Stielen, all diese Blütenblätter mit ihren gezackten Rändern. Und was für eine Farbe! Ich fragte mich, wie ein solches Purpurrot überhaupt existieren konnte, ohne dass von unten her nachgeholfen wurde, etwas in die Blüten hineingepresst oder destilliert wurde. Es gab auch Glockenblumen, Akeleien, Bischofshut, Fuchsschwanz, jede einzelne Blume versetzte mich in Entzücken.

Und so ging es weiter. Morgens weckte mich der Gesang der Vögel, und ich trug die gleichen drei bis vier Kleider so lange, bis sie weich und vertraut waren. Ich spürte, wie etwas in mir jubelte, den ganzen Tag. Seit ich ein kleines Mädchen gewesen war, erlebte ich zum ersten Mal wieder einen Sommer, in dem ich barfuß ging, Schuhe benutzte ich kaum noch. Meine hatten mir sowieso nie richtig gepasst. Dann brachte Michael für mich und Steph ein paar Espadrilles, die im Supermarkt billig angeboten wurden, mit. Sie waren genau richtig. Deshalb kaufte er uns gleiche mehrere Paare in verschiedenen Farben. Unsere Füße waren genauso zufrieden wie wir selbst.

Eines Tages, als sie gerade mit dem Frühstück fertig wurden, sagte Michael: »Bin ich denn der Einzige, der es bemerkt hat? Wir sind jetzt alle größer.«

Er blickte beide an und wiederholte: »Habt ihr es denn nicht bemerkt? Wir sind *größer.*«

Sie frühstückten immer spät. Sie zogen es vor zu warten, bis Steph bei Sally gewesen und mit Charlie zurückgekommen war. Zu der Zeit hatten sie alle einen Bärenhunger. Jeans

Frühstück war wieder verschwenderisch wie früher. Es spielte keine Rolle, dass sie selten erst nach halb zwölf anfingen, etwas zu tun; sie konnten die Tage verbringen, wie sie Lust hatten. Steph zeigte ihr schläfriges Lächeln und nickte wortlos. Sie saß da mit Charlie auf dem Schoß. Dieser war inzwischen mit offenem Mund eingeschlafen.

»Du meinst dich selbst«, erwiderte Jean. »Vielleicht bin ich etwas voller geworden, aber nur ein wenig, also keine Unverschämtheiten!«

»Nein, ich meine größer. Nicht voller, sondern größer. In jeder Hinsicht. Als Mensch.«

Steph seufzte, schob Charlie ein wenig zur Seite und knöpfte ihr Hemd zu. Sie verstand nicht, was er meinte, es interessierte sie auch nicht. Sie hatte eine Neuigkeit für sie, aber im Augenblick genoss sie es, diese für sich zu behalten. Das Vergnügen, sie mitzuteilen, konnte noch etwas warten, und sie mochte es, ihnen zuzuhören. In diesen Tagen unterhielten sie sich ständig. Michael und Jean waren einfach redselige Menschen, und sie war es nicht, war es nie gewesen. Der Unterschied heute war lediglich, dass es ihr kein Unbehagen mehr bereitete.

»Nun gut, ich habe etwas Gewicht zugelegt«, sagte Jean nachgiebig, »nehme ich zumindest an.« Sie passte jetzt gut in ihre Kleider. »Ist es das, was du meinst? Ist denn das nicht alles?«

»Nein, wir sind in jeder Beziehung größer.«

»Aber nicht *körperlich*.« Das wäre ja unmöglich. Doch Jean begann, sich zu fragen, ob er Recht haben könnte. Sie mochte die Ernsthaftigkeit, mit der Michael ihr Neues darlegte. Es gelang ihr nicht immer, die Dinge anders zu sehen, aber sie bemühte sich, für seine Vorstellungen empfänglich zu sein.

»Ich meine«, erklärte Michael, »wir nehmen den Raum mehr in uns auf. Das soll nicht heißen, dass wir *mehr Raum* einnehmen.« Jean und Steph sahen sich stirnrunzelnd an. »Versteht ihr denn nicht? Wir nutzen den Platz mehr, atmen mehr Luft ein, nehmen mehr von allem, wir sind stabiler, wir sind so stabil ... wie«, er machte eine vage Handbewegung, »wie alles hier.«

Steph lachte. Sie lachte jetzt häufig. Charlie bewegte sich und maulte, fand aber, dass das Geräusch ihm vertraut war, und beruhigte sich wieder.

Michael sah sie an. »Siehst du? Das ist ein Teil davon. Jeder Laut, den du von dir gibst. Es liegt daran, dass wir nicht nur *hier* sind, sondern daran, dass wir *darin* sind.« Mit beiden Armen fuchtelte er in der Küche herum. »Es ist, als ob wir in die Wände eingedrungen wären. Wir sind so groß, dass wir in den Wänden sind. Versteht ihr denn nicht, was ich meine?«

Er verstand es selbst kaum, und vielleicht war es zu viel von ihnen verlangt, dies zu begreifen. Vielleicht, dachte er, war es unmöglich, es zu verstehen, wenn man nicht zuvor in Beths Haus in Swindon gelebt hatte. Nicht dass irgendetwas damit nicht gestimmt hätte, sicherlich nichts, was Michael zu der Zeit hätte erklären können, und heute wahrscheinlich noch genauso wenig. Beth und Barry waren stolz darauf gewesen; sie hatten das Haus ganz neu gekauft, wie sie ihm auf der Heimfahrt vom Kinderkrankenhaus berichtet hatten. Michael hatte sich zurückgelehnt und nicht unbedingt auf die Worte geachtet, denn er war damit beschäftigt, sich an Beths normale Kleidung zu gewöhnen. Er hatte sie immer nur in Schwesterntracht gesehen und hatte sich irgendwie vorgestellt, dass das das Einzige war, was sie trug. In der langen

Hose und der Jacke, die sie jetzt trug, schien sie nicht mehr die Gleiche zu sein, obwohl sie genau wie vorher schwatzte; nicht einmal ihr Haar schien ihres zu sein. Michael betrachtete ihren häubchenlosen Hinterkopf, fühlte sich erschöpft und bestürzt. Ihr Haus, sagten sie, befinde sich in so einer angenehmen Wohngegend. Alle Türen standen hier offen. Vom Haus aus hatte man einen Blick über die grünen Wiesen, die Siedlung lag auf einem Hügel, und man konnte sie sogar von der Autobahn aus sehen. Als Barry darauf deutete (»Siehst du dort oben? Das ist künftig dein Zuhause, mein Sohn«, hatte er gesagt, und Beth wandte sich mit glänzenden Augen um und kniff Michael ins Knie), blickte Michael hoch und sah ein halbes Dutzend durchbrochener Reihen von Doppelhäusern, die sich quer durch die Landschaft erstreckten. Aus der Ferne sahen sie winzig aus, wie störende, abgekoppelte Waggons eines entgleisten Zugs, genau wie die Spielzeugwaggons, die der Junge im Hospital von seinen Eltern erhalten hatte.

Danach wurde Michael das Gefühl nie ganz los, dass er in einer Art Transportfahrzeug lebte, das nur vorübergehend abgestellt worden war, oder in einem Container, einem quadratischen Behältnis mit dünnen Wänden und verschiedenen Abteilen, um Dinge darin zu verstauen. Und es stellte sich tatsächlich heraus, dass alle Türen offen waren. Beths Türen auf jeden Fall, und zwar die Haustür und die Hintertür. Wenn sie zum Wäscheaufhängen hinten im Garten war und ein Nachbar vorbeikam, trat er durch die Haustür, rief nach ihr und ging schnurstracks durchs Haus bis zur Hintertür, als ob die Diele eine Fortsetzung des Pflasterwegs wäre. Oder wenn Beth, die gerade aus dem Fenster des Wohnzimmers blickte, einen Passanten erspähte, winkte sie diesem zu und eilte zur Tür, um ihn aufzufordern, kurz bei ihr reinzuschauen. Sogar die Nachbarshunde kamen und gingen nach Belieben. An einem Samstagnachmittag, als Michael auf dem Teppich lag und sich im Fernsehen ein Fußballspiel ansah, hörte er plötzlich ein Geräusch hinter sich, als ob etwas in einer heißen Pfanne brutzelte. Als er sich umdrehte, sah er einen braunen Hund, der gerade mit entrücktem Gesicht gegen den Türrahmen pinkelte und das Holz und den Teppich mit gelbem Urin bespritzte, als wenn das Wohnzimmer eine Bushaltestelle oder dergleichen wäre. Michael hatte angefangen zu weinen. Dieser Vorfall schien noch mehr spontane Besuche mit sich zu bringen, voller Erklärungen, Entschuldigungen und am Ende auch brüllendem Gelächter der Erwachsenen. Man sollte schließlich nicht sagen, dass Beth und Barry Menschen waren, die nicht auch die amüsante Seite einer Geschichte zu würdigen wussten.

Barry war Fernkraftfahrer und arbeitete im Schichtdienst, an den sich Michael nie gewöhnen konnte und der sein Gefühl, auf der Durchreise zu sein, noch verstärkte. Genau in dem Augenblick, da er überzeugt war, dass Barry vier Tage unterwegs sein würde, kam dieser herein, oder wenn Michael hoffte, ihn zu Hause anzutreffen, war er verschwunden. Beth versuchte, es zu erklären, erzählte etwas von Doppelschicht, Frühschicht und dergleichen, bis Michael aufhörte, Fragen zu stellen. Beths Arbeitsplan war einfacher zu begreifen, aber wenn er an den Tagen, wenn sie arbeitete, in der Schule saß, war Michael melancholisch und ängstlich und stellte sie sich in ihrer Tracht vor, wie er sie auf der Kinderstation kennen gelernt hatte. Er sah überdeutlich einen Jungen vor sich, der so war wie er, aber es war nicht er, der regungslos auf ihrem Schoß lag, den Kopf an ihre Brust geschmiegt, und das versetzte ihm einen Stich. Er erzählte der Lehrerin von diesem Schmerz, und Beth wurde aufgefordert, ihn mit nach Hause zu nehmen, aber nach dem dritten oder vierten Mal und nach einem Besuch beim Arzt sagte Beth, freundlich wie immer, dass es nicht mehr geschehen würde. Er sei jetzt ein großer Junge, erklärte sie ihm, zu groß, um eifersüchtig zu sein. So versuchte Michael, das Gefühl in seinem Herzen zu verschließen, indem er sich in dem Container zusammenkauerte, der seiner Vorstellung nach in der angenehmen Wohngegend, wo die Türen beängstigenderweise immer offen waren, lediglich geparkt war. Vom Wohnzimmer aus, dessen riesiges Fenster fast bis zum Boden reichte, beobachtete er die Nachbarn, die Kinder und Hunde und hielt nach Beth Ausschau. Er war immer noch misstrauisch, obwohl er sich so klein gemacht hatte, dass er es fast schaffte, in dem ihm zur Verfügung stehenden Raum zu leben, ohne rundherum anzustoßen.

»Es ist so«, sagte er gerade, »wir haben uns ausgedehnt, um in unseren Raum zu passen. Sogar unsere Stimmen sind lauter. Versteht ihr denn nicht, was ich meine?«

Jean dachte darüber nach. Sie kannte jetzt die Geräusche des Hauses. Das schwache Rauschen des Wassers, wenn die Waschmaschine sich füllte oder leerte, das sie oben im Kinderzimmer, direkt über der Waschküche, hören konnte. Dann das leichte Gurgeln des Wasserenthärters, das Knarzen der Espadrilles auf den gewachsten Böden des Obergeschosses, die leise Musik, wenn jemand, gewöhnlich Steph, das Radio in der Küche angelassen hatte. (Sie sagte, die Musik rege ihre Milchdrüsen an, was allgemein bekannt sei, auch die Kühe erlebten das.) In diesen Tagen konnte Jean Stunden damit verbringen, im Haus ihren Aufgaben nachzugehen, und auch wenn sie allein war, wusste sie genau, wo die anderen waren und was sie gerade taten. Vielleicht hörte sie ein fernes, mechanisches Keuchen und dann das Kreischen einer Säge, und sie wusste, dass Michael hinter der äußeren Umzäunung des Gemüsegartens Baumstämme durchsägte. Sie wusste, dass er den Geruch von Harz und dem Komposthaufen ein paar Meter entfernt einatmete. Um ihn herum würden Sägespäne fliegen, und er würde von Zeit zu Zeit hochschauen und durch seine Schutzbrille die Welt streifig und verzerrt finden. Und sein Gesicht wäre schweißgebadet. Vielleicht hörte sie auch den Rasenmäher oder das Klacken, mit dem eine Leiter gegen eine Mauer gelehnt wurde, und das Schnappen der Heckenschere, wenn er die Kletterpflanzen zurechtschnitt. Von der anderen Seite des Hauses konnte sie vielleicht hören, wie Steph mit Charlie am Pool spielte, ihn ins Wasser tauchte und wieder hochhob oder ihn mit einem einlullenden Singsang auf ein festes Floß mit dem Aussehen einer Ente setzte und darauf festhielt.

Oder es wurde ihr eine ganz bestimmte Stille von den weißen Plastikliegen auf dem Rasen vor den Küchenfenstern (die sie ebenfalls im Gartencenter erworben hatten) herübergetragen. Vielleicht war Steph gerade mit Zeichnen beschäftigt. Sie zeichnete nur Dinge, die sie sehen konnte, eine Einzelheit des Dachs, einen Lavendelstrauch, manchmal sogar ein spontanes Stilleben von dem, was gerade vor ihr lag: das Kerngehäuse eines Apfels, eine Sonnencremetube, eine Sandale, ein leeres Glas. Aber am häufigsten zeichnete sie Charlie. Sie füllte Seite um Seite mit silbrigen Bleistiftstrichen, woraus dann seine kleinen knubbeligen Zehen, eine Haarlocke hinter einem Ohr, seine geschlossenen Augen, die rosigen, schlaftrunkenen Wangen, die kleinen Finger und rosafarbenen Fingernägel wurden. Und manchmal blickte Jean aus dem Fenster und sah, dass Steph genau wie Charlie vor sich hin döste, ihren Zeichenblock gegen die Brust gepresst. Da Jean sie nicht stören wollte, beschloss sie bei sich, dass es egal wäre, wenn sie die Küche erst morgen saugte und nicht jetzt, oder wenn sie die Kräuter und Nüsse für das Pesto später mischte (inzwischen war sie vom Larousse zum River Café übergegangen).

Manchmal hörte sie, wie Michael und Steph etwas diskutierten, sich in einem kontinuierlichen, fröhlichen Geplänkel über den Spielstand eines Krocketspiels unterhielten, über die Menge der Beeren, die gepflückt werden sollten, wie langsam Steph las und wie schnell Michael. Einmal hörte sie sogar, wie sie spielerisch darüber stritten, wem von ihnen beiden Charlie mehr ähnelte, sich jedoch gerade noch verkniffen zu sagen, nach wem von ihnen beiden Charlie geriet. Und dann waren da die Schreie, die Rufe, das Gebrüll von einer Ecke zur anderen, wenn einer von ihnen etwas vom anderen wollte, das Öffnen und Schließen von Türen, die Schritte.

»Wir sind geräuschvoller«, sagte sie, »wenn es das ist, was du meinst. Denn wir verhalten uns genau so, wie wir wollen. Als ob es niemandem etwas ausmachen würde«, fuhr sie fort und lächelte Charlie zärtlich an.

»Und es macht niemandem etwas aus«, bestätigte Michael, als ob seine Aussage bewiesen worden wäre.

»Oh, übrigens«, sagte Steph, »Charlie bleibt über Nacht.«

Sie hatte bis jetzt mit dieser Nachricht hinter dem Berg gehalten und sah sich nun mit glänzenden Augen um. Es machte großen Spaß, den anderen etwas zu sagen, was zur Folge hatte, dass diese zufrieden mit ihr waren. Das hatte sie nie zuvor so erkannt. »Der kleine Charlie-arlie wird in seinem Bettchen schlafen, wird die ganze Nacht bei uns bleiben und ein braves Kind sein, nicht wahr, Charlie?«, sang sie leise und genoss ihr eigenes Vergnügen und die Überraschung der anderen. »Sally hat einen Freund«, sagte sie. »Sie hat ihn bei der Arbeit kennen gelernt, er arbeitet ebenfalls als Anwalt in ihrer Firma, ist eingetreten, als sie im Mutterschutz war. Sie schwärmt in den höchsten Tönen von Philip. Er ist jünger als sie. Und sie weiß nicht, soll sie ihrem Mann von ihm erzählen oder nicht. Ich riet ihr, noch etwas abzuwarten.«
Sie warf ihnen einen bedeutungsvollen Blick zu. »Jedenfalls hat sie mich gebeten, den Babysitter zu spielen. Das war vor einer Ewigkeit. Sie hat mich richtig damit gelöchert, und ich sagte immer wieder, ich könne nicht, also hat sie jemand anderes aus dem Dorf engagiert, aber ausgerechnet für heute Abend hat die Person abgesagt. Heute Morgen war sie ganz aufgelöst, und ich sagte, ich werde einspringen, aber es wäre besser, wenn er hier bei uns bliebe, statt dass ich ihn bei ihr hütete. Es wäre auch günstiger für sie, so könnte sie sich in Ruhe zurechtmachen, und Charlie würde über Nacht hier bleiben, also bräuchte sie sich auch keine Gedanken zu machen, wie ich danach nach Hause käme. Und«, sie lächelte erneut, »da es Freitag ist, sagte ich, könnten wir ihn vielleicht auch morgen hier behalten, damit sie den Samstag für sich hat. Wir werden ihn erst gegen sechs Uhr zurückbringen. Damit haben wir ihn fast ein ganzes Wochenende.«

»Bist du *sicher*, dass es ihr nichts ausmacht?«, fragte Jean. »Sie hat ja während der Woche nicht viel von ihm, glaubst du wirklich, es macht ihr nichts aus, wenn wir ihn am Samstag bei uns behalten?«

»Wenn du mich fragst«, erwiderte Steph mit wissendem Schnauben, »ist sie ungeheuer froh. Sie fragt mich immer wieder, ob ich glaube, dass sie das durch die Schwangerschaft zugelegte Gewicht wieder verloren habe. Und neulich fragte sie mich, ob es stimme, dass ein Mann erkennen könne, wenn eine Frau gerade ein Baby geboren hat. Ob er … du weißt schon … etwas fühlen kann.«

»Das kann doch nicht wahr sein«, rief Jean. Sie wollte so klingen, als gebe sie nur vor, schockiert zu sein, aber tatsächlich war sie es ein wenig.

»Ich sagte, woher soll ich das denn wissen!«

»Was hat das denn mit deinem Babysitting zu tun?«, erkundigte Michael sich und machte sich Gedanken über die Antwort auf Sallys Frage. Er nahm sich vor, irgendwann einmal gründlich darüber nachzudenken.

Steph warf ihm einen vernichtenden Blick zu. »Ist doch eindeutig. Sie hat ganz offensichtlich vor, ihn heute Abend mit nach Hause zu nehmen, oder? Wenn Charlie weg ist, kann sie die ganze Nacht mit ihm vögeln, nicht? Und vermutlich morgen auch noch.«

»Das kann doch nicht wahr sein«, rief Michael und ahmte Jean nach. »Ehrlich, Stephanie! Wie kannst du diesen Ausdruck vor Charles benutzen.«

»Vögeln? Aber genau das hat *sie* gesagt!«, erklärte Steph ihnen und lachte erneut, dieses Mal lauter.

Sally hatte nicht genau diese Worte benutzt. Aber sie hatte gesagt, dass es eine Wohltat sei, wenn Charlie über Nacht außer Haus sei. »Wissen Sie, Steph, seit ich wieder arbeite, ist er nachts noch schlimmer. Er will nachts immer noch gefüttert werden und verweigert die Flasche, ich bin stundenlang auf wegen ihm. Finden Sie nicht, dass er sich rückwärts entwickelt? Sagen Sie ja nicht, dass er *Ihnen* zuliebe aus der Flasche trinkt.«

»Nun … Vielleicht will er Sie einfach ein bisschen ärgern. Einfach, um Aufmerksamkeit zu erregen.«

»Oh, schaffen Sie mir ja keine Schuldgefühle. Verdammt noch mal, ich muss für unseren Lebensunterhalt sorgen, oder? Und habe ich nicht auch Anrecht auf etwas Spaß und etwas Zeit für mich selbst?«

»Natürlich haben Sie das! Das meinte ich auch nicht. Wir freuen uns, ihn bei uns zu haben. Wir haben nicht den Druck, unter dem Sie stehen. Es ist leichter für uns. Meine Tante meint, er kann auch nächstes Wochenende bei uns sein. Dann hätten Sie wieder eine ruhige Nacht für sich, oder?«

Sally nahm das Angebot an. Und am darauf folgenden Wochenende durfte Charlie wieder zwei Nächte bei Steph bleiben, und danach wurde es zur Gewohnheit, dass sich Sally am Donnerstagmorgen von Charlie verabschiedete und ihn erst am Samstagabend wiedersah. Sie betonte jedoch, dass sie sich nicht amüsierte, nicht nur.

»In der Firma überhäuft man mich mit Arbeit«, erklärte sie Steph. »Wenn Sie mich fragen, versucht man, mich auf die Probe zu stellen – wird sie damit fertig oder nicht, jetzt, nachdem sie ein Baby hat, oh, sie nehmen an, ich schaffe es nicht.

Sie warten darauf, dass ich untergehe, nun, ich kann es ihnen zeigen, wenn ich will. Wenn Sie Charlie nehmen, kann ich den ganzen Donnerstag durcharbeiten. Wenn ich nicht allein erziehende Mutter wäre, hätte ich abends jemanden, der mir Charlie abnehmen würde, nicht wahr? Ich will nur das, was Millionen von Menschen haben. Und wenn Sie ihn freitags ebenfalls nehmen, habe ich etwas Zeit für Philip, und ich sehe nicht ein, was so verdammt unvernünftig daran ist, etwas Spaß zu haben, oder?«

»Natürlich ist es nicht unvernünftig«, sagte Steph verständnisvoll. »Und Charlie ist ja rundum glücklich, und das ist doch das Wichtigste, oder?«

»Natürlich! Es besteht kein Grund, deswegen Schuldgefühle zu haben. Ich habe auf jeden Fall keine. Aber die Leute verstehen das nicht. Sie sollten mal Charlies Großvater hören – er hat wieder angerufen und gefragt, wann ich endlich nach Nepal reise, wann Charlie getauft wird und lauter so einen Blödsinn. O Gott, dieser Mann geht mir vielleicht auf den Geist!«

Als Sally wieder zufriedener wurde, nahm die Unordnung in ihrem Haus erneut zu, und es lag noch mehr Krimskram herum. Dazu gehörten Schminkutensilien, Weinflaschen, Theaterprogramme, Streichholzbriefchen aus Restaurants, ein paar Bücher über Heißluftballons (Philips Hobby) und einmal auch ein Paar ungetragener schwarzer Strümpfe, die, wie Sally erklärte, schon beim Auspacken Laufmaschen bekommen hatten. Steph ordnete alles in kleine Häufchen, die Sally zum Lachen reizten.

Ende Juni sollte in der Nähe von Deauville ein Heißluftballonfestival stattfinden. Sally informierte Steph – es klang, als hätte sie die Worte dafür einstudiert –, dass Philip in Bezug auf die Sonntage sehr großzügig und durchaus bereit sei, diese mit einem sechs Monate alten Baby zu verbringen, das nicht einmal seines war. Er beklagte sich darüber wirklich nur wenig, besonders wenn man sich vor Augen hielt, dass Philip fünf Jahre jünger als Sally war und noch keine Ambitionen hatte, selbst Vater zu werden. Und Sally fand es nur vernünftig, dass er jetzt klargestellt hatte, wenn auch auf sanfte Weise, dass er ohne Charlie nach Frankreich reisen wollte, nur sie beide. Sie würden am Mittwoch abreisen und am Sonntag, den 29. Juni zurückkommen. Tatsächlich war es nicht nur vernünftig, es war sogar romantisch, obwohl es bedeutete, dass Sally jetzt um einen Gefallen bitten musste. Nicht dass es ihr leicht fiel. Sie hatte darüber nachgedacht und das Thema mit Philip durchgesprochen. Und sie beide waren der Meinung, dass es ein Glück war, dass Charlie nicht mehr so quengelig und schwierig war wie noch vor ein paar Monaten und dass Sally erwägen konnte, ihn ganz unbeschwert vier Nächte bei Steph in der Villa zu lassen.

Ich vermute, ich gehöre zu der Generation, die angeblich glaubt, dass heute alles schlimmer ist, als es früher war, einschließlich der Mütter. Aber die konnten auch zu meiner Zeit schlecht sein. Von frühester Kindheit an war mir schmerzlich bewusst, wie schlecht Mütter sein können. Es gilt daher ganz allgemein, wenn ich sage, dass ich Mütter nicht verstehe (natürlich mit Ausnahme von Steph), und nicht nur, wie Sie vielleicht annehmen könnten, für »moderne« Mütter. Damit möchte ich auch nicht behaupten, dass Sally zwangsläufig eine schlechte Mutter ist. Sie hat keine Sünde begangen; Unachtsamkeit ist als solche keine Sünde, obwohl ich die zweifellos altmodische Meinung vertrete, dass der Glaube, dass man so viele Dinge auf einmal zufriedenstellend erledigen könne, auf beträchtlicher Eitelkeit gründet. Aber nein, das Rätsel sind Mütter im Allgemeinen. Es gibt keine Erklärung für sie oder, um genauer zu sein, es gibt keine Erklärung dafür, warum die Menschen, die zu den besten Müttern gehören, nicht zwangsläufig diejenigen sind, die Babys haben. Obwohl ich mich nicht auf Mutter beziehe, ist das klar? Ich wage zu sagen, dass Mutter und ich uns gegenseitig für unsere Lage verantwortlich machten, und ich bin bereit zuzugeben, dass ich auch nicht ohne Schuld gewesen sein kann. Nein, ich meine meine eigene leibliche Mutter, die (wie ich immer noch glauben möchte) kurz vor meinem fünften Geburtstag, 1940, bei einem Luftangriff auf Cardiff ums Leben gekommen ist. Ich meine die Frau, die das Kleid genäht hat, das ich an dem Tag trug, als Mutter mich im Kinderheim abholte und mit mir im Zug zur Oakfield Avenue fuhr. Die Mutter, von der ich kein Foto habe und an die ich mich nicht erinnern kann, weder an ihre Haarfarbe, den Klang ihrer Stimme, den Duft ihrer Haut oder das Gefühl, wenn ich meine Arme um ihren Hals schlang. Vielleicht ist das sogar lediglich eine Vermutung, dass ich die Arme um ihren Hals gelegt habe, aber ich kann mir nicht vorstellen, dass ich es nicht tat. Das ist es, was ich am meisten vermisse: das Gefühl von etwas nicht zu kennen, und das ist wichtig, denn der Punkt ist nämlich, dass es durchaus möglich ist, etwas zu vermissen, was man nie gehabt hat. Es ist nicht der tatsächlich erfahrene Kontrast zwischen haben und nicht haben, der dem Schmerz, ohne etwas auskommen zu müssen, zugrunde liegt. Man hat es einfach nicht und empfindet den Mangel.

Ich weiß wirklich nicht, warum ich an Hälse und Arme denke, da doch meine stärkste Erinnerung an diese Zeit die Knie sind. Nicht die meiner richtigen Mutter, sondern die von Mutter. An jenem Tag waren wir wortlos vom Kinderheim zum Bahnhof marschiert. Mutter trug meinen Koffer in einer Hand und umklammerte mit der anderen den Riemen ihrer Schultertasche. Hat sie deshalb nicht meine Hand gehalten? Während wir im Warteraum saßen, musste ich auf die Toilette, also hob ich die Hand und bat sie, mich zu entschuldigen. Mutter schlug meinen Arm herunter und sagte hastig: »Du hättest gehen sollen, bevor wir aufgebrochen sind. Was für eine Verschwendung guten Geldes. Und du sollst mich Mutter nennen.«

Und dann im Zug starrte ich auf Mutters rot-weiße Knie (wie zwei nicht sehr fleischige Schinkenkeulen stelle ich sie mir jetzt vor). Die Temperatur lag unter null, und der Zug war so voll, dass kein Sitzplatz für mich übrig war, also stand ich während der ganzen Fahrt neben ihr. Meine Knöchel schmerzten vor Müdigkeit, und ich kippelte mit meinen Schuhen zur Seite, bis sie mir sagte, ich würde diese ruinieren. Manchmal versuchte ich, mich gegen ihre Knie zu lehnen, um meine Beine zu entlasten, aber sie waren zu hart und breit, geballt wie Fäuste. Sie stieß mich zurück und befahl mir, nicht herumzuzappeln. Sie nahm mich nicht auf den Schoß, weil sie den größten Teil der Fahrt strickte, irgendetwas, das farblos war. Im Zugabteil entwickelte sich eine kleine Unterhaltung, ich glaube, über mich, es herrschte eine Atmosphäre der Beglückwünschung; Mutter benahm sich, als habe sie etwas Begehrenswertes erworben, das sich jedoch als schwer zu transportieren erwies, wie ein Bügelbrett oder eine Leiter oder dergleichen. Eine Dame sagte mir, sie sei sicher, dass ich nett lächeln könnte, ob ich nicht Lust hätte, ihr zu zeigen, wie nett mein Lächeln wäre? Ich glaube, Mutter war erfreut darüber, hielt aber keine Minute mit Stricken inne. Ich erinnere mich, wie ich zusah, wie die Nadeln auf und ab gingen, Reihe um Reihe, und ich würde wetten, dass sie es tat, um mich abzuwehren.

Aber das gehört eigentlich nicht zum Thema. Ich weiß nicht, warum ich abgeschweift bin, es sei denn, um zu zeigen, dass ich nie, zumindest nicht ab dem fünften Lebensjahr, in Bezug auf Mütter blauäugig gewesen bin. Dennoch war ich schockiert, weil Sally Charlie so nebensächlich behandelte. Das hatte natürlich auch seine gute Seite, da Charlie unsere Familie komplett machte, aber gleichzeitig störte es mich. Sicherlich war es pervers von mir, aber ich musste unablässig denken: Wie kann sie nur? Ich hätte nie und nimmer Michael in diesem Alter völlig Fremden überlassen. Ich sagte es ihm, und ich glaube, der Gedanke gefiel ihm, dass er, wenn er von mir großgezogen worden wäre, niemals, aus was für einem Grund auch immer, einem Fremden überlassen worden wäre, geschweige denn wegen eines Heißluftballonfestivals. Was sollte das denn? Sally hatte ihre Prioritäten völlig falsch gesetzt. Es fällt tatsächlich schwer zu glauben, dass sie sich überhaupt als Mutter im eigentlichen Sinne sah. Wissen Sie, für Mutter gibt es durchaus eine Entschuldigung (das erkenne ich jetzt), denn sie hat nie ein Kind zur Welt gebracht, aber es gibt keine für meine leibliche Mutter und meiner Meinung nach auch nicht für Sally. Obwohl ich durchaus ein gewisses Mitgefühl für sie empfinde. Ich weiß nämlich, dass sie schrecklich mitgenommen sein wird.

Am Sonntagabend fuhr Steph Charlie zurück zu Sallys Haus und versuchte, sich nichts daraus zu machen, dass Sallys Urlaub mit Philip vorüber war. Vier Tage und Nächte mit Charlie hatten ausgereicht, dass sie sich daran gewöhnte, ihn die ganze Zeit um sich zu haben, und er passte so perfekt zu allem, was sie taten. Er beobachtete mit solch amüsiertem Interesse, womit sie gerade beschäftigt waren, dass es manchmal sogar den Eindruck erweckte, dass sie sich nur deswegen mit etwas beschäftigten, damit er sie beobachten konnte. Zum Beispiel das Anpflanzen ihrer Ringelblumen. Sie waren fast genauso sehr für Charlie wie auch für Miranda bestimmt.

Als der Sommer weiter fortschritt, erweiterte sich das Angebot von Bills Laden im Dorf; er hatte vor dem Geschäft schräge Tische aufgestellt, von denen aus er einheimisches Obst, Gemüse und Pflanzen verkaufte. Wenn es warm genug war, saß er dort stundenlang auf einem Klappstuhl und studierte die Zeitung. Am Mittwochmorgen, als Steph Charlie in die Villa gebracht hatte, damit er vier Tage bei ihnen bliebe, fiel ihr Blick auf leuchtend gelbe Ringelblumen. Aus einem Impuls heraus hatte sie drei Kisten davon gekauft und damit Bills unsterbliche Achtung gewonnen. Sie hatte fast zweimal so lange wie sonst bis Walden Manor gebraucht. Dabei hatte sie zwei der Kisten in der Ablage auf der Unterseite des Kinderwagens und die dritte auf der vorderen Stange festgezurrt. Unter Charlies wachsamen Blicken hatte sie die Ringelblumen später dann in Form eines »M« auf Mirandas Grab unter Jeans Magnolienbaum eingepflanzt. Natürlich vergoss sie ein paar Tränen, und Charlie beobachtete sie mit feierlichem Ernst und erweckte fast den Eindruck, als verstehe er.

Aber es war jetzt Sonntag; die Ringelblumen waren begossen

worden und sahen gut aus, und seit Mittwoch schien viel Zeit vergangen zu sein. Doch sie würde Charlie ja am nächsten Morgen wieder bei sich haben, sagte sie zu sich selbst. Aber als sie den Fahrweg hinunterging und die Hauptstraße zum Dorf entlang, überlegte sie, wie unsinnig dieses Hin- und Herpendeln zwischen Walden Manor und Sallys Wohnung war, nur damit Charlie dort ein paar Stunden über Nacht blieb. Sally würde am nächsten Tag wieder zur Arbeit gehen, und Steph wusste, dass der Montagabend wieder nach dem alten Muster ablaufen würde; Sally würde lautstark hereinplatzen, und sie würde warten müssen, um ihr Charlie wieder zu übergeben. Es wurde von Mal zu Mal schwerer. Auch wenn sie auf Sallys Gepolter an der Haustür antwortete: »Hallo, hier sind wir«, würde sie doch im Stillen Charlie bitten zu verstehen, dass sie ihn nicht hinterging. Sie würde noch einmal an seinem Hals schnuppern und ihm ins Ohr flüstern, dass sie morgen früh wieder auf der Matte stehen würde, aber sie konnte es nicht ertragen, ihn direkt anzusehen, aus Angst, sie könnte das Gefühl der Verlassenheit in seinem Gesicht entdecken. Ihn am Ende eines Tages wieder bei Sally abzuliefern, erschien ihr sinnlos und unangemessen, insbesondere da Sally immer länger herumquatschte und wenig Notiz von ihm nahm. Wenn sie sich auch so weit beruhigt hatte, dass sie Charlie auf ihrem Schoß sitzen ließ, schien sie immer noch nicht bereit zu sein, ihre eigenen Gedanken zu unterbrechen, um ihm ihre Aufmerksamkeit zu schenken. Manchmal fragte sich Steph, ob sie sie daran erinnern sollte, dass sie die letzten neun Stunden ohne ihren Sohn verbracht hatte, und darauf hinweisen, dass sie ruhig ein wenig mehr Freude zeigen könnte, ihn wiederzuhaben.

Als Steph bei Sallys Haus angelangt war, sah sie ihr Auto vor der Tür. »Charlie, sie ist schon da«, erklärte sie ihm, befreite ihn aus dem Kinderwagen und trug ihn hoch. »Aber egal«, flüsterte sie und rüstete sich dafür, ihn Sally übergeben zu müssen.

Sie musste den Kinderwagen im Vorgarten abstellen, weil die Diele zu voll war von neuem Krimskrams. Mit Charlie auf dem Arm trat sie ins Haus, vorbei an Sallys Gepäck, einer Picknickbox aus Plastik, Supermarkttüten, Weinkästen und Sally selbst, die sich gegen die Wand gelehnt hatte, den Hörer am Ohr, und mit grimmiger Miene ihrem Gesprächspartner am anderen Ende der Leitung lauschte. Sie machte sich dünn, um Steph vorbeizulassen, zauste Charlies Haar und hauchte ihm einen Kuss zu. In der Küche stieß Steph auf einen riesigen orangefarbenen Teddybären mit Glasaugen, der auf einem Stuhl saß. Er trug eine Balaklavamütze und eine Brille, einen weißen Seidenschal mit Fransen und eine Schärpe, auf der stand »Fête de Deauville«. Charlie warf einen Blick darauf und fing an zu heulen. Steph ging mit ihm ins Esszimmer, wo sie ihm die Windeln wechselte und seinen Pyjama anzog. Sie hatte das Gefühl, sich kaum noch umdrehen zu können. Obwohl anscheinend keines der Abfallprodukte von Sallys Reise hier gelandet war, schien noch weniger Raum als zuvor für sie und für Charlie vorhanden zu sein. Der Raum selbst schien kleiner zu sein, als ob in den vergangenen vier Tagen die Wände in aller Ruhe und Boshaftigkeit nach vorne geschlurft wären und ihn verengt hätten. Sie erkannte, dass Michael Recht gehabt hatte, als er behauptet hatte, sie seien größer geworden. In diesem Haus fühlte sie genau das Gegenteil wie in Walden. Hier überlegte sie, ob sie kleiner sein sollte. In Sallys Gegenwart gebrauchte sie nicht viele Worte, aber selbst die Stimme in ihr wollte mehr Lärm machen und mehr Luft einatmen, als dieses Haus ihr zugestehen wollte. Sie hatte das Gefühl, dass selbst tiefes Luftholen bewirken würde, dass sie sich in irgendeinen Raum ausbreitete, in den sie nicht gehen sollte.

Steph hörte durch die offene Tür, dass Sally jetzt gegenüber ihrem Gesprächspartner am Telefon einen aggressiven Ton angeschlagen hatte. Sie klang leicht angetrunken. Steph wusste nicht, worum es ging, aber als die keifende Stimme an ihre Ohren drang, hatte sie das Gefühl, dass Charlie die Atmosphäre erfasst hatte. Er sah mit traurigem Blick zu ihr hoch. »Ich weiß, ich weiß«, erklärte sie ihm leise, »aber mach dir keine Sorgen.« Innerlich hoffte sie, dass der Gesprächspartner nicht Philip war. Was würde passieren, wenn der Urlaub ein Reinfall gewesen war und Sally ihm gerade den Laufpass gab? Genauso würde Sally es tun, überlegte sie; voller Entrüstung und Bestimmtheit, als ob Philip ihr einfach ihre kostbare Zeit geraubt hätte. Aber der Himmel mochte verhüten, dass Sally auf die Zerstreuung mit einem Freund verzichten müsste und mehr Zeit und Energie für ihren Sohn hätte. Genau in diesem Augenblick wurde der Hörer auf die Gabel geknallt.

»Verdammter Bastard!«, rief Sally durch die Diele auf ihrem Weg in die Küche. »Wollen Sie einen Kaffee, Steph?«

Steph hatte sich an richtigen Kaffee gewöhnt und verabscheute Sallys brackigen Instantkaffee, aber wenn sie aufgefordert wurde, zu bleiben und Kaffee zu trinken, bedeutete das, dass Sally im Begriff war, eine ihrer Tiraden loszulassen, und Steph als Zuhörerin wollte. Sie antwortete, dass das prima wäre, und machte in Charlies Richtung eine Grimasse, die dieser grinsend quittierte. Als sie ein paar Augenblicke später mit ihm in die Küche ging, waren ihr Kaffee und Charlies Flasche bereitgestellt. Aber er war voll gesättigt, nachdem Steph ihn vorhin noch gestillt hatte, und schlief jetzt fast. Er nuckelte an seinem Daumen und öffnete und schloss langsam die Augen.

Der orange Teddy lag jetzt auf dem Boden, und Sally saß auf dem Stuhl, den vorher der Bär eingenommen hatte. Sie hatte ein Glas Wein vor sich und knabberte Pistazien aus einer Dose. Steph nahm auf einem Stuhl Platz und war froh, dass der Bär nicht mehr in Sichtweite von Charlie war, obwohl dieser sicherlich schon zu schläfrig war, um ihn zu bemerken.

»Oh, schau ihn an«, sagte Sally, den Kopf schräg gelegt. »Total müde.«

»Ach, er freut sich einfach, wieder bei seiner Mum zu sein, schätze ich«, sagte Steph. Es fiel ihr schwer, solchen Unsinn von sich zu geben. Sie nippte an ihrem Kaffee.

»Oh, Steph – *Frankreich*«, verkündete Sally, hob das Glas und schwenkte es in Richtung der Pistazien, »Frankreich ist phantastisch. Die Pistazien sind dort viel billiger. Nehmen Sie sich welche, los. Und der Wein ist göttlich. Zwei Pfund pro Flasche. Mögen Sie Wein? Oh, ich hätte Ihnen welchen anbieten sollen. Wenn Sie wollen, können Sie eine Flasche mit nach Hause nehmen, wir haben jede Menge mitgebracht.«

»Oh! Oh, danke!« Steph lächelte. Sie war inzwischen recht wählerisch in Bezug auf Weine, wenn auch nicht so sehr wie Jean und Michael, die sich des Langen und Breiten darüber ergehen konnten. Zu dieser Tageszeit trank sie eigentlich nie

Kaffee. Michael servierte ihr sonst um diese Zeit einen Drink, meist Champagner. Und es war lustig, sich vorzustellen, wie Jean Sallys Flasche Billigwein entgegennahm und überlegte, ob er gut genug zum Kochen war. Sie stellte sich vor, wie sie die Nase rümpfte, während sie das Etikett studierte, die Stirn runzelte und etwas von einem Rezept murmelte. Sie lächelte.
»Nun, wir hatten auch schöne Tage, nicht wahr, Charlie?«, sagte sie mit kräftiger Stimme.
»O Gott. *O Gott*, und wir erst«, erwiderte Sally, verschränkte die Arme hinter dem Kopf und hob ihr Haar hoch. »O Gott, was für ein Vergnügen, nicht um sechs Uhr aufstehen zu müssen. Und Philip, ehrlich – er ist phantastisch.« Sie wandte den Blick ab, gähnte und schwelgte in irgendeiner tollen Erinnerung. »Ich bin ganz *zerschlagen*.«
»Ja, wir hatten eine schöne Zeit«, sagte Steph. »Ihm ging es wunderbar, weil er ein braves kleines Baby ist, nicht wahr, Charlie?«
Sally schnaubte kurz und ließ die Arme schwer auf den Tisch fallen. Charlie quengelte bei dem Geräusch und beruhigte sich wieder. »Genau das habe ich auch gesagt. Gerade am Telefon. Er wird rundum glücklich sein, sagte ich, er ist absolut zufrieden bei ihr. In diesem Alter sind sie sehr anpassungsfähig, sagte ich, aber er kapiert es nicht, das ist eine Frage der Generation.« Sie trank einen Schluck von ihrem Wein.
»Der Generation?« Steph sah sie an. »Ich habe mich schon gefragt, ich meine, ich dachte, ob das … er war es aber nicht …«
Sally betrachtete sie finster, als ob Steph nicht richtig Acht gegeben hätte. »Es war Charlies Großvater, ein verknöcherter alter Trottel. Mein Schwiegervater. Er kann es nicht lassen, ruft mich an und nervt mich mit seiner Besorgnis. Hat

anscheinend das ganze Wochenende versucht, mich zu erreichen. Als ob es ein Verbrechen wäre zu verreisen. Ich meine, er ist keineswegs immer verfügbar, er macht sich selten die Mühe herzukommen, um seinen Enkel zu sehen – Charlie würde seinen Großvater nicht vom verdammten Erzbischof von Canterbury unterscheiden können. Aber er ist ganz aufgeregt, dass ich es wage, mir ein paar Tage freizunehmen und Charlie anderen Leuten zu überlassen.« Sie schnaubte wieder und füllte ihr Glas nach. »Er hat sich noch kein *einziges* Mal nach *mir* erkundigt. Will nicht wissen, wie ich es schaffe. Denn was wäre, wenn ich ihn um Hilfe bäte? Oh, dafür ist er nicht zu haben. Ich habe es ihm auf den Kopf zugesagt«, sagte sie in einem Ton, der bei Steph keinen Zweifel ließ, dass sie es wirklich getan hatte, »ganz ehrlich, sagte ich zu ihm, deinem kostbaren Enkel geht es gut, wie ich dir immer wieder versichere, aber nein, ich habe keine Ahnung, wie es deinem kostbaren Sohn geht, da er sich bei mir nicht mehr meldet. Er hat seit drei Wochen nicht mehr angerufen, genau so ein Vater und Ehemann ist er. Und du kannst es ruhig wissen, sagte ich, ich war verreist, in Urlaub. In Frankreich, mit jemand anderem.«

Als Steph nichts sagte, fuhr Sally fort: »Ja, ich habe es getan. Ich habe es ihm einfach gesagt. Du kannst ruhig wissen, dass ich mich mit einem anderen Mann treffe, und er hat viel mehr drauf als dein kostbarer Sohn. In jeder Beziehung. Ja, ich habe es getan. Es kümmert mich nicht mehr.« Sie kicherte über Stephs schockiertes Gesicht.

»Und natürlich ging das alles nicht besonders gut aus, aber ich *wusste,* wissen Sie, ich wusste, dass ich ihn in Verlegenheit bringen und er schnell das Thema wechseln würde. Und unvermittelt hat er wieder sein Lieblingsthema aufgegriffen: wann wir Charlie taufen lassen würden. Seit unser Baby auf der Welt ist, traktiert er uns damit.« Sie seufzte und nippte wieder an ihrem Wein. »Er möchte es geklärt haben, bevor er in Urlaub fährt. Ich sagte, ich schätze solche Art von Druck gar nicht.« Sie lehnte sich in ihrem Stuhl zurück, bis dieser ächzte. »Ehrlich gesagt, er war mir lieber, als er deprimiert war. Zumindest verhielt er sich ruhig.«

»Charlie ist jetzt eingeschlafen«, flüsterte Steph. »Wollen Sie ihn nehmen?«

»Oh«, erwiderte Sally und bemühte sich, begeistert zu erscheinen. »O ja, gern. Aber ist er nicht hungrig? Er hat ja noch nicht seine Flasche gehabt.«

Steph hatte sich erhoben und legte jetzt Charlie behutsam in Sallys Schoß. »Er ist jetzt bald sechs Monate alt. Vielleicht kann er auf eine Mahlzeit verzichten«, flüsterte sie. »Vielleicht braucht er nicht so viel. Ich stell das in den Kühlschrank, ja?« Sie versuchte, ihren Abscheu zu verbergen, als sie die Babyflasche in die Hand nahm. »Vielleicht möchte er sie später, gegen zehn oder elf Uhr. Und dann wird er bestimmt durchschlafen, darauf wette ich.« Sie lächelte beruhigend.

»Oh Steph, was würde ich nur ohne Sie anfangen?«, sagte Sally und blickte auf Charlie herunter.

Erst als Steph sich leise selbst hinausließ und dabei versuchte, dem inzwischen vertrauten, schrecklichen Augenblick, wenn sie ihn zurücklassen musste, nicht allzu viel Aufmerksamkeit zu widmen, berührte es sie seltsam, was Sally gesagt hatte: Sie könne nicht ohne Steph sein. Dabei hätte sie doch sagen müssen, dass sie nicht ohne Charlie sein könne. Aber Steph war die Letzte, die sich beklagen würde. Sie würde am nächsten Morgen wiederkommen, und in der Zwischenzeit musste eine neue, wichtige Angelegenheit erwogen werden. Denn sie hatte im Anschluss an die Unterhaltung über Charlies Ernährung beschlossen, dass es Zeit war, ihn zu entwöhnen.

Mr. Hapgood – ich brachte es nicht über mich, ihn Gerald zu nennen – fand einen Käufer. Als ich eines Tages in das Geschäft kam, lächelte er geheimnisvoll und sagte, er habe eine Überraschung für mich. Diese bestand aus einem Umschlag mit 170 Pfund. Er sagte, er habe für die Uhr einen noch besseren Preis erzielt, als er gehofft hatte, und was ich davon halte, mit ihm nach hinten zu gehen, um eine Tasse Tee zu trinken und »zum Feiern« etwas zu kuscheln. Das »zum Feiern« hätte er sich schenken können, denn so spielte es sich ohnehin fast jedes Mal ab, wenn ich ihn besuchte. Lediglich ein Kunde konnte ihn davon abhalten, und am späten Nachmittag gab es nicht viele. Es war nicht Enttäuschung über den Betrag, die mich an jenem Tag aus der Fassung brachte, oder das, was Mr. Hapgood, kaum dass wir hinten waren, mit mir machte (inzwischen hatte er sich angewöhnt, das Vorspiel wegzulassen), es war vielmehr die leere Stelle, an der die Uhr in den letzten Monaten gestanden hatte. Plötzlich war sie nicht mehr da. Natürlich war es töricht von mir, überrascht und betrübt zu sein. Ich wusste ja, dass sie verkauft würde, und jetzt hatte ich das Geld in meiner Schultasche, also konnte ich ja nicht mehr erwarten, dass die Uhr selbst noch da stand. Aber ich brach in Tränen aus. Denn plötzlich schien es so, als ob es Vater selbst wäre, der verschwunden war, und nicht die Uhr. Es kommt mir vor, als hätte ich erst da begriffen, dass Vater wirklich gestorben war, als ob ich ihm noch vor einer Minute geholfen hätte, sich aufzurichten, seinen Kopf gehalten hatte, während er die Tabletten schluckte, und er mir in der nächsten Minute entrissen wurde und ich mit dem Glas Wasser in der Hand dastand und auf die Stelle im Kissen starrte, wo sein Kopf gewesen war, auf die leeren Decken und den Nachttisch, auf dem seine Brille und sein Kreuzworträtselheft gelegen hatten. Und zu dem Zeitpunkt war er bereits über sechs Monate tot – das stelle man sich vor! Warum nur war ich so schwer von Begriff? Ich weiß es nicht. Aber der leere Platz im Hinterzimmer von Mr. Hapgoods Laden war plötzlich der trostloseste Platz auf der Welt. Ich stand da und heulte. Ich empfand tiefen Kummer, denn ich wollte wieder Vaters Gesicht sehen, mit ihm reden und seine Stimme hören, und dieser leere Platz sagte mir, dass es nie mehr sein würde.

Mr. Hapgood war ziemlich verstört und sagte, schließlich sei ich schon sechzehn, und er habe mich nicht genötigt. Als ich meine Stimme wiederfand, sagte ich, nein, darum gehe es nicht. Er war offensichtlich erleichtert. Und dann meinte er, er wisse, was mich bekümmere, und ich solle meine Tränen trocknen. Was für ein dummes Mädchen ich doch sei, dass ich annehmen könne, jetzt, da die Uhr verkauft sei, wolle er mich nicht mehr sehen. Das dürfe ich nicht denken. Das Letzte, was er sich wünschte, sei, dass ich meine Besuche einstellte. Ich versprach, weiterhin vorbeizuschauen. Und das tat ich auch. Die Stelle, an der die Uhr gestanden hatte, wurde bald mit anderen Sachen vollgestellt, aber ich ignorierte diese Stelle für alle Zeiten.

Kurz danach hatte mir Mr. Hapgood eine weitere Überraschung zu bieten. Dieses Mal empfing er mich nicht mit geheimnisvollem Lächeln und Feiermiene; er hieß mich Platz zu nehmen und erklärte mir sehr ernst, dass die Menschen manchmal etwas tun müssten, obwohl sie eigentlich lieber etwas anderes tun wollten, dass einige Dinge einfach nicht sein sollten und dass der Mensch mit Enttäuschungen fertig werden müsse und das Beste daraus machen sollte. Nun, das war nicht unbedingt neu, aber er brachte es so vor, als ob ich es nicht gewusst hätte und als ob es unglaublich tapfer von ihm wäre, sich der Sache zu stellen. Mir kam es so vor, als ob er glaubte, dass ich ebenfalls unglaublich tapfer sein müsse, aber tatsächlich dachte ich, wie jung seine Stimme klang. Es ist seltsam, finde ich, dass ich ihn damals als jung empfand, aber ich glaube, ich war auch anomal alt. Doch das ganze »Das-Beste-aus-den-Dingen-machen«-Getue schien nicht viel mit mir zu tun zu haben. Es ging darum, sagte er, dass er heiraten werde. Er war schon so lange verlobt, dass er es manchmal direkt vergaß, und ich sollte ihm verzeihen, wenn er seine Verlobte nicht erwähnt hatte. Sie waren seit acht Jahren verlobt, aber mit Rücksicht auf seine Mutter und da die Wohnung über dem Geschäft zu eng für sie alle war, hatte er aufgehört, sich vorzustellen, dass sie je den Bund fürs Leben schließen würden. Und nun hatten sie es endlich geschafft, eine Anzahlung auf eines der neuen Häuser in Rectory Fields zu leisten. Es war eine Doppelhaushälfte mit Wohnzimmer und Essecke, Küche, drei Schlafzimmern und Bad, sagte er und zählte die Zimmer an den Fingern ab. Und eine Toilette. Aber inzwischen könnte ich ihn ruhig weiterhin besuchen. Wir könnten weiterhin gute Freunde sein. Aber da er mich viel zu sehr achte, wolle er mir die Wahrheit nicht vorenthalten. Ich sei seine Traumfrau, aber da wäre der Altersunterschied, und ein Versprechen sei ein Versprechen, und Veronika wollte Kinder. Aber er wünsche sich, dass ich ihn weiterhin besuche. Ich sagte, es sei in Ordnung, und ich gratulierte ihm.

Seit Mitte Juni hatten Michael und Jean tagelang Erdbeeren gepflückt. Zuerst hatten sie sie gleich gegessen, frisch vom Strauch oder mit Schlagsahne und Zucker. Sie hatten schwarzen Pfeffer darüber gestreut. Dann hatten sie Erdbeereis gemacht. Dann Erdbeerkuchen und Erdbeermousse. Als die Flaschen mit Erdbeeressig abgefüllt waren, baten Michael und Steph um Gnade. Am letzten Junitag verkündete Jean beim Frühstück, dass sie aus den restlichen Früchten Marmelade machen würde.

Sie warteten bis zum Nachmittag, nachdem die Sonne den ganzen Tag das Erdbeerbeet beschienen hatte, und gemeinsam pflückten sie die letzten Früchte. Unter einem Zeltdach lag Charlie in einem weißen Baumwollstrampelanzug, mit einem Sonnenhütchen inmitten weißer Decken am Ende der Erdbeerbeete und beobachtete sie wie der Vizekönig im Fruchtfeenland. Dabei strampelte er mit Armen und Beinen, die so zart und golden wie Butter waren. Wenn seine ernsten Augen nicht gerade seine Hände betrachteten, um zu erforschen, ob sie etwas anderes als Speichel aus seinem Mund zutage förderten, blickten sie Vögeln und Insekten hinterher, und von Zeit zu Zeit brabbelte er etwas vor sich hin, als Antwort auf die anderen Stimmen oder das Summen um ihn herum. Michael hatte in einiger Entfernung von dem Baby Wespenfallen aufgestellt, und alle paar Minuten erhob er oder einer der anderen sich vom Pflücken und kauerte sich neben Charlie nieder, um mit ihm zu plaudern, ihn erneut mit Sonnencreme einzuschmieren oder ihn unter dem Kinn zu kitzeln oder mit beschmutzter Hand seine Wange zu berühren, um zu prüfen, ob ihm nicht zu heiß war. Nach einer Weile erhob sich Steph ächzend und leckte sich den Erdbeersaft von den Fingern. Sie fasste sich an den Rücken, schlenderte zum Haus und kehrte mit einem Tablett mit einer Flasche Wasser und Gläsern zurück, einer Schüssel und einem Löffel. Sie kauerten sich auf den Boden, und Steph, die neben Charlie saß, zerstampfte mit dem Löffel zwei Erdbeeren in der Schüssel und fügte dann, zu Jeans leichtem Entsetzen, zwei Tropfen Milch aus ihrer Brust hinzu.

»Steph, bist du *sicher*, ich meine …« Sie blickte Hilfe suchend zu Michael, aber er starrte Steph mit diesem Blick völliger Hingabe an, den er so häufig zeigte, wenn er sie mit Charlie beobachtete.

Steph lächelte, als die rosafarbene Paste in Charlies Mund verschwand. Nachdem er mit den Lippen geschmatzt und erstaunt die Augen aufgerissen hatte, öffnete er den Mund und wollte mehr. Nach vier weiteren Löffeln lachte er und mampfte genussvoll. Alle spendeten ihm Beifall. Es war das erste Mal, dass er etwas anderes als Milch kostete, und da sie es zusammen erlebt hatten, war es, was sich von selbst verstand, allein ihr Erlebnis, eine geheime Freude, die nichts mit Sally zu tun hatte.

Dann wandten sie sich wieder dem Pflücken zu. Die Erdbeeren türmten sich in einer großen Plastikschüssel, die Jean aus dem Waschraum geholt hatte. Es war das Ende der Saison. Die meisten der Erdbeeren hatten ihren Glanz verloren, sahen matt und irgendwie anders aus; sie waren das Gesindel, die kleine, zurückhaltende, widerwillige Spätfrucht, und es war bereits fast zu spät. Einige der Beeren waren so überreif, dass sie, wenn sie gepflückt wurden, zwischen den Fingern zerplatzten und in der Schüssel als formlose, feuchte, duftende Fetzen landeten. Das warme Fruchtfleisch in der Schüssel würde sich innerhalb weniger Stunden mit blau-grünem Schimmel überziehen.

Obwohl sie die schlechten Früchte und die Beeren, die auf einer Seite fast weiß waren, aussortierten, war die Menge immer noch beachtlich. Jean berechnete in Gedanken die Menge Zucker, die sie benötigen würde. Aber es würde noch mehr Erdbeeren gegeben haben, sagte Michael, wenn er im April schon mehr darüber gewusst hätte.

»Im April«, erklärte er ihnen, als sie fast fertig waren, »hätte man die ersten Blüten abknipsen müssen, dadurch gibt es mehr Früchte. Ich habe es in einem der Gartenbücher gelesen«, sagte er und nahm die Schüssel hoch, »allerdings erst im Mai.«

Steph hatte bereits Charlie auf den Arm genommen und folgte Michael zurück zum Haus, die Decken hinter sich auf dem Gras herziehend. So waren sie zu weit entfernt, um es zu hören, das war alles. Sie waren lediglich zu weit weg, um es zu hören, und reagierten natürlich nicht, als Jean verträumt sagte: »Oh, das spielt jetzt keine Rolle, wir haben genug. Und es gibt immer ein nächstes Jahr.«

Sie konnten es einfach nicht gehört haben. Sie waren bei der Mauer am Ende des Gartens angelangt, überquerten den sonnenbeschienenen Rasen, gingen an den Rosenbüschen vorbei und tauchten in den zerrissenen Schatten des Hauses ein.

Jean starrte ihnen hinterher, bis sie um die Ecke verschwunden waren. Sie dachte, als sie sie beobachtete: »Sie haben mich nicht gehört. Also könnte ich so tun, als ob ich das nie gesagt, nicht einmal daran gedacht hätte, geschweige denn, es gesagt hätte. Ich könnte das behaupten, sogar mir selbst gegenüber.« Sie bückte sich und machte sich mit zitteriger Hand an den Blättern einiger Erdbeerpflanzen zu schaffen. Als sie nichts fand, das zu pflücken sich lohnte, erhob sie sich wieder. Sie sollte zum Haus zurückgehen, denn es wartete Arbeit auf sie. Es gab keinen Grund für sie, da draußen zu stehen, in der prallen Sonne, als ob sie auf etwas wartete. Aber dann kam es, wie sie es geahnt hatte, als sie so dastand, unwillig oder unfähig zu gehen, ein vertrauter alter Schmerz, der auf ihre Seele drückte.

Natürlich habe ich nie die Universität besucht. Mutter konnte das Geld nicht aufbringen, und außerdem, sagte sie, brauche sie mich zu Hause. Im Übrigen tut es mir Leid, dass ich immer wieder auf Mutter zu sprechen komme, und ich gestehe nichts in dem Sinne, dass ich etwas zugeben müsste, was ich nicht hätte tun sollen. Sie trieb mich zu weit. Das Geld für die Uhr wurde für einen Sekretärinnenkurs verwendet, und der Rest ging für meinen Unterhalt drauf. Mutter vertrat den Standpunkt, dass sie, bis ich etwas verdiente, nicht für alles aufzukommen brauchte, während ich, nach Bezahlung des Kurses, immer noch »auf einer Goldmine« saß. Es war wohl kaum eine Goldmine. Ich fing an, mich über Vater zu ärgern, weil er behauptet hatte, durch die Uhr könne ich mir das College leisten. Ich fing sogar an zu überlegen, ob er nicht in Wahrheit die Fachschule gemeint hatte. Ich würde dort ein Jahr lang Maschine schreiben und Steno lernen, wissen, wie man Akten ablegte und den Terminplan des Chefs organisierte. Wenn es so war, dann war es grausam von ihm gewesen, mir die Illusion vorzugaukeln, ich könnte die Universität besuchen. Ich konnte das kaum von ihm glauben, denn er hatte mir immer erklärt, dass ich, genau wie er, Lehrer werden könnte. Aber schließlich war sein Tod, die Tatsache, dass er mich allein gelassen hatte, ebenfalls als Akt der Grausamkeit anzusehen. All die Jahre dachte ich schlecht von ihm, natürlich bedauere ich das jetzt, aber ich bin an der Nase herumgeführt worden.

Nach dem Kurs arbeitete ich ununterbrochen, Mutter würde das nicht leugnen können. Ich hielt das Geld zusammen, das ich verdiente, auch wenn Sekretärinnen nicht gerade ein Vermögen verdienen, und ich war am Abend bei ihr. Ich gab ihr zu den üblichen Zeiten zu essen, die üblichen Dinge, vergewisserte mich, dass nichts auf dem Teller einen auffallenden Geschmack hatte. Sie hätte alle Speisen mit besonderem Aroma verweigert, denn sie hasste es, etwas Unerwartetes zu schmecken. Sie sagte, alles, was einen besonderen Geschmack habe, verursache ihr Brechreiz. Ich servierte ihr gedünsteten Fisch, Püree, Grießpudding. Ja, ich kümmerte mich um sie, und ich war immer berufstätig, und bevor ich mir dessen bewusst wurde, waren diese beiden Tatsachen alles, was ich anstelle irgendwelcher Leistungen vorzuweisen hatte. Und sie waren nicht derart, dass ich stolz darauf gewesen wäre. Keiner der Jobs, die ich in irgendeiner der Firmen, in denen ich im Lauf der Jahre angestellt war, ausübte, interessierte mich auch nur im Geringsten. Meistens nahm ich kaum wahr, was ich tippte oder auf meinen Stenoblock kritzelte, ablegte oder höflich am Telefon sagte. Ich glaube, ich war eine angenehme Kollegin, weder schwierig noch feindselig, aber ich interessierte mich weder auf die eine noch die andere Art für die Arbeit, die ich ausführte, und das unterscheidet sich mit der Zeit nicht mehr von Stumpfsinn. Man konnte sich auf mich verlassen; ich tat das, worum man mich bat, mehr nicht. Das schien genug. Genauso zu Hause mit Mutter. Obwohl ich, wie Mutter es nannte, eine »scheußliche sarkastische Ader« entwickelt hatte. Ich weiß, was sie meinte. Manchmal konnte ich Bemerkungen loslassen, die recht bitter klangen. Und Sarkasmus ohne Witz (den ich nie besaß) hat eine ziemlich bittere Note. Ohne mir dessen bewusst zu werden, wurde ich bitter.

Natürlich hatte ich schon lange damit aufgehört, Mr. Hapgood aufzusuchen. Ein- oder zweimal gegen Ende hatte ich durch die kleine Glasscheibe der Ladentür gesehen, dass eine Frau mit blondiertem Haar hinter dem Ladentisch stand, und an jenen Tagen war ich weiter nach Hause gegangen. Gelegentlich blieb ich noch stehen und schaute, ob sie da war, ging aber nicht nah heran. Mr. Hapgood war damals bereits in die Ferne gerückt.

Unglaublich, werden Sie denken, dass sie überhaupt erwägen konnte, mit diesem grässlichen Mann weiterzumachen, selbst nachdem sie wusste, dass er heiraten würde. Wie kann jemand nur so naiv sein? Aber es war keine Naivität, obwohl ich genauso unwissend und töricht wie jedes Provinzschulmädchen des Jahres 1951 war. Wenn Sie glauben, Lasterhaftigkeit sei im Spiel, bin ich mir nicht einmal sicher, ob ich viel weniger verderbt war als er. Aber es steckte mehr dahinter als das. Seit Vaters Tod war ich allein, und am Ende jeden

Schultags wurde mir beim Gedanken, nach Hause zu gehen, schwer ums Herz. Wenn ich zu Mr. Hapgood ging, wurde dies zumindest für eine Stunde verdrängt. Im Hinterraum des Geschäfts, in der rauchigen Atmosphäre des Ölofens fühlte ich mich zumindest einigermaßen willkommen.

Und ich glaube, ich war damals noch von etwas anderem überwältigt, von einer Art Wissen, das im Lauf der Jahre gewachsen war, mehr in meinen Knochen als in meinem Kopf; es war etwas, das ich einfach wusste, ohne zu bemerken, dass ich es gelernt hatte. Als ich Mr. Hapgood erklärte, ja, ich komme weiterhin, hatte ich nicht das Gefühl, eine Entscheidung gefällt, sondern auf einen Schlag reagiert zu haben, den ich erwartet hatte. Es war ganz klar und keineswegs überraschend. Tatsache war, dass ich nach Vaters Tod niemanden mehr hatte. Niemanden. Das Gefühl, das mir diese Erkenntnis vermittelte, war unerträglich, als ob ich aus etwas Schwerem bestünde, aber ohne Farbe oder Leben, wie nasse Asche, so wertlos, dass ich in einen Sack gesteckt und irgendwo ausgesetzt werden konnte, ohne dass mich jemand vermisste. So musste ich mich also an jemanden hängen, der mich davon abbrachte, so zu empfinden. Ich musste mich an irgendjemanden hängen, der mich wollte, und ich war nicht in der Lage, mir viele Gedanken darüber zu machen, um wen es sich handelte oder sogar, wofür er mich wollte.

Mr. Hapgood war jemand, der mir von Zeit zu Zeit dieses Gefühl erleichterte. Aber als diese Episode schließlich zu Ende war, kehrte das Gefühl natürlich zurück, und es gelang mir, jahrelang damit zu leben oder doch zumindest in der Gefahr zu leben, es zu empfinden. So stellte sich schließlich heraus, dass das Gefühl nicht unerträglich war, im strengen

Sinne. Ich ertrug es, ich lernte sogar, so zu tun, als ob es nicht vorhanden sei. Aber ich habe nun genug davon. Ich kann es nicht ertragen, je wieder so zu fühlen, nicht jetzt, da ich durch das Leben hier wirklich frei davon bin.

Es war mein eigener Fehler, dass ich am Tag des Erdbeerpflückens eine Bemerkung über das nächste Jahr machte, aber es half mir. Denn als dieses unerträgliche Gefühl mich erneut quälte, während ich dort stand, sie sich von mir entfernt hatten und ich ihnen hinterherblickte, war der Augenblick gekommen, in dem ich wusste, dass ich alles, und ich meine wirklich alles, tun würde, damit wir zusammenbleiben konnten.

JULI

Steph schloss die kleinen Knöpfe an Charlies pastellgrünen Shorts, stopfte sein T-Shirt in die Hose und überlegte, welches seiner Hütchen er wohl heute tragen könnte. Es würde wieder heiß werden, zu heiß, um Marmelade zu kochen, eigentlich, aber die Beeren waren gestern gepflückt worden und mussten verarbeitet werden.

»Wir werden Marmelade machen, Charlie«, erklärte sie ihm. »Nicht wahr? Willst du mir dabei helfen? Willst du die Marmelade probieren?« Sie stülpte ihm ein eichelförmiges Mützchen aus grünem Gingan auf den Kopf. Charlie betrachtete sie mit gelassenem Blick. Es war ein Morgen, an dem Sally überraschenderweise rechtzeitig und guter Laune ins Büro abgerauscht war, so dass Charlie bereits mit Steph ein friedliches Frühstück genossen hatte und offensichtlich dem Tag mit Gleichmut entgegensah. Sie schraken beide zusammen, als Sallys Türglocke plötzlich laut anschlug.

Ein hochgewachsener älterer Mann mit verschmierter Brille, leichtem Leinensakko und offenem Hemd stand auf der Türschwelle. Er lüftete seinen Panamahut und lächelte zurückhaltend. »Hallo, ich hoffe, Sally hat mich angekündigt.«

Sein Ton ließ darauf schließen, dass er annahm, sie habe es getan. Steph fühlte sich daher irgendwie unbehaglich, als sie ihm mitteilte, dass Sally es vergessen hatte. Der Mann seufzte und knabberte an seinen fleischigen Lippen. »O Gott, ich habe es Sally gesagt. Ich habe ihr ausdrücklich mitgeteilt, dass ich heute zu Besuch komme. Ich wollte eigentlich gestern Abend kommen, was, ehrlich gesagt, angenehmer gewesen wäre, aber sie rief mich an und sagte, Charlie sei zu müde. Also sagte ich, ich würde dann also heute kommen, und sie erwiderte, ich müsse früh hier sein. Habe ich sie etwa verpasst?« Zum ersten Mal weilte sein Blick auf Charlie, und er kitzelte ihn unter dem Kinn. »Hallo, junger Mann! Halloooh!«

Steph überlegte, wie sie ihn fragen konnte, wer er sei, ohne grob oder misstrauisch zu klingen. Bevor sie dazu kam, wandte er sich von Charlie ab, der sich jetzt an einem seiner Finger festgeklammert hatte, und sagte: »Und Sie sind wohl die Kinderfrau, ist das richtig?« Nach diesen Worten öffnete er seine Lippen weit und zeigte gräulich verfärbte Zähne, die in seinem Mund nach Schutz zu suchen schienen.

»Ich bin Steph, die Tagesmutter.«

»Nun, ich grüße Sie, Steph. Ich bin Charlies Großvater. Mr. Brookes oder Reverend Brookes, aber heute in Zivil! Ich bin nämlich im Urlaub.« Er grinste sie an. Die Sonne beschien sein Gesicht, und Steph, die durch die verschmierten Brillengläser seine Augen nicht erkennen konnte, war sich nicht sicher, ob seine Augen freundlich waren.

»Oh. Oh, das ist prima. Da haben Sie ja schönes Wetter.«

»Ja, aber man weiß nicht, wie lange – ich vermute, dort, wohin ich fahre, wird es regnerisch sein. Wissen Sie, ich möchte noch eine Woche wandern. Im Norden, vermutlich im Regen. Doch ich dachte, ich schau vorher mal hier vorbei, um meinen Enkel zu sehen. Ich habe es Sally gesagt, aber offensichtlich hat sie vergessen, Sie zu informieren. Nicht, Charlie?«

»Oh.«

Das war also der, wie hatte Sally ihn noch mal genannt? Der nervende Bastard, der verdammte alte Trottel, den Sally lieber mochte, wenn er deprimiert war. Steph hatte Mitgefühl mit ihm. Er war einfach alt und unbeholfen, ein großer verlegener Mann, zu groß für seine Kleider und zu hilflos, um seine Brille zu putzen, doch hier stand er jetzt auf der Türschwelle und bemühte sich. Aber was konnte sie tun?

»Nun, es tut mir Leid, dass Sally nicht hier ist, aber wir waren gerade im Aufbruch. Charlie und ich, wir …«

»Wohin wollten Sie gehen?«

»Oh, wir bleiben nicht *hier*. Wir verbringen den Tag nicht hier. Hat Ihnen Sally das nicht gesagt? Wir …« Sie hielt inne. Die enttäuschte Miene des Mannes verriet ihr, dass Sally ihm kein Wort gesagt hatte. Steph konnte es fast hören, wie Sally durchs Telefon keifte, dass er besser frühmorgens kommen solle und dass sie *nicht* da sein würde, sondern im Geschäft, und er müsse es mit Steph ausmachen. Plötzlich war es nicht mehr so überraschend, dass Sally heute so früh aufgebrochen war; sie hatte ganz bewusst Steph und ihren Schwiegervater allein gelassen, damit sie sahen, wie sie miteinander klarkamen. Steph hatte sowohl mit sich selbst als auch mit ihm Mitleid. Charlies Großvater war keineswegs so, wie sie ihn sich vorgestellt hatte. Er sah eigentlich recht nett aus, wirkte lediglich etwas unbeholfen in Bezug auf Babys.

»Ich nehme ihn mit in mein Haus. Dort sind viele Zimmer, ein Garten und ein Pool.« Sie fügte hinzu: »Sally weiß das.

Wir haben viele seiner Sachen dort, hier ist gar nichts. Und, hm ... nun, ich muss jetzt gehen, sie warten auf uns. Mit dem Kinderwagen brauche ich eine Weile.«

»Oh. Oh, ich verstehe, ja, aber wissen Sie, ich bin fast achtzehn Meilen gefahren. Natürlich haben Sie Ihre Routine, aber ich würde gern ...«

»Nun, kommen Sie doch trotzdem für eine Minute herein«, forderte Steph ihn auf. Sie hatte beschlossen, dass er nett war. Und er war extra hergekommen, trug diesen Hut wohl als eine Art Scherz. Es war typisch für Sally, sich gegen ihn zu stellen. Sally schien immer auf die falschen Leute wütend zu sein. »Kommen Sie herein und trinken Sie eine Tasse Kaffee. Es ist ja eine Schande, dass Sie so eine weite Fahrt gemacht haben, und Sally hat kein Wort gesagt.«

Charlies Großvater schien von dem voll gestopften Haus genauso irritiert zu sein wie Steph. Er stand stirnrunzelnd da und blickte sich in der Küche um, als ob er überlegte, ob er es ertragen könne, ob er es lang genug in einem solchen Chaos aushalten könne, um einen Kaffee zu trinken.

»Wissen Sie was«, sagte er. »Lassen Sie den Kaffee. Ich nehme Sie mit. Und dann könnte ich vielleicht ...«

»O nein! Nein, das brauchen Sie wirklich nicht. Ich habe den Kessel schon aufgesetzt, dauert keine Minute. Und wir gehen gern zu Fuß. Nicht wahr, Charlie? Es ist nur eine Meile entfernt, einfach die Straße entlang, ehrlich. Wir zählen immer die Autos, nicht wahr, Charlie?«

»Die Straße entlang? Die obere Straße? Dort wird gerade alles aufgerissen, es gibt kein richtiges Pflaster, das ist nicht sicher. Nein, vergessen Sie den Kaffee, ich nehme Sie mit. Was denkt sich Sally nur dabei? Ich muss unbedingt mit ihr reden.

Ist doch viel zu gefährlich!« Er hatte bereits seine Wagenschlüssel in der Hand.

Steph versuchte zu protestieren. »Aber wir gehen immer zu Fuß. Ich bin vorsichtig! Ich würde nicht zulassen, dass ihm etwas geschieht.«

»Ich bin sicher, dass Sie das nicht zuließen, aber ich möchte es trotzdem nicht. Ich nehme Sie im Auto mit.«

»Oh, aber das können Sie nicht. Da fällt mir gerade ein, Sie haben ja keinen Kindersitz. Charlies Sitz ist in Sallys Auto. Aber sie ist ja weg, und sie würde es nicht dulden. Er muss in einem richtigen Kindersitz sitzen, nur dann ist er sicher, sagt sie. Also können wir nicht mit Ihnen kommen.«

Der Mann gab ein abschätziges »Na, na« von sich. »Also wirklich, als ob das der Punkt wäre. Im Übrigen gibt es einen Kindersitz in der Diele. Ich bin sicher, ich habe einen gesehen, als ich ins Haus kam.«

Steph hatte ihn nicht bemerkt. Da war er, zum Teil versteckt unter einer Jacke von Philip, die auf den Boden geworfen worden war. Sie erinnerte sich jetzt. Philips Wagen war ein BMW-Zweisitzer. Also waren sie in Sallys Renault nach Frankreich gefahren und hatten den Rücksitz heruntergeklappt, um Platz für die Weinkisten zu haben. Der Kindersitz war herausgenommen worden, und Sally hatte ihn noch nicht wieder installiert.

Mr. Brookes' Wagen war fast genauso voll gestopft, wie Sallys Auto es gewöhnlich war. Während Steph den Gurt des Rücksitzes um den Kindersitz zog, räumte Mr. Brookes Dinge vom Vordersitz, damit Steph dort Platz fand. Zuerst griff er nach ein paar Büchern und Landkarten, dann nach mehreren Kartons und Schachteln ohne Deckel, die eine Menge farbenprächtiger Papierstreifen enthielten. Sie alle trugen den gleichen Text: RETTEN SIE IHR ÜBERDACHTES FRIEDHOFSTOR. Mehrere ähnliche Streifen waren über die Seitenscheiben und die Heckscheibe des Wagens geklebt. Er öffnete den Kofferraum und kramte herum, um Platz für die Schachteln zu schaffen.

»Was ist das?«, fragte Steph.

»Oh, ein Gemeindeprojekt. Ich habe es selbst konzipiert. Autoaufkleber, die das Bewusstsein schärfen sollen. Ich habe noch jede Menge, der Drucker war sehr entgegenkommend, zwanzigtausend kosten nicht viel mehr als fünf. Wollen Sie welche?«

»Aber was ist das, was für ein Friedhofstor?«

»Oh, das Friedhofstor, wo man den Sarg abstellt, wenn es regnet. Sie haben so etwas bestimmt schon gesehen, weil viele Kirchen darüber verfügen. Wir haben unseres aufpoliert, etwas neue Farbe, ein paar Pflanzen in Töpfen drum herum und dergleichen. In der Hauptsache Petunien und fleißige Lieschen. Ich versuche, ein ehrenamtliches Aufsichtssystem für das Gießen einzuführen und die Graffiti-Sprayer abzuschrecken.«

»Hört sich gut an«, war alles, was Steph einfiel.

Vielleicht weil ihr nichts anderes übrig blieb, als passiv dazusitzen, hatte sie, seit sie im Wagen saß, das Gefühl, dass Charlies Großvater versuchte, das Ruder an sich zu reißen. Er sagte: »Stephanie, bitte, denken Sie nicht, dass ich *Sie* kritisieren möchte. Aber die Vorstellung eines Kinderwagens auf dieser Straße, also wirklich. Aber nicht Ihnen mache ich einen Vorwurf, sondern Sally.«

»Aber ich bin vorsichtig, bleibe auf dem Gras, wir haben

noch nie irgendwelche Probleme gehabt. Ich – oh, biegen Sie dort ab, die nächste links, das ist der Fahrweg. Wo ›Privatweg‹ dransteht.« Der Wagen schwenkte abrupt ein. »Sie könnten uns hier hinauslassen«, sagte Steph hoffnungsfroh.

»O nein. Nein, ich nehme Sie gerne mit. Und ich würde gerne, wenn es Ihnen nichts ausmacht, ein paar Minuten bleiben, denn ich sehe ja meinen Enkel viel zu wenig. Nicht wahr, Charlie?«

Er drehte sich nach Charlie um, der in seinem Kindersitz auf dem Rücksitz saß, und strahlte verzerrt, und Steph fragte sich, als sie seine Nasenlöcher betrachtete, die sich beim Lächeln allzu weit öffneten, ob sie ihn vielleicht doch nicht so gern mochte. Aber, überlegte sie, als sie durch die Windschutzscheibe blickte, es drohte ja keine Gefahr von ihm. Sie wollte Jean und Michael nicht durch einen unerwarteten Besucher in Panik versetzen, aber er würde ja nicht lange bleiben. Sie waren damit fertig geworden, dass Sally und Shelley zu ihnen gekommen waren, und so würden sie auch mit ihm zurande kommen.

Michael hatte die Krockettore von dem Rasenstück weggeräumt, das er später mähen würde, und hatte sie auf dem Gras zwischen der Rückseite des Hauses und dem Poolpavillon aufgestellt. Er holte gerade die Schläger und Bälle, als er den Wagen vorfahren hörte. Jean erschien an der Küchentür. Sie tauschten einen Blick und hasteten gemeinsam zum Vordereingang. Steph war ausgestiegen und eilte mit einem beschwichtigenden, aber skeptischen Lächeln auf sie zu. Jean blieb stehen und wischte sich die Hände an der Schürze ab, und Michael stand etwas hinter ihr und spielte mit zwei Krocketbällen in einer Hand. Sie versuchten ebenfalls zu lächeln.

»Es ist okay«, sagte sie atemlos, als sie bei ihnen war, »ehrlich, es ist in Ordnung. Ich konnte es nicht verhindern, er ist Charlies Großvater.« Jean und Michael blickten an ihr vorbei und betrachteten die hochgewachsene Gestalt, die sich gerade über den Rücksitz beugte und sich mit dem Sicherheitsgurt abmühte. Michael hörte auf, mit den Bällen zu jonglieren. »Ich konnte es ihm nicht ausreden. Er kreuzte bei Sally auf und ließ nicht zu, dass ich Charlie mit dem Kinderwagen hierher brachte. Aber er ist in Ordnung. Er sieht Charlie sonst nie und möchte gern einen Augenblick bleiben. Benehmt euch ganz natürlich.«

»Ach du lieber Himmel«, sagte Michael langsam. Er starrte den Mann an, der jetzt breit grinste und mit Charlie auf den Armen auf sie zukam. »Verdammt noch mal«, fluchte Michael. Er trat ein paar Schritte zurück, aber es war zu spät, um zu verschwinden. Er war schon gesehen worden. »Jean, geh und begrüße ihn.«

Mr. Brookes zog seinen Hut und rief: »Hallo! Verzeihen Sie, dass ich Sie so überfalle. Hat Stephanie es Ihnen erklärt? Ich fürchte, es handelt sich hier um eine Kommunikationsstörung. Hier sind wir also nun, junger Mann!« Er drehte Charlie auf seinem Arm und reichte ihn Steph. Dann streckte er Jean die Hand hin. »Ich bin Charlies Großvater. Gordon Brookes. Und Sie sind?«

»Hm, Jean«, sagte sie mit unsicherer Stimme. »Ich bin Jean. Hallo.« Steph biss sich auf die Unterlippe. Jean sah ziemlich wild aus, in ihrer mit Erdbeeren verschmierten Schürze und mit ihrem zerzausten Haar. Zudem klang sie ziemlich durcheinander.

»Was für ein *wunderbares* Haus!«, sagte der Mann, griff nach

Jeans Hand, schüttelte sie und betrachtete die Fassade. »Leben Sie schon lange hier?«
»Ziemlich lange«, würgte sie misstrauisch hervor.
»Was für ein Baustil ist das? Der übliche Mischmasch? Stammt aus der Tudorzeit und wurde später ergänzt? Wunderbare Steine!« Der Mann versprühte seinen Charme und seine Aufmerksamkeit auf Jean und das Haus, und Jean schien fast dabei zusammenzubrechen. Steph warf Michael einen Blick zu. Er musste doch sehen, was sich hier abspielte. Warum starrte er nur vor sich hin und unternahm nichts, um sie zu retten?
Und warum starrte Charlies Großvater plötzlich so seltsam auf Michael? Sein Lächeln war wie weggeblasen, und er öffnete und schloss den Mund. »Sie? Mein Gott. Sie. Ich … ich werde … mein Gott, *Sie* sind es, *Sie* sind der … der …« Gordon Brookes' Gesicht färbte sich krebsrot.
»Steph«, sagte Michael ruhig, »Steph, geh mit Jean und Charlie ins Haus. Bitte, jetzt. Sofort, auf der Stelle.« Er trat einen Schritt zurück. Gordon Brookes ging auf ihn zu und wurde immer aufgeregter. Er keuchte: »Das kann doch nicht wahr sein, oder? Sie sind es! Sie kleiner …! Meine Figuren, mein heiliger Johannes und meine heilige Katharina. Ach du lieber Himmel … Sie …«
Gordon Brookes, ein Mann, der wohl zu Wutausbrüchen fähig war, es aber nicht gewohnt war, körperliche Gewalt anzuwenden, geschweige denn zu kämpfen, ließ die Hände hochschnellen, und eine Faust traf Michael an der Schulter, halb ein Fausthieb, halb ein Stoß. Er schien über den Schlag fast genauso überrascht zu sein wie Michael, ließ aber einen weiteren folgen, bevor Michael die Arme heben konnte, um

seinen Kopf zu schützen. Gordon Brookes hatte sich vor langer Zeit an die einem Gottesmann angemessene Geisteshaltung gewöhnt, und es war ein Schock für ihn zu erkennen, dass er es völlig natürlich und angemessen fand, jemanden zu schlagen, auch wenn ihm dieses Gefühl fremd war. Seine Empörung war stärker als sein Glaube an die Sinnlosigkeit von Gewalt; fast tänzelte er, angetrieben von einer zornigen Energie, von der er nie geglaubt hätte, dass er sie einmal auf so etwas »Sinnloses« verschwenden könnte wie jemanden ins Gesicht zu schlagen. Er versetzte Michaels Bein einen schweren Tritt. Als dieser wimmerte, hielt er kurz inne und hob eine zitternde Hand. »Dieser Hilfsgeistliche … dieser arme Mann, Sie … haben Sie *überhaupt* eine Vorstellung, was Sie angerichtet haben? Wir wissen doch beide, dass Sie es waren, geben Sie es zu. Ich werde jetzt sofort die Polizei holen. Du lieber Himmel, Sie sind … Damit kommen Sie nicht durch!«
»Steph, geh mit Jean und Charlie ins Haus, *sofort*. Bitte, tu's!« Michaels Stimme zitterte, und als er die Arme vor seinem Kopf senkte, verrieten sein Blick und seine Lippen Angst. Doch er rührte sich nicht von der Stelle und ließ Gordon Brookes nicht aus den Augen. Brookes setzte sich wieder in Aktion und trat wild um sich.
»Steph, geh! Um Himmels willen, geh endlich.«
Steph, die immer noch Charlie auf den Armen hielt, zog Jean am Arm mit, und diese, jetzt seltsam verwirrt, ließ sich mitziehen. Sie eilten zum Haus. Und Steph gelang es sogar, sie daran zu hindern, sich umzusehen. Kurz darauf hörten sie das harte Krachen eines Krocketballs, der an Gordon Brookes' Kopf gelandet war, und den ersten seiner langen, verzweifelten Schreie.

Nach sieben oder acht Schlägen hatte Michael ihn hilflos am Boden, wenn auch nicht völlig bewusstlos. Aber er wollte noch immer keine Ruhe geben. Michael ließ die Krocketbälle fallen, rannte zum Küchengarten und kehrte mit der Schubkarre zurück. Gordon Brookes versuchte gerade, zu seinem Auto zu krabbeln, und stieß immer noch ungläubige Schmerzensschreie aus. Unter der schweren Last schwitzend und keuchend, packte Michael ihn bei den Schultern und zerrte ihn hoch. Brookes leistete Widerstand und zerkratzte Michaels Gesicht. Er wollte sich nicht in die Schubkarre hieven lassen, aber nach einem weiteren Schlag mit dem Krocketball gegen die Schläfe stieß er eine Art Quieken aus, und es gelang Michael, ihn hochzubekommen und quer über die Schubkarre zu legen. Dann schob Michael ihn langsam und schlingernd zur Rückseite des Hauses. Er stellte die Schubkarre auf dem Gras ab, außerhalb der Sichtweite der Küchenfenster, streckte sich und atmete ein paar Mal tief durch. Gordon Brookes lag endlich ruhig, bewegungslos mit dem Gesicht nach unten, die Kleider halb vom Leib gerissen. Michael wischte sich über die Augen und blickte sich um.

An der Mauer standen die Rosen immer noch in Blüte. War es erst gestern gewesen, als er sich Gedanken gemacht hatte, wann die beste Zeit sei, sie zu beschneiden? Er blickte auf die Schubkarre hinunter. Das war etwas, was Gordon Brookes sicher wissen würde, und jetzt lag er da und blutete am Kopf, der allmählich anfing, wie eine aufgeschnittene Aubergine auszusehen. Michael wandte den Blick, zitterte vor Mitleid mit dem Mann und vor Angst um sich selbst. Denn es war erschreckend, wie schnell sich die Dinge änderten. Gerade noch hatte er überlegt, wann er die Rosen schneiden würde, und hatte Krockettore aufgestellt, und jetzt blickte er auf den blutenden Mann auf der Schubkarre hinunter und überlegte sich den unvermeidlichen nächsten Schritt. Noch erschreckender war, wie weit Michael jetzt noch gehen musste. Ganz in der Nähe zwitscherten Vögel und übertönten die keuchenden Laute, die aus dem schlaffen Mund des Mannes kamen. Aber als Michael den Kopf hinunterbeugte, konnte er Rosen und warmes Gras riechen. Er wurde ganz still, strich sich nochmals über die Augen, überquerte den Rasen und betrat die Küche. Steph und Jean standen schweigend da und warteten ab. Charlie winkte und kicherte in Stephs Armen, als Michael im Türrahmen erschien.

»Alles in Ordnung«, sagte er atemlos, »macht euch keine Sorgen. Bleibt eine Weile hier. Ich möchte, dass ihr hier bleibt, in Ordnung? Macht euch Tee.«

Aber keine von ihnen brachte ein Wort heraus. Steph öffnete als Erste den Mund. »Ich weiß nicht, was ich getan habe, ich verstehe nicht. Warum …«

»Ich werde alles erklären, es wird alles gut«, sagte Michael gepresst. »Es wird alles gut. Ich werde dafür sorgen. Ich muss jetzt …« Und dann spürte er wieder, dass es funktionierte, dass er anfing, selbst zu glauben, wovon er andere Menschen überzeugen musste. »Es ist in Ordnung. Es ist nur, ich kenne ihn eben. Ich will damit sagen, er kennt mich, er weiß über das Ding, das ich gedreht habe, Bescheid. Er würde die Polizei holen, und wir müssen darüber nachdenken. Versteht ihr? Ich würde ins Gefängnis wandern. Vielleicht wir alle.« Er lächelte grimmig. »Versteht ihr? Das, was ich gedreht habe, die Geldstrafen, wir, all das hier, das müssen wir … Versteht ihr? Hört zu, bleibt einfach eine Weile hier in der Küche. Ich

werde mich darum kümmern. Wir müssen ganz normal weitermachen.«
»In Ordnung«, bemerkte Jean, die ihre Kraft wiedergefunden hatte. »In Ordnung.« Sie atmete tief durch und lächelte tapfer. »Wir werden uns benehmen wie immer. Nicht wahr? Wir machen unsere Marmelade, nicht wahr, Steph? Die Beeren sind bereits entstielt.« In der Stille, die nach ihren Worten entstand, waren sie sich stillschweigend einig, dass weder sie noch Steph fragen würden, was genau er vorhatte, und er würde es nicht freiwillig sagen. Sie wussten es alle.
Michael wendete die Schubkarre langsam, hinkend von den Fußtritten, die er gegen die Beine bekommen hatte, und hielt neben dem Pool. Er zitterte erneut bei der Vorstellung, Gordon Brookes anfassen zu müssen. Dieser hing so weit nach einer Seite über, dass sein Kopf fast das Gras streifte. Michael wagte es nicht, daran zu denken, was er als Nächstes mit ihm tun müsste, und konnte nicht in sein Gesicht sehen, als er ihn von der Schubkarre kippte. Er zerrte ihn mit Mühe zum Poolrand und schloss dabei die Augen, wenn er konnte. Er hatte das Gefühl, Gordon Brookes sei mit Steinen gefüllt. Dann schien dieser zu bemerken, was geschah; er stöhnte und ächzte, und es gelang ihm, eine Hand zu heben, sich eine Sekunde lang in Michaels bloßen Arm zu verkrallen und zu kratzen. Michael stöhnte auf vor Schmerz. Gordon Brookes röchelte und hustete, und sein Stöhnen steigerte sich zu erbärmlichem Geheul, als Michael ihn in den Pool rollte. Gordon landete platschend im Wasser. Michael stieg ins Becken, spürte durch den Schock des kalten Wassers an seinen Weichteilen seinen eigenen warmen Urin. Gordon Brookes, neu belebt durch die Kälte, schlug verzweifelt um sich, als ob

er versuchte, das Wasser festzuhalten. Aber er hatte nicht die Kraft zu protestieren, als Michael seinen Hinterkopf packte und runterdrückte. Michael wandte den Blick von dem Anblick des Mannes, der verzweifelt nach Luft schnappte und voller Panik Schreie ausstieß, wenn es ihm von Zeit zu Zeit gelang, Michaels Hand zu entgehen und Luft zu holen. Michaels Beine zitterten so stark, dass er zusammengebrochen wäre, wenn er nicht im Wasser gestanden hätte. Es war grauenhaft, wie lange es dauerte. Unglaublich lange, unglaublich, wie viel Lebenswillen, Luft und Kampfgeist in einem Mann steckten, wie oft seine Arme versuchten, nach Michaels Händen zu greifen, wenn auch vergeblich. Michael war von einer Art respektvoller Panik erfüllt, bis er plötzlich, verzweifelt und voller Angst, er könnte es nicht zu Ende führen, ein großes Gebrüll von sich gab und mit beiden Händen Brookes' Kopf tief unter Wasser drückte und festhielt. Der Mund, der immer noch nach Luft schnappte, tauchte nur noch zweimal auf. Michael glaubte, aus Brookes' letztem, immer schwächer werdenden Keuchen, als er den Mund bereits voller Wasser hatte, so etwas wie Kummer herauszuhören. Mindestens noch zehn Minuten stand er da, Gordons Kopf unter Wasser drückend, lange nachdem der Todeskampf vorbei war. Michael blickte hoch zum Himmel und sah mit seinen brennenden, tränenden Augen lediglich ein verwischtes Blau. Als die Minuten verrannen, hörte er nicht viel, außer seinem eigenen bitteren Schluchzen und dem von Gordon Brookes aufgewühlten Wasser, das gegen die Poolwand klatschte.

Michael watete durch den Pool und hievte sich heraus. Er sank ins Gras daneben und streckte sich aus; er zitterte und weinte, dann wandte er plötzlich den Kopf und erbrach sich.

Er stand auf, legte sich ein paar Meter weiter wieder auf den Boden und schloss die Augen. Die Sonne brannte auf ihn hernieder, Wasser tropfte von seinen Kleidern und bildete eine Lache um ihn herum, Fliegen landeten auf seinem zuckenden Körper. Dann spürte er, dass die Luft einen Duft voller Süße zu ihm wehte. Er hörte, dass in der Küche jemand das Radio angemacht hatte. Stimmen irgendwo in einem Studio hatten eine höfliche und amüsierte Diskussion begonnen. Der Laut erhob sich und wurde herangetragen, blubberte mit in einer Duftmischung aus köchelnden Erdbeeren und Zucker, die die Luft durchdrang. Michael öffnete die Augen und beobachtete, wie über ihm Schmetterlinge dahinflogen. Als er den Kopf wandte, sah er zwei oder drei Ameisen zwischen den Wassertropfen auf Grashalmen ein paar Zentimeter vor seinem Gesicht herumkrabbeln. Das Leben schien weiterzugehen. Er weigerte sich, sich auf das Plätschern des Wassers im Pool zu konzentrieren, stellte aber unwillkürlich fest, dass seine Oberfläche in der Sonne glitzerte, genau wie vorher. War es ungeheuerlich oder wundersam, überlegte er, dass es noch genauso aussah, obwohl sich alles geändert hatte? Wie *konnte* es das Gleiche sein, wenn das nächste Mal, da dieses helle, türkise Wasser in glitzernden Tropfen in die sonnendurchflutete Luft hochspritzte, Stephs Hand kleine spielerische Wellen über Charlies sonnengebräunte Schultern plätschern ließ und nicht mehr Gordon Brookes' verzweifelte, ersterbende Glieder um ein paar Sekunden Leben kämpften? War es möglich, dass man eine Ecke dieser schönen Welt, zu der Gordon Brookes plötzlich nicht mehr gehörte, einfach hochheben, ihn hinausstoßen und die Ecke wieder an ihren Platz fallen lassen konnte, um dann so zu tun, als wäre nichts geschehen? Denn genau so schien es zu sein. Das Leben ging einfach weiter. Michael schloss wieder die Augen, genoss die Sonne und den Geruch der Marmelade. Die Stimmen im Radio verstummten, es folgte eine kurze Stille, Gelächter, dann höflicher Applaus. Eine andere Stimme, und dann kam das Pausenzeichen. Und es war unglaublich für ihn, auch etwas nervend, dass nicht nur alles andere so weiterging wie vorher, sondern dass auch er weitermachte. Er hatte gerade einen Mann getötet, während irgendwo Menschen sich unterhielten und Zuhörer applaudierten. Und jetzt lag er hier nass im Gras und spürte die gleiche Sonne, hörte den gleichen Vogelgesang, die gleichen Stimmen, atmete den Duft der gleichen Blumen und Früchte ein. Und diese Vorstellung tröstete ihn. Er wusste, er hätte verändert sein müssen. Er müsste untröstlich sein, war aber stattdessen beruhigt. Er wusste, er sollte sich schmutzig fühlen, fühlte sich aber stattdessen gereinigt.

Natürlich wäre noch mehr zu tun. Michael ruhte lange im Gras, döste und dachte nach, während die Sonne ihn mit Ruhe erfüllte. Ein- oder zweimal blickte er zum Pool, fasziniert von dem Farbton, den das Wasser, das Gordon Brookes' Kopf umspülte, angenommen hatte, bis er sich erneut erbrach. Er erhob sich und räkelte sich, ging zum Bad im Poolpavillon und wusch sich von Kopf bis Fuß. Er dachte weiter. Er musste über so vieles nachdenken, über so viele wichtige Einzelheiten, die er in Ordnung bringen musste, so dass sein Kopf jetzt voll und ganz davon erfüllt war. Es schien kein Raum mehr zu sein für Panik vor dem nächsten Schritt. Er konnte es sich auch nicht leisten, entsetzt zu sein. Er fing an zu begreifen, dass er, wenn er sich weiterhin übergeben müsste, nicht mehr in der Lage sein würde, das Ganze durchzuziehen. Also musste er sich so verhalten, als ob ein Teil von ihm einfach abwesend wäre. Das wäre wie schauspielern. Er musste weder mutig sein noch erstaunliche Ruhe bewahren, sondern bloß agieren. Nur auf diese Weise würde er fähig sein, das zu tun, was zu tun war, aber es würde nicht *er* sein. Etwas in seinem Inneren würde nicht involviert sein.

Er zeigte sich beinahe gelassen an der Küchentür. Drinnen war die Hitze fast unerträglich. Steph und Charlie dösten im Windsorstuhl, offensichtlich benommen vom Erdbeerduft, und schienen darauf zu warten, sich vollständig aufzulösen. Jean blickte hoch, ihre Wangen waren gerötet vom Rühren der klebrigen, purpurfarbenen, kochenden Masse auf dem Herd. Mit einem Holzkochlöffel schöpfte sie Schaum von der Oberfläche der Marmelade und schüttete ihn in die Spüle. Dann ging sie zum Kühlschrank und holte eine Untertasse heraus.

»Es gibt da einige Dinge, die wir erledigen müssen«, sagte Michael unsicher. Steph öffnete die Augen und murmelte etwas. Sie hatte also nicht geschlafen.

»Oh! Oh, endlich ist sie fertig! Sie setzt sich jetzt!« Jean hielt den Zeigefinger hoch. »Steph, sie ist fertig. Wir haben jetzt Marmelade!«

»Nun, dem Himmel sei Dank«, erwiderte Steph.

Es dauert ewig, bis Erdbeermarmelade fest wird, das weiß ich jetzt. An dem Tag, als ich immer müder und mir immer heißer wurde, als ich zusah, wie die Erdbeeren köchelten, und darauf wartete, dass die Marmelade gelierte, bedauerte ich, dass ich mich darauf eingelassen hatte. Ich hätte am liebsten die ganze klebrige Masse in den Müll gekippt und die ganze Marmelade vergessen. Steph fand, ich hätte es tun sollen. Es lohnt sich nicht, sagte sie. Sie war ganz schlapp an dem Tag, als ob sie plötzlich zu erschöpft sei, etwas aufzunehmen. Schmeiß es weg, sagte sie. Aber das kann man dann auch nicht und denkt: Wenn der nächste Test auf einer Untertasse, die eine Minute in den Kühlschrank gestellt wird, nicht funktioniert, dann wird es nie was. Dann werfe ich alles weg und lasse in Zukunft die Finger von Marmelade. Und natürlich klappt der nächste Test nicht, aber man setzt die kleine Drohung gegenüber sich selbst doch nicht um. Man erkennt nämlich, dass die Drohung von dem Teil des Selbst kommt, der möchte, dass man scheitert, und der bessere Teil denkt: O nein, jetzt bin ich schon so weit – ich habe Erdbeeren gepflückt und entstielt, Zucker gewogen, Gläser gewaschen und gewärmt, stehe hier und rühre und probiere, bis ich selbst den Siedepunkt erreicht habe – ich habe zu viel Aufwand betrieben, um jetzt alles aufzugeben. Aber selbst wenn man so dasteht und weiß, dass man es durchstehen muss, wünscht man sich insgeheim, man hätte sich anders entschieden. Hätte Pektin hinzugefügt, ein paar Äpfel oder Johannisbeeren verwendet. Man fängt an zu glauben, dass man nie eine Marmelade bekommen wird und dass man irgendwie schuld daran ist. Und dann plötzlich gelingt es. So wird am Ende doch noch alles gut, und es hat sich gelohnt, darum zu kämpfen. Dann begreift man, dass diese Kombination aus Selbstkasteiung und Weisheit im Nachhinein letztlich in keiner Weise hilfreich war.

Wir bedauern den Pfarrer sehr, wir alle. Ich schreibe so genau wie möglich auf, was geschehen ist, und dann werden Sie begreifen, dass es unmöglich ist herauszufinden, wer verantwortlich war, auch wenn Michael der Täter war. War es Stephs Schuld, weil sie den Pfarrer hierher gebracht hat? Sie hatte keine Ahnung, dass er und Michael sich bereits begegnet waren. Vielleicht war es meine Schuld? Ich bin praktisch eine alte Frau, aber hätte ich etwas tun können, um es zu verhindern? Der Schock, als dieser Fremde mit Steph und Charlie auftauchte, war groß, und als er plötzlich auf Michael losging, noch viel größer, aber ich will nicht behaupten, dass ich zu schockiert war, um zu wissen, was geschehen war. Es war lediglich undenkbar für mich, dass ich etwas anderes tat als das, worum Michael mich bat. Ich wollte das tun, worum er mich bat. Aber angenommen, ich hätte mich geweigert oder etwas zu Mr. Brookes gesagt, wie zum Beispiel: Oh, hören Sie, beruhigen wir uns, wir können das doch bestimmt regeln? Aber nein, ich ging einfach zurück ins Haus, wie Michael mich gebeten hatte. Und selbst wenn Michael mich stattdessen gezwungen hätte, ins Haus zu gehen, und mir Gewalt angedroht hätte, wenn ich versucht hätte, mich einzumischen, wäre ich nach wie vor nicht in der Lage gewesen, das Geschehene zu verhindern, wo also liegt der Unterschied? Ich und Steph taten also, was er uns aufgetragen hatte. Wir gingen ins Haus und kümmerten uns um die Marmelade.

War es also voll und ganz Michaels Verantwortung? Meiner Meinung nach nicht. Er reagierte auf eine Krise, das ist alles, und tat das auf die einzige ihm zur Verfügung stehende Art und Weise. Dieser Mann wäre nämlich zur Polizei gegangen, und das wäre das Ende gewesen. Es wären inzwischen zu viele Fragen zu beantworten gewesen: die Kirchenfiguren, Miranda, das Haus und das Geld. Ganz zu schweigen von Michaels vorherigen Vergehen, von denen ich nur das Wesentliche wusste. Und was wäre dann aus uns geworden, und aus Charlie? Michael versuchte nur, seine Familie zu schützen, und warum soll das unter bestimmten Umständen als edle Haltung gelten und unter anderen nicht?

Aber es war ein verwirrender, schlimmer Tag, und die Schwierigkeit, die Marmelade zum Gelieren zu bringen, war nur ein kleiner Teil davon. Es mag banal klingen, aber als es mir gelungen war, die Marmelade zu gelieren, änderte dies meine Einstellung. Ich glaubte plötzlich, dass wir alles erreichen konnten und aus diesem Durcheinander herauskämen, und mehr als das, ich erkannte, dass wir es unbedingt mussten. *Mussten*. Es war alles ganz klar.

Es geschah Folgendes. Wir mussten uns sofort mit der unangenehmen Tatsache auseinander setzen, dass es ein sehr heißer Tag war. Glauben Sie ja nicht, dass ich mit Vorliebe darüber schreibe. Wir waren alle entsetzt über das, was passiert war, wie gelähmt über das Ausmaß und voller Abscheu über die Konsequenzen. Aber es musste überdacht werden. Fleisch verwest in erschreckend kurzer Zeit. Nun, Sie wissen, was mit Fleisch passiert, das an einem heißen Tag im Freien herumliegt. Innerhalb weniger Stunden würde die Anwesenheit des Mannes überdeutlich bemerkbar sein. Nachdem wir also alles besprochen und Beschlüsse gefasst hatten, wie wir vorgehen würden, ging Michael wieder hinaus, schob die Schubkarre zur Flachstelle des Pools, dann zerrte er die Leiche bis zum Rand der Stufen, hievte sie auf die Schubkarre und schob sie zurück aufs Gras. Dann half ich ihm, Mr. Brookes die Kleider auszuziehen. Das war der Augenblick, da ich in Tränen ausbrach, beim Anblick seiner tropfenden, rehfarbenen Socken und erbärmlichen grünen Shorts. Es war so traurig. Ich stellte mir vor, wie er sich morgens angekleidet hatte, nicht ahnend, was passieren würde, und es schien so unfair. Die Welt ist trügerisch, sie sieht so unverrückbar aus, und doch kommen und gehen die Menschen völlig unversehens. Vielleicht ist es tatsächlich der Lebenszweck eines Pfarrers, uns Menschen dies zu erklären. Steph hob seine zerbrochene Brille und den Panamahut vom vorderen Fahrweg auf. Ich nahm den Hut und die Kleider und hängte alles über den Herd zum Trocknen. Mit ihr zusammen rechte ich den Kies, auf dem sie gekämpft hatten, und Michael kümmerte sich um die Schubkarre mit der Leiche und schob sie die Stufen hoch zum Poolpavillon, aus der Sonne. Das Bad hatte kein Fenster und war recht kühl. Es gelang ihm, den Mann in die Wanne zu legen, wo er zumindest außer Sichtweite war.

Da hatte ich plötzlich einen genialen Einfall. Zumindest meinten die beiden anderen, dass es ein genialer Einfall war, aber für mich schien es plötzlich eindeutig zu sein. Ich erinnerte mich, dass eine Menge Säcke voller Salztabletten für den Wasserenthärter im Abstellraum lagen. Und ich hatte mich über Konservierungsmethoden informiert. Bei der Marmelade wird das Obst durch Zucker haltbar gemacht, bei Fleisch oder Fisch dagegen macht man es natürlich mit Salz. Die Säcke waren schwer, jeder über zwanzig Kilo. Steph konnte kaum einen hochheben, und Michael ließ es mich nicht einmal versuchen. Aber sie und Michael holten auf der Schubkarre neun oder zehn Säcke Salz und entleerten sie über dem Leichnam im Bad, betteten ihn regelrecht darin ein. Er war völlig bedeckt, was uns allen ein besseres Gefühl gab. Noch wichtiger war, dass wir sicher sein konnten, dass er nicht zu riechen anfangen würde.

Dann versuchten wir zu dritt, aus dem Poolhandbuch schlau zu werden, einem kleinen Heft, das Michael aus dem Raum mit dem Poolzubehör geholt hatte. (Ein Fehler: Der Versuch, eine komplexe Maschinerie zu verstehen, ist keine ideale Teamarbeit, und wir waren alle sehr bestürzt und aufgeregt. Es ging ein wenig bissig zu dabei.) Aber schließlich kapierten wir, wie wir das Wasser aus dem Pool lassen mussten. Das Seltsame war, dass der Pool wieder ganz normal aussah, aber keiner von uns konnte sich vorstellen, wieder in diesem Wasser zu schwimmen. Wir mussten eine Pumpe anbringen, die das gesamte Wasser herauspumpte, und diese an einem Schlauch festmachen, der es über den Rasen zur langen Koppel leitete, wo es auslaufen konnte. Natürlich brauchte das Stunden, was sich als Segen herausstellte, denn dadurch waren wir gezwungen, uns die Zeit zum Nachdenken zu nehmen.

Wir mussten nämlich überlegen, was wir als Nächstes tun würden. Steph erinnerte sich, dass Mr. Brookes ihr gleich am Anfang erzählt hatte, dass er auf dem Weg in den Urlaub sei, den er im Norden verbringen wolle. Als wir in den Kofferraum seines Autos sahen, fanden wir seinen Rucksack, einen Anorak, Wanderstiefel und dergleichen. Nach den Landkarten zu schließen, die er bei sich führte, hatte er vor, zum Pennine Way zu fahren. Er schien nichts gebucht zu haben; vielleicht hatte er vorgehabt, aufs Geratewohl loszufahren, dort zu bleiben, wo es ihm gefiel, oder an Ort und Stelle einen Tag oder so zu buchen. Vielleicht hatte er auch vorgehabt zu campen; vielleicht hatte er sich mit Freunden treffen wollen, die das Zelt mitbrachten. Wir wussten es einfach nicht. Aber wenn er mit anderen für den Urlaub verabredet war, konnte es sein, dass er sofort als vermisst gemeldet wurde. Andernfalls hätten wir ein paar Tage Gnadenfrist. Aber auf jeden Fall war sein Auto immer noch da, und das war natürlich ein Problem.

Steph ist ein kluges Mädchen. Während wir uns noch den Kopf über das Problem mit dem Wagen zerbrachen, wurde sie ganz ruhig, und dann plötzlich erzählte sie uns etwas, das ihr Kunstlehrer ihr beigebracht hatte. Sie hatte einmal ein Aquarell mit Bäumen angefertigt und die Stämme braun gemalt. Ihr Lehrer meinte: Wenn ich dich losschickte und dir auftragen würde, erst zurückzukehren, wenn du einen braunen Baumstamm gefunden hast, würde ich dich nie wiedersehen. Warum bietest du mir braune Baumstämme? Nun, sagte Steph, Holz ist doch braun, oder? Der Raum war voller Tische und Stühle, sagte sie, alle aus Holz und braun, wie nicht anders zu erwarten. Aber warum orientierst du dich an Tischen und Stühlen, wenn du einen Baum malen möchtest, fragte er sie. Geh und schau dir die Bäume an. Und glaube nicht, fuhr er fort, dass ich dir Malen und Zeichnen beibringe, ich bringe dir bei zu *sehen*. Die Menschen sehen nicht, was tatsächlich da ist, wenn sie nicht hinschauen. Künstler müssen lernen zu sehen, die meisten Menschen tun es nie. Sie sehen nur das, was sie erwarten.

Bis zu diesem Augenblick hatte ich nicht begriffen, was sie meinte, aber sie erklärte es. Der Punkt war, dass man vielleicht heute Morgen den Wagen des Pfarrers im Dorf gesehen hatte, vor Sallys Haus, vielleicht sogar, als er unseren

Fahrweg hochfuhr, und natürlich mussten wir versuchen, ihn loszuwerden, brauchten aber erst gar nicht abzuleugnen, dass er hier gewesen war. Wir mussten uns darauf einstellen zuzugeben, dass er hier gewesen, aber dann weitergefahren war, nachdem er einige Zeit mit Charlie verbracht hatte. Dann sagte sie, es wäre besser, wenn Mr. Brookes heute Mittag wieder durch das Dorf zurückfahren würde, damit ihn vielleicht der eine oder andere sehen und bestätigen würde, was wir über seine Abfahrt gesagt hatten. Nun, für Michael und mich hörte sich das völlig verrückt an.

»Du bist genauso groß wie er«, erklärte Steph Michael, »und da ist der Hut, den er getragen hat, so dass das Haar keine Rolle spielt. Du brauchst lediglich in seinem Auto durchs Dorf zu fahren. *Irgendjemand* wird das Auto ganz bestimmt bemerken. Mit all den Aufklebern an den Scheiben kann man es kaum übersehen.«

Sie saßen mit ihren Bechern am Küchentisch. Die Sandwiches, die Jean zubereitet hatte, für den Fall, dass jemand etwas essen wollte, waren unberührt. Lediglich Charlies Appetit war groß; heute versuchte Steph es mit Bananen. Michael schob seinen leeren Becher von sich.

»Aber ich bin *nicht* er! Ich kann nicht wie jemand anderer handeln, kann nicht jemand anderer sein.«

»Aber ich habe es doch *erklärt*. Die meisten Menschen«, erklärte ihm Steph mit nachlassender Geduld, »sehen, was sie zu sehen erwarten. Wie ich und die Baumstämme. Niemand wird sagen, o ja, ich habe am Mittwochnachmittag im Dorf jemanden gesehen, der Mr. Brookes' Kleider und seinen Hut trug und in seinem Wagen fuhr. Sie werden sagen, dass sie *ihn* gesehen haben. Er ist ja nicht der hiesige Gemeindepfarrer, also kennt ihn niemand richtig, es ist lediglich der Eindruck, an den sie sich erinnern werden.«

»Aber was soll das? Warum dieses Risiko eingehen? Warum fahre ich nicht einfach den Wagen weg und versenke ihn?«

Jean erwiderte gelassen: »Wenn du das tust und wenn jemand im Dorf Steph und Charlie heute Morgen im Auto gesehen hat, wird die Polizei wissen, dass er hier war. Wenn wir leugnen, dass er hier war, werden sie misstrauisch. Und wenn wir zugeben, dass er hier war, aber später weitergefahren ist, dann registriert die Polizei diesen Ort als den letzten, an dem er gesehen wurde. Sie werden sich sehr für uns interessieren, sind vielleicht misstrauisch genug, das ganze Haus auf den Kopf zu stellen und den Garten umzugraben.«

»Na und? Bis dahin haben wir uns des Autos entledigt und konnten ihn auch versenken. Er wird nicht mehr hier sein.«

»Nein. Aber Miranda ist hier. Was ist, wenn sie sie finden? Und wie lange werden sie brauchen, um mehr über uns herauszufinden? Alles herauszufinden?«

Steph sagte: »Denkt nur an die Krimis im Fernsehen. Sie können alle möglichen Spuren von Menschen finden, ein Haar oder etwas Spucke oder Ähnliches. Wenn sie sich bemühen, finden sie was. Wir müssen etwas unternehmen, das beweist, dass er hier wieder weggefahren ist. Auch wenn das nicht stimmt. Wenn jemand meint, ihn später gesehen zu haben, dann wirkt es glaubwürdig, dass er hier wieder weggefahren ist, nicht wahr? Und dann werden wir in Ruhe gelassen.«

Michael schlüpfte in Gordon Brookes' getrocknete und gebügelte Kleider, stülpte seinen Hut über, entfernte die kaputten Brillengläser und setzte die Brille auf. Jean konnte ihn noch rechtzeitig daran hindern, den Wagen ohne Handschuhe zu berühren. Sie fand ein paar dünne Plastikhandschuhe in der Schachtel mit der Silberpolitur. Ein Rucksack mit Michaels eigenen Kleidern wurde im Auto verstaut, und Gordon Brookes' Rucksack, Stiefel, Anorak und Charlies Kindersitz wurden herausgenommen. Vier Stunden nachdem Gordon Brookes seinen Enkel zum Haus hochgefahren hatte, fuhr Michael seinen Wagen den Fahrweg hinunter und die Straße entlang ins Dorf. Er war beunruhigt, aber erfreut, als er an einer Bushaltestelle eine Gruppe von Menschen, hauptsächlich ältere Damen und Jugendliche in legerer Kleidung, und einen Mann, der vor dem Dorfladen neben einem mit Obst und Gemüse beladenen Tisch saß, entdeckte. Er drückte den Hut tiefer in die Stirn und fuhr vorbei, ohne den Kopf zu wenden.

Der Tank war mehr als halb voll. Mit der aufgeschlagenen Landkarte auf dem Beifahrersitz fuhr er, wie mit Jean und Steph besprochen, zuerst auf die M4, wechselte dann, nordöstlich von Bristol, auf die M5 und fuhr bei der Abfahrt 19 ab. Um halb drei hatte er Gordon Brookes' Wagen am anderen Ende des Avon-Gorge-Naturparks geparkt, auf einem fast leeren Parkplatz mit einem Schild, das vor Autodiebstahl warnte. Hier und da glitzerten kleine eisblaue Scherben von Windschutzscheiben auf dem Boden.

Auf einem nahe gelegenen Grasstück, auf dem Tische standen, Mülleimer und Warnungen, keinen Müll wegzuwerfen, Hunde nicht frei laufen zu lassen und keine Wildblumen zu pflücken, war ein Picknick im Gange. Michael hielt sich so weit wie möglich entfernt, aber trotzdem in Sichtweite der Picknicker, holte seinen Rucksack aus dem Kofferraum und ging den Weg hinunter, der mit grellgelben Pfeilen markiert war und nach Nightingale Valley im Innern des Waldes führte. Der Pfad wand sich zwischen steilen, dicht bewachsenen Böschungen dahin. Aufgrund der Karten hatte Michael gehofft, es sei ein abgelegenerer, weniger bekannter Ort, aber überall waren Pfeile und Karten, ja sogar kleine Metallschilder an einigen Bäumen. Aber es war einfach genug, den Kopf gesenkt zu halten, um dem Gruß der wenigen Wanderer, die ihm begegneten, aus dem Weg zu gehen; die meisten rasten ohnehin auf Mountainbikes an ihm vorbei. Er zweifelte, ob einer von ihnen mehr von ihm sah als seine Füße oder sich auch selbst daran noch erinnern würde. Wenn sich der Weg gabelte, wählte Michael immer den schmaleren und weniger besuchten. Nachdem er etwa eine Stunde gewandert war und sich davon überzeugt hatte, dass der Weg vor und hinter ihm menschenleer war, kletterte er eine Böschung mit Brombeersträuchern hoch. Er gelangte zu einer Stelle, wo eine Reihe von Rhododendren unter einigen Nadelbäumen einen versteckten Unterschlupf boten, mehrere Fuß breit und nur ungefähr fünf Fuß hoch. Er kauerte sich nieder, keuchte und wartete, bis er sicher war, dass die einzigen Laute, die er hören konnte, sein eigener Atem und das Vogelgezwitscher waren. Er blickte sich um, um sicher zu sein, dass niemand ihn sehen konnte. In aller Ruhe und Behutsamkeit holte er seine eigenen Kleider aus dem Rucksack, entledigte sich der Sachen von Gordon Brookes und zog seine eigenen an, so schnell er es unter den niedrigen Rhododendronsträuchern konnte. Er packte Gordon Brookes' Kleider – Jacke, Hemd, Hose, Schuhe, Hut und Brille – in den Rucksack und verschnürte ihn. Dann ließ er sich wieder auf den Boden nieder und wartete.

Seltsam, wie der Gesang der Vögel im Wald irgendwie hohl und weit entfernt klang. Er lag da und lauschte in die Stille, die nur durch den Wind unterbrochen wurde, der durch die Bäume über ihm fegte, und von Zeit zu Zeit durch Stimmengemurmel, ein weinendes Kind vom Weg unter ihm. Einmal kam ein Hund sehr nah an ihm vorbei, wurde aber dann von seinen Besitzern zurückgepfiffen. Der Nachmittag verstrich. Michael, der jetzt von Müdigkeit überwältigt wurde, hatte das Gefühl, dass er hier nur wartete, bis er eine Art Erlaubnis erteilt bekäme zuzugeben, wie müde er war. Diese kam. Die Augen fielen ihm zu, und er lehnte sich an seinen Rucksack.

Steph machte sich zur üblichen Zeit auf den Weg, um Charlie zu Sally zurückzubringen. Sie hatte eine Baumwolldecke um ihn geschlungen, für den Fall, dass er heute Nachmittag etwas zu lange im Pool gewesen war und vielleicht jetzt in der Abendbrise leicht fröstelte. Sie rief Jean zu, dass sie sich jetzt auf den Weg machen würde, und schob den Kinderwagen über den Kies. Sie hatte den Kinderwagensitz so gestellt, dass Charlie jetzt in die Richtung sah, in der sie sich bewegten. Er war jetzt alt genug, um Interesse an seiner Umwelt zu bekunden; es war nicht mehr nötig, dass er ständig Steph vor sich sehen musste. Aber das war nicht der Grund, oder nicht der einzige, weshalb sie es getan hatte. Obwohl sie nicht verstand, wie es möglich war, wusste sie, dass sie sich nach außen hin ganz normal benahm. Sie wusste auch, dass Charlie nichts »Unangenehmes« gesehen hatte und dass er, wie Sally bemerkt hatte, seinen Großvater nicht vom Erzbischof von Canterbury unterscheiden konnte; aber etwas in seinem intensiven, nachdenklichen Blick verursachte ihr heute Abend Unbehagen.

Dennoch entdeckte sie auf ihrem vertrauten Weg auch heute Abend die gleichen Dinge wie sonst: die Länge ihres eigenen Schattens, der vor ihr her tänzelte, den sommerlichen Geruch des Grases unter ihren Füßen und den Wiesenkerbel an der Böschung, der zurückschnellte, wenn sie mit den Rädern des Kinderwagens vorbeifuhr. Und als sie entdeckte, dass sich die anderen Menschen wie immer benahmen, war es noch einfacher; Bill saß wie immer an einem sonnigen Abend auf seinem Stuhl vor dem Laden und las den *Bath Chronicle.* Er senkte die Zeitung und brummte ihr zu.

Sallys Heimkehr gestaltete sich wie immer. Und wie üblich wartete Steph mit einem friedlichen, makellosen Charlie auf den Armen.

»Hallo, Steph. O Gott, bin ich fertig. Sagen Sie, hat sich Gordon heute sehen lassen? Tut mir Leid. Habe ganz vergessen, es Ihnen zu sagen. Ist alles in Ordnung?«

Steph lächelte. »Charlies Großpapa?« Sie blickte auf Charlie hinunter, machte große Augen, schüttelte den Kopf in seine Richtung, und er griff lachend nach ihrem Haar. Sie hatte plötzlich Angst, Sally könnte gerade jetzt darauf achten, was sie sagte, könnte sie durchdringend anblicken und testen. Sie konnte besser damit fertig werden, glaubte sie, wenn sie es Charlie erzählte. Also drückte sie Charlie eine Himbeere in die Hand und plapperte auf ihn ein.

»O ja! Charlie hat heute seinen Großpapa gesehen, nicht wahr? Nicht wahr, Charlie-arlie, du hast deinen Großvater gesehen, *nicht wahr?*«

Als sie hochblickte, stand Sally an der Spüle und versuchte, einen Flecken auf ihrer Bluse zu entfernen. »Verdammt, heute Morgen war sie noch ganz sauber. Verdammte Mayonnaise, spritzte aus einem Sandwich genau auf meine Titten. Ist er länger als fünf Minuten geblieben? Hat er sich benommen? Was halten Sie von ihm?«

»Oh, ja, er hat uns im Auto mitgenommen. Ja, ich habe Charlie auf dem Kindersitz festgeschnallt, keine Angst. Ich habe ihn zurückgebracht. Er hat uns also mitgenommen und ist dann eine Weile geblieben. Ich glaube, er hat sich gefreut, Charlie zu sehen. Ich fand ihn nett.« Nun, das stimmte auch, dachte sie bei sich. Das alles war wahr.

Sally schnaubte. »O ja, er kann sich sehr nett *geben*. Er hat monatelang kein Verlangen nach Charlie gehabt, also lassen Sie sich nicht täuschen.«

»Na ja, das ist doch verständlich. Vielleicht ist einem nicht nach Freundlichkeit zumute, wenn die Frau gerade gestorben ist.«

»Das war aber schon vor Monaten.«

»Aber Sie sagten doch, er sei danach sehr deprimiert gewesen. Haben Sie nicht erzählt, er sei deprimiert gewesen?«

»Ja, er sagt, er nehme Prozac. Wer nimmt das nicht? Ich nehme an, Sie haben sich die Geschichte mit dem überdachten Friedhofstor anhören müssen?« Sie schenkte sich ein Glas Wein ein. »Ich schätze, er hat mir von seiner Depression erzählt, damit ich Mitleid mit ihm habe.« Sie nippte an ihrem Glas. »Vielleicht muntert ihn der Urlaub am Pennine Way auf. Hat er Ihnen davon erzählt? Er verbringt dort seinen Urlaub. Sie fuhren jedes Jahr dorthin, lediglich letztes Jahr nicht, weil Wendy, Simons Mutter, so krank war. Deshalb fährt Gordon dieses Jahr allein dorthin.«

»Ah, das ist traurig. Er vermisst sie wohl sehr.«
»Ich nehme an. Wenn Sie mich fragen: Er hat Schuldgefühle. Sie standen sich nie so nah, zumindest nach Simons Bericht. Aber Sie wollen jetzt nach Hause, oder? Ich nehme ihn. O Gott, wie schwer er wird, nicht wahr? Bis morgen.«
»Ja. Tschüs denn, Nacht, Charlie.«

Als Michael wieder erwachte, hatte er das Gefühl, als ob sich der schützende Wald gegen ihn gewandt habe. Der Wind hatte sich erhoben und rauschte heftig durch die Bäume; sein Lager unter den Rhododendren war schattig und feucht. Es war erst sieben Uhr, und die Sonne war noch nicht untergegangen, doch ihm war kalt, und er fühlte sich verlassen, er spürte eine Einsamkeit in seinen Gliedern, die ihm sagte, dass es zu spät war, um noch hier draußen zu sein. Er lauschte, bis er sicher war, dass alles ruhig war. Radfahrer, Spaziergänger und Hunde waren verschwunden, und das Vogelgezwitscher war verstummt. Er nahm den Rucksack hoch, kletterte die Böschung zum Weg hinunter und ging weiter, bis er die Stelle erreichte, wo der Waldrand auf das Ufer des Avon traf. Von hier aus führte ein breiter Weg, wie er auf der Landkarte gesehen hatte, das Flussufer entlang bis nach Bristol. Er begegnete niemandem, bis er fast die Hängebrücke erreicht hatte. Ab hier überholten ihn alle möglichen Leute, nicht die besessenen Mountainbiker vom Nachmittag, sondern junge Leute aus der Stadt, die in kleinen Gruppen herumschwärmten oder zu zweit dahinschlenderten, ganz ineinander versunken, darüber nachdachten, dass sie bald etwas trinken würden und ein Lokal suchen müssten, wo sie zu Abend essen konnten. Vielleicht hätten sie etwas reservieren sollen. Michael versuchte, seine Schritte zu verlangsamen, um sich ihrem Tempo anzupassen. Das Land verschmolz mit der Stadt, der Weg mündete in das Pflaster einer »Ufererschließung«, die an Gebäuden vorbeiführte, die, sofern sie nicht ganz neu waren, verschönert worden waren und artfremd verwendet wurden. Lagerhäuser waren zu Galerien und Bootshäuser zu Weinbars umfunktioniert worden. Er überquerte den Fluss bei einem Fußsteg nach Hotwells und wanderte von dort aus, an vertäuten Kähnen und Hausbooten, Restaurants, Läden und Pubs vorbei, ins Stadtzentrum. An der Temple-Meads-Station stieg er in die Bahn.

Als er in Chippenham ausstieg, war es bereits dunkel. Er hatte großen Durst, war hungrig und erschöpft, so dass er einen Augenblick erwog, ein Taxi zu nehmen. Doch dann zog er sich eine Coke aus dem Automaten vor dem Bahnhof, warf sich erneut den Rucksack über die Schulter und ging zu Fuß durch die Stadt. Als er den Verkehrskreisel am Stadtrand erreichte, wo keine Fußgänger mehr waren, blieb er stehen. Immer noch fuhren Wagen vorbei und bogen an verschlungenen Ausfahrten zu McDonald's, Sainsbury's oder dem DIY-Laden ab. Er fühlte sich zu vielen Blicken ausgesetzt. Der nächste und letzte Teil seines Weges war in gewisser Weise der schwierigste; wenn er sich an die Straßen hielt, die sich bald leeren würden, könnte er vielleicht bemerkt werden. Es gab keine richtigen Fußgängerwege, und ein einsamer Mann, der in dunkler Nacht die Straße entlangging, würde sich einem vorbeifahrenden Fahrer stärker einprägen als ein Mann, der auf den Straßen von Bristol oder Chippenham dahinschlenderte. Der Himmel mochte es verhüten, aber er konnte von einer Polizeistreife angehalten werden; sie hatten die Gewohnheit, plötzlich aufzutauchen, und er trug immer noch Gordon Brookes' Kleider und hatte seine Autoschlüssel in seinem Rucksack. Er kletterte über einen Zauntritt und schickte sich an, die letzten elf Meilen nach Walden zurückzulegen. Er folgte der Straßenführung durch die Felder und hielt sich auf der anderen Seite der Hecken.

Michael kam in dieser Nacht spät nach Hause, erst gegen Mitternacht. Wir hatten auf ihn gewartet. Sein Anblick war ein Schock. Steph und ich, wir hatten uns schon vor Stunden wieder gefangen und wie üblich unsere Aufgaben erledigt, und deshalb sahen wir natürlich mehr oder weniger aus wie immer, nur dass wir unsere Beunruhigung zeigten. Michael dagegen war in wenigen Stunden um Jahre gealtert.

Den ganzen Tag hatte ich mich nach Steph gerichtet, und obwohl meine Gedanken bei Michael waren, hatte ich mich normal verhalten. Während sie sich mit Charlie beschäftigte, füllte ich die Marmelade in Gläser und klebte die Etiketten auf. Wir waren beide überrascht, wie einfach es war, die alltäglichen Dinge zu erledigen, obwohl wir ständig an Michael dachten. Im Lauf des Tages erwähnten wir ihn des öfteren, überlegten, wie er zurechtkam, hofften, dass er stark genug wäre und nichts Wichtiges vergessen würde. Aber Steph und ich machten einander nichts vor. Wir wussten beide, dass die andere an nichts anderes denken konnte. Ihr zuliebe versuchte ich, eine gleichmütige Miene aufzusetzen, und sie sang Charlie etwas vor um meinetwillen. Obwohl ich nicht hungrig war, buk ich nachmittags einen Kuchen, und mir zuliebe probierte sie wenigstens davon. Aber wir sehnten uns danach, Michael wieder bei uns zu haben. Noch nie in meinem Leben

hatte ich mir so sehnlichst gewünscht, dass ein Tag vorübergehen möge, und das soll was heißen, denn ich habe in meinem Leben viele schwierige Tage erlebt.
Steph war an dem Tag ganz gelassen. Eine gewisse Ruhe schien über sie gekommen zu sein und sie tatsächlich auch danach nie wieder verlassen zu haben. Von dem Tag an befand sich ihr Geist ständig in einer Art Schwebezustand. Ich glaube, sie wollte das. Sie beschloss, ihren Geist in einem neutralen, furchtlosen Raum irgendwo zwischen Hilflosigkeit und Vertrauen zu halten.
Nach der dumpfen Hitze des Morgens war nachmittags eine leichte Brise aufgekommen, kein ideales Badewetter. Aber als sich der Pool wieder gefüllt hatte, verbrachte Steph mit Charlie einige Zeit darin, und ich saß daneben und beobachtete sie. Ich bin davon überzeugt, dass es uns beiden half, dass Charlie genauso glücklich und aufgeregt im Wasser herumplantschte wie immer. Irgendetwas trieb uns, glaube ich, den Garten und den Pool mit spielerischen Geräuschen zu erfüllen. Es war wichtig, jede anhaltende Atmosphäre von Hässlichkeit zu vermeiden. Und es steht fest, dass nichts die bedrohlich sich abzeichnende Atmosphäre des Kampfes, die Erwachsene um sich herum schaffen, schneller auflösen kann als ein fröhliches, kreischendes Kind.
Aber als Michael zurückkehrte, wurde uns wieder die volle Tragweite des schrecklichen Geschehens bewusst. Er war völlig ausgehungert, aber er müsse erst ein Bad nehmen, meinte er. Steph ging hoch, um es für ihn einzulassen. Wir waren inzwischen alle hungrig, da Steph und ich nichts heruntergebracht hatten, bevor er nicht heil wieder zu Hause war. Ich hatte ein Huhn gebraten, und wir saßen lange in der Küche

und aßen mit den Fingern. Es begann mit einer Vorstellung, bei der wir alle den anderen zuliebe mitmachten, und verlor dann allmählich seinen seltsamen Scharadencharakter, da unsere Erleichterung und unser Glück, zusammen zu sein, real waren. Später brauchte Michael noch ein Bad, sagte er. Nachts waren wir alle erschöpft, aber wir konnten kaum ein Auge schließen. Ich lag wach und fragte mich, ob ich mich schuldig fühlen sollte. Oder vielmehr fragte ich mich, ob ich mich tatsächlich schuldig fühlte – fragte mich, ob diese schlaflose Überprüfung meines Lebens das Schuldgefühl war. Natürlich hatte Michael und nicht ich die Tat begangen. Aber war es seine Nähe zu mir, die ihn zu der Art Mensch hatte werden lassen, die es tun *konnte*, ich meine, einen anderen Menschen töten? Eine Zeit lang dachte ich darüber nach. Bewirkt die bloße Anwesenheit einer Person, deren Hände nicht ganz sauber sind, dass eine andere früher oder später ihre beschmutzt? Ich lag im Bett, recht deprimiert, weil trotz all meiner Bemühungen dies alles vermutlich auf mich und Mutter zurückging.

Mutters eigenes Baby »wurde nicht richtig geboren« und starb mit drei, acht Jahre bevor ich auftauchte. Ich vermute, dass sie inzwischen versucht hatten, weitere eigene Kinder zu bekommen, aber ohne Erfolg. So sollte ich die Lücke füllen, vermute ich, was, wie ich jetzt weiß, eine irrige Hoffnung war, da niemand einen anderen ersetzen kann. Charlie tröstet uns alle, aber er ersetzt nicht Miranda, was wir auch nicht von ihm wollen. Mirandas winziges Grab auf diesem Grundstück wird uns immer kostbar sein, und es befindet sich hinter einer Grenze, die Charlie nicht überschreiten kann. Alles, was Miranda uns bedeutet hat, ruht in uns.

Es funktionierte nicht mit mir und Mutter. Nicht dass direkte oder grausame Vergleiche angestellt worden wären, da das erste kleine Mädchen nie erwähnt wurde, aber ich entwickelte mich nicht nach ihren Vorstellungen. Vielleicht bemühte sich Mutter am Anfang. Ich weiß, ich tat es, vermutlich bis zu dem Zeitpunkt, als Vater starb. Erst dann klärte sie mich über meine richtige Mutter auf. Zu Vaters Lebzeiten hätte sie das nicht gewagt. Sie erzählte es mir nur, um mich zu kränken, oder, wie sie es ausdrückte, um mich von meinem hohen Ross herunterzuholen, womit sie meine Pläne, zur Universität zu gehen, meinte. Denn meine richtige Mutter war noch gar nicht tot. Sie war nicht die zarte, tragische Heldin eines Luftangriffs, zu der ich sie gemacht hatte. Ich war die leibliche Tochter einer »gewöhnlichen Prostituierten«, die mich sofort ins Kinderheim gesteckt hatte. Und hatten sie (Mutter) und Vater nicht genug getan, mich wie ihr eigenes Kind aufzuziehen, und mir sogar wertvolles Eigentum (die Uhr) übergeben? Fand ich nicht, dass ich unter den Umständen etwas dankbarer sein sollte, zufrieden mit dem, was ich hatte (einem Sekretärinnenkurs)? Dieses Thema erlebte ich in vielen Variationen immer wieder in meinem Leben, bis ich hierher gekommen bin: gute Dinge, wie Zukunftsaussichten, Sicherheit, Zuneigung und Glück, bekam ich, wenn überhaupt, nur aus zweiter Hand und in Bruchstücken.
Aber ich erinnere mich, dass ich nicht richtig zuhörte, denn mein Geist war einfach stehen geblieben und konnte nicht weiter. Er blieb einfach bei der Vorstellung, dass meine richtige Mutter nicht gestorben war, als ich vier war, stehen. *Was bedeutete, dass sie immer noch am Leben war.* Innerlich freute ich mich, und ich beschloss im gleichen Augenblick, dass ich

an diesem Gefühl festhalten würde. Ich erkannte es nicht als das, was es war. Es war Hoffnung. Das ist es, was Hoffnung ausmacht, nicht wahr, etwas zwischen einer Entscheidung und einem Gefühl; man erteilt sich damit die Erlaubnis, in Bezug auf Dinge, die noch geschehen werden, optimistisch zu sein. Ich hatte kein Talent entwickelt, tat es nie. Ich musste mich immer anstrengen. Ich überlegte dann, dass ich sie so bald wie möglich finden wollte. Ich würde sie aufspüren. Ich hatte allerdings keine Vorstellung, wie genau ich das anstellen sollte, aber es würde bestimmt nicht mit Mutters Hilfe geschehen. Vermutlich müsste ich sehr geduldig sein und mindestens bis zum 21. Geburtstag warten und würde dann, wie ich meinte, plötzlich wie durch ein Wunder wissen, wie ich es anzustellen hatte. Selbst so konnte ich mir den Aufruhr vorstellen, den dies nach sich ziehen würde. Aber ich freute mich auch, dass Mutter mir gerade ein Ziel gesetzt hatte, von dem sie nie etwas wissen würde, denn ich würde den Mund darüber halten. Ich war fasziniert von der Vorstellung einer Prostituierten und konnte es ehrlich gesagt nicht glauben – ich wusste aber, weil ich es einfach fühlen konnte, dass es, selbst wenn es wahr sein sollte, einen Grund dafür gab. Etwas musste mit ihr passiert sein, etwas, wofür sie nichts konnte. Ich würde sie finden und alles regeln.

Ich komme jetzt zur Schuldfrage. So vergingen die Jahre, und ich wahrte mein schönes Geheimnis. Und so wurde ich einundzwanzig. Mutter ging es schlechter, und sie brauchte jetzt wirklich Pflege, lehnte es aber ab, etwas für sich zu tun. Ich wurde sauer, wie ich, glaube ich, schon erwähnt habe. Und so entstand, als ich sechsundvierzig war, an dem Tag vor achtzehn Jahren, als die Buddleia vor Mutters Fenster mich so sehr störte, ein kleiner Streit zwischen uns. Ich fürchte, ich hatte die Geduld verloren und machte Mutter Vorwürfe wegen ihrer Inkontinenz. Plötzlich war ich sicher, dass sie nur deshalb ins Bett machte, damit ich nachher wieder alles sauber machen musste. Im Mittelpunkt des Streits stand ihr Ausspruch, dass ich es lediglich wert war, ihren Dreck wegzumachen, und ja, ich gebe es zu, ich schrie sie an, und nicht zum ersten Mal. Natürlich schrie sie zurück, in der üblichen Manier. Doch dieses Mal fügte sie etwas hinzu. Sie sagte, es sei *nicht* ihre Schuld, dass ich immer noch hier sei. Was das heißen solle, brüllte ich sie an. Und dann sagte sie, auf die Art, wie man so etwas eben tut, auf die einzige Weise, in der man es sagen kann, wenn man es ungefähr dreißig Jahre für sich behalten hat, dass, wenn ich nicht so dumm und gutgläubig in Bezug auf die Uhr gewesen wäre, ich schon vor Jahren hätte gehen können.

Schließlich entlockte ich ihr, was sie damit meinte. Sie hatte mit Christie's gesprochen. Man hatte ihr dort erklärt, dass die Serien nummerierter, unsignierter Vulliamy-Uhren die frühesten und die wertvollsten seien. Die Aufzeichnungen, das erste *Vulliamy Clock Book*, beginnen bei der Nummer 297, die 1797 ausgeliefert wurde. Meine Uhr hatte die 169, also war sie mindestens noch zehn Jahre älter. In den frühen fünfziger Jahren hätte sie ungefähr 1 000 Pfund erbracht. Meine Uhr war mindestens zehn Mal so viel wert gewesen, wie man mir dafür gegeben hatte. Das hätte mehr als ausgereicht, um die Universität zu besuchen.

Mutter selbst hatte immer eine klare Vorstellung gehabt, dass die Uhr etwas wert war, obwohl Vater ihr nie irgendeine Zahl genannt hatte. Deshalb hatte sie sie prüfen lassen und war wütend, dass Vater in seinem Testament bestimmt hatte, dass ich die Uhr erben sollte. Aber warum hast du es mir nicht gesagt, fragte ich sie, warum? Aber natürlich wusste ich die Antwort im Voraus. Sie sagte, wenn ich so hochnäsig lostrabte, um sie an ein zweitklassiges Geschäft zu verkaufen, wäre ich selbst schuld. Es gefiel ihr, mir all das unter die Nase zu reiben.

Das erklärte Mr. Hapgoods Hauserwerb in Rectory Fields. Ich glaube, ich hatte mir so etwas Ähnliches schon gedacht. Jedenfalls, nachdem ich jetzt all dies erzählt habe, kann ich auch den Rest berichten.

Letzten Endes war es nicht einmal die sensationelle Enthüllung Mutters über die Uhr und die Art und Weise, wie sie geschwiegen hatte, so dass ich nie das Geld für die Universität aufbrachte. Nein, es war das, was sie über meine richtige Mutter erzählte.

Wissen Sie, bis zu dem Tag hatte ich nicht richtig erkannt, dass ich all die Jahre, mein ganzes bisheriges Leben, nicht nur *mit* der Hoffnung gelebt hatte, sie zu finden, sondern ganz aus dieser Hoffnung heraus. Sie hatte mir Kraft gegeben. Und das, was Mutter mir an jenem Tag offenbarte, vernichtete meine Hoffnung. An jenem Tag erkannte ich, dass ich nie wissen würde, wie es ist, jemandem wirklich nahe zu stehen. Ich hatte immer noch an der Möglichkeit festgehalten, dass ich eines Tages bei meiner richtigen Mutter an erster Stelle stehen würde, wenn ich sie gefunden hatte. Aber was Mutter mir an jenem Tag berichtete, die Information, die sie mir an den Kopf warf, als spiele sie keine Rolle, lautete, dass meine Mutter nicht gestorben war, als ich vier war, sondern erst Jahre später. Sie hatte noch gelebt, als Mutter mir erklärt hatte, ich sei der Bastard einer Prostituierten. Aber jetzt war sie tot.

Ich werde später berichten, was als Nächstes geschah. Ich muss immer noch weinen, wenn ich daran denke. Aber ich glaube, ich habe im Augenblick genug darüber gesagt. Ich habe mein Gewissen erforscht und bin zu dem Schluss gekommen, dass das, was ich tat, nicht *meine* Schuld war.

Also kehren wir zu der Nacht zurück, als Michael nach Hause kam. Ich schlief ein wenig, immer noch belastet mit etwas, das jedoch kein Schuldgefühl war. Dies überrascht Sie vielleicht, wenn Sie zu den Leuten gehören, die Menschen wie Michael, Steph und mich zu einer anderen Kategorie zählen als andere. Aber aus irgendeinem Grund glaube ich nicht, dass ich wesentlich schlechter bin als jeder andere auch.

Michael schlief traumlos und wachte früh auf, wofür er dankbar war. Aber Steph lag auf dem Rücken und starrte zur Decke, und er war sich sicher, dass das schon seit Stunden so ging. Sogar im schwachen Licht fand er, dass sie über Nacht schärfere Gesichtszüge bekommen hatte, ihre Mundwinkel verrieten die gleiche Anspannung wie bei ihrer ersten Begegnung. Michael drehte sich zur Seite, streckte die Hand nach ihr aus und zeichnete mit einem Finger ihr Profil nach. Als er ihre Stirn berührte, rührte sie sich nicht, aber als er an der weichen Stelle zwischen ihrer Nase und ihrer Oberlippe angelangt war, warf sie den Kopf zurück und nahm seinen Finger in den Mund. Sie hatten das so viele Male getan, dass es jetzt zu ihrem üblichen Vorspiel gehörte. Aber dieses Mal saugte Steph nicht an seinem Finger und knabberte behutsam mit den Zähnen daran. Dieses Mal wandte sie sich ihm nicht zu und näherte ihre Lippen den seinen, um dann behutsam seine Hand zu nehmen und zwischen ihre Beine zu legen. Stattdessen nahm sie seinen Finger aus ihrem Mund und drückte trockene, harte Küsse auf seine Hand, öffnete seine Finger und legte seine Handfläche auf ihr Gesicht. Ihre Wangen waren feucht. Michael zog sie in die Arme, und sie hielten sich in der Stille des Raums eng umschlungen. Draußen verwandelte sich das Morgenlicht in gelben Sonnenschein. Sie hörten, wie Jean aufstand und die Treppe hinunterging. Dann lagen sie da und lauschten dem Gezwitscher der Vögel, als das Licht sich durch die Vorhänge stahl, bis sich Steph entspannte und sich an ihn schmiegte. Langsam nahm Steph ihn in sich auf. Sie ließen sich Zeit, denn diese köstliche gemeinsame Zeit würde sowieso nur allzu schnell vorüber sein.

Am nächsten Morgen waren wir um sechs Uhr alle unten. Ich hatte eine Kanne Tee bereitet und hatte alle Landkarten, die ich finden konnte, ausgebreitet, denn ich hatte bereits angefangen, mich mit den praktischen Dingen auseinander zu setzen, und auch schon eine Ahnung, wie wir weiter vorgehen müssten. Wir hatten einen Weg eingeschlagen, den wir jetzt zu Ende gehen mussten. Wir hatten keine andere Wahl. Wir hassten diese Notwendigkeit und wünschten uns verzweifelt, wir könnten die Ereignisse des Vortags ungeschehen machen. Als sich Michael und Steph mit mir an den Tisch setzten, konnte ich an ihrer Miene erkennen, dass sie sich ebenfalls klar darüber waren.

Es musste noch so vieles erledigt werden, und in gewisser Weise würde es noch schlimmer sein als das, was sich gestern ereignet hatte. Und dann war da noch die Sorge, dass wir nicht wussten, wie viel Zeit wir hatten. Verstehen Sie mich nicht falsch, wenn ich sage, dass wir brutal praktisch wurden. Ich meine es in dem Sinne, wie es auf Leute zutrifft, die mit den Folgen eines Unfalls oder Missgeschicks konfrontiert sind: Feuerwehrleute, medizinische Hilfskräfte oder Chirurgen. Und genau so handelten wir. Es besteht eine Notwendigkeit, etwas zu erledigen, und wie das aussieht oder was wir dabei empfinden, darf nicht die dazu nötige physische Geschicklichkeit, den Mut oder die Entschlossenheit beeinträchtigen. Von Menschen, die aufhören, klar zu denken, kommt nie etwas Gutes. Also wurden wir brutal praktisch, aber wir handelten nie brutal. Wir rafften lediglich unsere Kraft zusammen, den anderen zuliebe, um das zu tun, was wir tun mussten. Ich würde sogar so weit gehen und behaupten, dass in unserem Fall das Töten des Pfarrers ausschließlich mit Bedauern registriert wurde. Und soweit möglich, wurde auch unser weiteres Handeln nur durch die Notwendigkeit bestimmt, und es erfolgte voller Respekt, ja fast sogar mit einer gewissen Zärtlichkeit.

Er konnte nicht hier in Walden bleiben, das stand fest. Nicht nur aus dem einleuchtenden Grund, dass er vielleicht gefunden wurde, sondern weil er irgendwie unsere Umgebung verunreinigen würde. Wir dachten bereits an den armen Kerl als eine Art umweltverschmutzendes Element. Wo auch immer wir ihn begraben würden, und es gab hier Dutzende von Möglichkeiten, wir konnten einfach den Gedanken nicht ertragen, dass er irgendwo in der Nähe wäre. Die Erde hier gehörte Miranda, und ihre Anwesenheit heiligte sie. Ich stellte mir vor, wie ich eine Woche später morgens um vier im Bett lag und darüber nachdachte, dass er nicht weit entfernt begraben lag, und ich wusste, dass ich, bevor wir ihn nicht hier weggeschafft haben würden, nie mehr das Gefühl hätte, dass dies hier unser Platz war oder dass er je wieder sauber sein würde. Wir mussten ihn wegschaffen. Wir mussten die hässliche, schreckliche Tat, die Michael hatte ausführen müssen, weit von uns weisen, mussten die Episode hinter uns lassen. Wenn es uns möglich war, würden wir sogar die Erinnerung an die Geschehnisse auslöschen. Es musste uns erlaubt sein, so weiterzumachen wie vorher, und das würde nicht möglich sein, wenn er in unserer Nähe war. Im Übrigen, was würde geschehen, wenn die Polizei hier alles aufzugraben begann? Nein, er musste gehen, und das führte zu einer Reihe von Überlegungen. Die erste war, dass ich das Haus nicht verlassen konnte. Ganz abgesehen von meinen eigenen Neigungen (seit meiner Fahrt nach Bath hatte ich keine Lust mehr gehabt, aus dem Haus zu gehen), war ich die Haussitterin, und es konnte ja sein, dass Shelley anrief und irgendetwas wissen wollte. Auch Steph musste ihr tägliches Ritual einhalten und jeden Tag bei Sally aufkreuzen und sich um Charlie kümmern. Also würde alles an Michael liegen. Er müsste es allein erledigen, und hier tauchte die erste mehrerer recht offensichtlicher praktischer Schwierigkeiten auf. Michael konnte ihn kaum hochheben. Ich meine, so, wie er war.

Jean schien zu wissen, dass die Polizei nicht vor Ablauf von achtundvierzig Stunden nach dem Verschwinden eines Erwachsenen Nachforschungen anstellte. Sogar dann würde sie darauf hinweisen, dass Menschen das Recht hätten, abwesend zu sein, ohne gleich als vermisst zu gelten. Aber schließlich müsste die Polizei die Sache doch ernst nehmen, und wenn es soweit war, erklärte sie den anderen, würden sie bestimmt bei ihnen auftauchen und Fragen stellen. Wenn das der Fall war, durften weder Michael noch die Überreste von Gordon Brookes hier anzutreffen sein. Michaels Anwesenheit als solche war schon ein Problem für sich, denn wenn es auch noch so banal erscheinen mochte, bedeutete die Geschichte mit seinen unbezahlten Geldstrafen, dass er es nicht wagen konnte, der Polizei seinen richtigen oder einen falschen Namen anzugeben. Zur gleichen Zeit am nächsten Tag musste Michael in Sicherheit und die Angelegenheit der Entsorgung von Gordon Brookes erledigt sein. Jean deutete auf die Karten, die auf dem Tisch verstreut lagen.

»Ich überlege, wohin du fahren könntest. Aber es ist nicht einfach«, sagte sie entschuldigend. »Eine Landkarte bietet so viele Möglichkeiten.«

»Hauptsache, es sind ruhige Orte«, sagte Michael. »Und weit entfernt von hier. Schreib mir einfach eine Route auf, und ich improvisiere.«

Steph betrachtete stirnrunzelnd die Karten, dann musterte sie Michael. »Für dich allein ist es schwierig«, sagte sie plötzlich voller Eifer, »zu fahren und gleichzeitig die Karte zu studieren. Du brauchst Hilfe. Jean, er braucht Begleitung, nicht wahr? Jean, kann ich nicht mit ihm fahren?«

Doch noch während sie das sagte, wusste sie natürlich, dass es nicht in Frage kam. Steph und Jean mussten hier bleiben und sich genauso verhalten, als ob Gordon Brookes sie tatsächlich besucht hätte und dann weitergefahren wäre, wie Steph Sally berichtet hatte. Nach außen hin durfte sich nichts ändern, das Leben musste wie gewohnt weitergehen. Inzwischen mussten sie in ihrem Kopf ein Gestern erfinden, an dem alles so geschehen war, wie es hätte sein sollen und wie sie behaupten würden, dass es geschehen war. Sie mussten wie in einem Film ein Gestern konstruieren, das in Gedanken immer wieder abgespult wurde, mit Unterhaltungen und Ereignissen, deren Details sie einüben mussten, bis sie so real wie die Erinnerung waren. Das würde das Gestern sein, auf das sie sich beziehen, an das sie sich erinnern und über das sie sprechen würden, wenn man sie danach fragte.

»Steph, natürlich kannst du nicht mit ihm fahren.«

Michael sagte: »Du hast hier Dinge zu erledigen. Du musst hier bleiben und abwarten. Wenn sie kommen, musst du hier sein, um es ihnen zu sagen. Mr. Brookes ist den ganzen Morgen über geblieben, aber dann vor dem Lunch weitergefahren. Er hat den Morgen mit Charlie verbracht, nicht wahr?«

Steph warf ihnen einen nachdenklichen Blick zu. Dann sagte sie: »Mit Charlie *und* mir. Er ist keine Babys gewöhnt, hat uns einfach nur zugeschaut. Wir waren draußen auf der Spielmatte; Charlie und ich spielten mit seinen Autos und dem blauen Hasen.«

»Er schaute hauptsächlich zu, aber er imitierte auch mit der Krümelmonster-Marionette ein paar komische Stimmen«, schlug Jean vor.

»Charlie *hasst* diese Marionette«, wandte Steph ein. »Mr. Brookes hat einfach nur zugeschaut, schien nicht sehr glücklich zu sein.«

»Ja, du hast Recht, er wirkte verschlossen. Vielleicht war er deprimiert, aber da wir ihn ja nicht kannten, hielten wir es für Schüchternheit«, sagte Jean. »Er sprach wenig, erwähnte seinen Urlaub mit keinem Wort. Aber er hat Charlie aus einem seiner Bücher vorgelesen.«

»Ja, er hat ihm aus *Die kleine Raupe Nimmersatt* vorgelesen. Dann trug er Charlie durch den Garten und zeigte ihm die Blumen. O ja, und er gab ihm seine Flasche«, sagte Steph entschieden. »Erinnert ihr euch nicht?«

»Jetzt, da du es erwähnst«, erwiderte Jean, »ja, ich glaube schon.«

»Als er gegangen war, sagten wir zueinander: Was für ein netter Mann.«

»Sehr ernst und ruhig, aber nett. Und wir haben gesehen, wie er sich von Charlie verabschiedet hat, nicht wahr?«

»Ja, o ja. Wir haben gesehen … Was?«

»Wie er ihm etwas ins Ohr flüsterte und ihn fest an sich drückte, ganz lange. Wie Tränen in seine Augen traten, als er Charlie wieder abgab, als begebe er sich in eine andere Welt. Nachdem er gegangen war, sagten wir, nun, es ist nicht zu übersehen, dass er seinen Enkel vergöttert.«

»Wir sagten, glücklicher kleiner Charlie.«

»Genau so.«

»Und wir dachten nicht weiter darüber nach.«

Michael schlüpfte in Gummistiefel, fand eine Schutzbrille, robuste Gartenhandschuhe und eine lange Gartenschürze. Jean gab ihm zwei Rollen Plastikmüllsäcke und eine Tüte sorgfältig gefalteter Supermarkt-Tragetüten, die sie von Einkäufen aufgehoben hatte. Er holte die Kettensäge heraus, nahm die Mülltüten und Tragetüten und ging zum Poolpavillon. Sorgfältig schloss er die Glastüren hinter sich, ging ins Badezimmer und schloss auch diese Tür hinter sich.

Etwas später, als Steph und Jean das leise Geräusch der Säge hörten, verkniffen sie sich eine Bemerkung darüber. Sie waren beschäftigt. Die Kleider von gestern mussten verbrannt werden, einschließlich der Schuhe und des Panamahuts. Und da waren noch die Kleidungsstücke, die Gordon Brookes für seinen Urlaub eingepackt hatte, der Rucksack selbst und seine Wanderschuhe und sein Anorak. Gemeinsam trugen sie alles vorbei an den Gemüsebeeten zu dem Platz hinter dem ummauerten Garten. Michael hatte ihnen verboten, Petroleum zu verwenden, also arrangierte Jean eine ganze Schachtel Feueranzünder unter einem Stapel Brennholz, leerte eine Flasche Brennspiritus darüber und zündete es an. Sie und Steph traten zurück und beobachteten, wie die Flammen himmelwärts züngelten und eine Rauchwolke bildeten. Es war noch früh am Tag, aber allmählich wurde es Zeit, Charlie abzuholen. Sie schürten das Feuer immer wieder. Es würde mindestens einen Tag und eine Nacht brennen, und es würde ein scheußlicher Gestank entstehen, wenn Baumwolle, Leinen und Plastik verbrannten. Jean und Steph waren sich stillschweigend einig darüber, dass der Großteil des Feuers, dem Gordon Brookes' Kleidungsstücke zum Opfer fielen, vorbei sein sollte, wenn Charlie kam. Sie wollten ihm einen angenehmen, normalen Tag schenken. Sie alle brauchten das, und sie würden es versuchen, trotz des Brandgeruchs, der in der Luft hing, und des ständigen rauen Kratzgeräuschs im Hintergrund, wo in einiger Entfernung eine Kettensäge in etwas Festes und doch feucht Klingendes hineinschnitt.

Der Tag verging. Im Haus wurden die Stunden und Minuten wie immer ausgefüllt. Draußen bewölkte es sich, regnete sogar kurz, so dass das Feuer im Rauch erstickt wurde. Sie waren aufs Haus beschränkt. Charlie aß jetzt alle möglichen Breie in verschiedenen Farben, die Steph ihm zubereitete. Nach seinem Mittagessen aus zerstampften Bananen und Avocado schlief er ein, und sie zeichnete eine Vase mit Geißblatt, das sie gepflückt und auf den Küchentisch gestellt hatte. Aber auch nach dem Regen hellte sich das Wetter nicht mehr auf. Steph bekam Kopfschmerzen und schlief ein.

Jean erledigte alle möglichen unnötigen Dinge im Haus. Ihr Gesicht wirkte angespannt. Am späten Nachmittag, als Steph Charlie zurückbrachte, wickelte sie Sandwiches, Kuchen und Obst in Zellophanpapier und füllte Thermoskannen mit Tee. Sie holte Wolldecken und saubere Kleider für Michael und verstaute alles in seinem Rucksack. Es beruhigte sie, solch harmlose Dinge erledigen zu können. Es war jetzt wichtig und notwendig, Effektivität anzustreben. Als sie mit den Vorbereitungen beschäftigt war, vergaß sie daher nie, was der Zweck von Michaels Reise war. Am liebsten wäre sie durchs Haus gewirbelt und hätte tausend Dinge auf einmal erledigt, zwang sich aber, sich langsam zu bewegen und darauf zu konzentrieren, alles so zu erledigen, wie es eine gute Mutter tun sollte, um sicherzustellen, dass es Michael unter den gegebenen Umständen so gut wie möglich ging.

Aber sie machte sich Sorgen, weil Michael keine Fahrerlaubnis hatte und sein Van nicht versichert war, Einzelheiten, die er in der Vergangenheit so häufig missachtet hatte, dass es Jean fast kleinlich erschien, sich jetzt darüber aufzuregen. Sie hatte sich doch die vielen Male, als er mit dem Van losfuhr, ihre sorgfältig aufgestellte Einkaufsliste in der Hand, auch keine Sorgen gemacht. Er hatte immer gelächelt und so getan, als höre er nichts, wenn sie ihm in letzter Minute an der

Tür noch allerlei Besorgungen auftragen wollte. »Kauf nur den englischen Spargel, vergiss es nicht. Oh, ich habe das Shampoo vergessen. Nimm, was du willst, Hauptsache, es ist gegen trockenes Haar. Nein, nimm eines von Wella. Oder Pantene, aber es muss für trockenes Haar sein. Jede Firma ist okay.« Aber diese Fahrten waren nur kurz und im Ort. Und dann war da ja der Van selbst. Einerseits war er perfekt mit seinen festen Wänden. Aber er war alt, ein Risiko auf langen Fahrten, nicht versichert und ohne ordentliche Zulassung.

Unter den Schlüsseln in der Teekanne waren auch Autoschlüssel gewesen. Jean hatte noch keinen Blick hinter die doppelten Türen des alten Stallgebäudes, das sich in einiger Entfernung vom Haus befand, geworfen, aber jetzt, mit den Schlüsseln in der Hand, ging sie über den Kies, vorbei am Holzschuppen und den Nebengebäuden, die den Hof säumten, zu den unbenutzten Ställen. Sie schloss die Türen auf und öffnete sie weit. Drei Autos standen hier. Der Sportwagen schied von vornherein aus. Dann gab es noch einen jeepähnlichen Wagen, der neu und stabil aussah, gerade richtig für eine lange Fahrt, aber er hatte zu viele Sitze und war rundum einsehbar. Und der Kofferraum war viel zu klein. Der dritte Wagen sah gewöhnlicher aus, vermutlich ein Mercedes, überlegte Jean, die nicht viel von Autos verstand. Er wirkte solide und sicher. Und noch wichtiger: Er hatte einen großen Kofferraum. Zufrieden kehrte Jean zum Haus zurück.

Michael kam am Abend gegen acht Uhr aus dem Poolpavillon heraus. Er schlüpfte aus den Stiefeln, zog sich bis auf die Unterhose aus und stürzte sich sofort in den Pool. Er schwamm nicht, stand einfach da und goss sich Wasser über die Schultern und den Oberkörper und wusch sich gründlich das Gesicht. Dann tauchte er den Kopf unter Wasser, und als er wieder auftauchte, zitterte er. Er stand da, die Arme um den Oberkörper geschlungen, die Augen fest geschlossen, und klapperte mit den Zähnen. Es war Anfang Juli, aber wenn die Sonne untergegangen war, war die Hitze vorbei, und es herrschte abendliche Kühle. Er stieg aus dem Wasser, ging zurück zum Haus, sah erschöpft und bedrückt aus, die Verkörperung von Schmerz, dachte Jean, die ihn vom Küchenfenster aus beobachtete. An der Tür reichte sie ihm ein Handtuch, denn er würde nicht hereinkommen.

Und er war immer noch nicht fertig. Er kehrte im gräulichen Abendlicht zum Pool zurück und zog sich an. Er schlüpfte wieder in die Gummistiefel, nahm den Schlauch, der für die Reinigung des Pools bestimmt war, vom Haken an der Wand und nahm ihn mit in den Pavillon. Im Innern schaltete er die Lichter an. Ein auffälliger gelber Strahl fiel durch die Fenster auf das Gras, und als er hin und her ging, wechselten auf der Oberfläche des Pools Licht und Schatten. Im Badezimmer spritzte er die Wände und die Decke ab und über und rund um die versiegelten Säcke auf dem Boden. Er hob den kreisrunden Abflussdeckel und spritzte Wasser in jede Ecke des Bads, in jeden Winkel, bis er jede Salzkrume, jedes Haar, jedes nicht mehr zu benennende Überbleibsel von Gordon Brookes hinuntergespült hatte. Er sah zu, bis alles verschwunden war. Dann kehrte er zum Pool zurück und räumte den Schlauch weg, zog Stiefel und Kleider aus und tauchte wieder in den Pool ein. Er ließ sich auf dem Rücken treiben, zitterte und weinte vor Kälte und Entsetzen. Als er dieses Mal zum Haus zurückkehrte, befahl Jean ihm, sich ein heißes Bad einzulassen. Danach versuchte er auszuruhen, konnte aber nicht schlafen. Später kam Steph auf Zehenspitzen herein. Sie brachte ihm ein Tablett mit Essen, aber er brachte nichts hinunter. Jean sammelte seine nassen, fleckigen Kleider am Pool auf und steckte sie in einen Sack, um sie später zu verbrennen.

Es war etwa ein Uhr morgens, als Michael den Mercedes aus der Stallgarage fuhr. Er lenkte ihn über den Fahrweg zum Rand des Rasens, der zum Pool führte. In der Dunkelheit klang das Geräusch der Räder auf dem Kies arglos, aber auch abweisend, wie das leise Rascheln von Papier, das achtlos zusammengeknüllt wird. Dann fuhr er seinen Van in die Stallgarage und schloss die Türen. Leise ging er zum Poolpavillon, und unter dem fahlen Licht des Mondes begann er, die Säcke vom Bad in den offenen Kofferraum des Wagens zu schaffen. Unwillkürlich zählte er sie. Es waren einunddreißig, eine Tatsache, die er seltsam hilfreich fand. Michaels Erinnerung an den Mann schien jetzt unwirklich; jegliche Vorstellung, dass Gordon Brookes bis vor kurzem ein lebendiger, sprechender Mensch gewesen war, schien jetzt unglaubwürdig. Es war sogar schwierig, ihn sich als toten, stummen *Menschen* vorzustellen. Es schien ein Wahrnehmungstrick zu sein, zu abgehoben von der ermüdenden, überwältigend physischen und lästigen Tatsache, dass diese einunddreißig Säcke real waren.

Im Lauf der Ereignisse war Gordon Brookes unbedeutend geworden. Unbedeutend auf eine Art, überlegte Michael, wie dies wohl für ein Tier galt, das zur Schlachtbank geführt wurde. Denn wie sonst konnte es geschehen? Seit er hier lebte, hatte er diese Lastwagen mit den Latten an den Seiten gesehen, in denen Tiere eingesperrt waren. Einmal hatte er einen überholt und eine samtige Nase gesehen, die gegen die Latten gepresst war und vor Angst Schleim absonderte. Furchtsam schaute ihn das Tier mit seinen von seidigen Wimpern beschatteten Augen an. Wie konnte jemand diese lebendigen Geschöpfe in eine Reihe rosafarbener Fleischstücke verwandeln? Es musste für den Menschen eine Methode geben, die es ihm ermöglichte, die logische Verbindung dieser beiden Zustände beim Akt des Tötens gnädigerweise einfach auszuschalten.

So verhielt es sich wohl im Fall von Gordon Brookes. Er musste jetzt als ein Vorgang betrachtet werden, etwas, das verpackt, transportiert und entsorgt werden sollte. Die Trennung des Mannes – lebend, redend, hustend, gestikulierend – von dem Zeug, aus dem er bestand – Knorpelteile, Knochen, Innereien, Muskelstränge und Fett –, war wichtig für Michael, wenn er nicht verrückt werden wollte. Er war immer noch erschüttert über die Entdeckung, wie viel *Zeug* es war und wie es in dieser entsetzlichen Menge gesplittert und herausgequollen war und teilweise auch gestunken hatte.

Jean und Steph liefen zwischen dem Wagen und der beleuchteten Küche hin und her und versuchten, Michael zu helfen, ohne die Säcke anzusehen oder zu berühren. Sie verstauten Michaels Essen, seinen Rucksack, die Decken und die Taschenlampe im Wagen, holten noch einen Spaten, eine Breithacke und die Landkarten. Jean blieb stehen und überlegte, fügte noch einen Pullover, zwei lange Regenmäntel und Stiefel sowie eine Schachtel Babytücher und eine Flasche Brandy hinzu. Als Michael abfahrbereit war, rannte Steph zum Haus zurück und kam mit einem Foto von ihr, Charlie und Jean

zurück. Michael betrachtete es und steckte es in die oberste Tasche seines Hemds.
Fast wirkte es zu fröhlich und zu oberflächlich, dem Wagen hinterherzuwinken. Als Michael den Wagen zur Vorderseite des Hauses lenkte, gingen sie neben ihm her. Dann standen sie da und hoben die Hand, als die Räder über den Kies des Hofs knirschten und der Wagen jetzt auf den Fahrweg einbog und in der Nacht untertauchte.

Woran ich mich meist erinnere, wenn ich an den Tag zurückdenke, an dem Michael mit den Säcken losfuhr, ist der Eindruck, wie gewöhnlich das oberflächlich ausgesehen haben muss. Steph und ich hielten uns vom Pool fern, und das war alles, ehrlich, abgesehen von dem schwelenden Feuer, das wir von Zeit zu Zeit abwechselnd kontrollierten.
Und wieder einmal rettete uns das Haus, mit seinen Pflichten und seinen Belohnungen. Ich fand immer etwas, womit ich mich beschäftigen konnte: Staub wischen, Blumen arrangieren, den Platz vor dem Kamin kehren, die Küche wischen. An den Vorhängen des Wohnzimmers war eine Quaste abgegangen, die ich wieder annähte. Ja, mit einem Haus wie diesem ist man nie fertig. Ein Haus wie dieses erfordert viel Zeit, und es macht Spaß, sie darauf zu verwenden. Denn wenn die Blumen arrangiert und das Silber poliert sind und der zarte Geruch von Bienenwachs und Öl sich vermischen und sich in den Räumen verbreiten, hat man das Gefühl, eine Belohnung erhalten zu haben oder eher, dass ein Vertrag erfüllt wurde. Für die Instandhaltung eines Hauses erhält man als großzügige Belohnung ein Heim. Als Michael den ganzen Tag beschäftigt war und wir im Hintergrund ganz schwach das

Geräusch der Säge hörten, überlegte ich hin und her, bis ich zu der Erkenntnis kam, dass wir es dem Haus selbst und nicht nur einander schuldeten, stark zu bleiben. Es mag dumm klingen, aber es war, als ob das Haus auch gekränkt wäre, wenn wir es jetzt vernachlässigen oder die Sache nicht zu Ende führen würden. Natürlich machte ich mir auch Sorgen. Gegen Abend kümmerte ich mich um Dinge, die Michael meiner Meinung nach benötigen würde, was mich beschäftigte, bis es Zeit für ihn wurde aufzubrechen.

Wir waren an jenem Tag dankbar, dass nichts weiter passiert war. Steph hielt ein Nachmittagsschläfchen, aber ich schaffte es nicht, denn ich musste immer an Michael denken. Wie immer brachte sie Charlie zu Sally, und als sie zurückkehrte, berichtete sie, Sally sei wie immer gewesen. Genau das hatten wir gehofft. Und Steph befand sich immer noch in einer Art Halbschlaf, nahm Dinge auf und reagierte darauf, als ob ihr Gehirn eine geduldige Maschine wäre. Wir lebten ohne Panik. Alles in allem liefen die Dinge gut. Aber an dem Abend nachdem Michael weggefahren war, hatte ich keine Lust, zu Bett zu gehen. Obwohl ich todmüde war, blieb ich auf und ging durchs Haus, von Zimmer zu Zimmer, langsam und geräuschlos, um Steph nicht aufzuwecken. Ich glaube, ich suchte Trost. Schließlich ging ich zu Bett und lag wach, betete darum, dass es Michael gut ginge.

Zwei Wochen lang lief alles normal. Da Michael nicht da war, wuchs das Gras ungehindert. Jean hatte das Gefühl, sich durch das Gras zu arbeiten, statt darüber zu gehen. Sie bewegte sich langsam, den Blick gesenkt. Sie schnitt Blumen und sehnte sich nach Michaels Rückkehr. Das Leben war bescheidener geworden. Sie waren damit beschäftigt, in aller Ruhe abzuwarten. Sie wirkten wie Menschen, die eine offizielle Trauerzeit erlebten.

Als Steph Mitte Juli abends mit Charlie Sallys Haus betrat, war diese bereits anwesend. Sie saß mit verweinten Augen in der Küche. Ohne große Umstände nahm sie Charlie in die Arme, unterließ ihren üblichen Singsang. Es herrschte unangenehme Stille, so dass Steph, als Sally keine Anstalten machte zu reden, als Erste das Wort ergriff.

»Geht's Ihnen gut, Sally?«

Sally antwortete, indem sie ihren Kopf an Charlies Hals vergrub. Als sie wieder hochblickte, sagte sie: »Es gibt ein Problem mit Gordon. Oder es könnte eines sein, sie wissen es nicht genau.«

»Gordon?«

»Sie wissen doch, Mr. Brookes, Charlies Großvater. Man weiß nicht, wo er ist. Ich meine, die Polizei.«

»Aber er ist doch in Urlaub, oder? Wollte er nicht zum Wandern oder so?«

»Er sollte schon vor einer Woche zurück sein. Seine Kirchenleute hatten angenommen, er habe sich ein paar Tage extra gegönnt, aber jetzt hat die Polizei seinen Wagen gefunden, leer.«

Steph schluckte. »O nein!« Einen Augenblick konnte sie sich nicht erinnern, was sie wissen durfte und was nicht. Also setzte sie sich auf einen Stuhl. Was wusste die Polizei? Hatten sie Michael gefunden? Sally vergrub ihr Gesicht wieder in Charlies Kleidern und wiegte ihren Sohn sanft hin und her. Steph blickte sich um und zwang sich, klar zu denken. »Soll ich den Kessel aufsetzen?«, fragte sie.

Sally nickte, den Kopf immer noch vergraben. Steph erhob sich, füllte den Kessel und stellte ihn auf den Herd. Als sie Becher abspülte – alle im Haus vorhandenen schienen in der Spüle zu sein –, sagte sie mit besorgter Stimme: »Die Polizei – was genau sagt sie?«

Sally zeigte erneut ihr erschöpftes Gesicht. »Sie haben seinen Wagen gefunden, oder was davon übrig geblieben ist. Viele Meilen von hier entfernt, irgendwo an einem Ort namens Chepstow, ausgebrannt und ausgeraubt. Man weiß nicht, wie er dorthin gekommen ist, denn der Ort befindet sich ja meilenweit von seinem Urlaubsort im Norden entfernt.«

»Sie glauben also, er ist gar nicht dort? Wo ist er dann?«

»Um Himmels willen, Steph, genau das will ich Ihnen ja erklären. Man weiß es nicht. Die Polizei sagt, dass *er* den Wagen bestimmt nicht dorthin gebracht hat. Vermutlich wurde er gestohlen, dort abgestellt und verbrannt.«

Steph blickte schockiert drein. »Oh, Sally! Sie sagen aber nicht, dass er – er war aber nicht *in* dem Auto, oder?«

Sally schien leicht überrascht zu sein. »Nein, natürlich nicht. Die Polizei weiß nicht, wo er ist. Das habe ich doch schon gesagt. Sie weiß nicht, ob der Diebstahl des Wagens etwas mit seinem Verbleib zu tun hat oder ob das ein anderes Problem ist. Aber die Polizei bemüht sich, die Autodiebe zu finden. Ganz klar.«

»Aber suchen sie … ich meine, sie müssen doch … suchen sie ihn? Im Norden, meine ich?«, fragte Steph und griff nach dem Kessel. Sie fand, dass es einfacher war, beiläufige Fragen zu stellen, wenn man zur gleichen Zeit etwas anderes tat. Sie füllte ihre Kaffeebecher und stellte sie auf den Tisch.

Sally schüttelte den Kopf. »Sie sagen nicht einmal, dass er

wirklich vermisst wird, sie meinen, vielleicht hat er den Wagen irgendwo abgestellt, um zu wandern, in der Annahme, dass der Wagen dort sicher war. Ich denke, sie ziehen entlang des Pennine Way Erkundigungen ein, aber sie sind sich ja nicht einmal ganz sicher, ob er wirklich dorthin gefahren ist. Sie meinen, keiner würde dort oben einen Wagen stehlen und ihn den ganzen Weg hier runterbringen, und er sei nie nach Norden gefahren. Vielleicht hatte er seine Pläne geändert und beschlossen, im Süden zu wandern, statt den weiten Weg nach Norden zu fahren.« Sie seufzte. »Ich weiß nicht genau, was sie anstellen. Wenn Sie mich fragen, wissen sie es selber nicht.«

»Vielleicht hat er seine Meinung geändert. Sie haben mir doch erzählt, dass er immer mit seiner Frau im Norden zum Wandern ging, nicht wahr? Vielleicht war es zu schmerzlich für ihn, und er beschloss, etwas anderes zu machen. Kommen Sie, ich nehme Charlie, solange Sie Ihren Kaffee trinken.«

Sally warf Steph einen respektvollen Blick voller Interesse zu, als sie ihr Charlie übergab. »Das ist möglich«, sagte sie und nickte. Sie nippte an ihrem Kaffee, aber als sie den Becher abstellte, verzog sie das Gesicht. »Aber diese schrecklichen Menschen ... die den Wagen gestohlen haben, denken Sie nicht, dass sie ... Ich meine, vielleicht haben sie ... wissen Sie, vielleicht haben sie ihn verletzt und irgendwo liegen gelassen. O Gott!«

»Aber weshalb?«

»O Gott, Steph, *ich* weiß es nicht! Um das herauszufinden, gibt es schließlich die Polizei, nicht wahr? Es gibt ja durchaus so was wie Verbrechen ohne Motiv.« Sie schneuzte sich in ein Papiertaschentuch und blickte hoch. »Aber das ist noch nicht alles. Der Punkt ist, dass ich Simon in Nepal anrufen musste, um es ihm zu berichten, ich habe ihn in dem winzigen Hospital angerufen, konnte aber nicht richtig mit ihm reden. Ich sagte, er solle nach Hause kommen, aber er kann nicht. Er ist krank.« Ihre Augen füllten sich erneut mit Tränen. »Er ist seit über einem Monat krank. Deshalb hat er auch nicht angerufen. Und er ist noch nicht reisefähig, also muss ich zu ihm fahren und ihn nach Hause bringen. Ich muss nach Nepal fliegen.«

»Und was ist mit Charlie? Sie wollen ihn doch nicht mitnehmen, oder? Soll ich … Ich meine, es wäre doch besser, wenn er bei uns wäre?«

Sally blickte sie dankbar an, und Tränen rollten über ihre Wangen. Charlie wurde aufmerksam und begann, sie nachzuahmen, fügte noch eigene Schnieflaute hinzu. »Könnten Sie das, Steph? Ich meine, macht es Ihnen nicht zu viele Umstände? Ich kenne niemanden sonst, bei dem er sich so wohl fühlt. Er ist bei Ihnen gut aufgehoben.«

»Natürlich! Natürlich kümmere ich mich um ihn. Und natürlich macht es mir keine Umstände. Nicht wahr, Charlie?«

»Und bitte, sagen Sie nicht … Ich meine, ich war etwas freimütig mit meinen Bemerkungen über Simon und seinen Vater. Nicht dass es nicht wahr wäre, aber die Situation ist jetzt etwas schwierig geworden. Ich habe meiner Firma gesagt, dass ich nach Nepal reisen müsse, auch Philip weiß Bescheid. In der Firma sind sie einverstanden, er ebenfalls, aber ich vermute, jeder möchte wissen, wo er steht. Ich kann das nachvollziehen.«

»Wie lange werden Sie weg sein?«

»Wenn ich das wüsste. Ehrlich, ich weiß es nicht. Zuerst

muss ich einige Impfungen machen und bekomme in den nächsten zehn Tagen auch keinen Flug. Ich werde drei Wochen weg sein. Das ist das Minimum, es könnte auch länger werden. Simon hat dieses immer wiederkehrende Gesundheitsproblem, vielleicht kann er bald reisen, vielleicht auch nicht. Warum, ist das ein Problem?« Nachdem Sally nun wusste, dass Steph ihr helfen würde, war sie schnell bereit, sich ihr Recht, danach zu fragen, auch zu sichern.

»Nein, natürlich nicht«, erwiderte Steph ruhig. »Wir werden gut zurechtkommen. Sie können wegbleiben, solange Sie wollen.«

Wenn wir eine Ermutigung benötigten, um das Gefühl zu haben, dass das, was wir taten, angemessen und irgendwie vorherbestimmt war und wir vielleicht sogar von irgendeiner beifälligen Gottheit überwacht und unterstützt wurden, dann wurde sie uns durch diese Nachricht, dass der Wagen ausgebrannt war, zuteil. In den darauf folgenden Tagen, als Sally ihre Reise nach Nepal organisierte, bekam Steph immer wieder neue Informationen von ihr. Die Depression des Pfarrers und seine in letzter Zeit auftretende wechselhafte Gemütsart waren Punkte, die uns nur nutzen konnten. Immer mehr seiner Gemeindemitglieder vervollständigten das Bild eines Mannes mit einem verzerrten Sinn für Proportionen, eines Mannes, der einen Riesenwirbel um ein Friedhofstor gemacht hatte, eines Mannes, der über die Probleme nachgrübelte, die er mit seinem Bischof wegen eines kürzlich erfolgten Kirchendiebstahls hatte, und der unter dem Tod seiner Frau und der gescheiterten Ehe seines Sohnes litt. Sally zögerte, ob sie, zumindest Steph gegenüber, erwähnen sollte,

dass Selbstmord nicht auszuschließen war, unterließ es aber dann. Trotzdem stand dieser Gedanke im Raum, wann immer über Gordon gesprochen wurde.
Aber die Tatsache, dass der Wagen nicht an der Stelle entdeckt worden war (wie wir es vermutet hatten), wo Michael ihn abgestellt hatte, sondern aller Wahrscheinlichkeit nach von Autodieben gestohlen, mutwillig beschädigt und irgendwo hinter der walisischen Grenze verbrannt worden war, kam einem kleinen Wunder gleich. Denn das trübte das Bild. Sollte die Polizei nun auf dem Pennine Way nach einem Unfallopfer suchen? Sollte sie die Autodiebe verfolgen und herausfinden, was sie vielleicht mit dem Autobesitzer angestellt hatten? Sollte sie die Flüsse absuchen? Die Häfen alarmieren? Die Polizei von Somerset musste nun mit der Waliser Polizei und zwei verschiedenen Polizeibehörden im Norden zusammenarbeiten, was zusätzliche Mühen erforderte.
Am Tag nach Sallys Abreise nach Nepal kam die Polizei. Ein uniformierter Beamter, dessen Titel die Begriffe »Verbindung« und »Gemeinde« enthielt, wie ich mich erinnere. Natürlich waren wir darauf vorbereitet. Er schien sehr bemüht, uns nicht zu stören, und meinte, es würde nicht lange dauern. Man mache sich Sorgen um den Verbleib von Mr. Brookes und er wollte lediglich offiziell bestätigen, wenn möglich, was bereits bekannt war über den Tag, als Mr. Brookes seinen Enkel besucht hatte. Er schlug sein Notizbuch auf. Laut seiner Information hatte Mr. Brookes seiner Schwiegertochter am Abend vorher am Telefon angekündigt, dass er seinen Enkel besuchen wolle, bevor er nach Norden weiterfahren würde. Das Gleiche hatte er auch seiner Gemeindesekretärin gesagt. Ob er mit unseren Namen anfangen dürfe. Ja, bestätigte ich,

ich sei die Haussitterin, ob er die Nummer meiner Agentur haben wolle? Nein, sagte er, er glaube nicht, dass das nötig sei. Und Steph sei meine Nichte, die die restliche Zeit während meines Auftrags bei mir wohnen würde. (Wir hatten beschlossen, dass wir über meine Stellung hier ganz offen sein sollten, für den Fall, dass die Polizei Bescheid über die Standish-Caves wusste. Es war auch klüger, an der Tante-Nichte-Geschichte festzuhalten, die Steph Sally bereits zu Beginn aufgetischt hatte, damit wir bei einem eventuellen Kreuzverhör gewappnet waren.) Als ich mit ihm sprach, beobachtete ich, wie sein Blick auf Steph verweilte, die auf dem Boden des Wohnzimmers mit Charlie spielte. Dabei fiel ihr ihr hübsches Haar ins Gesicht. Sie blickte hoch, strich das Haar zurück und lächelte ihn mit ihren eigenartigen, grün-goldenen Augen an.

Er hatte noch weitere Fragen, die wir alle beantworteten. Ja, Mr. Brookes hatte sie an jenem Morgen freundlicherweise von Sallys Haus hierher gefahren. Seine Stimmung? Schwer zu sagen, da wir ihn ja das erste Mal gesehen hatten, aber er schien ein ruhiger Mann zu sein, war offensichtlich erfreut, Charlie zu sehen, aber auf eine verhaltene Weise. Vielleicht wirkte er etwas besorgt. Man sollte annehmen, bemerkte Steph zögernd, und sie hoffte, es klang nicht frech, man sollte annehmen, dass ein Pfarrer glücklicher als andere Menschen sei, da er ja an Gott glaube. Der Polizist erwiderte, er vermute, dass ein Pfarrer genauso Probleme habe wie jeder andere, und tatsächlich, mehrere Mitglieder seiner Gemeinde hätten berichtet, dass er sich nach dem Tod seiner Frau sehr verändert habe. An dieser Stelle ließen wir einige Worte des Mitgefühls einfließen, die, was mich betrifft, ehrlich gemeint waren. Ja, sagte der Polizeibeamte, der jetzt recht gesprächig war, Mr. Brookes war bekannt als Arbeitstier, was sich aber kürzlich noch gesteigert hatte, und hinzu kam, dass er sich immer mehr in irgendwelche Dinge verrannte. Wir erklärten ihm, Mr. Brookes habe sich so zwischen zwölf und halb eins von uns verabschiedet, nachdem er unsere Einladung, mit uns Mittag zu essen, abgelehnt hatte. Ja, meinte der Polizist, der Mann, der den Laden im Dorf habe, glaubte, den Wagen gesehen zu haben. Das müsse kurz danach gewesen sein. Der Polizist schob sein Notizbuch unter das Gummiband und dankte uns.

Als ich ihn bis zur Tür begleitete, sagte ich, ich hoffe, Mr. Brookes gehe es gut (was ich auf eine Weise, die ich wirklich nicht verstehe, auch so meinte). Der Polizist erwiderte (und das war inoffiziell), dass er glaube, der arme Mann habe sich das Leben genommen, sei möglicherweise von der Clifton-Hängebrücke gesprungen. Hätte wohl den Wagen irgendwo in der Nähe geparkt, wo ihn später die Autodiebe geknackt und damit auf der M5 nach Wales gefahren waren. Im Bereich der Severn Bridge waren Autodiebstähle an der Tagesordnung, aber die Brückenbehörde war nicht bereit, zu kooperieren und rigoros gegen die Verbrecher vorzugehen. Mr. Brookes wäre nicht der Erste, diese Brücke zog Selbstmörder wie ein Magnet an, und wenn es nach ihm ginge, sollte man prinzipiell die Clifton Bridge für Fußgänger sperren. Basta. Immer wieder stürzten sich hier Menschen in die Tiefe, häufig nachts, der arme Teufel wäre nicht der Erste, im Durchschnitt waren es zehn pro Jahr. Und der Kanal von Bristol war berüchtigt. Die Gezeiten konnten eine Leiche wochen- und monatelang die Mündung hinauf- und hinuntertragen, bevor sie sie wieder freigaben. Ich hoffe, Sie irren sich, erwiderte ich. Ich auch, sagte er, ich auch. Und sie wären auf alles gefasst. Aber wenn das wirklich passiert sei, und er wollte damit nicht sagen, dass es so war, dann würde alles zusammenpassen.

AUGUST

Um ein Uhr nachts läutete das Telefon. Jean wachte davon auf, ihr Herz schlug zum Zerspringen.

»Hallo?«

Sie hörte ein Brausen und Musik im Hintergrund. »Hallo?«

»Ich bin's.« Es war Michael. Er klang niedergeschlagen und ängstlich.

»O mein Gott! Michael! Michael, ist bei dir alles in Ordnung? Wo bist du?«

»Ich bin an einer Tankstelle und möchte nach Hause kommen. Ist das in Ordnung? Ist es in Ordnung, nach Hause zu kommen? Ist alles in Ordnung?«

»Ja! Ja, komm sofort. Komm nach Hause, komm auf dem schnellsten Weg her. Wir erwarten dich. Wo bist du?«

»An einer Tankstelle, ich glaube auf der M6, nein der M5, in der Nähe von Birmingham.«

Jean erwiderte. »Oh! *Oh*, das sind ja *viele* Meilen, ich dachte, du seist … Das wird ja noch Stunden dauern. Bist du sicher, dass es dir gut geht?«

»Ich komme so schnell wie möglich, wird wohl schon ein paar Stunden dauern. Bleib nicht auf, ich wollte nur wissen, ob alles in Ordnung ist – es *ist* doch alles in Ordnung, nicht wahr? Es gab doch keine Probleme mit … du weißt schon.«

»Nein. Alles in Ordnung. Wir wollen nur, dass du nach Hause kommst. Beeil dich – ich will sagen, nein – beeil dich *nicht*, fahr vorsichtig. O Michael!«

Er kam um drei. Jean hatte sich wieder angekleidet und lag wach da, lauschte auf Autogeräusche, und als sie ihn vorfahren hörte, stand sie auf. Steph war noch vor ihr unten und ging Michael gerade in die Küche voran. Er weinte vor Müdigkeit und Erleichterung. Er war deutlich abgemagert. Sie bugsierten ihn auf einen Stuhl neben dem Herd. Er schien vergessen zu haben, wie man atmet; er saugte die Luft ein und hielt sie an, als ob er Angst hätte, sie loszulassen. Wenn er ausatmete, sank er in sich zusammen und wartete, wie es schien, eine Ewigkeit, bis er erneut einatmete. Es tat weh, ihm zuzusehen. Jean machte Tee und werkelte herum, um die Angst zu verbergen, die sie um ihn hatte. Hatte er etwas gegessen? Er war so mager! Er musste ja ganz ausgehungert sein. Michael schüttelte den Kopf.

»Kein Appetit«, sagte er. Seine Stimme klang ganz eingerostet. »Ich hatte keinen Appetit, weil ich viel zu viel Angst hatte. Aber jetzt, da ich wieder zu Hause bin, bin ich hungrig. Ehrlich, ich habe einen Bärenhunger, sterbe vor Hunger.«

Jean lächelte. »Oh, *fein*, das kann ich regeln. Was hättest du denn gerne? Ein Schinkenbrot? Rühreier?«

Michael blickte sie an, als hätte er Mühe, ihre Worte zu verstehen. Aber der Tee wirkte bereits beruhigend auf seine Nerven. »Nein«, erwiderte er, »keinen Schinken. Ich könnte nichts Salziges runterbringen.«

»Vielleicht etwas Süßes? Wie wär's mit etwas Süßem?«

»Vielleicht, ich – ich denke, als Erstes nehme ich ein Bad, wenn das okay ist.«

Steph ging ihm voraus, um das Wasser einzulassen. Als er wieder herunterkam, sah er sogar noch erschöpfter aus. Jean hatte ihm einen ganzen Berg Toast zubereitet und eine weitere Kanne Tee aufgegossen, was Michael ein Lächeln entlockte, eines, das sogar wieder ein wenig an den alten Michael erinnerte. Er nahm am Küchentisch Platz. Aber als er den Deckel des Marmeladenglases lüftete und die Erdbeermarmelade roch, sprang er hoch und schoss zur Hintertür hinaus ins Freie, um sich zu übergeben.

Man liest doch über solche Dinge in den Zeitungen, nicht wahr? Kopf in Koffer gefunden, Torso im Kanal und dergleichen, und man denkt, wie um Gottes willen konnte so etwas geschehen? Und man stellt sich ein Ungeheuer vor, das sich daran berauscht, alle möglichen Bluttaten zu begehen, und Phrasen wie »das unergründlich Böse« kommen einem in den Sinn. Ich weiß es jetzt besser. Ich weiß, dass die übelsten Taten nicht unbedingt von Menschen mit schwarzer Seele begangen werden. Ich weiß, dass wir ursprünglich keineswegs vorhatten, Mr. Brookes zu töten, aber es blieb uns nichts anderes übrig. Und wir wollten ihm auch keineswegs eine anständige Beerdigung verweigern. Am wenigsten hatten wir vor, Teile seiner Leiche übers ganze Land zu verteilen. Aber das war die einzige Möglichkeit, mit der Situation, in der wir uns befanden, fertig zu werden, und schließlich war er sowieso tot, wir konnten ihm nichts Schlimmeres antun, als ihm bereits widerfahren war.

Aber ich war bekümmert und trauerte um ihn. Ich versuchte mir vorzustellen: Wenn es einen Gott gibt, weiß Er sowieso schon Bescheid. Wenn es Ihn gibt und wenn Seine Existenz einen Sinn hat, weiß Er sowieso alles. Dann wird Er die Seele des armen, untadeligen Mr. Brookes zu sich nehmen, auch ohne Sarg und Gebete. Es wäre etwas kleinlich, dachte ich, wenn Gott unter diesen Umständen auf dem Sarg und den Gebeten bestünde. Ich betete, ja, ich betete, im wahrsten Sinne des Wortes, als ob Gott mir noch zuhörte, dass Er über all dem stehen und im Falle von Mr. Brookes auf alle Feinheiten verzichten möge. Es beunruhigte mich. Die Verbindung, die wir zwischen dem Verstorbenen und dem Ding im Sarg herstellten, verlor eigentlich ihre Bedeutung, denn es besteht ein Unterschied zwischen den beiden. Man darf dankbar sein, dass es so ist. Belasten wir uns nicht mit dem Geschwätz über Seelen, sondern trennen wir einfach den Menschen von dem Fleisch, bedauern wir das Ableben des Mannes, und sei es auch nur, um die Augen vor der Tatsache zu verschließen, dass das Fleisch zerstückelt und überall verteilt wurde. Wir wünschten uns, es wäre anders.

Und wenn es keinen Gott gibt, nun, was ist dann? Dann stecken wir alle mit drin, sind alle gleich, und es gibt kein Entkommen. Wenn es keinen Gott gibt, dann kann ihm nicht der eine näher stehen als der andere, was die Unterscheidung zwischen Religiösen und Nicht-Religiösen entbehrlich macht. Was für eine Erleichterung bedeutet das! Und was unsere Taten anbetrifft, so möchte ich betonen, dass ich durchaus ein Gewissen habe, aber ich glaube, wir alle tun, was wir tun müssen, je nachdem, wer wir sind und in welcher Lage wir uns befinden. Wir können uns nicht der Illusion hingeben, dass wir mehr sind als bloße Geschöpfe aus Lehm oder dass einige von uns im Herzen besser oder schlechter sind als andere. Es sei denn, man glaubt an Ungeheuer, was ich prinzipiell nicht tue. Fakt ist, dass die ganze Mr.-Brookes-Episode für uns genauso grauenhaft ist, als ob wir sie in der Zeitung gelesen und mitleidig oder ungläubig den Kopf geschüttelt hätten. Wir sind keine Ungeheuer.

In der Nacht, als Michael zurückkehrte, wollte er nicht schlafen gehen. Als Steph aufstand, küsste sie ihn zärtlich und erklärte ihm, in drei Stunden würde Charlie wach werden und sie brauchen. Ich sah, wie ihm Tränen in die Augen traten, als sie das sagte, aber er ließ sie gehen und sagte, er könne jetzt einfach noch nicht schlafen und würde bald raufkommen. Wir saßen da, bis die Stille, die auf Stephs Weggehen folgte, undurchdringlich war. Ich wartete darauf, dass er redete, und er wusste es. Wir saßen bis zur Dämmerung unten. Aber er wollte immer noch nicht zu Bett gehen, weil er nicht glaubte, dass er schlafen könne. Und dann, als ich fast schon die Hoffnung aufgegeben hatte, dass er es tun würde, erzählte er mir alles.

Ich werde und kann Ihnen nicht alles wiedergeben. Michael war zuerst nach Osten gefahren und dann nach Norden und hatte die einunddreißig Säcke an einunddreißig verschiedenen Plätzen zwischen hier und Schottland verteilt. Er holte den Straßenatlas und zeigte mir die Orte, an die er sich erinnern konnte. Wenn möglich hatte er versucht, alles bei Nacht zu erledigen, und tagsüber irgendwo geparkt, um zu schlafen. Dazu eigneten sich oft die Parkplätze der großen Supermärkte am Stadtrand; er suchte sich möglichst die Parktaschen aus, die am weitesten vom Markteingang entfernt waren. Aber nie blieb er länger als zwei bis drei Stunden. Er fürchtete, es könnte Aufmerksamkeit erregen, wenn er sich zu lange an einem Ort aufhielt. Also wechselte er mehrmals täglich den Ort und hielt immer die Augen offen, um günstige Plätze für die Säcke zu finden, die er dann nachts ablud. Wenn möglich benutzte er die Waschräume auf der Autobahn. Er sagte, er wollte ausgeschlafen, sauber und rasiert aussehen, wie jemand, dem ein Mercedes gehört, und nicht wie irgendein dahergelaufener Lump. Wenn ein Mensch als »verdächtig aussehend« beschrieben wird, heißt das im Allgemeinen, dass er müde, ärmlich und nicht sehr reinlich aussieht. Aber er brachte keinen Bissen herunter, und er wusste, dass er inzwischen halb verhungert und gehetzt wirkte.

Nachts stellte er den Wagen an einem unauffälligen Platz ab, dann nahm er den Spaten, ein paar der Säcke, die Taschenlampe und machte sich an die Arbeit. Nach der ersten oder zweiten Nacht fand er, dass der Spaten keine so gute Idee war. Er kaufte einen Pflanzenheber und eine kleine Forke und einen anderen Rucksack, den er mit Plastikfolie auskleidete. Jede Nacht sah er sich, mit zwei oder drei Säcken aus dem Kofferraum im Rucksack und den Werkzeugen in den Hosentaschen, nach geeigneten Stellen um. Das sah weniger verdächtig aus, sagte er, so als ob er nur eine Nachtwanderung unternahm.

Es ist erstaunlich, sagte er, wie viele Stellen es gibt, die unbegangen und unbemerkt sind, obwohl in der Nähe den ganzen Tag lang Menschen vorbeilaufen. Er grub Löcher an diesen verlassenen Stellen, wo nicht einmal Hunde ausgeführt werden, in den weichen Gräben am Feldrand, wo es keine Fußspuren gibt und wo kein Pflug hinkommt. Er vergrub sogar zwei Säcke in der von dicken Sträuchern und Bäumen umgebenen Mitte eines Verkehrskreisels.

Als er weiter nach Norden fuhr, wählte er abgelegenere Plätze, obwohl es schwer abzuschätzen war, wie geeignet der Boden sein würde. Er legte in der Dunkelheit lange Strecken zurück, wenn möglich im Mondschein. Manchmal stieß er auf Felsgestein dicht unter der Erdoberfläche, dann musste er aufgeben und die Säcke wieder im Kofferraum verstauen, in dem es anfing zu stinken. Aber er gab nie der Versuchung nach, die Säcke einfach in einen Müllcontainer zu werfen oder zu flache Löcher auszuheben und sie rasch wieder zuzuschütten. Er grub immer tief, entleerte den Sack mit dem restlichen Salz, füllte das Loch auf und trampelte darauf herum und setzte wieder ein Rasenstück ein. Die Vorstellung, dass ein aufgeregter Hund mit wedelndem Schwanz seinem Herrchen ein frisch ausgegrabenes Teil von Gordon Brookes vor die Füße legen würde, erfüllte ihn mit Entsetzen. Keiner dieser Säcke durfte je gefunden werden.

Für den Fall, dass es doch passieren sollte, vermied er es auf jeden Fall, sie entlang einer erkennbaren Route zu platzieren. Er bog von der M1 ab und fuhr durch den High Peak District von Derbyshire, dann weiter nach Westen bis nach Cheshire und dann auf der M6 erneut nach Norden auf die andere Seite des Landes. Von dort aus machte er Umwege über den Forst von Bowland und Swaledale. Dann durchquerte er das Land wiederum südlich der Grenze und fuhr in östlicher Richtung nach Newcastle und dann Richtung Nordwesten durch die Cheviots. In Hawick betrat er schottischen Boden. Aber er konnte pro Nacht nur höchstens drei bis vier Säcke loswerden. Der Kofferraum schien immer noch genauso voll zu sein wie zu Beginn seiner Reise. Also fuhr er weiter, Richtung Glasgow, über die Forth Road Bridge nach Fife und vergrub, wo immer er konnte, seine Säcke. Die letzten beiden landeten in der Nordsee an einem Ort namens Garron Point, nördlich von Stonehaven. Am nächsten Tag kaufte er eine große Flasche Desinfektionsmittel und entleerte sie über dem Kofferraum. Dann fuhr er zurück nach Süden.

Während er mir all das erzählte, stellte ich ihm immer wieder Fragen: Aber wie hast du es angestellt, hattest du keine Angst, wie konntest du nur so weit fahren, ohne zu schlafen, und dabei kaum etwas essen? In meinen Augen war er ein Held. Michael hatte es nicht so gesehen, aber ich bewunderte ihn maßlos. Als der Tag anbrach und er immer weitererzählte, löste sich Stück für Stück die Spannung in ihm. Allmählich begriff er, dass alles vorüber war. Ich schickte ihn ins Bett, als Steph herunterkam. Er leistete keinen Widerstand. Jetzt konnte er sich erholen. Er hatte Übermenschliches geleistet, und wir waren wieder zusammen und in Sicherheit.

Jean war mit den Pflaumen beschäftigt. Es gab sechs oder sieben Bäume, einige trugen rote und andere veilchenblaue Früchte. Dann gab es noch einen Baum mit goldenen Früchten. Sie erklärte den anderen, dass das Reineclauden seien. Dieses Mal wollte sie keine Marmelade kochen, sondern die Früchte einwecken, pürieren oder einfrieren. Sie buk außerdem einen Pflaumenkuchen und machte eine Charlotte aus Pflaumen. Zufrieden arbeitete sie in der Küche und ließ das Radio laufen. Dabei achtete sie besonders auf die Nachrichten, weil sie Angst hatte, es könnte etwas über die Entdeckung menschlicher Überreste gemeldet werden. Aber nichts dergleichen geschah. Sie war jetzt noch dankbarer für jeden Tag, der verging. Jeden Morgen, wenn sie aufwachte, überlegte sie, dass wieder vierundzwanzig Stunden vergangen waren und, sogar während sie schlief, ihr zersetzendes, natürliches Werk getan hatten. Mit jedem Augenblick, der verging, kehrte Gordon Brookes mehr zur Erde zurück, in der er ruhte und in der er sich auflöste.

Sie beobachtete Michael, stets bereit, ihm zu helfen. Nachdem er mehrere Tage nicht aus dem Bett gekommen war, tauchte er wieder auf, totenbleich und mit flackerndem Blick. Alle paar Sekunden blinzelte er und blickte zur Seite, als ob er plötzlich von hinten ein leises, aber unerwünschtes Geräusch gehört hätte. Er hatte sich auch angewöhnt, gepresste kleine Schnieflaute von sich zu geben, bei denen sich die Muskeln in seiner Kehle kurzfristig verkrampften. Aber die Augusttage zogen sich dahin, die Zeit zwischen Gegenwart und Vergangenheit wurde länger, und die Ereignisse, die fast seinen Zusammenbruch herbeigeführt hätten, schienen in seiner Erinnerung zu verblassen. Sein Zustand verschlechterte sich nicht. Jean vertraute darauf, dass die Zeit und das Haus selbst zu seiner Heilung beitragen würden, wie das immer der Fall gewesen war.

Der Sommer war weiterhin sehr heiß. Einige der Bäume trockneten aus und ließen vor der Zeit ihre Blätter fallen, noch bevor sie ihre Farbe veränderten. Auf einer Seite des Baumes lagen sie wie dunkelgrün bemalte Papierfetzen, auf der anderen wie fahlgraue, und verblassten unter der sengenden Sonne. Jean wies Michael die Arbeiten im Garten zu, die sie für wichtig hielt und die beruhigend wirkten. Sie beauftragte ihn, die welken Blätter aufzusammeln, nicht weil sie es unbedingt wollte (ihr gefielen die trockenen, wirbelnden Blätter unter dem Baum), sondern weil sie dachte, dass es ihm gefallen würde, ihre papierene Schwerelosigkeit in den Armen zu spüren.

Es war kein besonders dramatischer August. Bis zum späten Vormittag lag immer ein Nebel über dem Garten. Über den restlichen Pflaumen bildeten sich bernsteinfarbene Blasen. Sie quollen auf und vermoderten dann auf den Bäumen oder der Erde; die Wespen taten sich daran gütlich. In den Blumenbeeten blühten jetzt Storchschnabel und Gartennelken und stellten die Rosen und den Blauen Eisenhut in den Schatten, aber überall wirkten die Farben etwas verblasst.

Charlie mochte es nicht sehr, wenn Steph ihn im Garten herumtrug und ihm die einzelnen Blumen erklärte; er zappelte, um heruntergelassen zu werden. Dann saß er im Gras, deutete auf irgendwelche Blüten, reckte sich, um nach ihnen zu greifen, und wollte unbedingt zwischen ihnen sein. Auf schnellen Beinchen krabbelte er los und musste ständig im Auge behalten werden. Steph war angenehm besorgt über seine zunehmende Selbständigkeit und Beweglichkeit. Sie sei ausgelaugt, sagte sie. Seit Charlie Tag und Nacht hier war, war sie richtig groggy. Und er nahm alles, was er sah, in den Mund. Als Jean eines Tages in den Garten kam, hatte er all ihre Holzlöffel in einem Kreis um sich herum arrangiert und streckte die Arme nach ihr aus. Auf den Wangen hatte er zwei leuchtend rote Kreise. Er bekam jetzt Zähne.

Es folgten ein paar unruhige Tage und Nächte, in denen er quälende Zahnschmerzen, schlechte Laune und hohes Fieber hatte. Steph und Michael kümmerten sich gemeinsam um ihn. Abwechselnd standen sie auf, wenn sie ihn weinen hörten, und gaben ihm Baby Calpol. Vier Nächte hintereinander gingen sie mit dem kleinen Kerl auf und ab und pressten einen kalten Waschlappen auf seine Wangen. Und dann entdeckten sie in der Mitte seines Unterkiefers zwei kleine weiße Zähne. Das schien Michael gut zu tun. Sein Lächeln, das in letzter Zeit sehr verkrampft gewesen war, wurde wieder strahlender. Er lachte. Sally, die Steph einmal pro Woche anrief, schien es auf zurückhaltende Art zu bedauern, den ersten Zahn ihres Babys verpasst zu haben. Steph versprach, ein Foto zu machen. Sally berichtete, dass es Simon inzwischen wohl nicht schlechter, aber auch nicht besser gehe. Sie konnte noch nicht nach Hause kommen. Steph beruhigte sie, sie solle sich keine Sorgen machen.

Nicht nur die Farben im Garten wurden blasser, auch die Farben am Himmel veränderten sich. Nachmittags war das Licht auf der Hauswand golden. Im Innern des Hauses genoss Jean den Rosenduft. Ab und zu blickte sie zum Fenster hinaus und beobachtete Michael und Steph, die im Garten mit Charlie spielten. Charlies gute Laune war zurückgekehrt, und man hörte wieder Singen, Lachen und Kreischen, wenn sie Charlie an den Händen hielten und hochschwangen, dann wieder leise Kinderreime. Das war für Jean das Signal, auch langsam in den Garten zu gehen und ihnen Gesellschaft zu leisten. Charlie schlief dann oder beschäftigte sich mit sich selbst auf einer Decke im Schatten, und Steph döste entweder vor sich hin oder schlenderte durch den Garten. Michael war meistens in ein Buch vertieft. Sie gaben ein schönes Bild ab, oder vielleicht eher ein Gedicht als ein Bild, denn Jean zögerte manchmal etwas, zu ihnen zu gehen und Teil davon zu werden, aber nicht weil sie fürchtete, das Bild visuell zu verderben. Es lag daran, dass sie diese Szene im höchsten Maße genoss, sie vollkommen fand und sich deshalb manchmal fragte, ob es nicht ungeschickt wäre, wenn sie sich dazugesellte. Denn sie begann die kleine Kluft zu spüren, die dann entsteht, wenn man vor den anderen etwas Wichtiges bemerkt. Ein bestimmtes Datum fing an, wie ein Damoklesschwert über ihr zu schweben, auch wenn sie so ruhig wie immer wirkte, während sie ihrer Arbeit nachging. Sie musste darüber nachdenken und überlegen, was zu tun war. Sie konnte mit den anderen nicht darüber diskutieren, noch nicht; sie wollte es für sich behalten, sie sollten noch eine Weile die Zeit unbeschwert genießen. Sie wollte sie noch nicht damit belasten. Wenn sie sie im Garten entdeckten, riefen sie nach ihr, und sie ging lächelnd zu ihnen. Sie verbrachten die Zeit mit Reden und Spielen, bis es Zeit wurde, wieder ins Haus zu gehen. Sie waren unbeschreiblich glücklich.

An früherer Stelle habe ich bereits erwähnt, auf welch erstaunliche Weise uns dieses Haus das zu geben scheint, was wir brauchen. Noch mehr überrascht es mich, dass es immer genau im richtigen Augenblick geschieht. Erst jetzt im August erinnerte ich mich an den Blauen Eisenhut, obwohl ich ja die Blumen gepflegt und gepflückt, mich in den Gartenbüchern über ihre Behandlung kundig gemacht und sie die ganze Zeit im Auge behalten hatte. Und seit Jahren weiß ich, dass der Blaue Eisenhut eine Giftpflanze ist, aber erst jetzt, als Steph über Charlie sprach, der herumkrabbelte und alles, was greifbar war, in den Mund steckte, überlegte ich, ob ihm im Garten keine Gefahr drohte. Und erst jetzt wurde ich auf den Blauen Eisenhut aufmerksam, als hätte ich ihn zum ersten Mal bemerkt. In der Fachsprache heißt er Aconitum.
Und ich stelle auch fest, allerdings erst jetzt, dass die Dinge

über Mutter, an die ich mich erinnere und die ich hier niedergeschrieben habe – Dinge, an die ich jahrelang nicht mehr gedacht hatte –, auch Teil von all dem hier sind. Nicht nur zerstreute Abschweifungen meinerseits, sondern Stationen auf dem Weg, auf dem ich mich jetzt befinde. Die ganze Zeit habe ich mich zu der Person entwickelt, die ich bin. Ich habe diesen Weg schon viel früher eingeschlagen.

Und genau das ist der Punkt. An dem Tag vor achtzehn Jahren, als ich mit Mutter den Streit hatte und vor den Fenstern die Buddleia sich im Wind wiegte, waren es nicht die Neuigkeiten über die Uhr, die den Ausschlag gaben. Mutter und ich hatten damit aufgehört, einander anzubrüllen. Der Streit war beigelegt, und wir waren zu unserer üblichen ruhigen Feindseligkeit zurückgekehrt. Aber während ich stillschweigend all die Dinge erledigte, die ich tun musste: sie waschen, trocken reiben, kämmen, Tabletten bereitstellen, Frühstück machen, aufräumen, ihre Ellbogen und Fersen eincremen, damit sie nicht wund wurden, das Bett machen, dachten wir uns aus, womit wir uns gegenseitig verletzen könnten.

Wer kann sagen, was geschehen wäre, wenn sie nicht angefangen hätte? Aber noch schlimmer als die Information, die sie mir gab, war das hämische Vergnügen, das sie dabei empfand.

»O ja, du kannst heulen und stöhnen, soviel du willst«, sagte sie. »Nur zu, ich bin es gewöhnt. Aber wenn du mich nicht gehabt hättest, hättest du ja niemanden gehabt, nicht wahr? Ich bin alles, was du hast. Schließlich hast du ja keine Freunde, oder?«

»Darf ich dich erinnern«, sagte ich, »darf ich dich bei dieser Gelegenheit daran erinnern, dass ich immerhin noch eine

Mutter habe?« Ich schüttelte ihre Kissen auf und hieb mit den Fäusten darauf ein. »Aber nicht dich. Ich meine nicht *dich*. Ich spreche von einer *Mutter*, einer richtigen. Immerhin habe *ich* eine Blutsverwandte.«

»Oh«, sagte sie und blickte an mir vorbei, »du glaubst das immer noch, nicht wahr? Vielleicht darf ich dich darauf aufmerksam machen, dass du dich täuschst.«

Ich war jetzt verunsichert. Hatte sie nicht kurz nach Vaters Tod gesagt, dass meine leibliche Mutter *nicht* gestorben war, als ich vier war, sondern mich weggegeben hatte? Hatte Mutter das nicht gesagt? (Hatte ich mich nicht an die Hoffnung geklammert, dass ich sie eines Tages finden würde?) Mutter fuhr fort, immer noch unbekümmert, o ja, aber inzwischen sei sie gestorben. Sie habe sich das genaue Datum nicht gemerkt.

Ich wäre am liebsten selbst gestorben, vielleicht aus Scham. Aus Scham darüber, dass an einem ganz gewöhnlichen Tag, irgendeinem stumpfsinnigen Tag, als ich mit dem Bus zur Arbeit fuhr, Kopien abheftete, Kekse aß, Strümpfe kaufte, der Himmel mochte wissen, was für banale Dinge erledigte, meine richtige Mutter gestorben war und ich keine Ahnung gehabt hatte. Ich hatte kein Wort mit ihr gewechselt, mich nicht von ihr verabschiedet, nicht um sie getrauert. Ich wusste nicht, an welchem Tag oder in welchem Jahr sie gestorben war. Nun, sagte Mutter leichthin, es ist vielleicht fünfzehn oder zwanzig Jahre her. Einen Augenblick lang glaubte ich, dass sie log, dass das Ganze eine Lüge war. Aber nein, sie wusste es, weil meine richtige Mutter mit der Adoptionsstelle in Verbindung geblieben war und ihre Adresse hinterlassen hatte, für den Fall, dass ich eines Tages Kontakt mit ihr aufnehmen wollte. Das hatte mir Mutter auch nie gesagt. Das Büro war von ihrem Tod benachrichtigt worden und hatte die Nachricht an Mutter weitergegeben, aber was hätte es, ihrer Meinung nach, genutzt, wenn sie es mir berichtet hätte. Ich hatte sie ja nicht gekannt.

Bis zu diesem Augenblick hatte ich die Mr.-Hapgood-Episode als das Schlimmste angesehen, was mir je widerfahren war. In gewisser Weise war es das auch – wenn man es als etwas betrachtete, das mir bewusst zugefügt worden war –, aber jetzt erkannte ich plötzlich, dass die Art und Weise, wie Mutter mich behandelt hatte, Mr. Hapgoods Tat noch bei weitem an Boshaftigkeit übertraf. Es überraschte mich, dass ich das nicht früher erkannt hatte. Denn Mutter war, auch wenn sie tatsächlich nicht viel *getan* hatte, sehr eifrig gewesen. Im Lauf der Jahre, damals waren es einundvierzig gewesen, hatte sie mir so dauerhaft und bösartig ihre Fürsorge und Anerkennung verweigert, dass mein Zustand steter Bedürftigkeit zur eigentlichen Substanz meines Charakters geworden war. Ich glaube, ich hatte mir angewöhnt, dies als eine Unfähigkeit ihrerseits anzusehen, aber plötzlich erkannte ich, dass sie mir so bewusst und auf so pedantische Weise Dinge vorenthalten hatte, dass wirklich Absicht dahinter steckte. Da ich es bis zu diesem Tag nicht so gesehen hatte, war mir gar nicht in den Sinn gekommen, dass ich ein Recht hatte, wütend zu sein. Aber jetzt überlegte ich, was für ein Mensch so etwas tun konnte?

Mutters Schlafzimmer lag im Erdgeschoss, hinter der Küche. Ich öffnete die obere Hälfte ihres Fensters, denn das Zimmer musste wirklich dringend gelüftet werden, obwohl sie sich beklagte, es sei zu windig. Ich ließ ihre Tür einen Spalt offen.

Vielleicht stand ich unter Schock, vielleicht auch nicht, aber ich muss, als ich ihr das übliche Porridge zum Frühstück zubereitet hatte, vergessen haben, den Herd abzuschalten. Ich schnappte mir meinen Mantel, meine Handtasche, die Schlüssel und die Einkaufstasche. Und bevor ich hinausging, muss ich wohl aus Versehen ein Geschirrtuch fallen gelassen haben. Ein Ende davon fiel auf den Herd und das andere auf die Arbeitsplatte, auf der drei oder vier mit Brennspiritus getränkte Kompressen lagen (ich hatte damit ihre Ellbogen und Fersen eingerieben, damit die Haut nicht wund wurde). Die Flasche befand sich neben der Wattebauschrolle, und ich hatte offensichtlich vergessen, den Deckel zuzuschrauben. Der Wind muss ihn weggeblasen haben. Ich ließ auch die Tür von der Küche in die vordere Diele offen. An jenem Tag ging ich nicht ins Büro, tatsächlich ging ich nie wieder dorthin. Ich erledigte irgendwelche unwichtigen Einkäufe. Dann saß ich über eine halbe Stunde bei einer Tasse Kaffee da. Und weil es ein schöner Tag war, machte ich einen langen Spaziergang den Leinpfad entlang und dachte an meine Mutter, meine richtige. Ich war wohl über vier Stunden außer Haus, aber bei dem starken Luftzug und unseren altmodischen Küchenschränken aus bemaltem Holz (ich hatte Mutter seit Jahren bestürmt, neue zu kaufen) war das Erdgeschoss in weniger als zwei Stunden ein Opfer der Flammen geworden.

Alle waren so freundlich zu mir. Man erzählte mir, Mutter sei in der Küche gefunden worden. Offensichtlich hatte sie versucht, sich eine Tasse Tee zu machen oder dergleichen. Ich schluckte die Bemerkung hinunter, dass Mutter lieber verdurstet wäre, als aufzustehen, um sich selbst einen Tee zu machen. Man erklärte mir, dass sie wohl nicht bemerkt hatte, was mit dem Geschirrtuch geschah, und vermutlich in Panik geraten war, als der Spiritus sich entzündete. Vielleicht hatte sie auch einen leichten Herzanfall erlitten, aber sie starb schließlich an Rauchvergiftung.

Das Haus ging fast völlig in Flammen auf. Wie sich herausstellte, war es unterversichert. Der Verkauf des Hauses brachte gerade so viel ein, um die Reparaturarbeiten zu bezahlen. Seit damals arbeite ich als Haussitterin bei Town & Country. Ich hatte der Agentur eine Referenz des netten Roger Palmer aus der Oakfield Avenue vorgelegt, der mit mir übereinstimmte, dass der Hausbrand nicht unbedingt erwähnt werden müsse. Seit damals habe ich mich zu der Person entwickelt, die ich heute bin.

Ich bin also, wie Sie sehen, zu einer solchen Tat fähig. Ich gebe es zu, aber da ich mir immer noch nicht sicher bin, was ich eigentlich beabsichtigte, kann ich nicht genau sagen, worin diese bestand. Ich weiß auf jeden Fall, dass es sich um keine kaltblütige Tat handelte. An jenem Tag war mein Blut fast am Kochen, aber ich war mit Sicherheit nicht unbeherrscht. Ich weiß nicht, ob das bedeutet, dass ich mit Absicht handelte.

Ich war auch nicht kaltblütig, als ich den Blauen Eisenhut ins Auge fasste. Wenn ich den nächsten Schritt in aller Ruhe überlegen kann, dann nur deshalb, weil ich weiß, dass diese Geisteshaltung unerlässlich ist. Nebenbei gesagt tue ich das für uns alle. Und ich fühle mich verantwortlich, und ich glaube, das hat immer eine beruhigende Wirkung.

Um ganz sicher zu sein, las ich alles darüber im Gartenhandbuch nach. Da steht: »Der Blaue Eisenhut ist eine Nutzpflanze voller Anmut. Sie hat kleine, glockenähnliche, tiefblaue Blüten. Die Blätter sind hübsch gezähnt. Diese Pflanze eignet sich vorzüglich für den hinteren Teil eines gemischten Blumenbeets, denn sie verlangt keine große Aufmerksamkeit. Alle Pflanzenteile sind sehr giftig, insbesondere die Wurzeln.«

Ich kann nämlich nichts dagegen tun, dass die Standish-Caves nach Hause kommen. Sie sollen bald hier eintreffen. Ich habe das genaue Datum aufgeschrieben. Tatsächlich habe ich dieses Datum immer vor Augen gehabt, aber bis jetzt war ich unfähig, es mit etwas in Zusammenhang zu bringen, was tatsächlich eintreten könnte. Aber Shelley rief mich an, um mich wieder mal zu testen. Sie bestätigte das Datum. Sie informierte mich, dass sie von Heathrow aus ein Taxi nehmen würden und an besagtem Tag gegen halb fünf hier sein würden. Sie möchten, dass ich anwesend bin, damit ich ihnen die Schlüssel aushändige, und wünschen, dass ich gegen sechs Uhr das Haus verlasse.

Unter diesen Umständen, dachte ich, werde ich Tee für sie machen. Sie werden mit solchem Aufwand von dieser bescheidenen, dienstfertigen, leicht peinlichen Haussitterin empfangen werden, dass sie nicht ablehnen werden. Ich werde einen solchen Wirbel um den Kuchen machen, den ich extra für sie gebacken habe, dass sie nachgeben werden. Ich werde ihnen als Willkommensgeschenk einen Kuchen backen, aus Äpfeln, Honig, Obst und Gewürzen, die jeden ungewöhnlichen Geschmack überlagern, vorausgesetzt, der Blaue Eisenhut hat überhaupt einen. Ich halte es für wahrscheinlich, dass er etwas bitter schmeckt, das ist alles. Und da die Gewürze die Geschmacksknospen irritieren, wird eine leichte

Bitterkeit auf der Zunge erst bemerkt werden, wenn genügend davon aufgenommen wurde.

Jean begann sich mehr und mehr für ihre Idee zu erwärmen. Während sie im Haus herumwerkelte, plante sie alles im Detail. An dem Tag, als sie glaubte, alles im Kopf zu haben, ging sie zum Küchengarten. Michael war gerade damit beschäftigt, Bohnen zu pflücken. Er erhob sich, und gemeinsam schlenderten sie zur Koppel. Es war kurz nach fünf, und Steph hatte Charlie mit ins Haus genommen, um ihn zu baden.

Es war natürlich undenkbar. Aber es war noch undenkbarer, dass sie alle Walden verlassen müssten und wieder von allen Problemen eingeholt würden. Das war das Einzige, was wirklich nicht zugelassen werden durfte. Michael erkannte das sofort.

»Ein Kuchen? Bist du sicher, dass es funktionieren wird?«

»Ich werde die Wurzeln verwenden, denn sie sind am giftigsten. Ich werde sie zerreiben, sie werden aussehen wie Ingwer. Im Buch steht, dass sie tödlich sind.«

»Aber selbst wenn es funktioniert, wird es jemand erfahren, oder? Einige Menschen werden über ihre Rückkehr Bescheid wissen. Man wird sie vermissen.«

»Hör zu. Ich werde Town & Country erklären, dass die Standish-Caves wie geplant zurückgekehrt sind, aber beschlossen haben, wieder in die Staaten zurückzureisen. Obwohl der Vertrag bei der Agentur ausläuft, wollen sie mich privat behalten, weil ich das Haus inzwischen so gut kenne. Und es wird für unbestimmte Zeit sein, weil Mr. Standish-Cave in Amerika einige Geschäfte abwickeln möchte. In Ordnung?«

»Aber wie sieht's mit dem Geld aus? Es wird keines mehr eingehen. Wie kommen wir damit zurecht?«
»Wir können uns doch wieder an ihre Bank wenden, oder? Wir können die Anweisung erteilen, mich weiterhin zu bezahlen, ja das Gehalt sogar zu verdoppeln. Und sie werden ja Kreditkarten bei sich haben, Scheckhefte, Pässe. Wir können dann all ihre Konten in Erfahrung bringen.«
»Ich habe bereits all ihre Investitionen aufgelistet, es liegt alles im Arbeitszimmer. Ich könnte eine E-Mail-Adresse einrichten und behaupten, ich sei Mr. Standish-Cave. Ich würde die Bank, den Berater, jeden bitten, jetzt via E-Mail Kontakt mit mir aufzunehmen, da ich zur Zeit im Ausland sei. O Gott, es würde funktionieren.«
»Und du könntest ihnen Anweisung geben, künftig die Post nach Walden Manor zu schicken, da du Vorkehrungen für die Nachsendung getroffen hast und dich vielleicht an unterschiedlichen Orten aufhalten wirst.«
Sie hatten die Koppel umkreist und waren jetzt wieder in den Garten zurückgekehrt, wo sie sich Seite an Seite auf eine moosbewachsene Bank setzten und zum Tor in der gegenüberliegenden Mauer blickten. Hinter dem Rasen auf der Rückseite befand sich die dunkle Hauswand. Jean wartete darauf, dass Michael, der aufgeregt, aber immer noch ängstlich dreinblickte, weitersprach.
»Wir könnten einfach so weitermachen wie bisher«, sagte er leise. »Wir werden ja nicht gierig sein, nicht wahr? Wenn wir die Auszüge für die anderen Konten bekommen, sehen wir, was eingeht und was sie ausgeben. Wir sorgen dafür, dass wir nicht mehr ausgeben als das. Das Geld reicht aus für Reparaturen und alles Mögliche.«

»Ja, und ich dachte … Charlie braucht bald eine Schaukel. Du könntest eine an einem der Bäume anbringen. Und wir könnten ihm eine Rutsche kaufen.«

»Und Steph hätte so gern eine Katze. Irgendjemand verkauft Kätzchen, sagt sie, im Dorfladen hängt eine Anzeige. Wir könnten eine Katze anschaffen.«

»Ja, könnten wir. Wir sollten zwei nehmen, zu zweit sind sie glücklicher. Oh, wir könnten alles Mögliche tun.«

»Es würde funktionieren. Niemand würde es je erfahren.«

»Wir müssen nur einfach den … den notwendigen Teil, den grässlichen, hinter uns bringen. Ohne Fehler zu machen, ohne in Panik zu geraten oder die Flinte ins Korn zu werfen.«

»Dieses Mal ist es einfacher. Das letzte Mal waren wir nicht darauf gefasst, es war Wahnsinn, grauenhaft, wir wurden einfach davon überrollt. Dieses Mal können wir es planen. Wir haben Zeit, alles in Ordnung zu bringen.«

»Und wenn wir – weißt du – wenn wir sie beseitigen müssen, brauchst du das alles nicht noch einmal zu machen. Du brauchst nicht, wie letztes Mal, Hals über Kopf mit ihnen loszuziehen. Wir denken uns was anderes aus. Es muss einfachere Methoden geben. Vielleicht könnten wir sie verbrennen.«

»Wir müssen es irgendwie regeln«, sagte Michael und starrte vor sich hin. »Sonst sind wir nie mehr sicher.«

»Wir werden es schaffen, wir müssen es«, sagte Jean. »Und wenn wir es hinter uns haben, sind wir für immer in Sicherheit.«

Als sie den Weg zum Haus zurückgingen, dämmerte es schon. Steph kam mit Charlie die Treppe herunter und machte dabei Licht an, dessen gelber Schein von den Fenstern in die Dunkelheit strahlte.

Michael wollte am nächsten Tag alles sorgfältig planen. Was wäre, sagte er, wenn sie beschlossen, unmittelbar nach ihrer Ankunft eine Tour durch Haus und Garten zu machen? Jean schüttelte den Kopf.
»Das könnte durchaus sein. Aber ich werde sie an der Tür empfangen und ihnen erklären, dass in der Küche der Tee bereits eingeschenkt ist. Selbst wenn sie sich auf die Schnelle umsehen, werden sie keinen Unterschied feststellen. Selbst wenn ihnen das eine oder andere auffallen sollte, zum Beispiel dass keine Fotos auf den Tischen stehen, werde ich ihnen erklären, ich hätte sie weggeräumt, damit sie sicher sind.«
»Was ist, wenn sie die Treppe hochgehen?«
»Das werden sie nicht. Und selbst wenn, werde ich meine Sachen schnell in das kleine Zimmer bringen, das sie mir zugewiesen haben. Bring deine Dinge hoch auf den Dachboden. Und ich werde das Kinderzimmer abschließen und behaupten, ich finde den Schlüssel nicht.«
In den nächsten Tagen stellten sie Listen der Dinge auf, die erledigt werden mussten. Michael kaufte für Jean im Supermarkt einen Baumwollrock und das entsprechende Oberteil, damit sie am Tag der Rückkehr der Standish-Caves etwas zum Anziehen hatte, denn die Hausherrin würde es bestimmt sofort merken, wenn Jean Kleidungsstücke von ihr trug. Sie planten, dass am Tag ihrer voraussichtlichen Rückkehr Michaels Van, Michael selbst, Steph und Charlie nicht zu sehen sein würden. Aber nachdem Michael Steph und Charlie mit dem Van irgendwohin gebracht hätte, würde er zurückkommen und sich bereithalten, wenn Jean nach ihm riefe.
Jean fand die Scherben der Teekanne hinten im Schrank, wo sie sie im Januar verstaut hatte. Sie bemühte sich, die

Scherben wieder zusammenzusetzen. Es gelang ihr, alles zu kleben, und sie stellte die Teekanne, an der bei genauem Hinsehen Klebespuren zu erkennen waren, wieder an ihren ursprünglichen Platz auf dem Büfett im Wohnzimmer. Später würde Jean die Schlüssel hineintun, für den Fall, dass die Standish-Caves sie noch vor dem Tee haben wollten. Jean beschloss, eine große Schale mit Blumen auf den Tisch des Esszimmers zu stellen, damit sie die dunklen Ringe darauf, die ursprünglich nicht vorhanden gewesen waren, übersehen würden. Michael sagte, dass er am Tag vor ihrer Rückkehr den Pool reinigen, die Winterabdeckung anbringen und den Pavillon abschließen würde. Aber all das waren Vorsichtsmaßnahmen. Jean konnte sich nicht vorstellen, dass die Standish-Caves etwas anderes taten, als in die Küche zu gehen und genussvoll ihren Kuchen zu kosten. Sie würde ihn in Stücke schneiden und gleich auf den Tellern verteilen.

Schockierend, nicht wahr? Es schockiert mich. Und ich hasse Gewalt. Ich sage das ohne Stolz, aber wenn ich eine Mörderin bin, dann eine sanfte. Immerhin habe ich Mutter mit einem Geschirrtuch ins Jenseits befördert, und dieses Mal muss ein Kuchen herhalten. Keine sehr gefährlichen Waffen. Aber ich hoffe, dass Sie verstehen, dass mir keine andere Wahl bleibt, und ich werde eine so starke Dosis nehmen, dass es schnell geht. Ich werde mein Möglichstes tun, um unnötige Qualen zu vermeiden.

Es war allerdings erforderlich, den Plan zu ändern.

Mr. Standish-Cave rief mich an, er klang sehr freundlich. Ich weiß nicht, was ich erwartet hatte, bestimmt nicht einen so angenehmen, besorgten Mann. Er sagte, er rufe an, um mich zu bitten, dafür zu sorgen, dass nichts, aber auch wirklich nichts im Haus seine Frau an Babys erinnere. Er sei sich zwar sicher, dass er alle Babyutensilien im Kinderzimmer verstaut und dieses abgeschlossen habe, aber für alle Fälle bitte er mich, alles nochmals zu überprüfen. Ich muss erstaunt geklungen haben, denn er fing an, mir alles zu erklären. Ihr Baby war mit fünf Monaten in der Klinik gestorben, nachdem alle möglichen Operationen unternommen worden waren. Seine Frau war zusammengebrochen, und deshalb waren sie so lang im Ausland gewesen. Es ging ihr jetzt viel besser, aber sie war immer noch sehr schwach, und er wollte, dass sie allmählich wieder ins normale Leben zurückkehrte und nicht gleich wieder an das vergangene schreckliche Jahr erinnert wurde. Und er freute sich, weil sie wieder schwanger war. Ich sagte, oh, wie wunderbar, dann haben Sie ja allen Grund, sich zu freuen. Und er erwiderte, ja, wir sind sehr glücklich. Als er das sagte, klang seine Stimme heiser.

Verstehen Sie? Das ändert alles. Es ist eine perfekte Chance, wichtige Dinge richtig in Ordnung zu bringen. Eine perfekte Chance, und zwar ihre. Wenn ich an all das Chaos und die Unzulänglichkeiten denke, mit denen wir konfrontiert waren und zu denen wir zweifellos auch beigetragen haben – ich und Mutter und meine richtige Mutter, Steph und ihre hoffnungslosen Eltern und ihr erstes Baby und Miranda und Michaels arme Mutter und das freundliche, ratlose Ehepaar Beth und Barry und Sally, die Charlie als Belastung empfindet, und ihr Mann, der nach Nepal gereist ist, um das Leben anderer Menschen in Ordnung zu bringen – dann denke ich, dass wir es alle außergewöhnlich schlecht getroffen haben, nicht wahr? Irgendwie ist bei uns alles extrem schief gelaufen, und meistens war es nicht einmal unsere Schuld. Erst hier in diesem Haus ist es uns gelungen, so vieles ins rechte Lot zu bringen. Es erfüllt mich mit Freude, dass wir dazu in der Lage waren. Das stellt das Gleichgewicht wieder her.

Und das sollte sicherlich genug sein. Ich neige immer noch dazu anzunehmen, dass wir die Dinge wirklich arrangieren könnten, so dass alles so weitergeht, wie es jetzt ist, und zwar für immer, aber letztlich sind wir nicht gierig. Wir sind keine Ungeheuer. Hier in diesem Haus hatten wir eine perfekte Chance, die wir ergriffen haben, mit ganzem Herzen und gemeinsam, und wir kosteten jeden Augenblick aus. Und immer noch unter dem Eindruck, dieses Glück gemeinsam erlebt zu haben, sollten wir jetzt anderen eine perfekte Chance geben. Die Standish-Caves werden vielleicht wunderbare Eltern sein, vielleicht auch nicht, aber ich glaube, sie sollten ihre Chance bekommen. Und die Wahrheit ist, dass wir, bevor wir hierher kamen, alle eine schwere Zeit hatten. Keinen von uns erwartet Gutes außerhalb dieser Mauern. Wir haben unsere Chance im letzten Moment genutzt.

Und nebenbei, wie viel Zeit würde uns bleiben? Wie lange würde es dauern, bis unser schönes Leben auffliegen würde? Es würde nicht lange dauern, denn die Standish-Caves haben bestimmt Eltern, Verwandte oder Freunde. Und wie lange würden sich diese damit begnügen, mit ihnen per E-Mail zu verkehren, selbst wenn wir keine fatalen Fehler machten? Wie lange würde es dauern, bis jemand entdecken würde, dass die Standish-Caves nicht im Ausland sind, und an unserer Tür klopfen würde und herausfände, wo sie wirklich sind? Ich bin zu dem Schluss gelangt, dass die Welt uns nicht in Ruhe lassen wird. Dabei wollen wir nichts anderes, als dass man uns in Ruhe lässt. Aber das wird es nicht geben, nie. Die Welt heftet sich an unsere Fersen, schubst und quält uns, bis wir wahnsinnig sind, durchkreuzt all unsere Schutzmaßnahmen, bis wir alles tun würden, um einen ruhigen Platz zu finden, wo wir durchatmen könnten, und selbst wenn wir einen solchen gefunden und angefangen hätten, ein normales Leben zu führen, bräche sie wieder über uns herein. Die bloße Vorstellung, wir könnten die Welt für immer außen vor halten, war natürlich Illusion. Sie können auch noch einen Schritt weitergehen und es als verrückt bezeichnen, wenn Sie wollen, ich würde es nicht.

Und so kam mir in den Sinn, unseren Plan zu ändern, und ich versichere Ihnen, mein Verstand ist so klar, wie er nur sein kann. Als ich also unseren Plan änderte, fing ich an, nachmittags hier oben im Arbeitszimmer meinen Bericht zu schreiben, weil ich das Bedürfnis hatte, verstanden zu werden, obwohl ich nicht sicher bin, an wen genau mein Bericht gerichtet ist. Seit ungefähr zwölf Tagen komme ich jeden Tag für ein paar Stunden hier hoch. Die Standish-Caves werden am 3. September zurückerwartet. Heute ist der 31. August. Morgen früh werde ich all diese Seiten in einen Umschlag stecken und Michael auf die Post schicken, damit er ihn per Einschreiben an Shelley sendet. Sie ist die geeignete Adressatin, denn ich kann mich darauf verlassen, dass sie die Dinge ins Rollen bringen wird. Aber ich weiß nicht, wer zuerst hier sein wird (heutzutage ist die Post so unzuverlässig), ob nun Shelley höchstpersönlich oder die Polizei, die Shelley bestimmt sofort informieren wird, oder die Standish-Caves. Ich entschuldige mich jedenfalls bei dem Betroffenen für die sicherlich unangenehme Entdeckung, die er machen wird. Ich

würde gerne alles etwas aufgeräumter hinterlassen, aber ich glaube nicht, dass das möglich ist.
Wissen Sie, ich habe Steph und Michael erzählt, dass ich morgen Geburtstag habe. Ich glaube, dass sie gerade da unten im Garten beratschlagen, was sie mir für ein Geschenk machen sollen, aber natürlich haben sie mir bereits alles geschenkt. Dank ihnen bin ich nicht nur eine an Platzangst leidende alte Frau mit wilder Mähne, ich bin Michaels Mutter, eine hingebungsvolle Schwiegermutter und Großmutter, eine Hausfrau. Das haben sie mir geschenkt. Steph ist nicht nur ein schlafmütziges, schüchternes Mädchen in komischen Klamotten, und Michael ist auch mehr als ein depressiver Mann mit flackerndem Blick und gelegentlichen nervösen Zuckungen im Gesicht. Wir sind eine Familie. Und aus diesem Grund fürchte ich, dass es erforderlich ist, auch Charlie mit einzuschließen. Ohne uns wäre er verloren. Sie könnten einwenden, er hätte ja noch Sally, aber damit würde ein wichtiger Punkt übersehen werden. Natürlich habe ich Sally kennen gelernt und mich mit ihr am Telefon unterhalten und von Steph genug über sie erfahren, um zu wissen, dass sie sich, wenn er heranwächst, seinetwegen mit allen anlegen wird. Sie wird sich lautstark für ihn einsetzen, seine Lehrer beschimpfen, auf seinen Rechten bestehen. Er wird immer den besten Autositz, den besten Sturzhelm fürs Fahrrad, den besten Kieferchirurgen und Lektionen im Heißluftballonfliegen erhalten, aber wird ihm je ein Augenblick Ruhe vergönnt sein? Was wird sie tun, wenn er ängstlich ist, einsam und unsicher? Glauben Sie, dass sie ihn trösten wird, ihn mit Wissen und Wärme versorgen wird, ihm das Gefühl der Stärke und Sicherheit geben wird, das Gefühl, erwünscht zu sein? Nein,

es gibt keinen anderen Weg, um ihn davor zu bewahren, mit einer Mutter aufzuwachsen, die ihn nicht wirklich will, nicht genug. Das muss ihm erspart bleiben.

Die Sonne scheint jetzt nicht mehr im Garten. Von jetzt an bis zum Sonnenuntergang wird die Hausecke wie eine Sonnenuhr einen Schatten über das Gras werfen, zwischen der Weide, deren Blätter Michael neulich zusammenfegte, und Mirandas Grab, auf dem Stephs Ringelblumen jetzt verblühen. Die Luft ist bereits recht frisch; ich werde Michael bitten, heute Abend ein Feuer im Kamin zu machen. Ich möchte, dass jede noch verbleibende Stunde, die wir heute und morgen miteinander verbringen, freundlich und angenehm verläuft.

Natürlich habe ich für meinen Geburtstag einen Kuchen gebacken. Er ist noch im Ofen, ein Honigkuchen mit den entsprechenden Gewürzen. Damit er besonders süß ist, werde ich ihn mit einem Zuckerguß überziehen. Ich nehme an, dass sie ein paar Kerzen darauf stecken werden. Und morgen zur Teestunde werde ich die Kerzen ausblasen und den Kuchen in Stücke schneiden. Ich werde etwas davon mit Eis vermischen und Charlie damit füttern, und wenn ich gesehen habe, wie Steph und Michael in ihren Kuchen gebissen haben, werde ich meinen ebenfalls essen. Außer einer leichten Bitterkeit auf der Zunge wird nichts sie wissen lassen, dass unser Ende bevorsteht.

Jetzt erkenne ich, dass uns das Haus darauf gebracht hat. Denn dieses Haus selbst stellt eine Art langsam tickender Uhr dar, in der unsere Tage so unmerklich verstrichen sind, wie sich ein perfekter Mechanismus abspult oder ein Herz langsam seinem Ende entgegenschlägt. Unser Leben ist uns hier auf die gleiche Weise entschlüpft, wie ein Lied der Zeit ein Schnippchen schlägt. Wenn Steph Charlie vorsingt:

Row, row, row the boat
Gently down the stream,
Merrily, merrily, merrily, merrily,
Life is but a dream,

dann lausche ich, warte, wie jede Note in die nächste übergeht, und achte nicht darauf, dass während des Singens die Zeit verstreicht. Und die Tage sind abgelaufen und umgaben uns so friedlich, dass es schien, als ob unsere Herzen gleichmäßiger als vorher schlugen. Das Haus hat die Zeit selbst über uns gebreitet, wie ein Kleidungsstück, in das wir uns gewickelt haben, Steph, Michael und ich. Und so werden wir einen letzten Tag hier verbringen. Steph wird Charlie ihre Lieder vorsingen, Michael wird mit besorgtem Blick über uns alle wachen, und wir werden, wenn der letzte unserer endlichen, friedlichen Tage dahingeht, eine Menge vertrauter Liebenswürdigkeiten austauschen und uns am Ende in die Geborgenheit der Zeit einhüllen und in unser großes, gegenseitiges Geschenk der Liebe.

DANKSAGUNG

Ich möchte Vanda Joss, Patrick Toynbee und Ben Wright für ihren Sachverstand und ihre so großzügig erteilten Ratschläge danken, und mein besonderer Dank gilt ebenso Jonathan Ray für seine überaus erhellenden Ausführungen (theoretisch und praktisch) über Weine.

Dank sagen möchte ich auch meiner Freundin und Agentin Judith Murray bei Greene & Heaton, meinem Verleger Wayne Brookes, Lucy Dixon und dem Verkaufs- und Marketingteam bei Hodder & Stoughton für ihr Vertrauen und ihre harte Arbeit.

Und am meisten möchte ich Tim und Hannah danken, für alles.